D1144073

APR 2 5 2007

LA ROSA ROBADA

JO BEVERLEY

LA ROSA ROBADA

Titania
ARGENTINA - CHILE - COLOMBIA - ESPAÑA
ESTADOS UNIDOS - MÉXICO - URUGUAY - VENEZUELA

Título original: *The Shattered Rose*
Editor original: Zebra Books, New York
Traducción: Rosa Arruti

© 1996 *by* Jo Beverley Pub. Inc.
© 2005 de la traducción *by* Rosa Arruti
© 2005 *by* Ediciones Urano, S. A.
   Aribau, 142, pral. - 08036 Barcelona
   www.titania.org
   atencion@titania.org

ISBN: 84-95752-75-1
Depósito legal: B - 23.010 - 2005

Fotocomposición: Ediciones Urano, S. A.
Impreso por Romanyà Valls, S. A. - Verdaguer, 1 - 08786 Capellades
(Barcelona)

Impreso en España - *Printed in Spain*

¿Cómo se atrevía ella a meterse en su cama?

Una parte fría y lógica de su mente le advertía que cualquier mujer inteligente en la situación de Jehanne se apresuraría a intentar rehacer su matrimonio. Galeran parecía dividido en tres partes distintas pero, no obstante, la parte fría y lógica no era más que una.

La segunda parte era el hombre cuyo amor por Jehanne de Heywood era demasiado profundo como para mantener la prudencia.

La tercera era un animal, consumido por el deseo difícilmente contenible que sentía por esta mujer.

Jehanne se metió en la cama junto a él y en el último momento se quitó la túnica. Ella quiso taparse, pero Galeran apartó la sábana.

Y Jehanne se sometió a su mirada.

Capítulo 1

Northumbria, Inglaterra, julio de 1100

El escuadrón de hombres armados cabalgaba a ritmo constante por la irregular y arbolada calzada. Cada pesado golpe de los cascos salpicaba de barro a los animales ya enlodados. Desgastados por el viaje, agotados, continuaban adelante de forma inexorable, como un río avanza hacia el mar.

Remiendos variopintos moteaban las capas ondeantes y el viento se colaba a través de los agujeros raídos que no habían sido zurcidos. Bajo el polvo y el barro, poco diferenciaba al vasallo del señor, pero tres cosas distinguían a dos de los hombres.

Montaban mejores caballos.

Llevaban cotas de malla debajo de las capas.

Y cada uno portaba una espada desgastada en el costado y un escudo en la silla, mientras que sus hombres usaban arco o lanza.

El de constitución más menuda alzó una mano y tiró de las riendas. Sin necesidad de hablar, los otros ocho viraron para descender hacia el río próximo, donde descansar y abrevar los caballos.

Al desmontar, se apreciaban cojeras en algunos de los hombres, a uno no le quedaba más que un muñón donde antes estaba su mano derecha. El rostro demacrado del jefe tenía la estría de una quemadura en la frente y una cicatriz de un cuchilla señalaba su mentón, resaltada por el hecho de que la barba circundante no crecía de igual manera.

Eran hombres que regresaban de la guerra, y el tono oscuro de su piel sugería luchas en tierras mucho más cálidas que este nórdico rincón de Inglaterra. De hecho, aunque desgastada y oscurecida por el polvo, una cruz roja continuaba visible en algunos de los mantos.

Esos hombres habían participado en la Aventura de Dios. Eran cruzados.

Tal vez hubieran visto Jordania, donde Cristo fue bautizado, y Jerusalén, donde padeció y murió. Era probable que hubieran vadeado los ríos de sangre que descendieron por las calles de la Ciudad Santa cuando las fuerzas cristianas por fin la rescataron.

El jefe desmontó, se desentumeció y luego se echó hacia atrás la toca de malla para sacudir su pelo marrón, húmedo y enmarañado. Resultaba evidente que no era un hombre grande por naturaleza, pero el viaje le había dejado reducido a músculo y tendón, sus ojos oscuros quedaban hundidos bajo las cejas marrones.

Galeran de Heywood tiritó al sentir el frío del Mar del Norte en su cogote sudoroso, pero este frío le resultaba agradable... un frío inglés. Estaba en Inglaterra, y antes de la puesta de sol estaría en casa.

Después de más de dos largos años, volvería a estar en casa.

Habían desembarcado en Stockton el día anterior bajo una llovizna que provocó un estremecimiento en su compañero, Raoul de Jouray, quien no entendía cómo alguien podía llamar verano a un clima así. Galeran, sin embargo, lo había acogido con beneplácito. En los últimos dos años había temido en numerosas ocasiones no volver a sentir jamás esa humedad, no volver a cabalgar a través de la bruma matinal inglesa, no volver a tocar el hielo o ver el vibrante césped verde resultante del lluvioso clima inglés.

Pensaba que moriría bajo el calor abrasador de ultramar.

Podrían haber hecho noche en Stockton, de hecho, podrían haberse demorado allí todo un año, sin necesidad de pagar comida ni alojamiento, sólo con contar sus historias sobre las aventuras en Tierra Santa. Con las prisas de Galeran por regresar a casa, ellos eran los primeros cruzados que se veían por la zona.

No obstante, Galeran se detuvo en el puerto lo justo para comprar caballos, luego continuaron adelante, camino a casa, como un venado se dirige hacia el agua.

Camino a Jehanne, su amada esposa.

Y a su hijo... un hijo que nunca había visto, nacido nueve meses después de su partida a Jerusalén. Un hijo que era a la vez el motivo de que tomara la cruz y de que lamentara haberla tomado. Y también el motivo de quedarse, incluso cuando ya el derramamiento de sangre le resultaba nauseabundo. Galeran había partido a la cruzada para pedir un hijo a Dios, y Dios, tan misericordioso, se lo había concedido.

Jehanne había dado al niño el nombre de Galeran, aunque en la primera carta tras su nacimiento decía que le llamarían Gallot, al menos mientras fuera pequeño. Con toda seguridad, Gallot fue concebido la última noche que pasaron juntos, justo después de que Galeran abrazara la cruz y pronunciara su juramento de liberar Jerusalén de los infieles o morir en el intento.

Gallot, su primer hijo, tenía ahora dieciocho meses y sin duda ya andaba, aunque aún no conocía a su padre. Había sido un sacrificio amargo, pero necesario. Cristo nunca había dicho que su yugo fuera fácil...

Hasta que su sargento John Redbeard le cogió las riendas de su intranquila montura para llevársela al agua, Galeran no se percató de que estaba soñando despierto en vez de ocuparse del animal como correspondía. En parte era cansancio, pues habían cabalgado durante casi toda la noche anterior, pero también respondía a la rigurosa necesidad de encontrarse de nuevo en casa con su esposa e hijo.

Se había unido a la cruzada con un único motivo: romper la maldición de su falta de hijos, pero nunca había soñado que la recompensa de Cristo fuera tan pronta. Aun así, esa generosidad le había maniatado con férreas cadenas. ¿Cómo podía abandonar su obligación de liberar la Ciudad Santa si Dios le había concedido su favor con semejante rapidez y diligencia?

En medio de tanta penuria y desengaño, asqueado por lo que veía a su alrededor y anhelando regresar a casa, Galeran había cumplido su juramento. Por ese milagro —un hijo para Jehanne— había seguido luchando hasta el final amargo y triunfante, hasta que las fuerzas de la Cristiandad entraron en Jerusalén.

Como siempre sucedía, ese recuerdo le paralizó, se quedó helado con la visión de la sangre —ríos de sangre— y las bocas aullantes de hombres, mujeres y niños...

Sacudió la cabeza. Aquello ya había pasado, se había acabado hacía tiempo, y pronto tendría su recompensa: su hijo en brazos, su esposa contenta por fin.

Ojalá hubiera recibido más noticias, para poder formarse una imagen más precisa del niño en su mente. La última carta que le había llegado estaba escrita cuando el bebé tenía tres meses. Jehanne había escrito páginas que describían rasgos y gestos vivarachos, pero ahora quedaría poco de aquella criatura regordeta. Presumiblemente, a estas alturas, que el niño sonriera ya no sería una cuestión de orgullo. La cabeza calva de la que Jehanne se había lamentado, ahora estaría cubierta de pelo. ¿Oscuro como el suyo? ¿O claro, rubio y sedoso como el de su madre?

¿De qué color?

Un padre tenía que saberlo.

Esa última carta había llegado justo cuando Galeran partía a liberar Belén. Mientras se arrodillaba sobre la tierra donde nació Cristo, se percató con sentimiento de culpabilidad de que su dicha de encontrarse allí se debía en gran parte a que ya estaban más cerca de Jerusalén. En cuestión de días, verían los muros de la Ciudad Santa. Con ayuda de Dios, la tomarían bien pronto, y el juramento de Galeran se habría cumplido.

Podría regresar por fin a casa.

Desde el momento en que zarparon, lo único que deseó fue regresar a casa.

Gallot tenía los ojos marrones de Galeran. Con tres meses, eso ya había quedado claro. Con suerte, también habría heredado la piel morena del padre o nunca sería capaz de tomar la cruz. La delicada palidez de Jehanne se habría abrasado en Tierra Santa, como sucedió a muchos cutis nórdicos de compañeros suyos.

Gallot no sería grande a menos que se pareciera a sus abuelos. El padre de Jehanne había sido un hombre alto, y el de Galeran era un gran oso, un temible guerrero en su día. Todos sus hijos se parecían a él a excepción de Galeran.

Una constitución menuda era una desventaja en un guerrero, pero la instrucción podía compensar aquello, como bien había demostrado él. De cualquier modo, los hombres pequeños solían ser más ágiles, y los hombres grandes, corpulentos, perecían con más rapidez que los nervudos bajo las condiciones de calor y privaciones de la cruzada...

—No puedes vivir de sueños, y lo sabes.

Galeran se volvió y vio a Raoul que le ofrecía una empanada de carne.

—Come. Tu encantadora esposa no va a recibir con los brazos abiertos a un espantapájaros. —Raoul era uno de esos hombres grandes, pero sus músculos eran duros, y por lo visto era capaz de sobrevivir a cualquier cosa con sus apetitos y buen humor intactos.

—Me recibirá con los brazos abiertos esté como esté —respondió Galeran, pero cuando mordió la fría empanada de vacuno se percató de que tenía hambre. Y, sí, tal vez necesitara todas sus fuerzas.

Confiaba en necesitarlas.

Esta noche.

Sólo pensar en la noche, una cama y Jehanne, una oleada de doloroso deseo recorrió su cuerpo hasta aterrizar de forma predecible en su pene, que se puso duro.

—¿A qué distancia estamos ya? —Raoul levantó un odre y se echó un largo chorro de vino dentro de la boca, luego se lo pasó a su amigo.

Galeran lo inclinó y bebió, dominando su deseo como había hecho mil veces antes.

—Menos de diez leguas. Con la ayuda de Dios, deberíamos llegar antes del anochecer.

Raoul sonrió.

—Con tu impaciencia, continuaremos adelante aunque se haya hecho de noche. No te culpo. Si yo hubiera hecho un voto de fidelidad y me encontrara a un suspiro de mi esposa, tampoco nada me detendría.

—Sólo la idea de que tú hicieras un voto de castidad me da dolor de cabeza, amigo mío. Tal vez sea verdad que el interés por las cuestiones carnales se desvanece con el tiempo.

—¿Ah, sí?

Galeran se rió.

—No.

—Eso pensaba yo. O sea que continuemos. No queremos que explotes. —Gritó a los hombres que prepararan los caballos.

Aún sonriente, Galeran se tomó un momento para acabar la empanada, agradecido de tener a Raoul a su lado. Su amigo, que no era para nada estúpido, tenía una visión poco complicada de la vida. Luchaba con fiereza cuando hacía falta, pero luego se lo sacaba de la cabeza. Galeran luchaba con fiereza cuando hacía falta, pero agonizaba con cada muerte, sobre todo con las muertes de inocentes.

En Jerusalén, incluso los niños luchaban. Y morían...

Volvió a sacarse aquellos pensamientos de la cabeza. No servían de nada, de nada en absoluto.

Raoul comía cuando tenía hambre, bebía cuando tenía sed y recurría a las mujeres cuando sentía necesidad. Recordaba a Galeran que comiera y bebiera, y le tomaba el pelo sobre su celibato.

—Todo el mundo sabe que a un hombre le perjudica acumular semen —dijo.

—Pues los monjes sobreviven.

—Dios les concede una bendición especial.

—Entonces creo que Dios concede la misma bendición a los cruzados.

—Pero no prometemos celibato. Nosotros somos guerreros y Dios sabe que eso nos debilitaría.

—¿Estás diciendo que estoy débil?

Raoul se rió ya que, aunque Galeran era más bajo y liviano, a menudo era capaz de derrotarle en el combate armado. Luchando cuerpo a cuerpo, Raoul tenía ventaja, pero Galeran de todos modos era capaz de defenderse.

Raoul era otra bendición de Dios. Se habían conocido al servicio del duque Roberto de Normandía y, pese a sus naturalezas diferentes, al instante se habían caído bien. Aquella improbable amistad había preservado la cordura a Galeran, y probablemente su vida.

Nacido y criado en las tierras templadas del sur de Francia, Raoul había abrazado la cruz por ir a la aventura, no por recibir bendiciones. Por lo que sabía Galeran, no encontraba ningún significado espiritual en el hecho de visitar la tierra por la que había caminado Cristo en otro tiempo. Tras la liberación de Belén, Raoul no se arrodilló sino que miró a su alrededor, estudió las casitas atestadas de aves de corral, de cabras y niños mugrientos, y comentó que había esperado que el lugar de nacimiento del Señor fuera algo un poco más distinguido.

Después de ver que Jerusalén tampoco era poco más que una ciudad, Raoul se alegró de regresar por fin a Europa. Sin embargo, estaba claro que el propósito principal de aquel regreso tan veloz era cuidar de su amigo.

Tal vez por culpabilidad.

Al concluir la toma de Jerusalén, Galeran, sublevado finalmente ante tanta carnicería, había intentado defender a un puñado de muchachos de un grupo de caballeros alemanes. Los niños sólo iban armados con bastones y hondas, pero de todos modos eran peligrosos y combatían con la misma ferocidad que sus padres. Lo sensato era matarlos; lo demente, entrometerse. Pero Galeran estaba dispuesto a morir allí, al lado de los chicos.

Raoul le había detenido y, tras dejarle sin sentido, se lo llevó a rastras. Galeran tardó días en recuperar el conocimiento, o sea que no era de extrañar que Raoul se hubiera preocupado. A veces Galeran pensaba que preferiría no haber recuperado el sentido para acordarse de aquellos niños...

Cualquier efecto perjudicial del golpe se había borrado hacía mucho tiempo. Pero Raoul tenía razón a la postre en lo que decía del deseo de Galeran. Si los caballos aguantaban sin descansar, él jamás se detenía, y nunca comía a no ser que alguien le animara a hacerlo. Galeran sacudió la cabeza y se obligó a ser más sensato. Perderse en acalorados sueños a plena luz del día, con toda probabilidad retrasaría su llegada en vez de acelerarla.

Ajustó la cincha de la montura y verificó el estado de su caballo pardo castrado. No había perdido tiempo buscando caballos ideales, pero éste parecía bastante bueno.

Satisfecho, montó y volvió a ponerse la capucha.

Raoul se situó a su lado, con su cabello rojizo aún al descubierto.

—¿Esperas encontrar algún problema por aquí? No ha habido señales de agitación.

Galeran se encogió de hombros y se echó de nuevo hacia atrás la capucha de malla.

—Supongo que no, aunque el rey Guillermo no mantiene la disciplina en su reino, y estamos cerca de tierras escocesas.

Raoul inspeccionó la zona. Aquí junto al río, los árboles suavizaban el paisaje, pero al oeste y al norte se extendía un ondulado páramo, sombrío en aquel día nublado.

—Cuesta imaginar que alguien quiera disputarse este lugar. Ya me advertiste, amigo mío, pero no esperaba algo tan... inhóspito.

—Supongo que era algo menos inhóspito antes de que se lo disputaran en el «sesenta y ocho».

Raoul hizo una mueca.

—Yo creo que aquellas luchas no provocaron este clima de tu tierra.

Galeran se rió.

—Supongo que no. A veces brilla el sol, te lo prometo. —Espoleó el caballo para que ascendiera por la ladera y retomara la calzada—. Y tienes razón. Estamos seguros. Si los escoceses fueran lo suficiente temerarios como para penetrar en esta zona, mi padre y hermanos les harían retroceder con el rabo entre las piernas.

Raoul se unió a él y siguieron al paso para no acuciar a los caballos.

—¿El castillo de tu padre queda cerca de la carretera?

—Sí.

—Qué bien. Por fin podremos comer como Dios manda.

—¿No piensas en otra cosa que en comida?

—Alguien tiene que hacerlo.

—Bien, hambrientos o no, pasaremos muy cerca.

Raoul se le quedó mirando.

—¿Después de dos años fuera?

—No quedaría bien que me detuviera, engullera un trozo de carne y me marchara, ¿no crees? Y mi intención es llegar a casa hoy mismo. Ya habrá tiempo para la reunión de la familia feliz y todo eso.

Tras un momento, Raoul dijo:

—¿No has pensado en que tal vez suponga una impresión demasiado fuerte, ya sabes, que aparezcas de repente en la puerta?

Galeran le miró de reojo.

—¿Ah, es eso? ¿Quieres que me detenga en Brome y envíe un mensaje de cortesía para advertir a Jehanne de que oree el colchón?

—Podría ser una bue...

—No.

Raoul se encogió de hombros provocando una vibración en la malla.

—Que sea como tú quieras, pero si tu esposa cae muerta desmayada a tus pies, a mí no me eches la culpa.

—Jehanne nunca se desmaya.

—Es muy probable que a lady Jehanne nunca antes se le haya aparecido un marido salido de la nada. Deberías haber escrito desde Brujas.

—¿Qué sentido tendría, si la carta no iba a viajar más rápido que yo?

—¿Cuándo fue la última vez que escribiste? ¿Puede imaginarse tu llegada?

—Antes de Jerusalén. —Y Galeran dio un puntapié al caballo para que acelerara el paso e impedir que su sorprendido amigo hiciera más preguntas.

Había escrito con regularidad tras partir de viaje, y enviado cartas desde Roma, Chipre y Antioquía. Sin embargo, tras los horrores de Jerusalén, no había sido capaz de escribir nada a nadie. Se había concentrado ciegamente en llegar a casa. Sin la ayuda de Raoul tal vez no lo hubiera conseguido, y para poder seguir adelante había borrado todo de su mente a excepción de su objetivo: Heywood, Jehanne y su hijo.

Hasta este momento no se le había ocurrido que para Jehanne habría supuesto un silencio de más de un año. En cierto sentido, había esperado que ella supiera dónde estaba él y qué estaba haciendo, sin decírselo.

Pero Jehanne no iba a desmayarse. No se desmayó cuando le dijo que tenía que casarse con él. Tampoco cuando les atacaron unos forajidos y uno de sus asistentes murió ante sus ojos. Con toda probabilidad esas dos cosas eran los sucesos más espeluznantes de su vida.

Entonces recordó el jabalí.

Pero tampoco se desmayó en aquella ocasión.

Se encontraban en el bosque haciendo el amor. Sí, haciendo el amor... porque en aquellos días, al comienzo de su relación, a él le parecía que cada feliz apareamiento añadía amor al mundo entero.

A Jehanne le apetecía hacer el amor al aire libre. La idea de que alguien les interrumpiera era para ella excitante más que embarazosa. No obstante, un jabalí superaba las expectativas, y apareció junto a ellos en un momento lamentable.

Jehanne se encontraba sobre él y Galeran estaba a punto de alcanzar el clímax. Luego, de repente ella se había esfumado, y cuando Galeran consiguió volver a poner un poco de orden en sus ideas, la encontró en cuclillas sobre él con su pesada espada entre las pequeñas manos.

—¡Cuernos, Galeran! ¡Saca tu cerebro de tu polla y mata esa bestia! ¿O tengo que hacerlo yo misma?

Más de una vez había deseado decir «Adelante» para poder verla luego suplicar.

De todos modos, ella no habría suplicado.

Jehanne nunca suplicaba.

Lo habría intentado, tal vez incluso hubiera conseguido ahuyentar al animal. Jehanne era alta para ser mujer, algo que de joven a él no le había gustado demasiado. Aunque delgada, era fuerte. Por supuesto, no habría sido capaz de matar al jabalí con una espada —eso era una tarea difícil incluso para un hombre diestro—, pero lo habría intentado.

Tal vez el jabalí lo percibió de alguna manera. De un modo poco usual en ese animal, la fiera había retrocedido y luego se había ido, tal vez consternado ante la presencia de la mujer alta, pálida, de pelo claro, que gruñía con la espada en la mano.

Galeran se había desintegrado de la risa, y lo siguiente que supo fue que Jehanne había vuelto a ocupar su sitio, y le llevaba a otra desintegración aún más maravillosa.

Una forma de desintegración que anhelaba volver a experimentar una vez más.

No. Sólo una vez más no...

Espoleó su montura para que acelerara la marcha, mientras se preguntaba si su matrimonio continuaría igual, como si él nunca se hubiera marchado.

¿Mejor aún?

Sabía que había cambiado durante su viaje. Tenía veintidós años cuando tomó la cruz, y por lo general hasta entonces había llevado una vida agradable. Ahora, a los veinticinco, estaba más delgado, más fibroso, y tenía más callos en el cuerpo y en el alma. Había visto maravillas que habían fortalecido su fe y horrores que la agriaron.

Jehanne también debería de haber cambiado.

Tal vez hubiera engordado después de tener un hijo. Siempre había admirado su elegancia delgada, pero unos pechos de mayor tamaño y un brazo tierno también podrían resultar agradables.

Raoul tenía razón, tendría que haber enviado un aviso desde Brujas. Debería hacer un alto y enviar un mensaje hoy.

Aún así, no iba a hacerlo.

Con una sonrisa de anticipación, Galeran cayó en la cuenta de que quería sorprenderla. Quería coger a su fría esposa en ropa de trabajo, con la falda remangada, el pelo despeinado, suelto de sus trenzas como siempre sucedía. Quería que ella alzara la vista y se quedara boquiabierta de consternación, y que luego se sonrojara de dicha.

A Jehanne no le hacía gracia que la cogieran desprevenida, por eso de vez en cuando a él le gustaba hacerlo. Como cuando le regaló la rosa...

No era un hombre dado a hacer regalos delicados, y por el norte no veían demasiadas rosas, pero en un viaje a York había encontrado una en un puesto de un mercader, tallada en marfil con gran exquisitez, el extremo de cada pétalo estaba reproducido como si fuera real. No era algo práctico, demasiado pequeño para decorar una habitación y demasiado grande como joya, pero de todas formas la había comprado porque su belleza desgarradora le hacía pensar en Jehanne, y al cabo de unos días lejos de ella la echaba de menos.

Cuando se la entregó, las mejillas de ella se ruborizaron y sus ojos brillaron, tal vez incluso con un atisbo de lágrimas. Jehanne lloraba en raras ocasiones.

No obstante sí que lloró cuando la rompió. Galeran sonrió con arrepentimiento ante el recuerdo del dolor de Jehanne por el accidente. Había afrontado con compostura tenaz otras pérdidas, pero la rosa —que había salido volando de su estante en un momento de descuido— la había deshecho en lágrimas. Había vuelto a pegar los pétalos rotos con cera, pero uno de ellos estaba desportillado y otro se había partido, y nunca había vuelto a ser tan perfecta.

Ah, bueno. Le había traído regalos de Tierra Santa. Tal vez alguno de ellos pudiera igualar a la rosa.

Pensó que además podría poner en práctica algunos trucos en la cama, que también la cogerían desprevenida. Había cumplido su voto, pero otros hombres habían conocido a fondo a las mujeres orientales y le habían explicado algunas historias. Seguro que a Jehanne le interesaban. Le gustaba experimentar, y ahora que la infecundidad no era una causa de inquietud, volvería a juguetear encantada.

Esta noche.

Jehanne.

Jehanne en la cama.

O tendida sobre la cama, para que él pudiera deleitarse con su visión: el pálido cabello rubio caído suelto sobre el colchón, su cuerpo ágil otra vez suyo, para poder tocarlo, saborearlo y finalmente, finalmente penetrar...

Tales pensamientos no eran prudentes.

Pero ya se había puesto duro como una roca, su abultada erección palpitaba como si quisiera demostrar que Raoul tenía razón, que él a punto de explotar.

Había controlado el deseo y la frustración durante más de dos años, de modo que debería ser capaz de hacerlo durante unas pocas horas más, pero tendría que acomodarse con cuidado sobre la silla para encontrar una posición soportable mientras cabalgaba.

Se percató entonces de que se encontraban por fin en una tierra familiar: la tierra de su propio valle, las franjas de campos fértiles durante el verano, las laderas más altas salpicadas de ovejas rollizas. El sol ya se ponía y el caballo empezaba a estar cansado, pero ahora no era el momento de detenerse. Lo espoleó y cruzaron al galope pueblos familiares, entre gansos, gallinas y personas dispersas. Los gritos de «¡Es lord Galeran! ¡Es lord Galeran!» se quedaban enseguida atrás, al igual que el alboroto de los pájaros sorprendidos.

Luego vio la cuadrada torre del homenaje del castillo de Heywood, más allá de unos árboles, y entonces frenó de forma súbita. Había soñado tantas veces con esto que casi parecía un sueño más. Necesitaba un momento para convencerse de que al fin, por fortuna, era real.

No parecía diferente. Era como si se hubiera marchado ayer mismo.

Raoul se detuvo a su lado, su caballo echaba espuma del esfuerzo.

—De modo que lo hemos conseguido, aunque tus hombres se han rezagado una legua más o menos. ¿Les esperamos para juntarnos y acercarnos con tranquilidad, como si no tuviéramos la menor prisa?

Aquel pensamiento también había pasado por la cabeza de Galeran. Raoul le conocía bien de verdad.

—No —respondió, e inició un medio galope para doblar la curva de la carretera y contemplar en su totalidad la visión de su hogar...

Hizo parar de golpe al caballo, que se quedó en dos patas.

Un ejército formaba un hervidero alrededor de Heywood.

¡Su castillo estaba sitiado!

—¡Por la túnica sagrada! ¿Quién?

Raoul se protegió la vista del relumbre de la puesta de sol.

—El estandarte es rojo y verde.

La vista de Raoul siempre había sido destacable, pero Galeran apenas podía creerlo.

—Es el estandarte de mi padre.

—Entonces tu padre tiene sitiado tu castillo.

Capítulo 2

Galeran no podía negar las palabras de Raoul. Para ahora, él también podía distinguir el conocido estandarte de William de Brome clavado junto a la bonita tienda principal. Incluso reconoció la tienda. Era el orgullo y regocijo de su padre.

Toda alegría se disolvió hasta convertirse en terror. Se quedó mirando Heywood, la sencilla torre cuadrada del homenaje y al sólido muro de cerramiento, concluido poco antes de su partida. No había marcas.

Heywood era uno de los castillos más fuertes del norte. ¿Quién lo había tomado sin necesidad de una batalla? ¿Y qué le había sucedido a su esposa e hijo?

Con el corazón helado, se lanzó vertiginosamente por la ladera en dirección al campamento, haciendo caso omiso de los gritos e intentos de obstaculizarle. Sólo fue consciente de que esgrimía la espada cuando estaba a punto de emplearla contra un hombre.

Detuvo la acción justo cuando el guardia detenía su ataque, con consternación en el rostro.

—¡Lord Galeran!

—Es lord Galeran.

—Es el señor de Heywood.

Le resultaba extraña la manera en que se susurraban las palabras a su alrededor.

Con consternación.

Con incredulidad.

Con horror.

Entonces su padre se abrió paso a través de la multitud. Todavía enorme y con rostro rubicundo, pero con el pelo más gris de lo que Galeran recordaba.

—¡Galeran! ¿Eres tú? ¡Alabado sea Dios! Te dábamos por muerto.

Un mozo había ido corriendo a sujetar la brida de la montura de Galeran. Su padre casi le bajó a rastras del caballo para estrecharlo en un abrazo que estuvo a punto de romperle las costillas, dándole palmadas en la espalda.

—¡Bienvenido a casa! ¡Bienvenido a casa! ¡Te dábamos por muerto! ¡Alabado sea Dios! ¡Alabado sea Dios!

Galeran se liberó de su abrazo.

—¿Quién ha tomado mi castillo?

Se hizo un silencio.

La alegría desapareció de los marcados rasgos de lord William.

—Mejor que entres en la tienda, muchacho.

Galeran se percató entonces de que estaba rodeado también de sus hermanos y tíos, y que ninguno de ellos quería encontrar su mirada.

Jehanne.

Había muerto.

La convicción creció en él como una enfermedad, le aturdió, le dio ganas de vomitar. Dejó que le guiaran hasta el interior de la tienda, consciente de que su familia se amontonaba tras él, pero mirando sólo a su padre.

—¿Jehanne?

Lord William sirvió vino en una copa y se la tendió.

—Bebe.

Galeran casi se la arranca de las manos.

—*¿Dónde está ella?*

Su padre dejó la copa sobre una mesita situada entre ambos.

—En el castillo.

Galeran casi se postra de alivio. Sólo estaba prisionera. Gracias a Dios. Gracias a Dios.

—¿Quién la retiene?

Su tío Thomas soltó algo parecido a un resoplido.

—Ésa es una buena pregunta.

Galeran miró a su alrededor, alerta por el tono de su padre más que por sus palabras. Cuando su hermano pequeño, Gilbert, dio un paso hacia atrás levantando los brazos, se percató de que aún tenía la espada en la mano. La bajó despacio y con igual lentitud la enfundó.

—¿Qué sucede aquí?

—Lo siento —dijo su padre—. No es nada bueno. Tu esposa ha convertido a Raymond de Lowick en señor de Heywood. Jehanne se negó a retirarle, de modo que hemos tenido que venir aquí para insistir en ello.

Justo entonces la portezuela de lona de la tienda se descorrió y otro hombre corpulento hizo entrada: el hermano mayor de Galeran, Will. Toda su puñetera familia estaba aquí presente.

—¡Hermanito! Vaya aparición, aunque vaya situación te encuentras en tu vuelta a casa...

No pudo evitar su fiero abrazo, de modo que Galeran lo aguantó. De todos modos, también le dio tiempo para pensar, para situar las cosas a su alrededor.

Jehanne y Raymond de Lowick.

No. No podía creerlo. Era cierto que Lowick había sido el escudero del padre de Jehanne, y que ella se había creído enamorada del joven y apuesto caballero en que él se convirtió, pero eso había sucedido hacía muchísimos años...

Cuando se liberó del abrazo de Will, se volvió a su padre.

—Pensaba que Lowick se había casado en Nottinghamshire.

—Su esposa murió sin hijos y le quedaron pocas propiedades de ella. Por la misma época tu mayordomo cogió unas fiebres y murió. Lo siguiente que supimos es que tu esposa había traído aquí a Lowick.

El aire parecía hiel pero Galeran continuó respirando.

—Está en su derecho. Le cedí el control de Heywood. Lowick siempre ha sido un caballero sensato.

Lord William movía la mandíbula de lado a lado como siempre hacía cuando no quería decir algo. El silencio se prolongó hasta que Will, quien no tenía pelos en la lengua, reveló la verdad.

—Hace sólo un mes tu esposa le dio un hijo.

Lord William cogió otra vez la copa y la puso en las manos de Galeran.

—Bebe.

Galeran vació la copa aturdido por la incredulidad. ¿Se había caído del caballo y había perdido el juicio? ¿Se encontraba, oh, no lo permitiera Dios, tirado delirando junto a los muros de Jerusalén?

—Habíamos oído que estabas muerto. —La voz de lord William parecía lejana—. Hace casi un año llegaron noticias de que habías caído en la toma de Jerusalén. No había más información, o sea que ninguno de nosotros estaba dispuesto a darlo por hecho, pero sí que provocó un buen debate sobre el futuro de Jehanne: quién ocuparía Heywood, quién tendría la custodia del bebé...

Se hizo otro silencio, y Galeran se quedó mirando el sólido poste de la tienda. Vayamos por partes. No pienses en Jehanne con otro hombre. No pienses en ella prodigando la fertilidad que tanto había costado ganar para dar un hijo bastardo.

—¿Con que derecho os Jehanne niega la entrada?

—Con ninguno —gruñó su padre—. Sabe, ambos saben, que saldrán malparados cuando yo entre ahí, así de sencillo.

Vayamos por partes.

Galeran dejó la copa otra vez encima de la mesa.

—Tendrán que aceptar lo que yo diga.

Se volvió y salió de la tienda consciente de que le seguían su padre y hermanos, consciente de las miradas de todo el campamento sobre él. Ni siquiera intentó mirar a Raoul.

Todo su embelesado elogio de Jehanne se había quedado en cenizas, y aun así...

Y aun así.

Ella le había dado por muerto. Había una partícula de alivio en eso.

Cogió las riendas al mozo y se subió a su agotado caballo. Su padre cogió la brida por la embocadura.

—¿Qué estás haciendo? Si quieres encabezar un asalto, lo haremos mañana.

Galeran no intentó hacer avanzar el caballo a la fuerza.

—Primero veremos si abren la puerta al señor legítimo.

—¡Por la cruz de san Pedro, muchacho, te dispararán nada más verte! Les interesa verte muerto.

—Si mi esposa me quiere muerto, mejor que así sea. —Encontró los ojos furiosos de su padre y, tras un momento, su padre soltó el caballo.

Galeran cabalgó en dirección al castillo con la cabeza descubierta. No llevaba estandarte, pero había suficiente gente que tenía que ser capaz de reconocerle cuando estuviera cerca. Había guardias en los muros.

Heywood estaba construido sobre la elevación natural de una roca cubierta de brezo, que se mantenía despejada de otra vegetación para que el vigía en lo alto de la torre disfrutara siempre de una buena visión de cualquiera que se acercara. Mientras Galeran cabalgaba al paso por el largo camino inclinado, oyó que el hombre hacía sonar su cuerno. En cuestión de momentos, más gente se apresuró a asomarse sobre la muralla situada sobre la entrada.

Una de ellas era Jehanne, acompañada por un hombre alto con una armadura: presumiblemente Raymond de Lowick, aunque era imposible distinguirle.

Lowick siempre había sido un hombre apuesto, y Galeran no veía motivos para que eso hubiera cambiado ahora que el hombre se acercaba a la treintena. También había sido siempre un diestro guerrero, , tanto en la batalla como en el combate cuerpo a cuerpo.

Galeran no podía distinguir nada del aspecto de Jehanne, o cómo se veía a las dos personas juntas. De hecho, pensó sin apasionamiento, las figuras podían ser otra mujer rubia y otro alto caballero, y él seguiría sin enterarse.

¿Le dispararían alguna flecha? Llevaba su cota de malla, de modo que había pocas posibilidades de que le mataran, pero podían dejarle sin un ojo. De cualquier modo, si contaban con una brutal ballesta, podrían perforarle la malla con una saeta. Se dio cuenta de que no le importaba. En este momento, vivir o morir parecía irrelevante.

Sin encontrar oposición, cabalgó hasta cerca de la entrada cerrada. Para entonces ya no había duda: la mujer era su esposa.

No había cambiado. Seguía delgada, y su precioso cabello rubio se escapaba de las trenzas como era habitual en indomables mechones movidos por el viento. Estaba pálida, pero era algo lógico dadas las circunstancias. Ella le miró a los ojos con fijeza, pero eso ya lo había esperado.

Jehanne se quedaría mirando a los ojos de Satán a las puertas del infierno.

Una llamarada de ira casi le hace perder el control.

¿Por qué?

Quería gritárselo en aquel mismo momento, pues sabía que tenía que haber algún motivo. Conocía a su esposa. Aún amaba a su esposa, pero su imagen de ella era como los fragmentos de aquella rosa rota. ¿Existía alguna cera que volviera a recomponer su vida?

Apartó la vista para inspeccionar a los hombres armados apostados sobre los muros. Ellos también estaban pálidos, pero su color podía responder a la luz del atardecer que oscurecía gradualmente.

—Soy lord Galeran de Heywood —anunció con voz lo bastante alta como para que la oyera todo el mundo—, señor legítimo de este castillo. Con la primera luz de la mañana me aproximaré con mis hombres y los hombres de mi familia y espero que se me permita la entrada. Negádmela por vuestra cuenta y riesgo.

Esperó un momento por si había alguna respuesta, pero no se oyó ninguna, tampoco ningún desafío. El único movimiento era el de la pañoleta azul de Jehanne volando al viento desapacible.

Galeran se dio media vuelta para marcharse y cabalgó de regreso al campamento. Allí desmontó y entregó su agotado caballo a John.

—¿Por qué mañana? —quiso saber su padre—. ¡Si te dejan entrar mañana, también lo harán ahora!

—Tal vez necesite tiempo para pensar antes de reunirme con mi esposa.

Tras decir eso, Galeran se marchó andando, se alejó del campamento y de todo el mundo.

Y, Gracias a Dios, le dejaron ir.

Se detuvo al cabo de un rato ya que no tenía ningún sentido continuar adelante a menos que quisiera rehacer todo el camino hasta Jerusalén, lo cual le resultaba tentador, por extraño que pareciera. Se apoyó en un árbol, se deslizó cansino hasta quedarse sentado y luego apoyó la cabeza en las rodillas.

Dios bendito en el cielo, ¿qué se suponía que debía hacer ahora?

Sabía lo que se *suponía* que tenía que hacer. Matar a Lowick, meter a Jehanne en un convento y, probablemente, después de dejarla morada a palos, repudiarla y buscarse una mujer más virtuosa.

O tal vez incluso llevarla ante el tribunal para que la ejecutaran.

Contuvo la necesidad de vomitar aquella empanada fría de vacuno.

¿Y qué había de los niños? Gallot y el bastardo. Tal vez fueran aún lo bastante pequeños como para poder querer a otra mujer como madre, pero Jehanne nunca se recuperaría de su pérdida.

Le había sorprendido que su fría e ingeniosa esposa revelara un apasionado instinto maternal. Pero una vez quedó claro, el deseo de tener un hijo se había convertido en la fuerza rectora de sus vidas. Este deseo había afectado a su placer sexual, y cada mes del año hacía sufrir en silencio a Jehanne. Aquel padecimiento había llevado a Galeran a hacer cosas que en realidad no deseaba hacer, como dejarla y tomar la cruz.

La ausencia de hijos no había importado al principio. Prometidos con dieciséis años, casados con diecisiete, la vida se extendía ante ellos como una calzada despejada, y los placeres entreverados de las pelearse y jugar en la cama absorbían toda su atención. Sin embargo, más o menos un año después empezaron las preguntas, preguntas bienintencionadas, sobre cuándo Jehanne iba a quedarse embarazada. Galeran incluso fue llamado en privado por su avergonzado padre para verificar que la joven pareja hacía todo lo necesario.

Desde luego que sí, y disfrutaban tanto de ello que no tenían prisa alguna en ver sus diversiones interrumpidas por el embarazo y alumbramiento. No obstante, la preocupación de todos los que les rodeaban empezó a afectarles, de modo que tomaron medidas.

Les recomendaron hierbas que empezaron a utilizar con diligencia. Se rezaron oraciones. Jehanne incluso accedió a llevar un amuleto para apartar los espíritus malignos que podían comerse los niños de una mujer antes de que empezaran a tomar forma.

De todos modos, todo seguía siendo una cuestión de disfrute más que de preocupación. A los dieciocho años vivían la vida con el juvenil optimismo de que todo llegaría en su momento, pues entretanto tenían muchas cosas que les absorbían.

Jehanne ya había perfeccionado sus habilidades como señora del castillo y era una gestora eficiente y esmerada. Galeran continuaba con su adiestramiento en la lucha al tiempo que desarrollaba sus habilidades administrativas, necesarias para llevar una baronía cuando el padre de Jehanne muriera. Le extasiaba el poder y el prestigio de Heywood. Al fin y al cabo, como hijo menor de su familia, nunca había esperado convertirse en un hacendado con tal facilidad.

El inesperado matrimonio se había producido tan deprisa como consecuencia de la muerte de los hermanos de Jehanne, que la dejaban a ella como heredera de las propiedades de su enfermo padre. Fulk de Heywood decidió casarla con premura y con un joven adecuado, lo bastante mayor como para asumir las responsabilidades pero lo bastante joven como para poder formarle personalmente.

Por lógica dirigió sus miradas a la numerosa familia de su vecino, William de Brome. Will, el hijo mayor, ya estaba casado. Eustace, el segundo, tenía diecinueve años y todo lo que un hombre podía desear en un yerno.

Las negociaciones para el compromiso estaban avanzadas cuando Eustace puso todo patas arriba al anunciar que había sentido la llamada de Dios y quería tomar los hábitos para convertirse en un monje soldado que combatiera a los moros en Iberia. Fulk aulló, lord William se encolerizó, pero Eustace se mantuvo firme en su decisión como podía esperarse de un guerrero sagrado.

Por consiguiente, Galeran se encontró en el centro de atención de los planes dinásticos. Con sólo dieciséis años y más interesado en los caballos y los perros de caza que en las mujeres, ni siquiera le consultaron. Le fueron a buscar a Lancashire, donde se encontraba sirviendo como escudero de lord Andrew de Forth, le enfundaron en ropas inusualmente elegantes y le llevaron a Heywood para prometerle a la gélida muchacha, unos meses mayor y unas cuantas pulgadas más alta que él. Antes de poder superar la conmoción, le dijeron que viviría en Heywood y que proseguiría su formación en el uso de las armas bajo la tutela de lord Fulk, mientras aprendía a gestionar la propiedad.

Pese a la perturbación, Galeran reconoció su buena suerte. Le cedían un castillo y fincas propias, y era probable que dispusiera de ellas muy pronto: la salud de lord Fulk era muy delicada.

Lady Jehanne no disimuló el hecho de preferir casarse con otro, con Raymond de Lowick. El alto y apuesto Raymond había sido el escudero de su padre, y ahora era conocido en todo el norte por su habilidad con las armas. Por orden de su padre, la muchacha había aceptado casarse con Eustace de Brome, igual de alto y apuesto a su ruda manera, y alguien que también había demostrado su valía en la batalla.

No contaba con casarse con un muchacho de constitución menuda.

—Soy dos meses mayor que tú —fue prácticamente lo primero que le dijo.

Galeran tenía hermanas y sabía como manejar la situación.

«Entonces sin duda morirás primero.» Pero la voz se le había quebrado antes de decirlo, y hubiera dado la mano derecha antes de hacerlo, pues ella no era su hermana. Aquella criatura espeluznante era la mujer que un día sería su esposa.

Ya habían pronunciado los votos de compromiso y firmado los documentos, ante la presencia de treinta o más hombres de prestigio en el norte. Ahora les enviarían a sentarse en el extremo opuesto del gran salón mientras los hombres satisfechos brindaban a su salud. Los dos iban vestidos con la mejor seda y oro, pero Jehanne parecía acostumbrada a ello, y Galeran nunca en su vida se había puesto ropas tan buenas.

Llevaba el pelo oscuro muy bien cortado. Estaba claro que el de Jehanne nunca se había cortado. Ondeaba formando una cascada reluciente de seda oro pálido que caía hasta sus delgadas caderas. Puesto que él provenía de una familia morena, le parecía una maravilla, pero una maravilla como los rayos o el fuego de un dragón, o una inundación.

La piel de Galeran era oscura, pues su familia había llegado no hacía mucho del sur de Francia, donde el sol calentaba con fuerza. Las líneas de sangre de Jehanne eran más nórdicas. Su piel translúcida, lisa como un buen cuerno pulido, se extendía con primor sobre sus delicados huesos. Sus labios rojos prometían calor, pero sus pálidos ojos azules eran fríos como el invierno.

Sacudió la cabeza, con lo cual la seda dorada onduló como si tuviera vida.

—Quería casarme con un hombre. Hasta tu hermano sería mejor esposo que tú.

—Mi hermano ha preferido la Iglesia. —Confió en que ella captara el comentario omitido de que estaba claro cuál era el motivo.

Ella apretó los labios y le miró de arriba abajo.

—Mi impresión era que también te atraería a ti la Iglesia. No tienes constitución de guerrero.

Ese comentario fue suficiente como para doblar la devoción de Galeran por la instrucción militar. Sabía que era pequeño, pero tenía plena fe en que crecería. Tal vez nunca sería tan grande como su padre o sus hermanos mayores, pero crecería. Sin duda pronto sería mayor que su esposa. Pese a su tamaño, ya exhibía una destreza considerable en el manejo de la espada, y también cabalgando. Apenas sin darse cuenta, decidió demostrar pronto a Jehanne que no se casaba con un sacerdote.

Disfrutaba del ejercicio, a excepción de cuando su futura esposa venía a observar.

Un día, tras contemplar su entrenamiento con la espada, ella comentó:

—Tu brazo izquierdo es más débil que el derecho.

Galeran se volvió, sacudiéndose el sudor del pelo.

—Como el de todo el mundo, incluido el tuyo.

Ella puso una sonrisita.

—No, el mío no, soy zurda.

—O sea que estás maldita, quieres decir —replicó él, mencionando la extendida superstición.

Ella sacudió la cabeza.

—La única maldición eres tú.

Pero mientras se alejaba, él volvió a sus ejercicios, satisfecho de haberse apuntado un tanto en este asalto.

Tal vez fue ése el motivo de que ella cambiara de táctica y le abordara en la tranquilidad de los establos.

—Puesto que vamos a casarnos, Galeran, es mejor que me beses.

Él se apartó con inquietud.

—No quiero besarte.

—Por supuesto que sí. —Ladeó la cabeza y le estudió con una leve sonrisa—. ¿O es que no sabes besar?

Galeran notó que se le subían los colores.

—Sé besar, pero no debo hacerlo.

Ella se rió.

—Ya te gustaría, ¿verdad? Así yo nunca sabría si lo haces bien—. De forma camaleónica, se volvió seductora y se adelantó para apoyarle una mano sobre el pecho—. Si aprendes a besar como es debido, Galeran, tal vez te deje hacerlo a menudo... ¿O quizás estás asustado?

Jehanne se había puesto perfume —algo floral pero también picante— y desprendía su fragancia como una advertencia.

Este nuevo territorio le aterrorizaba tanto que la esquivó.

—Dices perversidades. Un día, Jehanne, voy a pegarte.

Ella se rió.

—Primero tendrás que crecer un poco.

Cuando Galeran arremetió contra ella, Jehanne se apartó de un brinco, todavía riéndose de él, pero él recuperó el juicio a tiempo. Tal vez fuera su prometido, pero aún no tenía los derechos de un esposo.

Aún.

La idea de los derechos de esposo le llevó a pensar en los deberes matrimoniales. Sólo faltaban cuatro meses para la boda, y Jehanne tenía razón: no sabía qué hacer. Al menos conocía los detalles y había visto de vez en cuando a sus hermanos con alguna que otra doncella, pero carecía del conocimiento práctico. No se había interesado demasiado por las mujeres antes del compromiso, y desde entonces había estado en Heywood. No parecía correcto, en cierto modo, rondar a las doncellas en casa de su esposa.

Pero necesitaba cierta práctica, y por lo tanto superó sus escrúpulos y empezó a besar a las mozas que le resultaban atractivas. Encontró el asunto bastante placentero. También le llevó a otros disfrutes: el suave contacto con el cuerpo de la mujer, en especial sus pechos; el cálido relumbre en sus ojos cuando se sentían complacidas; el olor seductor de una mujer, tan diferente al de un hombre sudoroso; las sensaciones de su propio cuerpo, que pedía más.

Pero no atendía a esas peticiones —eso aún no parecía correcto— aunque a menudo pensaba en visitar Brome, pues allí conocía los nombres de algunas mujeres que estarían dispuestas.

Entonces, un día, Jehanne le descubrió con su lechera favorita sentada sobre su regazo. Aunque sintió la punzada de la culpabilidad, la furia desnuda en los ojos de su prometida fue un aliciente para él. Supo entonces que en realidad quería que Jehanne le atrapara así, quería verla enfadada por ello. Se sacó a la doncella de encima de sus rodillas y le dio un manotazo juguetón en el trasero para mandarle a continuar con sus cosas.

Jehanne, por supuesto, se apresuró a controlarse.

—Supongo que estás practicando —dijo con aire despectivo—. ¿Confías en aprender bien para cuando estemos casados?

—¿Por qué iba a preocuparme, mientras te aparee y te deje preñada?

Ella casi le ladra.

—Para que no me ría de ti.

—Si no te ríes de mí, yo no me reiré de ti.

Y él también se apuntó el tanto en aquella ocasión, ya que ella salió como un basilisco con el color de la furia en sus mejillas.

Pero, quizás, al fin y al cabo, ella había ganado ese asalto: Galeran descubrió que no le gustaba enfadarla y renunció a sus juegos con las doncellas. De todos modos, deseaba, más que nunca, visitar Brome para poder practicar de verdad para su noche de bodas.

Lo de fornicar estaba muy bien en teoría; sabía lo que había que hacer y en qué momento, pero muchas cosas en apariencia sencillas resultaban bastante difíciles llegado el momento, como apuntar una ballesta para que la roca arrojada pudiera hacer algún daño. Recordaba su primer intento en ese ejercicio, y la manera en que la roca había caído pesada en el suelo a bastante distancia del objetivo.

Con toda certeza no quería fallar en el lecho nupcial.

Pero, ¿sabía ella más que él? Seguro que no. Era una muchacha llena de energía, ya que su madre había muerto años antes y su padre en cierto modo había descuidado su educación, pero Fulk no era el tipo de hombre que tolera un hija desvergonzada. No podía haber tenido devaneos con otros hombre. ¿O sí?

Se preguntó con inquietud acerca de Raymond de Lowick, quien visitaba Heywood con demasiada frecuencia para el bienestar de Galeran. En apariencia venía a presentar sus respetos a su antiguo maestro, pero coqueteaba con Jehanne. Ella no parecía incentivarle, pero tampoco le rechazaba.

La realidad era que, para Galeran, Jehanne era un misterio enrevesado.

No caminaba con delicadeza, más bien andaba a zancadas, con las faldas balanceándose de un lado a otro. Y aun así, era grácil como las demás mujeres. No inclinaba el cuello y bajaba la mirada sino que miraba a los hombre directamente a los ojos, tanto daba si se trataba de su padre, de Galeran o de Lowick. Sin embargo, aquello no resultaba indecoroso. Salía a cazar con la misma velocidad y fiereza que un hombre, y le gustaba estar presente en el momento de dar muerte a la pieza. Galeran había aprendido que cualquier impresión de delicadeza era una ilusión. Era infalible con el arco, podía esgrimir una espada ligera con habilidad y levantar un saco de cereal sin dificultad.

Descubrió que todo esto no le molestaba lo más mínimo ya que ella era igual de competente en los asuntos femeninos. Podía hilar delicadas hebras y tejer telas resistentes, y sus bordados eran una maravilla para él. Aún más importante, sabía organizar a los demás para que hilaran y tejieran y bordaran, de modo que Heywood prosperó bajo su tutela. Sabía con exactitud cómo debía hacerse todo, y parecía no perder nada de vista. Propensa a castigar a quienes no cumplían con sus obligaciones, nunca era cruel, nada más sacaba lo mejor de cada uno.

La gente de Heywood estaba orgullosa de su señora, igual que Galeran. La admiraba, pese a su lengua afilada y todo lo demás, y aunque seguía poniéndole nervioso, aprendió a manejarla. Aprendió cuestiones castrenses de su maestro militar, y de Jehanne aprendió luchas más personales.

Y disfrutaba de ambas cosas.

Y por fin estaba creciendo. Un día se percató de que era más alto que ella, y poco después incluso había cogido más peso y altura, de modo que a dos meses de la boda ya le sacaba media cabeza. Tal vez como respuesta a esto, Jehanne se burlaba menos de él. Ahora le observaba con una luz diferente en los ojos y nunca le importunaba si se estaban a solas.

Pero un día, cuando sólo quedaba un mes para la boda, ella le atrapó en un pasillo desierto.

—¿Aún no estás listo para besarme, futuro esposo mío? —Tenía que alzar la vista para mirar a Galeran.

Sí, estaba listo, y más que listo. De inmediato la cogió por la muñeca y luego atrapó su cintura con el otro brazo. Ella se puso rígida y abrió sus azules ojos. ¿Con conmoción? ¿Con rabia? ¿Excitación? Aún no sabía interpretarlo, y en aquel momento tampoco importaba demasiado.

Pegó sus labios a los de ella, luego se detuvo preguntándose qué haría Jehanne. No hizo nada, pero, para su desconcierto, se quedó mirándole con fijeza y sin pestañear.

—¿No sabes que hacer? —bromeó él pegado a sus labios.

—Estoy esperando a ver qué haces tú. —Pero las palabras movieron sus labios contra los de él, y un atisbo de su cálido aliento entró en juego. El cuerpo de Galeran reaccionó al instante y se quedó paralizado, temeroso de sí mismo.

Vio un destello en los ojos de ella y, al momento siguiente, Jehanne sacó la lengua y le lamió los labios.

Él la apartó, pero no demasiado.

—¿Quién te ha enseñado trucos así?

Jehanne sonrió de aquella manera que a él le ponía furioso.

—¿Quién te ha enseñado a reconocerlos?

—No es lo mismo para los hombres que para mujeres.

—¿Ah no?

Enojado, volvió a atraerla hacia sus brazos y la besó, con fuerza y brusquedad, sin importarle si a ella le impresionaba o no, sólo con la intención de demostrarle quién era el amo y señor. Ella permaneció tiesa entre sus brazos por un momento, pero de repente se relajó y le devolvió el beso, jugando con la lengua y curvando su cuerpo para acercarse aún más a él.

Galeran disfruto plenamente hasta que se percató de lo que estaba sucediendo. Entonces, conmocionado, se apartó con una sacudida, y la soltó.

—¡Habías besado antes!

Ella ladeó la cadera.

—¿Ah sí?

—¿A quién?

—¿Te gustaría saberlo, eh?

—Sí, para poder matarlo.

Se rió.

—¿Tú?

Entonces él le pegó.

Jehanne chilló con una mano en su mejilla colorada. Luego, con un bufido de rabia, se lanzó contra él con sus puños, uñas y con cada parte de su cuerpo delgado y fuerte. Él intentó controlarla y le resultó imposible, de modo que acabaron en una pelea total, un combate de lucha libre, con arañazos, rasguños, enredones, magulladuras y elegantes ropas hechas jirones. Tuvieron que separarles, gruñendo como perros salvajes, y a él lo mandaron de vuelta a casa para enfrentarse a la cólera de su padre.

Capítulo 3

—¡*H*eywood habla de anular el compromiso, cabeza de chorlito!

—¡Me saca de quicio!

—¿Y por eso le pegas? —Lord William dio una bofetada a Galeran con toda la fuerza de su poderoso brazo, derribando a Galeran de rodillas y haciéndole perder un par de dientes—. ¿No se te ocurre otra manera de tratar a una delicada doncella?

—¿Delicada? ¿Esa loba?

Con eso se ganó que, tras levantarle del suelo, su padre le golpeara en la otra mejilla. Pese a sus bruscas maneras, lord William no soportaba que se hiciera daño a una mujer. Tras azotar a su hijo:

—Sal de mi camino, y cuando estés recuperado, regresa a Heywood para arreglar las cosas.

Necesitó tres semanas para que se curaran las heridas y desaparecieran las magulladuras, tres semanas deseando los tormentos del infierno a Jehanne de Heywood, pero, por extraño que pareciera, tres semanas echándola de menos. Ni se le ocurrió completar su educación sexual.

Cuando regresó a Heywood estaba muy inseguro de la bienvenida que iba a dispensarle Fulk o su hija, pero tenía una certeza: quería, deseaba ser perdonado. La idea de perder a Jehanne le parecía muy amarga.

De cualquier modo, razonó, su padre tenía razón. Un hombre no debería necesitar pegar a una mujer para controlarla, ni siquiera a una mujer como Jehanne. Estaba dispuesto a expresar sus disculpas, aunque confiaba en que ella no se regodeara, o su tolerancia no daría para tanto.

Para su sorpresa, Fulk no puso dificultades, se limitó a comentar que confiaba en que la próxima vez que Jehanne le disgustara, Galeran le pegara en condiciones en vez de iniciar una trifulca con ella.

La mera idea era desalentadora, a menos que la ataran primero seis hombres fuertes, pero Galeran dijo todo lo que debía decir y se fue en busca de su futura esposa.

La encontró en el jardín, con aspecto apagado, irradiando pena más que satisfacción. Escuchó la disculpa que Galeran expresó con suma cautela, y luego dijo:

—Me azotaron por tu culpa.

—¡A mí sí que me azotaron!

Los ojos de Jehanne se encendieron.

—Si te castigaron es porque te lo merecías.

—Si a ti te castigaron, también te lo merecías.

—¡Yo no hice nada!

—¡Dedicas el día a amargarme la vida!

—Yo, mi señor Galeran, tengo cosas mejores que hacer con mi vida que planear desgracias.

—Entonces aplícate a ellas como un doncella debería hacer.

Pero aunque reñían, sus ojos se enredaron en un nuevo tipo de atención.

—¿De verdad te azotó? —preguntó Galeran.

Ella bajó los párpados y ocultó los ojos.

—Ordenó que me azotaran.

—¿Ah, así es como se hace?

Jehanne alzó los párpados, revelando el fuego en su mirada.

—Azótame u ordena que me azoten, tanto da, Galeran, pero te aseguro que lo lamentarás.

Mientras él se retiraba a la relativa seguridad de las espadas, los caballos y los garfios, Galeran sabía que hablaba en serio. Podía imponer su voluntad, sí. Era un hombre con fuerza y poder, y contaba con el peso de la ley de su lado. Pero si alguna vez llevaba las cosas tan lejos, Jehanne moriría antes que someterse.

Por otro lado, ella aún era una espina clavada en su carne y tenía que hacer frente a eso de algún modo. No contaban aún con la bendición para tratarla como a él le gustaría, de modo que la evitaría todo lo posible durante la semana que les quedaba.

No resultó fácil, teniendo en cuenta que se acaloraba sólo con verla, le enloquecía el roce de su brazo contra el suyo en la cena o el rastro de su perfume sutil en el aire.

Tal vez ella no tenía idea del efecto que le producía o de la fuerza del deseo en un varón joven y saludable. Si lo supiera, sin duda no dejaría de tomarle el pelo.

Galeran intentaba mantenerse apartado, pero ella parecía tener una habilidad diabólica para hacer apariciones allí donde él estuviera. Él también aprendió a esquivar su contacto, pero ella parecía estar siempre intentando tocarle. Jehanne también encontró maneras de vestirse y moverse que conseguían que Galeran no quisiera evitarla en absoluto.

Pero, con voluntad y plegarias, aguantó.

Hasta que una mañana, dos días antes de la boda, se despertó y se la encontró sentada con las piernas cruzadas sobre la cama.

—¡Por las llamas del infierno, Jehanne! ¿Qué estás haciendo aquí?

—Me has estado evitando, Galeran. —Tenía el pelo suelto y llevaba sólo una ligera túnica de un cautivador tono rosa.

Galeran contuvo la necesidad de meterla bajo las sábanas.

—Eso significa que no te quiero ver. Lárgate.

—No.

—Entonces me largaré yo.

Mientras apartaba las colchas, ella dijo:

—He tirado todas tus ropas por la ventana.

—¿Qué? —Vio su baúl abierto y vacío y ella se rió de él.— ¿Crees que soy vergonzoso, niña tonta? —Se levantó de un salto de la cama y se quedó ante ella desnudo.

Entonces se quedó paralizado.

En nombre del Salvador, ¿qué se creía que estaba haciendo? Ahora ella gritaría y conseguiría que todo el castillo cayera sobre ellos.

Debería ser más listo. Ella no dio muestras de alarma sino que le miró de arriba abajo, con los ojos un poco abiertos y las mejillas tan sonrosadas como su túnica, pero por lo demás mantenía la compostura.

—No está mal. Estás creciendo.

Y Galeran se quedó allí clavado, expuesto a aquel escrutinio. No podía quedar mal metiéndose bajo las mantas otra vez, pero no tenía ropas que ponerse. Así, no le quedaba otra opción que devolverle la mirada.

—Supongo que tú también has crecido, pero cuesta apreciarlo si vas vestida.

Ella abrió un poco más los ojos, luego empezó a levantarse la falda.

Galeran se lanzó hacia delante y le agarró la mano.

—¡No!

—¿No? Me has provocado.

—No lo he hecho.

—A mí me ha sonado a un desafío. Nunca dejo de responder a un desafío.

—¡Entonces, por la cruz, te desafío a saltar por la ventana tras mis ropas!

Ella le miró a los ojos.

—Sólo si tú vienes detrás. De la mano, hasta la eternidad, Galeran...

Y él supo, con terror, que lo haría.

Todavía la agarraba, y ella le volvió hacia arriba la mano, moviéndola de forma que le rozara el pecho, su pecho menudo y tieso, notando con claridad el pezón a través del fino tejido.

—Ves. Estoy creciendo. —Luego bajó la vista y sonrió—. Y tú también.

Galeran sabía que sí. Por primera vez, el deseo se apoderaba con fuerza de él y con un propósito inmediato. Había sentido deseo con anterioridad, pero nunca por una mujer —una mujer especial— tan próxima, tan alcanzable, tan caliente bajo su mano.

Se puso a temblar.

—No podemos...

—Por supuesto que no podemos. Pero podemos besarnos. Me debes un beso.

—Jehanne, no. No puedo... —No encontraba las palabras para explicar el peligro, el peligro de dejar suelta su bestia voraz.

Pero tal vez ella sí entendió. Inspiró a fondo y se apartó con un movimiento rápido.

—Si no puedes, no puedes —dijo como si nada hubiera sucedido—. Mandaré subir tus ropas. —Salió en silencio de la habitación dejando tan sólo un rastro de perfume y una furiosa erección atormentando a Galeran.

Aunque ella no volvió a importunarle, su presencia era suficiente para excitarle al límite. Cuando llegó el día de la boda, estaba a punto de arder como un árbol seco, con tan sólo el primer contacto de la llama, y las largas horas de ceremonia y festejos fueron un tormento interminable.

Sin embargo, cuando por fin les dejaron a solas en el lecho matrimonial, Galeran se quedó paralizado, un poco por el temor a que ella supiera más que él de esto y se riera, pero sobre todo por el terror a desatar la fuerza que bramaba en su interior —una fuerza que ni entendía ni controlaba— y acabar haciéndole daño a ella.

Tras un rato, Jehanne le puso la mano en el pecho.

—¿Galeran...?

Él se estremeció de forma involuntaria, esforzándose por no perder el control, pese a que eso mismo le aterrorizaba: si conseguía controlar las cosas lo suficiente, no conseguiría hacerla suya.

—Tenías razón —susurró él—. Deberías haberte casado con alguien mayor que tú.

—¿Por qué? —Parecía divertida—. La única diferencia es que él habría muerto antes.

Galeran se quedó mirando el techo, con los puños cerrados.

—Habría sabido qué hacer. Yo no, Jehanne. Nunca antes lo he hecho.

Jehanne hizo un pequeño movimiento con los dedos contra su pecho para tranquilizarle, también con cierto nerviosismo.

—Tampoco yo, pero conozco todos los pasos.

—Igual que yo. —Pero no sabía cuándo o cómo...

Ella bajó la mano como un reguero de fuego y encontró el origen de las angustias y esperanzas de él.

Galeran soltó un jadeo.

Igual que ella.

—No esperaba que estuviera tan dura —dijo ella. Pero en vez de espantarse con recato femenino, apartó las mantas para mirar e inspeccionar con los dedos. Él tuvo que apartarle la mano para no explotar. Hubo una pequeña refriega y acabaron cara a cara, mirándose el uno al otro se diría que por primera vez.

—No, Jehanne.

—¿Duele?

—Sí. Pero no es ese...

—Entonces úsala.

Desnuda debajo de él, con sus venas visibles debajo de la delicada piel, su fragilidad era casi imposible.

—Tengo miedo de hacerte daño.

—Se supone que debes hacerlo.

—No quiero lastimarte. —Intentó hacerse a un lado, pero ella le retuvo con piernas y manos, recordándole que no era en absoluto frágil.

—No tengas miedo. Mi institutriz me explicó —empezó a ruborizarse de un modo que Galeran encontró fascinante y a la vez de lo más incitante—, me dijo que resultaría más fácil si yo estaba lista, y si estaba lista estaría pringosa... —Bajó la voz hasta convertirla en un susurro y sus mejillas se pusieron del todo rojas—. He estado lista durante semanas, Galeran, y estoy... estoy lista ahora.

Jehanne le cogió la mano y la llevó entre sus piernas hasta los pliegues cremosos y ardientes, para demostrar la verdad de sus palabras, abriéndose, relajándose debajo de él...

De pronto, el cuerpo mecánico de Galeran fue tras su mano como un arado va detrás del tiro, y la encontró, la penetró, la llenó, la usó.

Nunca había esperado que fuera así: tenía tan poco que ver con sus toqueteos a las doncellas como un infierno tiene que ver con la llama de una vela; tenía incluso tan poco que ver con las veces en que se había masturbado como el fuego de un hogar tiene que ver con un incendio arrasador.

Se desplomó sobre ella cuando acabó, y Jehanne le empujó entre jadeos:

—¡Galeran, no puedo respirar!

Él se apresuró a apartarse.

—Lo siento. ¿Te he hecho daño? —Entonces, al ver la respuesta en su cara, añadió—: Si te he lastimado, ha sido culpa tuya.

—¿Culpa mía?

—Podría haber esperado si no hubieras sido tan descarada.

—Habría sido lo mismo, no importa cuánto esperaras —soltó con brusquedad—. Forma parte de la naturaleza de los hombres desvirgar a la mujer, y el destino de las mujeres es sangrar.

Él intentó consolarla.

—Ahora que ya no eres virgen ya no volverá a dolerte.

—¿Y cómo lo sabes? —Tras decir eso se dio media vuelta.

Por consiguiente, pese al hecho de que a él le hubiera gustado repetir aquel maravilloso ejercicio, se dio también media vuelta y al final se quedó dormido.

Al día siguiente la sábana fue exhibida para confirmar su acto. Galeran recibió felicitaciones como si hubiera derrotado a un dragón, y Jehanne fue mimada como si la hubieran herido.

Él supuso que, en efecto, así había sido.

Pese a la aprobación masculina, Galeran se sentía bastante desgraciado. Suponía que ninguno de los hombres, Fulk en especial, estaba enterado de la violencia con que había tomado a Jehanne, y que ella no se sentía contenta al respecto.

Lo único que podía hacer era refrenarse para no repetir el acto hasta que ella se encontrara bien. Pero, ¿cuando sucedería eso?

Cuando se fueron a la cama la noche siguiente, él preguntó si aún le dolía.

—Sólo un poco —dijo ella con un tono resignado que fulminó cualquier deseo que él sintiera.

Por otro lado, Galeran se sentía muy frustrado. No quería imponerse a una esposa dolida y poco dispuesta, pero tras haber saboreado el sexo, quería más. Pensó por un breve momento en las complacientes doncellas, pero eso no serviría.

A la noche siguiente volvió a preguntar si aún le dolía, y ella respondió «No». Con un suspiro de alivio entró en ella y encontró el placer que tanto anhelaba, y esta vez se acordó de aguantar su peso en vez de caerse sobre ella. Pero en medio de su clímax, fue más consciente de lo que sucedía, y se percató de que Jehanne no estaba contenta.

Después la cogió entre sus brazos.

—¿Qué sucede, cielo? ¿Qué quieres?

Pensaba que no le iba a responder, pero entonces dijo:

—Quiero lo que tú tienes.

—¿Una polla? —preguntó sinceramente apabullado.

Ella le dio un puñetazo en el hombro.

—No, pedazo de imbécil. ¡El placer! Las mujeres también gozan, sé que es así. Puedo notarlo , pero no... —Y entonces aparecieron lágrimas en sus ojos, la primera vez que él las veía.

Entonces Galeran la acunó con impotencia.

—Lo siento, amor mío. Encontraremos la manera...

Tal vez fuera por instinto, o tal vez fueron los fragmentos de un rumor medio entendido, o tal vez fueron sus momentos pasados con las doncellas, pero llevó su mano al pecho izquierdo de Jehanne y sintió de inmediato su respuesta.

—¿Podría servir de algo esto?

—Podría...

Lo acarició, jugueteó con él, encontrando placer él mismo al hacerlo, y también en lo duro que se ponía el pequeño pezón rosado. Luego bajó la cabeza y lo besó.

—Sí —susurró ella, de modo que él continuó besando y lamiendo.

Al cabo de un rato, ella dijo:

—Tal vez si lo chuparas un poco...

Y fue lo que hizo, y con gran disposición, pues encontraba que el placer de ella se sumergía en la avidez de él. No parecía importarle a Jehanne que estas succiones delicadas se volvieran más completas, y aunque más que sonreír fruncía el ceño, él percibía que estaba haciendo alguna cosa bien.

No podría mantener el control eternamente, pero cuando tuvo que volver a penetrarla distinguió que ella estaba más en sintonía. Puesto que era la segunda vez aquella noche, ya no tenía tanta prisa, fue capaz de intentar actuar como ella quería y continuó dando placer a sus pechos entre profundos besos.

Después Jehanne dio la impresión de estar contenta, pero Galeran pensaba que aún no había encontrado lo mismo que él. Se preguntaba en secreto si las mujeres experimentaban la misma liberación, y lo cierto era que no tenía problemas en intentarlo.

Puesto que ninguno de los dos sabía con precisión qué buscaban, les llevó varias semanas y una gran cantidad de exploraciones deleitables encontrarlo, pero cuando lo consiguieron, no cupo la menor duda.

Jehanne dejó marcas de sus dientes y uñas en su piel, y los ruidos que él oyó le hicieron pensar que se estaba muriendo, hasta que intentó detenerse y ella le amenazó con el infierno si lo hacía.

Después, ella se quedó tumbada y tan asombrada como él se había quedado la primera vez.

—Galeran...

—¿Mmm? —Acarició con aire de suficiencia su cuerpo ahora tan familiar.

—Me ha gustado.

—Vaya. Nunca lo hubiera imaginado.

Pese a la armonía en la cama, la vida no había sido del todo apacible. Jehanne tenía opiniones firmes sobre todas las cuestiones y las expresaba, mientras que Galeran, por arrogancia juvenil, creía que lo que él decía era la última palabra, después de la de Fulk. De todos modos, siempre acababan sus peleas entre risas y haciendo el amor, explorando contentos la profundidad y amplitud de sus placeres corporales.

Hasta que finalmente la sombra de la infecundidad cayó sobre ellos.

Para entonces Fulk ya había muerto y ellos ya eran señor y señora de sus dominios. La planificación inteligente, la eficiencia y el duro trabajo estaban convirtiendo Heywood en una propiedad próspera. Galeran había llevado a término el proyecto de Fulk de cerrar con un muro de piedra el patio interior del castillo, reemplazando el vallado de madera. La torre del homenaje se pintó de blanco por fuera, y por dentro se colgaron suntuosos tapices de lana, todos tejidos y teñidos por Jehanne y sus mujeres.

Los días se llenaban plácidamente de trabajo productivo y durante las veladas el personal de la casa disfrutaba con música, narraciones y el ocasional artista ambulante.

Todo era perfecto, salvo que faltaba un heredero de todo esto ya que lady Jehanne no se comportaba como una dama debería. Era demasiado osada, demasiado activa. Ése era el motivo por el que ningún hijo se desarrollara dentro de su vientre.

Galeran le decía que todo esto eran disparates, que las mujeres de los siervos trabajaban desde el amanecer a la noche y que concebían un hijo tras otro... pero Jehanne empezó a cambiar. Descansaba cada día, ya no levantaba nada pesado y se negaba a cabalgar más rápido que al paso.

El siguiente cuento de las viejas fue que los enfados y los estados agrios del ánimo podían matar a una criatura, de modo que ella hizo todo lo posible para controlar su genio. A Galeran estos intentos de cambiar su naturaleza le resultaban desesperantes, y en ocasiones le tomaba el pelo sólo para despertar el espíritu que a él tanto le gustaba.

No obstante, después de sus peleas ya no había risas ni sexo. En vez de ello, Jehanne lloraba y le acusaba de no desear en absoluto un hijo, lo cual era el motivo de que no intentara crear un ambiente de dulzura hogareña.

Luego, siguiendo más consejos, ella se negó a las actividades amorosas más allá de tumbarse debajo de él.

Cuando empezó a correr el rumor de que Jehanne empleaba trucos malévolos para evitar quedarse embarazada, toda la rabia frustrada de Galeran explotó y un día azotó a una mujer a la que oyó cuchichear al respecto. No fue prudente ya que atrajo la atención de todo el mundo hacia el problema.

Noche tras noche le decía a Jehanne que a él no le preocupaba que fuera estéril, y esa era la verdad. Quería hijos, sí, sobre todo un varón, pero eso no estaba por encima de todo lo demás. Más que un hijo, él quería recuperar a su fuerte, atrevida y lista esposa.

Y cada mes, ella lloraba.

Galeran la estrechaba en sus brazos y la acunaba un día cuando le vino el periodo.

—No importa, cariño. No importa.. Will ya tiene dos hijos. El pequeño Gil puede quedarse con Heywood.

—Yo quiero un hijo. —Lo dijo con fiereza, no con lástima.

—Entonces encontraremos una criatura que puedas criar. Una hija.

Ella le apartó de un empujón.

—¡Quiero un hijo en mi interior, hombre estúpido. Lo ansío. ¡Y no puedo soportarlo!

—Es la voluntad de Dios.

—Entonces hay que cambiar la voluntad de Dios.

Tal y como era ella, asaltó el cielo como si fuera una fortaleza, disparando donaciones y crucifijos de oro, enviando batallones de letanías y misas. Y cada mes, el sangrado anunciaba su fracaso, y se hundía ella sola en su sufrimiento.

O arremetía contra todo. La gente del castillo sabía que tenía que actuar con cuidado cuando andaba cerca de ella, y fue en uno de estos momentos cuando rompió la rosa. Galeran no preguntó si fue un accidente o un ciego acto de rabia, se limitó a consolarla y luego hizo todo lo posible para volver a juntar los pedazos.

Pero los pedazos de su vida no volvían a encajar. De hecho, las cosas fueron de mal en peor.

Un sacerdote le dijo que la excitación sexual de una mujer mataba el semen, de modo que sólo aceptaba breves relaciones que no atendieran a sus necesidades. A la menor caricia de Galeran, le cogía la mano y decía:

—No, no hasta que me quede embarazada de un hijo.

Puesto que él no creía ya que fuera a haber un hijo alguna vez, parecían atrapados como moscas en la tela de araña de la frustración.

La primera llamada para liberar los lugares sagrados en Tierra Santa ya se había producido antes de llegar la situación a este estado tan grave. Galeran no se había enterado demasiado bien, ya que la iniciativa no había encontrado demasiado apoyo en la Inglaterra del rey Guillermo Rufus. Rufus rechazaba de plano la mayoría de asuntos clericales y no tenía intención de animar a sus mejores guerreros a emprender ese viaje a ultramar.

Sin embargo, a finales del siguiente año, empezó un goteo de noticias sobre los éxitos logrados allí. Parecía que los ejércitos cristianos iban a llegar a la Ciudad Santa y a liberarla, y algunos hombres hacían planes para embarcarse directamente hasta Palestina. Podrían estar allí en pocos meses y con suerte tomarían parte en una gran batalla.

Galeran estaba demasiado absorbido por sus problemas personales como para que la historia le encandilara, hasta que Jehanne instó a que se implicara. Una vez más, otro servicial sacerdote —esta vez un predicador errante que intentaba despertar el interés por la cruzada— había sugerido que un servicio tan noble podría ser el arma que rompiera los muros.

—Encuentro harto difícil que la manera de tener un hijo —indicó Galeran— sea el separarnos durante años.

En vez de discutir, Jehanne se apartó.

—Pensaba que tal vez fuera un alivio para ti hacerlo.

—¿Por qué ibas a pensar eso?

—Sé que me he convertido en una amargada, que me he vuelto tan exigente...

—Y piensas que tus exigencias me molestan.

Ella se volvió para mirarle directamente a los ojos.

—¿No?

Él suspiró.

—No es la frecuencia lo que me molesta, Jehanne, sino la desesperación. ¿Cuándo fue la última vez que nos reímos mientras hacíamos el amor?

—Creo que lo he olvidado.

Quiso sugerir que volviera a aprender aquello, que se olvidaran de los hijos, pero era como sugerir que se olvidara de respirar.

—De modo que piensas que Dios quiere mi espada en Jerusalén...

No podía decirlo con entusiasmo, eso no. Pese a que disfrutaba con los ejercicios marciales, nunca había encontrado placer en matar gente. A menudo daba las gracias de vivir en una época bastante pacífica.

Entonces ella le tocó con suavidad el brazo.

—A mí tampoco me gusta la idea. Pedirte que te marches, Galeran, es como cortarme la mano.

Y de este modo mostró la profundidad de su necesidad. Él la cogió en sus brazos.

—Sin duda es un noble servicio salvar los santos lugares y hacerlos seguros para los peregrinos. Todos los cristianos deberían hacer un esfuerzo. Pero no podemos dar por supuesto que Dios nos devolverá el favor que deseamos.

—Debería hacerlo ya que será un sacrificio horrible. —Le miró y en aquel momento casi volvió a ser la antigua Jehanne, la que había cogido su espada para enfrentarse al jabalí—. Si esto no funciona, Galeran, ¡voy a convertirme a la religión mahometana!

Él se rió, pero sospechaba que no estaba tan lejos de la verdad. Si el Dios de los Infieles prometía un hijo a Jehanne, ella se arrodillaría ante Él.

• • •

Viajaron hasta Londres para unirse a otros cruzados, escoltados por lord William y el tío de Jehanne, Hubert de Burstock. El segundo hijo de Hubert, Hugh, también tenía intención de abrazar la cruz, pero sólo por ambición de gloria y tierras.

De cualquier modo, el juramento era el mismo, fuera cual fuera el motivo, tomar la Ciudad Santa de Jerusalén o morir en el intento, y no regresar antes de cumplido el propósito.

Galeran hizo un juramento adicional en silencio: se mantendría fiel a su esposa. No pensaba que fuera a resultar tan difícil, ya que nunca había estado con otra mujer aparte de Jehanne, y nunca lo había querido. No obstante, teniendo en cuenta los motivos, malgastar su semen en fulanas sin duda sería algo execrable.

Como ordenaba el Papa, Jehanne dio un paso adelante para dar fe de que estaba conforme con que su marido se fuera tan lejos y durante tanto tiempo. Galeran dejó en las competentes manos de su esposa todos sus asuntos, sujetos sólo a los consejos de un lord William nada conforme con todo esto.

Luego pasaron juntos la última noche, una noche mucho más próxima a sus primeras noches llenas de dicha que ninguna de las experimentadas en tiempos recientes.

Una noche que había tenido como fruto un hijo.

Dios era de verdad bondadoso.

Pese a las circunstancias actuales, Galeran aún creía eso y, sentado en la oscuridad del bosque, bajó la cabeza para rezar.

Fue Raoul quien le despertó.

En la quietud del gris amanecer, Galeran se estiró dolorosamente, helado por completo y casi agarrotado por la posición incómoda en la que se había dormido. Dormir con la malla tampoco había ayudado. Era probable que su carne quedase marcada de forma permanente.

—¿Intentas matarte? —preguntó Raoul con cierta irritación, ofreciendo una jarra de sidra caliente muy condimentada.

Galeran rodeó la jarra agradecido con sus frías manos y dio un sorbo.

—No quiero morir.

—Bien. —Raoul había traído algo de carne de cerdo recién cocinada y pan caliente, y le pasó un poco—. He de reconocer que tu familia come bien incluso en campaña.

—A mi padre siempre le ha gustado cuidarse.

Comieron en silencio durante un rato, luego Raoul echó un hueso a los arbustos entre la bruma.

—El castillo sigue cerrado a cal y canto, y pronto se hará la primera luz del día. ¿Qué vas a hacer cuando ella te desafíe?

—Es difícil definir la primera luz. Jehanne abrirá en el último momento.

—¿Por qué iba a dejarte entrar? Tiene que saber que traerá represalias, y tu castillo podría aguantar un tiempo, está rodeado por un buen muro. Aún más, tal vez esperen ayuda del exterior. Deduzco que este Raymond de Lowick goza de la confianza del obispo local, un hombre que tiene buen trato con el rey.

Galeran alzó la vista al oír eso.

—Con toda certeza eso vuelve la situación más interesante.

Raoul soltó un resoplido.

—¡Interesante! Sin eso no tiene apenas interés. Por el amor de Dios, Galeran, ¿no ves el peligro que hay aquí? Tus asuntos personales pueden enredarse con los de la realeza. Tu padre está preocupado.

Galeran se puso en pie y se sacudió las migas de los pantalones. Era un alivio debatir un simple enredo político.

—Dudo que el rey se implique en esto. Estamos demasiado al norte. Siempre resulta peligroso para el rey de Inglaterra dejar desatendido el sur. Recuerda lo que le sucedió a Harold...

—El obispo podría actuar por iniciativa propia —interrumpió Raoul—. Por lo visto este Ranulph Flambard...

—¡Flambard! —Aquello atrapó la atención de Galeran—. ¿Qué hace él de obispo de Durham? ¡Cuando marché de Inglaterra, ni siquiera era sacerdote!

—Sin duda ha ascendido con gran velocidad. Tal vez como recompensa por ocuparse del país durante la última década más o menos, con crueldad pero con beneficios. De modo que, ¿y si este poderoso y despiadado clérigo, el cual por lo visto tiene al rey en el bolsillo, decide que el amante de tu esposa está en su derecho a continuar aquí?

Galeran controló su necesidad de obligar a Raoul a que se tragara la palabra *amante.*

—Mi padre ha sido un hombre poderoso en el norte durante treinta años, y ha servido con fidelidad a este rey y antes a su padre. ¿Por qué Flambard o Rufus iban a conspirar contra Brome por este tipo de asunto?

—Si tienes que tomar el castillo a la fuerza...

—No hará falta.

Incluso en la bruma gris, Galeran pudo ver la expresión ceñuda de su amigo.

—¿Piensas de verdad que va a abrir las puertas?

—Sí.

—¿Por qué, en nombre de la Cruz?

—Porque es lo correcto.

Raoul soltó un resoplido de incredulidad.

—Las mujeres no piensan en términos de correcto e incorrecto.

—Jehanne sí. —Galeran confiaba con fervor en que esto aún fuera cierto—. Pero si no te gusta este razonamiento, ¿qué quieres hacer? Si Jehanne no quiere verlo de este modo, la guarnición sí lo hará. Son hombres nacidos aquí que me conocen. La mayoría me han jurado fidelidad.

Raoul pensó en eso y luego asintió con la cabeza.

—Bien, eso al menos tiene sentido. Supongo que ante las noticias de tu muerte, a tus hombres no les quedaban muchas opciones aparte de obedecer a tu señora ya que la dejaste al mando. Pese a que trajo a otro hombre y... —Raoul miró a Galeran, luego ocupó su boca en liquidar lo que le quedaba de sidra en vez de seguir hablando.

—Muy prudente.

—¡Por la corona de Cristo! —exclamó Raoul—. ¡No puedes pretender que ella es inocente! Lleva una criatura en el pecho.

—No, supongo que no.

Raoul abrió la boca, luego volvió a cerrarla.

—¿Qué vas a hacer?

—¿Quieres más cerdo?

Raoul negó con la cabeza, tanto como respuesta a su ofrecimiento como a modo de valoración de la situación. De repente, en medio del silencio, un pájaro empezó a trinar: el anuncio del coro del amanecer. ¿Lo oiría Jehanne y lo tomaría como señal de la primera luz?

Galeran tiró los restos de la carne a la maleza y abrió la marcha de regreso al campamento.

Capítulo 4

*L*os hombres de su padre ya habían almorzado y estaban armados, y los caballos ensillados. Había un ariete listo al lado de una ballesta capaz de lanzar rocas enormes contra murallas. Estaba todo preparado para reducir a escombros su propia casa. Galeran se metió en la tienda, donde esperaban sus familiares, Su llegada, preparado y con la cota de malla puesta, provocó un silencio repentino.

—Deduzco que Lowick tiene pocos hombres ahí dentro —dijo Galeran.

—Sí. —Su padre le miró como si mirara un caballo de batalla nuevo, impredecible y posiblemente incontrolable.

—Sólo cinco, creo yo. Pero desconocemos a quién son leales los demás. Sobre todo son hombres de Heywood y podrían considerar la lealtad al viejo Fulk o a su hija por delante de la lealtad a ti.

—Sea como sea, voy a ir solo con mis hombres.

—Por el amor de Dios, Galeran...

Galeran sólo necesitó una mirada para interrumpir a su padre.

—Quiero que esto sea el regreso legítimo a mi hogar, no una invasión armada. Si me reducen, entonces atacad sin compasión.

Su hermano pequeño, Gilbert, se estaba poniendo rojo.

—Sólo con que te hagan un rasguño, voy a asar a Lowick a fuego lento. ¡Eso te lo juro! Y en cuanto a esa perra de...

Galeran le calló también con una mirada.

—Nadie va a tocar a Jehanne excepto yo. Nadie.

—Bien —dijo Gilbert con un resoplido—. ¡Pero quiero mirar!

Antes de que Galeran pudiera responder a eso, irrumpió un hombre en la tienda.

—¡Milord, las puertas se están abriendo!

Gracias.

Galeran contuvo la necesidad de desplomarse de alivio y giró sobre sus talones para salir majestuosamente como el señor y amo vengativo que se suponía que era.

Para entonces el bosque era un clamor de trinos de pájaros, y el sol teñía de rosa el borde del cielo, atravesando con los primeros rayos brillantes la penumbra. Era el primer coro del amanecer que Galeran oía desde su regreso a casa, y pese a todo, notó su corazón henchido.

Miró hacia Heywood y, a través de la bruma matinal, el sol tocaba de oro los muros blancos, mostrando con claridad la entrada abierta del castillo y la incierta oscuridad posterior.

Hoy en los muros no había nadie, ni soldados ni mujeres.

Hizo una indicación para que le trajeran el caballo, el sencillo caballo castrado que había comprado en Stockton. Raoul se lo trajo, junto con su propia montura.

—Esto no es un asunto que te incumba —le dijo Galeran—. Mi familia se queda aquí para ver si me disparan en cuanto me vean. Puedes permanecer con ellos.

—Oh, no me perdería esto ni por todo un madero de la Santa Cruz.

—Me alegra que te estemos proporcionando tal entretenimiento.

Galeran se subió al caballo y se volvió hacia sus hombres, el pequeño grupo que había regresado con él de Tierra Santa.

—Recordad, éste es mi castillo, ocupado por mi esposa. Espero ser bienvenido. Pero no sabemos con certeza quién ostenta el poder en Heywood. Si hay algún problema, no quiero héroes. Eludidlo y regresad al campamento para poneros a las órdenes de mi padre. Él me vengará.

Se oyó refunfuñar por lo bajo, pero Galeran no aceptó el descontento y dijo:

—Me habéis jurado lealtad, o sea que obedecedme.

Luego hizo girar el caballo en dirección a su hogar.

No hubo ningún movimiento. El castillo parecía desierto —con la luz y la bruma del amanecer el efecto era casi mágico—, pero no podía estarlo. Tal y como el pequeño ejército se encontraba apostado y replegado, era posible que algunas personas se hubieran escabullido, pero no toda la guarnición y la población. Heywood normalmente albergaba a unas cincuenta personas.

Confiaba en que Lowick se hubiera marchado. Ése era en buena parte el motivo de retrasar su rendición. Tener que matar a un hombre sólo complicaba una situación ya compleja de por sí.

El mayor temor de Galeran era que Jehanne y su hijo se hubieran marchado con él.

Avanzó otra vez con la cabeza descubierta, para que nadie tuviera dudas de que él era en verdad Galeran de Heywood, señor de esta pequeña posesión. Para que nadie pudiera alegar haberle disparado por error.

Ninguna flecha salió zumbando por alguna estrecha rendija; ninguna saeta de ballesta voló como un rayo para atravesarle. Y allí estaba él ante los muros, ahora demasiado cerca para ese tipo de ataque.

Notó un escozor en la piel al atravesar con el estruendo de los cascos las puertas abiertas y entrar en las sombras de los gruesos muros de piedra. Allí en el arco de entrada, había un orificio mortal por el que podían verter brea o arena hirviendo...

Pero nada cayó, y en el patio interior, la guarnición formaba dos rígidas hileras, a la espera.

Parecían muertos de miedo.

No era para menos.

Galeran sintió que le quitaban algo del peso de sus espaldas. Al menos, esta parte iba a ir bien.

Cruzó por en medio de ellos, se detuvo y desmontó, los únicos sonidos eran el cascabeleo del arnés y la vibración de la malla. Hizo una indicación a sus hombres para que se mantuvieran sobre sus caballos por si acaso, y miró a su alrededor despacio y en silencio.

Más allá de los soldados rígidos y pálidos, la gente del castillo se mantenía en los alrededores con nerviosismo, las mujeres agarrando a niños con los ojos muy abiertos, lo viejos mirando fijamente con predicciones de padecimientos en sus miradas cansadas.

¿Dónde estaba Jehanne?

No podía estar con el campesinado. Si se tratara de un regreso a casa normal, se encontraría en los escalones de la torre del homenaje esperando a darle una bienvenida formal. Incluso podría descender corriendo hasta el patio para recibirle con una sonrisa y un comentario sarcástico, desmentido por su mirada entusiasta.

Pero no la veía por ningún lado.

Si había huido con su amante, ¿debería dejarla marchar?

No si se había llevado a su hijo.

Notaba la presión del denso silencio, que casi estrangulaba su habla, pero se tragó aquel nudo y alzó la voz.

—¿Hay alguien aquí que no me acepte como señor, como amo de esta posesión?

El silencio le respondió, un silencio más ligero por la esperanza.

Galeran sólo quería preguntar por Jehanne, irrumpir en el castillo y buscarla, pero tenía que representar un papel aquí. Se movió con dignidad hasta los peldaños y empezó a ascender por ellos.

Antes de que pudiera volver a hablar, un hombre se adelantó y se arrodilló a sus pies, inclinando su cabeza descubierta. Walter de Matlock, capitán de la guarnición.

—Lord Galeran, tened piedad. Nos dejaron bajo el mando de vuestra esposa, y nos llegaron noticias de que habíais muerto. Hicimos lo que parecía correcto.

—En pie, Walter. Ningún hombre va a sufrir por haber obedecido a mi dama como se le ordenó.

El oficial se levantó y Galeran vio lágrimas de alivio en sus ojos. Con su deseo de dar tiempo a Lowick para escapar, había ocasionado una noche de miedo a estos hombres y sus familias.

Descendió a toda prisa los escalones y dio un rápido beso a Walter en la mejilla, un beso de paz.

—Todo sigue igual, Walter. No hay necesidad siquiera de que renovéis vuestros juramentos. —Habló lo bastante alto como para que le oyeran, y el alivio se propagó por el patio como una brisa. La gente empezó a mascullar y en ese momento, como liberado de alguna restricción, un niño lloró.

—Deduzco que ninguno de los hombres de Lowick se halla aquí —dijo Galeran en voz baja.

—Se fueron por la noche, milord. —Walter le dirigió una rápida mirada—. No intentamos detenerles.

Galeran incluso encontró una sonrisa para eso.

—Hombre prudente.

No quería preguntar, pero al final tuvo que hacerlo.

—¿Y lady Jehanne?

El rostro del hombre se mantuvo cuidadosamente inexpresivo.

—Os espera en el salón, creo, milord.

Otro peso abandonó los hombros de Galeran, le dejó más ligero, casi demasiado. Era difícil pensar, difícil incluso sentir un contacto sólido con el suelo que tenía bajo los pies.

Pero Lowick se había ido, y Jehanne estaba aquí. Tal vez podría hacerse algo para recomponer de nuevo las piezas.

Se volvió a Raoul y a sus hombres.

—Quedaos aquí. Podéis ocuparos de los caballos e instalaros. Oh, y comunicad a mi padre que todo está bien y que puede entrar si le place.

Luego, mientras el sol salía por completo para traer el nuevo día, Galeran ascendió por las escaleras de madera que daban entrada a la torre.

Entrar en el salón fue regresar al frío y a la penumbra, aunque los primeros rayos de luz dorada penetraban entrecruzados por las estrechas ventanas. Durante un momento se quedó ciego, y sus perros le rodearon para hacerle fiestas sin verlos acercarse.

Los saludó, ya que al menos era algo sencillo que le ofrecía un poco de tiempo. Luego alzó la vista y vio a un grupo de mujeres en un rincón: las mujeres de Jehanne. Su esposa, sin embargo, se mantenía aparte en el centro de la gran estancia, con sus dos perros negros de caza a su lado. Llevaba sus colores favoritos —azul y crema— y el largo cabello dispuesto en gruesas y pulcras trenzas rodeadas de cintas azules a juego con los ojos. Se hallaba allí en pie, calmada, esperando tal como se espera para saludar a un desconocido, sin excitación ni temor.

Pero, claro, Jehanne nunca dejaba ver más de lo que quería.

A Galeran se le hizo un nudo en lo alto de la garganta, quiso estrecharla con bastante desesperación entre sus brazos.

Podría haberlo hecho de no ser por la criatura menuda que ella sostenía contra su regazo.

Su hijo ilegítimo.

Tenía que haber esperado que Jehanne se presentara a él pregonando su pecado.

¿Dónde estaba Gallot? Galeran miró a su alrededor pero sólo vio mujeres asustadas, con los ojos muy abiertos. Inteligente, pensó, dejar fuera al niño de más años, más consciente.

¿Y cómo era posible que su lista y prudente esposa les hubiera llevado a esta situación?

Caminó hacia el centro, consciente de un modo poco habitual del traqueteo y tintineo de su malla y del hecho de no habérsela quitado de encima en días. Tenía que apestar. ¿Qué estaría viendo Jehanne? Tal vez pareciera un desconocido. Después de días sin afeitarse, ya llevaba una barba en toda regla, y también tenía nuevas cicatrices que no le favorecían.

Sus perros le habían reconocido al instante. Los perros de ella, demasiado bien enseñados como para separarse de su señora sin permiso, también daban golpes con la cola como gesto de bienvenida.

Ella era la única que se mantenía indiferente.

Pero no era indiferencia. Mientras se acercaba, perdió un poco el control y abrió los ojos con gran interés. No obstante, él no podía distinguir si era terror o simple sorpresa por su aspecto.

Galeran se quedó delante de ella, maravillado de lo poco que había cambiado. Se correspondía a la perfección con la imagen de sus sueños.

Dos embarazos no le habían hecho perder la figura, aunque sus pechos parecían ahora más grandes, sin duda llenos de la leche del hijo ilegítimo. Aparte de eso, tal vez estaba un poco más delgada y pálida de lo que recordaba, pero igual de hermosa. Su piel aún tenía la translucidez nacarada que a él siempre le había fascinado, y los ojos eran del mismo azul claro. Su pelo todavía le hacía pensar en hebras de oro y plata tejidas por hadas, y aún se le escapaban mechones que se rizaban como siempre alrededor de su rostro.

¿Por qué, Jehanne? ¿Por qué?

Aunque ella oyera la pregunta silenciada, no respondió. Se limitó a mirarle a los ojos en silencio. Supuso que no había mucho que decir a menos que se hundiera de rodillas como Walter para suplicar piedad.

Sabía que ella preferiría la muerte.

¿Pero qué haría, si él amenazaba a su pequeño? ¿Le haría eso perder la compostura?

Al instante se avergonzó de una idea tan ruin.

—¿Lowick? —preguntó.

—Se ha marchado. —Las palabras, a diferencia de la voz clara familiar para él, sonaron roncas, y Galeran vio que Jehanne tragaba para aclararse la garganta.

—¿Quiso que te marcharas con él?

—Sí. Pero no le sirvo de nada sin Heywood.

¿Entonces por qué? ¿Por qué te entregas a un hombre que te valora tan poco? ¿Te mintió? Pensaba que era imposible mentirte.

—¿Tú querías marchar?

Estrechó un poco más al niño.

—Me daba miedo quedarme —respondió en un susurro.

—Pero te quedaste.

Con serena compostura añadió:

—Soy tu esposa y éste es mi hogar.

Galeran apartó la vista hacia las mujeres inquietas, aprovechando el momento para pensar. Un rostro miraba ceñudo más que temeroso. Aline, la joven y robusta prima de Jehanne, estaba ahí. Había olvidado ya que había abandonado el convento de St. Radegund para hacer compañía a Jehanne durante su ausencia. ¿Qué sabía la casi monja de todo esto, por qué le miraba con desaprobación? Pero, por otro lado, sus cejas por lo general transmitían una impresión severa.

Su perro favorito, el más inteligente, Grua, captó el ánimo general y gimió un poco, acercándose más a él. Acariciando la lisa cabeza, al instante deseó que Aline y Grua pudieran contarle todo lo que sabían.

¿Por qué había imaginado que estos primeros momentos con Jehanne ofrecerían respuestas? O alguna que él quisiera oír. Ella no había negado que quisiera irse con Lowick, y había dicho con claridad que permanecía en su hogar sólo por deber.

Jehanne siempre había cumplido con su deber, era fiel a su palabra con la misma ferocidad que un hombre.

Entonces, ¿por qué había hecho lo que había hecho?

¿Simplemente porque pensaba que había muerto? El deber sin duda hubiera exigido más pruebas que un simple rumor, y también más tiempo de luto.

Y si de verdad le había creído muerto, ¿por qué no se había casado con su amante?

Unos ruidos distantes le indicaron que su padre hacía ya entrada en el patio increpando a la gente del castillo del modo que Galeran no había hecho. La voz bramante de lord William subió de volumen mientras empezaba a subir por las escaleras que llevaban al gran salón, aún amonestando a todo el que se encontraba por esta afrenta al honor de su familia.

Lord William, quien rugía y se encolerizaba, pero no soportaba ver que alguien hiciera daño a una mujer.

Galeran volvió a ponerse junto a Jehanne.

—Dale el bebé a su niñera.

Jehanne abrió un poco los ojos y, tras un momento obvio de vacilación, obedeció y puso el bebé dormido en los brazos de la niñera.

—Y ahora cáete —dijo con calma y, sincronizándolo para que coincidiera con la entrada de su padre, golpeó a su esposa.

No fue un golpecito de broma, pero Jehanne podría haber aguantado de pie. Por un momento el instinto la mantuvo ahí, provocó un destello de indignación en sus ojos, pero luego se desplomó y se llevó una mano a su mejilla enrojecida.

Sus perros saltaron a defenderla, pero Galeran la cogió de todos modos por el brazo. Llevaba la malla. Los perros podían hacer lo que quisieran.

Tal vez por eso ella soltó:

—¡Sentaos!

Galeran empezó a levantarla, pero el brazo de hierro de lord William impidió más violencia.

—Eh, alto, muchacho, pese a todo lo que ha hecho no queremos que la mates.

Obligó a Galeran a soltarla, y luego lo puso bajo la custodia de Will y Gilbert. A continuación se adelantó para levantar a su pecadora nuera, reprendiéndola pero garantizándole que estaba segura bajo su protección.

Gilbert gruñó:

—Deberías haberle golpeado antes de que llegara nuestro padre. Ya sabes lo blando que es con las mujeres.

Will dijo:

—Por una vez tengo que estar de acuerdo con Gil. Ahora que le ha prometido su protección, no te va a dejar ni tocarla.

—Puedes acudir al tribunal eclesiástico para imponer un castigo —caviló Gilbert—. Nuestro padre no podría interferir ahí. O cuando la envíes al convento, ordena que la azoten a diario durante un año...

Galeran dejó que le resbalara todo eso. Había previsto que su padre le detuviera, pues sabía que la mejor manera de fundir su ira y conseguir que lord William se pusiera del lado de Jehanne era pegarle. Lo que más le enfermaba era que golpearla le había dado satisfacción; los movimientos dados a continuación, para sujetarla y golpearla con más fuerza, no habrían sido una actuación.

Rezó con fervor rogando fuerza y control.

Se escabulló del asimiento poco firme de sus hermanos y se acercó hasta donde su padre reprendía a Jehanne como si hubiera pasado demasiado tiempo en la feria del solsticio de verano. Puso paz entre los confundidos perros de Jehanne y luego dijo:

—Suficiente de eso, padre. Quiero hablar con mi esposa en privado. Prometo que no volveré a pegarle. Al menos por hoy. Al oír su tono, los perros serpentearon entre ellos, como si quisieran separarles. Jehanne los tranquilizó y los mandó al extremo más alejado del salón, lejos de su dilema.

Lord William parecía tan preocupado como los perros, como si a él también le hubiera gustado meterse entre ambos, pero dio un paso atrás.

—Aquí os dejo, entonces.

Galeran cogió a Jehanne por el brazo y la guió hacia las ventanas. Sabía que la agarraba con demasiada fuerza, su furia parecía haberse trasladado a su mano y no podía controlarla. La última ocasión que recordaba haber sido incapaz de controlarse era su noche de bodas.

Y era como su noche de bodas también en otros aspectos. Un deseo reprimido le desbordaba ahora, amenazaba con dominarle en cualquier momento. Otra vez se sentía como un árbol seco muerto a punto de prender con el contacto de una chispa.

Y estaba en su derecho, también era cierto. Tenía todo el derecho a tumbar a Jehanne y disfrutar de su cuerpo. Todo el derecho. Incluso aunque estuviera a punto de repudiarla.

La arrastró hasta la alcoba principal, cerró la puerta de una patada y la soltó con tal violencia que la dejó tambaleándose. Vio que tenía el rostro enrojecido y que le quedaría una magulladura. Pese a la promesa que acababa de hace a su padre, parecía que ella esperaba más de lo mismo.

Galeran se volvió de forma abrupta para poner distancia entre ellos —toda la anchura de la habitación— y apoyar la cabeza en sus brazos contra los tapices que cubrían el muro de toscas piedras.

—Lo siento. Parece que hoy estoy violento.

—No creo que tengas que reprocharte eso. —Ella hablaba en voz baja, pero sus palabras sonaban con claridad.

—Esta violencia no sirve para nada.

—Ese golpe sí ha servido.

Se apartó del muro y se volvió, apoyando la espalda en el muro con los brazos cruzados.

—Quería pegarte, Jehanne.

—Si se invirtiera nuestra situación, yo querría matarte.

Galeran la miró, estudiando las implicaciones de sus palabras.

—¿Y lo harías?

Entonces fue ella quien se volvió, se fue a toquetear las colgaduras que rodeaban la cama. Su cama. ¿Ahí donde ella y Lowick habían...?

—No —respondió—. No me gustaría verte muerto. Pero querría que te castigaran. Encontraría la manera de hacerte sufrir. —Se volvió con gesto rígido—. ¿Qué castigo, Galeran? No juegues conmigo.

—¿Qué te heriría más? ¿Palizas? No. —Estaba jugando con ella y no se sentía orgulloso, pero no parecía capaz de parar—. Llevarme los niños, supongo...

Ella le miró con fijeza, se puso blanca.

—¡Galeran!

Avergonzado, se apartó del muro para acercarse a ella.

—No, Jehanne. No lo decía en serio...

—¿No te lo han dicho?

—¿Decirme el qué?

Se giró en redondo y salió corriendo al salón. Sin detenerse, cogió una jarra de cerveza y arrojó el líquido directo a la cara de lord William, y luego le lanzó el jarrón de piedra. Por suerte, su padre aún estaba lo bastante ágil como para agacharse, y el cuenco se rompió contra la pared.

Por encima incluso del bramido de lord William, Galeran pudo oír chillar a Jehanne.

—¿Por qué no se lo habéis dicho? ¿Cómo habéis podido dejar de decírselo?

La agarró antes de que su padre decidiera saltarse los escrúpulos de toda una vida y pegara a una mujer.

—¿Decirme qué?

Se quedó rígida en sus brazos. Rígida como una piedra, como un cadáver.

Los perros volvían a rodearles gimoteando.

Lord William se secó el rostro enrojecido con un trapo que le habían ofrecido de forma apresurada.

—Pensaba que ya habías recibido bastantes golpes en un día, muchacho...

—¿Decirme qué?

—Gallot está muerto, Galeran —dijo Jehanne con tono gélido—. Todo fue para nada. Está muerto.

En medio del silencio, Gilbert dijo:

—No te olvides de contar el resto, perra de gélido corazón. Lo mataste para hacer sitio al bastardo de tu amante.

Al final Galeran ordenó que su mujer fuera confinada bajo vigilancia en la habitación de lactancia anexa a la alcoba, más para protegerla de los demás que para castigarla. No podía siquiera empezar a asimilar todo lo que había sucedido en su ausencia y no estaba preparado para intentarlo. Las jornadas de duro viaje no le habían dejado en condiciones de afrontar una crisis así, y la falta de descanso de la noche anterior sólo disimulaba el agotamiento.

Se refugió a solas en la alcoba, mirando ciegamente por la estrecha ventana.

Su primer hijo había muerto antes de que pudiera sostenerlo en sus brazos, y había quien sospechaba que Jehanne había provocado en cierto modo su muerte. Eso era lo que había deducido de la cacofonía de información que le llegó antes de desconectar sus sentidos.

Más tarde.

Se ocuparía más tarde.

Sus cansados ojos siguieron la calzada que se alejaba del castillo para adentrarse en los bosques cercanos. Le atraía, pero huir una vez ya era suficiente para un hombre hecho y derecho.

Necesitaba dormir, pero sabía que su mente atormentada no se lo permitiría aún, y de cualquier modo, aún era la mañana. Había todo un día por delante.

Su precioso primer día en casa.

Con una risa amarga, se apartó de la ventana. Tendría que aplicar su energía demente, fútil, en algo, y confiar en que la actividad le vaciara de imágenes medio formadas de un hijo que nunca había visto. Un hijo del que todo el mundo aquí podía hablarle si preguntara...

Las lágrimas le comprimieron el pecho, con más agonía que una herida.

No. Aún no.

Aún no iba a llorar, porque si empezaba, no estaba seguro de poder parar.

Se encaminó hacia la puerta, pero se detuvo y se quedó mirando la rosa de marfil que descansaba en su lugar acostumbrado, sobre una pequeña mesa pegada a la pared. Tenía que creer que guardaba algún significado para ella. ¿Había seguido ahí durante su ausencia, incluso cuando ella...?

La cogió y el pétalo descascarillado se inclinó, desprendiéndose a continuación. Maldiciendo entre dientes, intentó volver a insertarlo con torpeza en la cera que lo sostenía en su sitio. Luego se quedó paralizado, sosteniendo la rosa en su mano, luchando contra la tentación de aplastarla, aunque los extremos afilados podían lacerar su mano.

Con una profunda exhalación la dejó sobre la mesa, pese al pétalo torcido. Los riesgos eran excesivos.

Salió de la alcoba y se dirigió a su gran silla en el salón, donde convocó a sus oficiales para que le informaran sobre la gestión de su propiedad durante su ausencia. Sin entender demasiado, se daba cuenta de que se habían ocupado bien de Heywood.

De todos modos, no podía evitar percatarse de la manera en que todos le miraban. En algunos de los rostros detectaba una expresión desdeñosa que decía que no le creían con valor suficiente para ocuparse de su pecadora esposa, a la que iba a perdonar sin la menor protesta. Algunos, sin embargo, le observaban con cautela, como si esperaran que en cualquier momento estallara en un arrebato de ira enloquecida.

Cualquiera de ambas versiones podía ser acertada, y por eso había pegado a Jehanne, para que alguien se pusiera del lado de su esposa. El padre de Galeran había enviado a Will de regreso al campamento y a Gilbert de regreso a Brome, pero él se había quedado en la torre, observando desde cierta distancia por si Galeran volvía a recurrir a la violencia.

Y Galeran se alegraba de que hubiera alguien allí para garantizar que eso no sucedía.

Capítulo 5

Con esfuerzo, un hombre podía pasar mucho rato revisando una ausencia de dos años. Es más, el ejercicio podría llenar su mente de detalles tan nimios que no quedaría espacio para otras cosas.

Como un hijo muerto...

Como una esposa infiel...

Galeran lo intentaba con empeño.

Una vez entrevistados sus oficiales de mayor rango, se fue seguido por sus perros a inspeccionar todas las partes del castillo.

Sabía que fuera lo que fuera lo acontecido, Jehanne habría llevado la propiedad a la perfección, pero revisó todos los libros y discutió distintas cuestiones con cada persona que tuviera un puesto de importancia en el castillo.

Cuando se encontró hablando de añil con la jefa de la lavandería, supo no obstante que se había vuelto loco. De todos modos lo llevó bastante bien, hasta que vio la línea de blancas ropas de bebé colgadas para secarse. Entonces dejó a la mujer con la palabra en la boca.

De todos modos, no podía huir de aquello. Parecía encontrar recordatorios de bebés por todas partes.

En un libro de cuentas topó con la entrada que correspondía a la cuna que el carpintero había hecho para Gallot. No fue capaz de preguntar si el usurpador ocupaba ahora la misma cuna trabajada con cariño.

Un pequeño poni mascaba heno en el establo, un animal traído por Jehanne a las pocas semanas del nacimiento de Gallot para ser entrenado, preparado y en su día montado por su hijo. Si hubiera vivido, tal vez ya hubiera estado listo para sentarse en su grupa.

En los libros también vio el precio de un par de pequeños zapatucos de suave cuero, aptos para que un niño diera sus primeros pasos tambaleantes.

Estas cosas casi acaban con el control de Galeran, pero las descartó y se concentró en cuestiones prácticas: nuevos cercados para los animales, provisión de flechas, la producción de maíz del último año...

Poco después del mediodía, Raoul, que traía pan, pollo y vino, le encontró fuera de las murallas, cerca del pasto, observando las yeguas preñadas.

—Tu personal está comiendo en el salón.

—No tengo hambre.

—¡Come! —Raoul le puso una pata de pollo en la mano—. Desmayarte no te va a ayudar a solucionar ningún problema.

Sin apetito, Galeran arrancó la carne del hueso con los dientes.

—¿Eres mi niñera oficial? —Pero percibía toda la estupidez de este impulso a escapar.

—Sólo soy un amigo.

Galeran se volvió para apoyarse en la valla mientras seguía observando los saludables caballos. Una de sus mejores yeguas estaba preñada del mejor y último caballo de batalla, o al menos eso le habían contado. El producto podría ser excitante, pero la excitación era algo que no iba con él.

—Como amigo, entonces, ¿qué harías tú en mi situación?

Raoul le dedicó una sonrisa sardónica.

—Ir muy poco a poco y mantenerme fuera del camino de mi esposa. Creo que la puesta de huevos tiene que ser algo fascinante.

Galeran le sorprendió con una carcajada. Regresó al castillo con Raoul y fueron a investigar el estado de las aves de corral.

Para la noche había logrado cierto equilibrio. El afilado núcleo de dolor alojado en su pecho no había desaparecido, pero había formado una costra, era posible que por el efecto atenuador del agotamiento, así de sencillo.

Como había esperado, en Heywood todo estaba en orden. Incluso la labor de Lowick había sido eficiente, quizá porque pensaba que cuidaba de su propia propiedad. De todos modos, no gozaba de demasiadas simpatías, y la alegría de ver de nuevo por allí a Galeran. Eso ayudaba un poco.

Galeran no había preguntado a nadie por Jehanne, pero su presencia había sido inevitable durante todo el día, algo que se le transmitía con comentarios casuales, aunque preocupados. Eso le hizo saber que la gente aún se interesaba por ella, y Galeran lo prefería así. Deseaba que la quisieran y la apreciaran, tal y como siempre.

Quería protegerla de sí mismo, también.

Tuvo la impresión de que Jehanne no había sido feliz durante el año anterior, algo que también lo recibió con agrado. No podría haber soportado su imagen radiante de felicidad.

Cuando el sol empezó a desplazarse hacia el horizonte, Galeran decidió que por fin podía descansar y se encaminó hacia la torre del homenaje. Se paró en seco en medio del patio cuando se le ocurrió pensar en la necesidad que tenía de un buen baño, si no quería dejar cualquier cama en la que se acostara hecha un asco.

Lo que le trajo el pensamiento de que Jehanne siempre le bañaba y le afeitaba.

Sin intentar analizar los motivos, envió orden de que ella se ocupara de hacerlo.

Luego se percató de que aún llevaba la malla puesta. Debía de tener un aspecto ridículo inspeccionando cuestiones domésticas ataviado de esa guisa, aunque supuso que su aspecto era ridículo hiciera lo que hiciera. Se fue a la armería y le pidió al herrero que le ayudara a sacarse el metal y el cuero acolchado.

Qué sensación librarse de aquel peso.

Cuando se sacó la cota y se quedó sólo con su camisa de lino y pantalones de lana, se estiró sin trabas por primera vez en muchos días.

—Es probable que la piel me quede marcada de por vida.

—La piel se recupera, señor —dijo el herrero—, que es más de lo que se puede decir de la malla. —Echó un vistazo a la coraza con una mueca—. Me temo que necesitaréis una nueva.

—Es probable. Pero conserva esta. Ha estado en Jerusalén.

La expresión de disgusto del hombre dio paso a otra de reverencia, y cogió la roñosa malla con ternura.

—Sí, señor, eso voy a hacer. —Alzó la vista casi con timidez—. ¿Resplandece, señor, la Ciudad Santa?

Galeran dio un suspiro.

—No es más que una ciudad, Cuthbert, con casas, posadas, mercados y fulanas. Nos recuerda que Dios vino a la tierra y vivió igual que cualquier hombre, como los demás. También estuve en Belén, y no es más que un pueblo, no muy diferente de la aldea de Hey.

Estaba claro que Cuthbert no le creía e incluso tenía dudas de que Galeran hubiera estado en Tierra Santa y todo lo demás.

Las creencias de la gente eran cosas en las que era mejor no meterse, y difíciles de cambiar.

Algunas personas creían que Jehanne había matado a su bebé...

Galeran inspiró profundamente y se dirigió otra vez hacia la torre. Se encontró con Raoul al principio de los escalones y advirtió con claridad que su amigo ya había sacado provecho del baño.

—Ya veo que por fin te has quitado la malla —comentó Raoul.

—Me creas o no, niñera, me la hubiera quitado hace horas si alguien me lo hubiera sugerido. Se había convertido en una segunda piel.

—Supuse que estabas haciendo penitencia.

—¿Por qué iba a necesitar hacer penitencia?

—Nunca he dicho que lo necesitaras. Tu padre me ha ordenado que me asegure de que no asesinas a tu esposa, y luego ha regresado a su tienda a pasar la noche. ¿Te apetece una partida de ajedrez?

—No. Voy a tomar un baño.

Raoul arrugó la nariz.

—Sin duda lo necesitas.

—Y mi esposa me va a bañar.

—¡Ajajá!

Galeran le dedicó una mirada, y Raoul adoptó una expresión inocente.

—En tal caso, ¿tengo tu palabra de que no vas a ahogarla?

—Sí. Te sugiero que vayas a echar un vistazo a las doncellas que tenemos por aquí. Estoy seguro de que serán de tu gusto. Pero no te mezcles con las mujeres de Jehanne.

—Le gusta ser estricta con los demás, ¿eh que sí? —Entonces Raoul alzó las manos al cielo—. No me saques las tripas. Mis disculpas.

—Jehanne es mi esposa y se la tratará con respeto. Total respeto.

Raoul puso una mueca.

—Galeran, aún con riesgo de que me corten la cabeza, debo decir que no puedes pasar por alto todo lo sucedido. Incluso la gente de aquí, que parece admirarla en todos los sentidos, espera que ella reciba algún escarmiento.

—Por la cruz y los clavos, ¿qué es lo que quieren? ¿Que la ate a un poste en el patio y la azote?

Raoul se encogió de hombros.

—Una buena paliza tal vez despeje el ambiente. Luego si te deshaces del bastardo...

Galeran pasó a su lado y subió los escalones.

Dios sabía que había una parte de él que ansiaba aquella paliza tanto como la gente del castillo y sus hermanos. Era muy probable que casi toda Northumbria estuviera esperando oír gritar a Jehanne.

Pero no podía hacerlo.

Nunca podría hacerlo.

Ni podía imaginarse arrebatar al bebé de sus brazos.

Al llegar a la puerta del salón, de pronto se percató de que no sabía si era un niño o una niña.

Entró en la gran estancia, que encontró igual que había estado la mayoría de veladas de su vida. Dos de las mujeres de Jehanne sentadas bajo la luz de la ventana hilaban y se contaban cuchicheos. Le dirigieron una rápida mirada y hablaron en voz más baja. Los criados se afanaban en montar las mesas de caballetes para la cena, y un par de hombres de armas se habían sentado en una de las mesas ya instaladas para jugar a los dados. Cada una de aquellas personas le miraba de pasada y volvía a concentrase en su actividad.

Cada uno de ellos esperaba violencia.

Todos iban a llevarse una decepción.

En eso confiaba.

¿Habría obedecido Jehanne y estaría preparada para bañarle? Él pensaba que sí. Era su deber, al fin y al cabo.

Los planes de Raoul para la noche dieron lugar a otros pensamientos, pensamientos de sexo con Jehanne. Galeran rebuscó en su mente, preguntándose si era ésa su intención.

Pese al agotamiento, pensaba en mantener relaciones con alguien, o al menos su cuerpo lo figuraba. El día anterior, mientras se acercaban a Heywood, había empezado a aflojar el estricto control que había mantenido sobre su deseo, y como una presa sin contención, ahora no parecía posible que el proceso fuera reversible.

Cayó en la cuenta de que su cuerpo había ardido en deseo todo el día, y las llamas ahora seguían creciendo, cada vez más calientes. Una doncella rolliza y descarada le dedicó una mirada maliciosa y, al ver que había atraído su atención, contoneó las caderas con sutil invitación, mientras se humedecía los labios con la lengua.

Sin duda, Galeran ya no tenía que cumplir ningún juramento. Cuando una de las partes rompía un contrato, éste no tenía valor alguno.

Pero no se moría por cualquier mujer.

Se moría por Jehanne.

Volvió la espalda a la criada y cruzó el gran salón en dirección a la alcoba principal. Jehanne era su esposa y aún tenía la obligación de atender a sus necesidades. Para ser más exactos, nunca había deseado de veras a ninguna otra mujer y seguía sin hacerlo.

Se paró en seco al ver al guardia junto a la puerta de la alcoba. Eso sólo podía significar que Jehanne estaba ahí, y que sus órdenes de vigilarla se seguían al pie de la letra. Pero, se percató de pronto, iba a presentarse ante ella en un estado de erección desenfrenada.

Tras un momento de esfuerzo se convenció de que la fuerza de la voluntad no podía con todo, de modo que optó por acercarse a un guardarropa próximo, donde se encargó de aliviar las cosas físicamente. Con imágenes de Jehanne ardiendo en su mente, y con ella a pocos pasos, resultó satisfactorio a la vez que amargamente frustrante.

De cualquier modo, sirvió para que se presentara calmado por completo al entrar en la alcoba.

Era doloroso que todo resultara tan familiar.

La gran tina de roble con gruesos paños de lino colgados estaba a medio llenar de agua humeante, aromatizada con hierbas. Había jarros adicionales de agua, tanto fría como caliente, a punto para su uso. En un tendedero próximo había paños de un blanco inmaculado, lo bastante cerca del brasero como para que tuvieran una temperatura agradable cuando se usaran.

En otras palabras, todo estaba perfectamente preparado, como siempre que Jehanne se encargaba de las cosas.

Le estaba esperando, vestida esta vez con ropas sencillas y con las mangas remangadas, y llevaba el pelo recogido debajo de un pañuelo para que no se interpusiera en sus labores. Era una lástima. A él ya le habría gustado que se interpusiera.

Su deseo insatisfecho volvía a relumbrar entre la cenizas.

¿Cómo reaccionaría ella si le decía, «Métete en la cama, quiero joderte»? Nunca en la vida le había dicho algo tan rudo.

¿Cómo podría decirle, «Ven a la cama, quiero hacer el amor contigo»?

¿Cómo podía hacer el amor con una mujer que amaba a otro?

Como un puñetazo, hizo frente a la pregunta que había ocultado durante todo el día. ¿Amaba Jehanne a Lowick? ¿Siempre le había amado, y se había limitado a cumplir lo que su marido le imponía?

¿Prefería que Galeran estuviera muerto para así poder estar con Lowick para siempre? Lowick era al fin y al cabo más alto, más fornido, más apuesto...

¿Pero cómo podía una mujer fuerte e inteligente amar a un hombre que sólo anhelaba sus propiedades?

Cayó en la cuenta de que había permanecido de pie y en silencio un tiempo demasiado prolongado e incómodo, de modo que se movió para despojarse de las apestosas prendas. De cualquier modo, no había perdido tanto la cabeza como para intentar tener intimidades carnales en aquel estado tan asqueroso. Jehanne siempre había sido muy maniática.

Por aquel motivo, no le pidió que le ayudara a desvestirse y, cuando ya estuvo desnudo, abrió la puerta y arrojó las ropas al salón.

—Que alguien queme todo eso —dijo al guardia.

Luego se dio la vuelta y pilló a Jehanne mirándole con atención. Le recordó de una forma demasiado intensa aquella vez en su dormitorio antes de casarse, la vez en que ella le echó las ropas por la ventana. Ahora no había ninguna expresión incómoda en su rostro, más bien una preocupación bastante objetiva.

—Unas cuantas cicatrices más —dijo.

—Y muchas picaduras más. Tienes que estar infestado. Métete en el agua. —Su tono vigoroso era impersonal, pero sus ojos no. Aún así no podía interpretarlos. ¿Le deseaba muerto?

En tal caso, pensó que sería preferible estarlo.

Mientras se metía en la tina, la sensación del agua caliente y aromatizada sobre su piel provocó un suspiro involuntario de alivio. Por el momento, otros deseos quedaron anulados y otros dolores olvidados.

Ella empezó por los pies.

—¿Cuánto hace que no te das un baño?

Él apoyó la cabeza hacia atrás y cerró los ojos.

—Meses. Aunque hasta la última semana, me cambiaba la ropa interior con regularidad. —No dijo que se había negado a pararse en Brujas para darse ese alivio porque tenía demasiadas ganas de llegar a su lado. Tal vez lo adivinaba, ya que no hizo más preguntas.

Le restregó un pie y le frotó los dedos, luego continuó con las piernas. A veces las fuertes fricciones rozaban el dolor, pero no se quejó. Sabía que ella sólo intentaba asegurarse de que no quedaban habitantes no deseados en su piel.

De todos modos, se detuvo en los muslos y de ahí pasó a los brazos.

Galeran casi se queda dormido. Casi, pero no del todo. Este interludio era demasiado precioso como para perdérselo. Si se dejaba ir, podía imaginarse que aún estaba en el pasado y que Jehanne le bañaba después de un duro día de caza.

Jehanne siempre se había ocupado del baño con escrupulosidad, ya que tras el baño siempre venía su amor y ella creía en la necesidad de limpieza, pureza. ¿Estaba limpia ahora? Si se le hubiera ocurrido antes, habría preguntado al guardia si lady Jehanne ya se había bañado hoy.

Ahora el pecho.

—Gracias a Dios, no tienes demasiado pelo ahí —musitó—. Ya he cogido una docena de piojos.

Casi sonríe. Le gustaba oír que le regañaba. Pero la diversión se desvaneció. Estos momentos agradables no iban a resolver nada.

¿Quería mantener a Jehanne como esposa?

Oh, sí.

¿Incluso si ella quería a Lowick?

Sí.

¿Era una decisión prudente mantener a Jehanne como esposa?

No lo sabía.

¿Era posible mantener a Jehanne como esposa después del adulterio reconocido y las sospechas de asesinato? Seguro que esto último no era cierto, pero la infidelidad era algo que no podía pasarse por alto.

¿Iba a tener que golpearla para redimirla?

En tal caso, era improbable que se redimiera. De todas las duras pruebas a las que había imaginado enfrentarse en la vida, esta le acobardaba. Si hubiera sabido cuánto iba a detestar haberle pegado, nunca hubiera encontrado la voluntad para hacerlo.

Ella le lavó el torso, pero volvió a detenerse una vez más al acercarse a los genitales.

—Inclínate hacia delante.

Cuando Galeran obedeció para que ella pudiera ocuparse de la espalda, vio la mugre en el agua.

—Lo siento, creo que no tendrías que ocuparte de mí en un estado así.

—Aunque me importara, se me ocurren unas cuantas razones por las que podrías obligarme.

Confía en Jehanne. A veces la vida sería más cómoda si ella evitara la confrontación o se inventara una mentira piadosa.

Tras un momento, ella añadió.

—¿Hay mugre aquí de Tierra Santa? En tal caso, deberíamos guardarla y levantar un altar.

Galeran no sabía si hablaba en serio o no.

—No. En Constantinopla me di un baño completo. Allí se toman muy en serio los baños. Te gustaría. —Con la cabeza apoyada en las rodillas, procedió a describir la hermosa ciudad, los baños ornamentados, los sensuales rituales de limpieza, sólo se dio cuenta demasiado tarde que estos relatos eran para la Jehanne de sus sueños, no para su esposa adúltera.

Ella dejó de limpiar y fue a por un cuenco más pequeño que usó para lavarle el pelo.

—¿Quieres que lo corte?

—Seguro que será más fácil.

Ella empleó un cuchillo afilado para cortarle el pelo bien corto, más de lo que estaba en boga por la época. La fricción de sus dedos sobre el cuero cabelludo resultó de un excitante casi insoportable. Luego ella enjabonó y lavó por tres veces el cabello antes de peinarlo con cuidado y aplastar algunas liendres.

—No está tan mal —dijo—. Si lo enjuagamos con poleo, quitaremos toda la peste. ¿Te afeito o quieres que lo haga uno de los hombres?

Galeran alzó la vista para mirarla.

—Aunque quisieras cortarme el cuello, eso ya lo has hecho.

—A las mujeres que matan a sus maridos las queman.

Él la observó con fijeza intentando leer el significado de esas palabras inexpresivas, pero luego suspiró y cerró los ojos.

—Sí. Aféitame.

Mientras ella usaba el extremo afilado de la hoja para eliminar la irregular barba, él se preguntó cuánto tiempo podría vivir en este erial sin cortarse él mismo el cuello.

En un momento creyó notar los dedos de Jehanne palpando la cicatriz que descendía por su barbilla, pero ella no dijo nada. Luego pasó a retirarle el jabón.

—Levántate, voy a por el agua para enjuagarte.

Él se puso en pie, al final irritado por la calma de Jehanne.

—Has olvidado algunas partes de mí.

Ella se volvió con brusquedad, casi como si la hubieran acorralado, y aquello le demostró que no estaba tan calmada. Pero como se trataba de Jehanne, ella no se echó atrás.

—El agua ahora está demasiado sucia. Primero te enjuagaré.

Le lavó con abundante agua limpia. Luego, al parecer sin vacilación, enjabonó su paño y empezó a limpiarle los genitales. El primer contacto le cortó la respiración a él y en cuestión de momentos tuvo una erección.

Las manos de Jehanne titubearon.

—¿Galeran?

Su voz cada vez más aguda reveló el verdadero estado de sus nervios. Su tono pedía alguna indicación, pero también denotaba un matiz de sumisión y resignación, aceptaba hacer lo que él le ordenara. Si él le decía, «Cógelo con la boca. Límpiame con tu lengua», ella lo haría.

¿Era esto todo lo que quedaba entre ellos, temor y penitencia?

—Yo lo haré. —Galeran cogió el paño y completó la limpieza, luego salió del baño y se secó los pies que aún tenían espuma.

Ella recuperó de nuevo la compostura y se acercó con los paños, pero Galeran advirtió que mantenía baja la vista. Jehanne, quien sólo bajaba la vista en la iglesia. Él se secó, luego se envolvió con una tela seca que sujetó holgadamente en torno a su cadera y se sentó en el banco.

Por fin dijo las palabras que había evitado todo el día.

—Háblame de Gallot.

Ella estaba doblando un paño y sus manos se paralizaron.

—Está muerto.

—Eso ya lo sé. ¿Cuándo murió?

—Hace diez meses y medio.

Galeran tuvo la impresión de que ella podía recordar los días, horas y latidos incluso.

—¿Cómo murió?

Jehanne acabó de plegar la tela con una torpeza atípica en ella.

—Simplemente murió.

—Los niños no mueren sin más, Jehanne. ¿Fue una fiebre? ¿Cólico?

Ella se volvió para mirarle a la cara.

—Simplemente se murió. Era un niño feliz y sano. Dormía conmigo. Estuvimos jugando juntos antes de que se durmiera...

Galeran pensó que no continuaría, y en vista de su dolor, tampoco estaba seguro de querer que continuara.

—Tal vez estaba un poco más quejumbroso de lo habitual. No sé... Me estuve ocupando de unas cuentas, luego me fui a la cama con él y me puse a dormir también. Cuando me desperté —susurró— estaba muerto.

Galeran la miró fijamente como si su rostro helado pudiera ofrecer respuestas.

—¿De qué?

—No lo sé.

—No seas necia. Tienes que saberlo. ¿Le aplastaste?

—No. —Pero no le miraba.

—Jehanne. Es algo que puede pasar.

Ella la emprendió contra él.

—¡No le aplasté! A veces lo hacen las mujeres borrachas. No estaba borracha. Incluso tengo el sueño ligero, y él tenía ocho meses. Si le estuviera ahogando, él se habría movido... —Sus labios temblaban y los apretó con fuerza—. No hizo nada...

—¿Estaba enfermo?

—No. No... Tenía algunas marcas por el cuerpo, pero nada mortal... ¿Crees que no hemos considerado todo esto?

—¿Entonces cómo, por todos los cielos, se murió mi hijo?

Ella le dirigió una mirada gélida.

—Igual le asesiné. ¿Es eso lo que piensas, como Gil? Tú habías muerto, o eso dijo el monje que pasó por aquí. Lowick estaba aquí, quería reemplazarte, y no quería que tu hijo reemplazara al suyo. Y es demasiado fácil deshacerse de una criatura de meses. Basta con una mano para taparle la boca y la nariz...

—Demasiado fácil para él.

El rostro de Jehanne cambió y él supo que la idea no se le ocurría por primera vez.

—Yo dormía con Gallot —dijo con voz temblorosa—. No es posible.

—Tal vez dormías con ambos. Jodiendo con Lowick al lado del cuerpo de mi hijo.

—¡No!

Él se levantó con ímpetu.

—¡Lo juro por los clavos y la túnica sagrada, Jehanne, que descubriré la verdad!

Ella se tapó la boca con mano temblorosa.

—Oh, Galeran, más promesas no.

El llanto penetrante de un bebé traspasó aquel momento. El llanto exigente de una criatura hambrienta. Jehanne se levó las manos a los pechos y Galeran vio la mancha húmeda que empezaba a extenderse. Esos pechos que habían dado leche en otro momento cuando su hijo lo pedía, ahora alimentaban al hijo de Raymond de Lowick.

—Ve a darle de comer —gruñó, y ella salió casi corriendo.

Galeran dio un puñetazo en la pared que bien podría dejar una magulladura. Qué decir del alivio corporal. Podría volver a llamarla más tarde, pero sabía que no iba a hacerlo. Pasara lo que pasara, no podía usar a Jehanne como retrete para su alivio. Tenía que haber algo entre ellos, algo más que esto.

Se desmoronó hacia atrás sobre el banco y se cubrió la cabeza con las manos. ¿Era posible que hubiera matado a su hijo?

No. Nunca. Nunca lo creería.

¿Era posible que hubiera sido cómplice de Lowick en el asesinato de su hijo?

No lo creía, pero el amor conseguía cosas extrañas. Sólo había que fijarse en lo que le hacía a él.

No podía negar que ahora había algo muy extraño en Jehanne, y los sucesos no tenían ningún sentido, por la información que él tenía. Estaba claro que había concebido el hijo ilegítimo más o menos coincidiendo con la muerte de Gallot, y poco después de llegar las noticias de su supuesta muerte.

¿Era posible que Lowick la hubiera violado?

Sacudió la cabeza. Jehanne le habría cortado los cojones y le habría asfixiado metiéndoselos en la boca a continuación.

En vez de ello, había mantenido aquí a Lowick, y cuando Galeran apareció, le había dejado marchar. No veía muestras de animadversión en todo esto.

Tendría que enterarse de lo que en verdad había sucedido para poder encontrar una oportunidad de paz. Aun así, ¿qué iba a hacer si Jehanne y Lowick eran responsables en algún modo de la muerte de su hijo, aunque sólo fuera por descuido?

Les mataría a ambos.

No le quedaría otra opción.

Se levantó y empezó a recorrer la habitación buscando con desespero alguna explicación que le convenciera, pero no encontró ninguna.

Su intención era dormir después del baño, pero ahora la energía de su inquietud batallaba con el agotamiento, y el resultado era que no podía pensar en condiciones ni tampoco permanecer quieto.

Podía vestirse.

Si tuviera algo que ponerse.

Una vez más, recordó con dolor la ocasión en que Jehanne había arrojado sus ropas por la ventana. Si le creía muerto seguro que habría dado sus ropas. Si Lowick había dejado algo antes de su partida, le quedaría grande, eso seguro.

Abrió del todo el baúl de madera y se detuvo con sorpresa ante la visión de sus pertenencias guardadas con sumo orden.

Todo estaba en un estado excelente, con hierbas intercaladas para proteger las prendas de polillas y otras plagas. Encontró unos pantalones limpios y una camisa —una camisa nueva que habían confeccionado con esmero las propias manos de Jehanne— y su túnica preferida de lana roja, ribeteada de piel de marta. Incluso el calzado estaba en un estado excelente, flexible y untado con grasa.

Examinó un zapato en su mano con gesto pensativo. Si Jehanne hubiera creído la noticia de su supuesta muerte casi un año atrás, ¿por qué este cuidado tan celoso de sus pertenencias?

Entraron unos criados, era de suponer que mandados por Jehanne, para llevarse el baño. Galeran se vistió y salió al gran salón, la cabeza le zumbaba por el cansancio y por la maraña de pensamientos. Hizo una indicación y un sirviente le trajo cerveza. Había sido un disparate saltarse la comida del mediodía, que era el momento en que se reunía la comunidad del castillo, de modo que ahora dio una vuelta para poder hablar con su gente.

No había rastro de Raoul. Sin duda, había sido lo bastante sensato como para irse a la cama con alguna doncella alegre, poco complicada, quien estaría encantada de darle un hijo si Dios lo quería, ya que en tal caso el castillo le pagaría para que pudiera criarlo, o se organizaría un buen matrimonio, o ambas cosas.

En cierto sentido, las cosas parecían más sencillas entre los sirvientes.

Pero ni siquiera ellos aprobaban el adulterio. Un hombre podría aceptar el hijo de un señor con la esperanza de obtener favores, pero no quería ningún usurpador.

Galeran captó algunas miradas extrañas. Sin duda todo el mundo deseaba haber presenciado lo sucedido en la alcoba. Sin duda todos mantenían las orejas bien abiertas a la espera de los sonidos producidos por alguna paliza bien merecida y bien propinada.

Qué aburrido debería parecerles esto ahora, y qué desconcertante.

No eran los únicos para quienes era desconcertante.

Seguido de sus perros, Galeran se fue en busca de su administrador, Matthew, quien quizá tuviera respuesta a alguna de las preguntas.

El hombre se encontraba en su pequeña casita en el interior del patio, pero cuando Galeran le llamó, le acompañó de buena gana hasta las murallas, donde podían hablar en privado.

—¿Sí, milord?

—¿Cómo acabó Lowick de senescal aquí?

Con gesto nervioso, el fuerte hombre de mediana edad se ajustó el cinturón sobre la barriga.

—Vino de visita, milord. Era conocido por todos aquí, por supuesto, de modo que no vacilamos en dejarle entrar. Sir Gregory había muerto de ese resfriado que tuvo. Para ser sinceros, desde que vos marchasteis, él no se encontraba demasiado bien, y lady Jehanne había estado comentando con vuestro padre a quién poner en su puesto. Parece ser que cuando ella oyó que sir Raymond estaba disponible, le ofreció el puesto.

Galeran intentaba recordar si su encargado, sir Gregory, estaba especialmente enfermo cuando le vio por última vez. Era el tipo de hombre que siempre parece estar tosiendo y escupiendo. De cualquier modo, era imposible que se hubieran desecho de él para hacer sitio a Raymond.

Sería una conspiración demasiado compleja.

Pero recordó como si fuera un puñetazo que la propia Jehanne quien le había instado a irse a la cruzada. Si existía tal conspiración, podía remontarse años atrás, incluso a la época de su compromiso.

No, tanto no, pues Lowick se había casado en otro lugar. Pero su esposa había muerto.

Otra muerte conveniente.

—¿Sabes cuándo falleció la esposa de lord Raymond, Matthew?

El hombre le dirigió una rápida y astuta mirada. ¿Todo el mundo tenía las mismas sospechas? Para ser más exactos, ¿había algo en todas aquellas suspicacias?

—Más o menos cuando vos partisteis hacia Tierra Santa, milord.

—¿Y de qué murió?

—Alguna fiebre, milord. Según los hombres de sir Raymond, quienes le acompañaron hasta aquí, nunca había sido una mujer fuerte. Tuvo cuatro abortos en su matrimonio. De todos modos era rica. Tenía tierras productivas, por lo que entendí, en un lugar llamado Beeston, pero según el contrato matrimonial, si ella no tenía hijos, la tierra era para su familia. Sir Raymond hizo todo lo posible para darle un hijo.

—Siempre ha sido ambicioso... —Galeran nunca había tenido demasiada relación con Lowick, pero conocía su naturaleza. Era valiente y honorable, pero también era ambicioso. Lowick estaba convencido de que su aspecto y sus habilidades guerreras algún día le facilitarían una posición elevada en la vida, como por ejemplo marido de Jehanne de Heywood.

Cuando Lowick coqueteaba con Jehanne durante sus visitas, Galeran creía que era por molestarle a él más que por seducirla a ella. Nunca quiso crear un problema al respecto. Eso habría mancillado el nombre de su mujer, habría enfadado a su suegro y posiblemente habría llevado las cosas al campo de las armas. Y en tal caso, lo más probable es que él hubiera perdido, puesto que en aquellos días no era rival para un hombre más grande que él.

Se había preguntado en ocasiones si el plan de Lowick no habría sido ése: forzar un enfrentamiento para matarle. Era burdo pero quizás efectivo.

Jehanne nunca había puesto objeciones a la conducta de Lowick, pero Galeran siempre había dado por supuesto que las razones eran similares a las de él: el deseo de no crear discordias en la casa. Como antiguo escudero de su padre, Lowick en muchos sentidos era un hermano para ella.

Galeran en una ocasión había preguntado a Fulk por qué no había ofrecido a Lowick la posibilidad de casarse con Jehanne. El viejo no era una persona dada a explicarse, pero había contestado que quería a alguien con mejores conexiones para su heredera.

El padre de Raymond había sido amigo de Fulk, los dos vinieron con Guillermo el Conquistador, pero él no había prosperado. Fulk acogió a Raymond entre su personal como un favor, pero su amabilidad no llegaba al punto de convertirle en su hijo. No encontraba ninguna conveniencia en ello, le había dicho.

¿Había sido todo fachada? ¿En realidad había querido Jehanne a Lowick durante todo el tiempo?

Capítulo 6

Galeran reparó en que su administrador continuaba allí, aún paciente. Vaya, no era su intención hablar de esto con Matthew. Le costó incluso pronunciar las palabras, pero lo dijo:

—¿Y qué hay de mi hijo, Matthew? ¿Qué sabes de cómo murió?

El hombre se aclaró la garganta y apartó la vista.

—En cuanto a eso, fue un gran misterio. Un crío majo que empezaba a dar sus primero pasos... —El administrador tosió, tal vez para ocultar un verdadero nudo en la garganta—. Ni siquiera se oyó ningún llanto, no sé si me entiende. Lady Jehanne salió al salón con la criatura en sus brazos y dijo sencillamente, «No se despierta». Bastantes de nosotros estábamos en el gran salón y no entendíamos nada al principio, estando ella como estaba, tan serena. Luego bajó la vista al pequeño otra vez y dijo, «Creo que está muerto», con la misma voz normal. Pero luego lo dijo más alto. Y luego empezó a temblar...

El hombre volvió a aclararse la garganta.

—Sus mujeres se juntaron y cogieron a la criatura, pero ya estaba frío. No había nada que hacer.

Galeran cerró los ojos, con un dolor en el pecho que bien podía asfixiarle. Aquel simple relato le reveló la profundidad de la angustia de Jehanne.

Y él estaba tan lejos.

Ni siquiera se había enterado.

Si el universo tenía algún sentido, él debería haberse enterado.

Obligó a su mente a regresar y rebuscar. Gallot había muerto cuando él había iniciado el regreso a casa, tal vez mientras él acudía a las instalaciones de los baños de Constantinopla y permitía que mimaran su agotado cuerpo. Recordó que se sintió inquieto entonces. Sus planes eran regresar a casa con el grupo del duque de Normandía, pero el duque viajaba despacio, demasiado despacio.

Recordó que aún le duraban las pesadillas sobre Jerusalén, pero por más que lo intentara, no podía recordar ninguna otra sombra. No tuvo la más fugaz consciencia de que a miles de millas había sufrido una terrible pérdida.

Su voz sonó ronca al preguntar:

—¿Determinó alguien la causa de la muerte?

—Nadie fue capaz, milord. —Con vacilación, Matthew añadió—. Por supuesto, se murmuraba sobre hechizos malignos y ese tipo de cosas. Ya sabe cómo es la gente. Y después de aquel único arrebato, ella... lady Jehanne... se quedó tan calmada. Continuó con su vida como si nada hubiera sucedido.

—Siempre ha sido así, ya lo sabes, Matthew.

—Sí, milord, pero cuando una mujer ha perdido a su hijo, resulta extraño. Y cuando han llegado noticias de que su esposo también ha muerto, aún es peor...

Galeran contempló sus tierras, que se desdibujaban poco a poco hasta desvanecerse a medida que oscurecía, pero salpicada por hogueras del ejército de su padre. Deseó con desesperación haber conocido a su hijo, haber estado aquí cuando todo esto tuvo lugar.

Pero si hubiera estado aquí, tal vez nunca hubiera sucedido.

¿Podía el amor de una mujer —su obsesión— por un hombre llevarla a ser cómplice del asesinato de su propio hijo?

Desplazó su mente del tormento a los interrogantes.

—Entonces, Gregory murió y Lowick vino aquí. Eso sería... ¿cuándo?... unos dos meses después de que yo marchara.

—Sí, señor.

—Por aquel entonces lady Jehanne ya sabía que estaba embarazada...

Contuvo la respiración.

¿El hijo de quién?

Todos aquellos años de intentos, sin hijos, y luego una criatura casi de forma milagrosa. Y más tarde, otra más sin gran dificultad. ¿Había ido Jehanne al encuentro de Lowick nada más dejar a Galeran en Londres? ¿O incluso estaba embarazada cuando le instó a abrazar la cruz?

No, puso un poco de orden en su mente maltrecha. Gallot había nacido casi nueve meses exactos después de su última noche.

¿Sí?

—¿El cumpleaños de Gallot era el día de San Esteban, verdad?

—Eso era lo que Jehanne le había contado en su carta.

—Sí, milord, y un día que todo recordamos muy bien. Un día feliz de veras.

Gracias a Dios por eso. Más tarde podría verificar si Jehanne había regresado directa a Heywood. De todos modos, ella estaba con lord William, con su tío Hubert, con diez hombres de armas, y también la acompañaban tres mujeres. Habría sido un proeza asombrosa organizar una cita con tanta compañía.

—Sir Raymond siempre fue un caballero competente —dijo Galeran—. Supongo que llevaba bien los asuntos del castillo.

—Sí, señor. —Pero lo dijo a regañadientes.

—¿Por qué esa mala cara?

—Era un hombre orgulloso y actuaba como si todo esto fuera suyo.

—¿Y tenía algún motivo?

Matthew sabía lo que estaba preguntando Galeran en realidad, y negó con la cabeza.

—No lo creo, milord.

Un fragmento de buenas noticias.

—O sea, lo siguiente que sucedió fue la llegada de noticias de mi supuesta muerte.

—Sí, señor. Fue un monje quien contó haber oído que en Roma se habían producido muchas bajas en enfrentamientos con los infieles, y os incluía a vos entre ellas. Fue una noche de lágrimas, milord. —El hombre se aclaró la garganta y apartó la vista.

Era agradable, supuso Galeran, saber que lloraban a uno.

—Y en cuestión de días, Gallot había muerto.

—Sí, señor.

A Galeran empezaba a inquietarle las preguntas que tenía que hacer y la interpretación que pudiera dárseles. No obstante, confiaba en Matthew. Era un hombre sincero, sagaz, que sabía mantener la boca cerrada.

—¿Cómo reaccionó mi esposa a la noticia de mi muerte?

El hombre mayor se tomó un tiempo para responder.

—Ya conoce a lady Jehanne, señor. Nunca ha hecho lo que esperan los demás. La noticia la conmocionó, estaba claro que estaba muy afectada. Pero luego recuperó el ánimo y dijo que no lo creería a menos que le trajeran alguna prueba. Después de eso dio la impresión de haberse sacado el asunto de la cabeza, a excepción de que rezaba más de lo habitual. Recuerdo que sir Raymond le hablaba, intentaba hacerla aceptar la noticia, pero ella hacía caso omiso. Se volvió bastante brusca con él, de hecho. Lo que sí logró sir Raymond fue convencerla para que acudiera a explicárselo a vuestro padre, pero no sé que sucedió allí. Regresó como si no pasara nada, o sea que todos seguimos su ejemplo. Ninguno de nosotros quería pensar que habíais muerto, milord.

—Gracias.

—Pero después de eso —añadió Matthew—, sir Raymond empezó a envalentonarse. Creo que se creía de veras que podía ocupar este lugar.

—Y entonces Gallot murió.

—Sí, señor. Y la señora cambió.

—No me sorprende.

Galeran quería preguntar si era cierto que Jehanne hizo a Lowick su amante, pero estaba claro que por supuesto era así.

Quería preguntar si de verdad se lo había llevado a la cama sólo unos días después de la noticia de la posible muerte de su marido y de la muerte innegable de su hijo. Pero también estaba claro que lo había hecho, o no podría haber tenido otro hijo nueve meses después.

¿Por qué?

¿Por qué?

¿Por qué?

Descubrió que aún no podía hablar de eso. De modo que hizo otra pregunta.

—Matthew, dime con toda sinceridad, ¿qué crees que provocó la muerte de mi hijo?

—La verdad, con toda sinceridad, es que no lo sé. No creo en hechizos y cosas de brujas, pero la única explicación sería algo así.

—Esas cosas no existen.

—Los milagros, sí, milord.

—Tal vez.

—¿Entonces por qué no las cosas del diablo?

Galeran soltó un suspiro.

—Una pregunta excelente.

—Sólo sé una cosa, milord.

—¿Qué?

—Habría sido mejor que lady Jehanne se hubiera acostado ella sola con su dolor en vez de consolarse con sir Raymond. —Galeran no quería saber más, pero el hombre continuó con obstinación—. La misma noche en que enterraron al bebé, ella durmió con lord Raymond, y todos nos enteramos.

Galeran se dio media vuelta, bloqueó una conversación que aún no podía soportar.

—¿Dónde está enterrado Gallot?

—En el camposanto, cerca del muro, señor. Hay una lápida.

Galeran hizo un ademán al hombre para que volviera a sus ocupaciones y se quedó en las almenas un rato mientras su mente recorría sin rumbo su vida destrozada, siguiendo pautas aleatorias. De todos modos, no servía de nada, por lo tanto se fue a rezar junto a la piedra que señalaba la breve vida de su hijo.

Alguien había plantado un rosal ahí, pero aún era pequeño y frágil. No obstante, a diferencia de su hijo, crecería.

Galeran pasó una hora en el jardín cada vez más oscuro, buscando el espíritu de lo que había sido su propia sangre, pero no encontró nada. Se obligó a dejar el pequeño camposanto y regresar a la alcoba. Había rezado y pensado durante la mayor parte de la noche anterior, y lo poco que durmió fue a la intemperie, encogido e incómodo. Sería una insensatez volver a hacer lo mismo, teniendo en cuenta que necesitaba fuerza y serenidad para hacer frente a todos sus problemas.

De cualquier modo, era reacio a encontrarse en la habitación que había compartido con Jehanne. No estaba seguro de poder dormir ahí con los recuerdos de placeres pasados en su compañía, pero tampoco podía hacer frente a los comentarios que provocaría durmiendo en cualquier otro sitio.

Jehanne y sus damas más próximas dormirían en la habitación más pequeña con el bebé. Podría llamarla...

No. Por encima de otras razones, el agotamiento había engullido su deseo.

Se sacó las ropas y se metió en la cama. Casi vuelve a levantarse de un brinco. El contacto con el colchón y las sábanas, el olor del aire fresco y las hierbas, todo ello le transportaba directamente a lo que era su cama antes de que se marchara.

Con un gruñido se dio media vuelta y enterró la cabeza entre sus brazos. Se había convencido de que era voluntad de Dios que tomara la cruz, era voluntad de Dios que dejara Inglaterra, su patria, y a su esposa. Pero si esta situación también era voluntad de Dios, la deidad tenía un sentido del humor muy desagradable.

Galeran se despertó descansado, aunque se sentía pesado de tanto dormir. El ángulo de luz sobre sus párpados cerrados y los ruidos que llegaban del patio le dijeron que era tarde, y a esas horas de la mañana ya debería estar levantado. De todos modos, no tenía prisa por abrir los ojos y despabilarse. Levantarse significaba enfrentarse a miles de problemas.

Pero tampoco quería volver a dormirse, ya que sus sueños —aunque apenas los recordaba— no habían sido agradables. En un momento había estado de regreso en Jerusalén, con Jehanne a su lado. Se oía el llanto de un niño, pero siempre demasiado lejos como para alcanzarle, demasiado lejos para salvarlo de los caballeros alemanes y el río de sangre.

Hasta la idea de esos sueños parecía insoportable, de modo que abrió los ojos...

...y encontró a Jehanne sentada con las piernas cruzadas encima de la cama, observándole.

Llevaba sólo una delicada túnica de seda y el pelo caía largo y suelto en torno a ella, algunos mechones agitados con suavidad por la brisa estival.

El corazón de Galeran empezó a latir con fuerza mientras su cuerpo reaccionaba a ella.

—¿Has hechizado a tus guardias?

—Les he convencido de que estaba tan segura aquí como en la habitación contigua. Hay un guardia en el exterior de la puerta.

—Podrían haber pensado en mi pescuezo.

El rostro de ella se sonrojó un poco, y no por rubor. Era raro que Jehanne diera muestra de sentirse incómoda, pero en este momento fue así.

—Puesto que me dejaste afeitarte, deberías saber que ya no debes temer eso.

—Entonces estaba despierto.

—Nunca te he deseado ningún mal, Galeran.

—Entonces, desde luego, eres muy torpe, ¿no crees?

Jehanne, como si le hubieran dado una bofetada, bajó la vista. Galeran se dio entonces cuenta de cómo detestaba todo esto, detestaba verla tan vulnerable. Prefería que se peleara con él.

—¿Qué quieres? —suspiró.

Ella no alzó la vista, describía movimientos nerviosos con dos dedos y el pulgar de la mano derecha sobre la seda cremosa.

—Raoul de Jouray... me ha explicado lo de tu voto.

Galeran maldijo en silencio a su voluntarioso amigo.

Al no oír ninguna respuesta, Jehanne alzó la vista y levantó la barbilla, casi como solía hacer en el pasado.

—Tal vez prefieras que te envíe una doncella.

El orgullo y la dignidad le decían que la mandara.

La prudencia también coincidía en esto.

Todo el resto del universo hizo que apartara un poco la sábana como bienvenida silenciosa.

Ella tomó aliento y en sus ojos hubo un breve destello. Una parte fría y lógica de la mente de Galeran le advertía que cualquier mujer lista en la situación de Jehanne se apresuraría a intentar rehacer su matrimonio, incluido quedarse embarazada si fuera posible.

Jehanne era muy lista.

De cualquier modo, él parecía estar dividido en tres partes distintas, y la parte lógica no era más que una.

La segunda parte era el hombre cuyo amor por Jehanne de Heywood demasiado profundo como para mantener la prudencia.

La tercera parte era un animal consumido por el deseo difícilmente contenible que sentía por esta mujer.

Ella se metió junto a él en la cama y en el último momento se quitó la túnica. Ella quiso taparse, pero en el último momento él apartó la sábana.

De modo que Jehanne se sometió a su mirada.

Él le pasó la mano con delicadeza por el vientre un poco más redondeado.

—Es del embarazo.

—No me importa. —Pero le importaba que se lo recordaran.

Luego dejó que su mano se perdiera hacia arriba, hacia los pechos más plenos y los pezones más oscuros y más grandes. Cuando acarició con suavidad el pezón, apareció una gota de leche. Leche del niño cuyos sesos debería estrellar contra el muro más próximo.

Y una pequeña parte primitiva, rabiosa, de él quería hacerlo.

Matar al bastardo, al usurpador.

Deshacerse de él por fin.

Deshacerse del único hijo de Jehanne aún con vida.

Apartó aquellos pensamientos y se concentró en lo inmediato. Su piel seguía tan pálida y translúcida como esa gota de leche y, en contraste, su mano parecía más oscura que nunca, revelaba su exposición al tórrido sol. El único tono oscuro en Jehanne era la magulladura en el rostro donde él le había pegado. La tocó con suavidad. Ella le miraba sin reproches, en realidad no tenía derecho a reprocharle nada.

Pero Galeran deseaba que lo hiciera.

Volvió a acariciarle los pechos y notó la diferencia entre ambos. Debía de haber dado de mamar al bebé haría poco, ya que no estaban llenos de leche, pero eran diferentes.

Para su alivio, su deseo parecía estar bajo control, tal vez porque sabía que pronto lo saciaría. Tenía una erección, le zumbaban todas las terminales nerviosas, pero podía esperar.

Un poco.

Por algún motivo, parecía importante, ahora que había llegado el momento, no joder únicamente como un semental rebelde.

Pasó una pierna por encima de los muslos delgados de Jehanne mientras exploraba con la mano y el labio la maravillosa suavidad de su piel, las curvas y extremos de sus huesos, la seda de su cabello...

Hundió el rostro en su cabello, intentando contener las lágrimas ante la sensación y el olor familiar, la materia de sus sueños durante el exilio, la materia de la tortura ahora, mientras se ponía a temblar y perdía la cabeza.

Ella se había mantenido pasiva, pero de pronto le rodeó con los brazos, le estrechó y le acarició la espalda, le pasó las manos por las nalgas, instándole a colocarse encima, atrayéndole a su interior, de tal manera que —con el estremecimiento desesperado del alivio— regresó a casa sin intención y sin ser consciente.

Lloró al sentir su desahogo, y lloró después en sus brazos, notando también las lágrimas de ella goteando contra su piel.

Permanecieron tumbados en silencio, hablando a través de la piel, renovando sus sentidos con el sabor y el olor del otro.

Luego Galeran apoyó su cabeza en la de ella.

—¿Por qué? —susurró.

Ella sacudió la cabeza.

—Ahora no, aquí no. —Ella se deslizó hacia abajo y se introdujo en la boca el miembro de Galeran, que lamió, saboreó, atormentó...

Tras un momento, él encontró las fuerzas para levantar a Jehanne para que le mirara a la cara.

—¿Intentas expiar tus culpas como una puta?

Sus ojos chispearon de ira como en los viejos tiempos.

—¿Te da miedo que te la muerda?

Él podía seguir pidiendo respuestas, pero vio en su rostro que no iba a obtenerlas aquí, ni siquiera recurriendo a la tortura, de modo que se dedicó sólo a lo factible. Dejó que ella le volviera loco con los labios, la lengua y unos diestros dedos, luego volvió a penetrarla con pasión tan fiera y violenta que sacudió toda la cama e hizo que los pechos de Jehanne empezaran a soltar leche.

Sus cuerpos patinaban uno contra el·otro, lubricados por la leche, y Galeran se echó a reír. Ella renunció a intentar detener la leche y se rió también mientras se incorporaba al lado de él.

Galeran lamió la dulce leche y ella se apartó, ya que la leche no dejaba de salir, empapándoles y provocando carcajadas aún más fuertes, y también una salvaje pasión.

Cuando llegó la última y poderosa embestida de Galeran, se produjo un chasquido, una sacudida, luego un extremo de la cama se vino abajo, haciendo que se cayeran al suelo, aún entrelazados. Jehanne soltó un chillido, Galeran maldijo y el guardia se apresuró a entrar.

Se quedó mirando. Luego se retiró con una sonrisa.

Tras un momento paralizados, Galeran y Jehanne estallaron en carcajadas otra vez, revolcándose como niños, mojados y pegajosos entre las ruinas de la gran cama.

No obstante, cuando por fin se sentaron, la mente de Galeran volvía a aclararse.

—Qué astuto habría sido medio serrar esa junta.

La sonrisa que aún mostraba Jehanne desapareció.

—Por el santo crucifijo, Galeran, ¿vas a sospechar de cada paso que dé?

—¿Por qué no?

Se levantó con furia.

—¡Por quien soy! Y de cualquier modo, medio esperaba que me azotaras y me mandaras a un convento, o sea que, ¿por qué iba a planear esta bonita escena?

—Siempre has sido capaz de planear en muchas circunstancias. Y aún estoy a tiempo de azotarte y mandarte a un convento, como tú has dicho.

—Tal vez prefiera vivir bajo sospecha. —Se volvió hacia la cama y apartó el colchón para inspeccionar la madera. Luego se dio media vuelta para mirarle de frente—. Mira. ¡Carcoma!

Él se inclinó a mirar. Estaba claro que era carcoma, pero una locura amarga se había apoderado de él.

—Un gobierno de la casa un poco deficiente —indicó—. Supongo que ha sido cuestión de buena suerte que la cama no se desplomara debajo de ti y de Lowick.

Y eso era lo que de verdad le estaba consumiendo, la idea de que la última vez que ella había compartido su pasión aquí había sido con otro hombre. La idea de que experimentara el sexo lechoso con otro hombre...

Jehanne se quedó inmóvil, medio dándole la espalda.

—Nunca usamos esta cama.

Su alivio no se correspondía con sus palabras.

—¿Por qué no?

Ella se alejó unos pasos y se puso la túnica.

—Probablemente por la carcoma.

Galeran suspiró y se puso en pie. Otra puerta cerrada en sus narices. La observó mientras se vestía deprisa, disfrutando de la manera en que la ropa se adaptaba a las curvas húmedas tanto como había disfrutado de su desnudez.

—Tendrás que hablar conmigo pronto, Jehanne.

Ella se volvió en redondo para mirarle a la cara, y el descarnado sufrimiento que había en su rostro le hizo callar.

—Lo lamento —susurró ella y se marchó. Pero mientras cualquier otra mujer habría salido corriendo, ella salió andando con suma dignidad.

¿Pero qué lamentas?, se preguntó Galeran mientras inspeccionaba el caos. La cama era un reflejo bastante preciso de su vida:una cama deshecha, medio podrida, pero de todos modos llena de la esencia de su amor, su vida, su esposa.

Jehanne.

Inspeccionó la cama y encontró carcoma en otras partes. Haría falta una nueva. No iba a lamentarlo. Aunque Jehanne y Lowick nunca hubieran usado ésta, formaba parte de algo pasado, no presente.

Se quedó inmóvil mientras apretaba con las manos la madera. Jehanne y Lowick.

Antes había sido algo distante. Pero ahora, ahora les podía ver, oír, oler. Todo lo que Jehanne había hecho hoy con él lo había hecho con Lowick. Ella le había abrazado, le había guiado, se había acurrucado junto a él, le había besado, le había lamido, le había mordido...

Galeran se percató de que intentaba partir el lado de la cama con sus manos desnudas. Siendo roble de cuatro pulgadas, lo más probable era que primero se partiera la mano. Se obligó a relajar las manos y soltar la madera, luego examinó las hendiduras y magulladuras que se había hecho.

Lo que más le aterrorizaba era que un día pudiera volver su ira contra Jehanne. Había que encontrar la manera de que hablara con él, de que le permitiera entender y perdonar, o un día podría abofetearla con sus manos desnudas.

Se levantó, pidió agua y reclamó la presencia de John para que le afeitara. No podía soportar los cuidados de su esposa durante un rato. Sacó más ropa del baúl y pronto estuvo listo para hacer frente al nuevo día.

No estaba preparado para un encuentro con la prima de Jehanne, Aline, pero eso era lo que le esperaba al otro lado de la puerta. Con dieciocho enérgicos años, Aline de Burstock era baja y rolliza, pero tenía el mismo color que Jehanne. Compartía con Jehanne el mismo temperamento en muchos aspectos, pero si Jehanne era una espada, Aline era un mazo.

—Estoy segura de que pegarle te ha hecho sentirte mejor — manifestó.

—Habitualmente eres más astuta. —En realidad, Aline le caía bien, y de pronto se sintió agradecido de tenerla ahí, con su sentido común y su costumbre de expresar en voz alta todo lo que pensaba. Aunque eso no quería decir que quisiera comentar con ella sus asuntos.

—Tendrás que practicar un poco, supongo. Lo más probable es que tengas que pegarle para despejar el ambiente. —Su expresión preocupada revelaba que sus palabras eran un cebo tendido par ver si el pez mordía.

—Tendrías que conocer a Raoul de Jouray. Los dos parecéis pensar de modo muy similar.

Sus mejillas se tiñeron de un intenso rubor.

—¡Similar! Ése es un pagano. Apenas se había limpiado el polvo de sus viajes y ya había encontrado a Ella.

—O tal vez Ella le encontró a él. —Galeran no pudo evitar una sonrisa—. Pero también es verdad que Raoul es capaz de encontrar la mujer más dócil de cualquier castillo en un visto y no visto.

—Entonces mejor le dices a ella que le bañe —replicó Aline con mirada fulminante.

—¿Él esperaba que lo hicieras? —Galeran intentó no reírse. Se preguntaba si Raoul había adivinado que Aline tenía unas nociones muy estrictas del decoro y se había dedicado a tomarle el pelo de forma intencionada—. Estoy seguro de que no insistió una vez te negaste.

—No. Jehanne le ayudó.

Todas las ganas de reír se desvanecieron. Era lo apropiado que Jehanne bañara a un invitado muy agotado, y tales cuestiones nunca le habían preocupado en el pasado. Ahora, no obstante, quería estrujar la garganta de su amigo entre sus manos.

—Yo le bañaré la próxima vez que lo pida —dijo Aline, con sus azules ojos penetrantes como los de un halcón.

Galeran detestaba ser tan transparente.

—No hace falta...

—No quiero ocasionar más problemas con mis tontos escrúpulos.

—Sé que esas cosas son importantes para ti, Aline. Cualquiera de las otras mujeres...

—Eso no sería correcto. Sería un insulto para un amigo del señor del castillo. —Pero luego le miró con el ceño fruncido—. De todos modos, si no confías en él, no es amigo tuyo.

—Y si no confío en ella, no es mi esposa.

—Se puede renegar de los amigos, de las esposas no. O no con tanta facilidad.

Galeran apoyó un brazo en el muro de piedra y se rindió.

—De modo que, prima, ¿qué piensas tú que debería hacer?

Ella le observó con la mirada fija.

—Ella nunca ha dejado de quererte, Galeran. —Luego volvió a fruncir el ceño—. Pero si alguna vez encuentras a aquel hermano Dennis, el que trajo las noticias de tu muerte, ¡estaría bien que le cortaras su lengua mentirosa!

—No creía que fueras tan sanguinaria.

—Hay veces en que la violencia es necesaria, como le sucedió a Cristo en el templo. —Tras decir eso se fue andando con su aire impetuoso de siempre.

—Aline.

Ella se detuvo y se volvió.

—El bebé, ¿es niño o niña?

—Niña. Se llama Donata. —De pronto sus labios temblaron—. No la odies, Galeran.

Luego giró sobre sus talones y continuó su camino.

¿Era odio desear que una criatura no existiera?

Galeran acabó de bordear la mampara para adentrarse en la parte principal del gran salón. Encontró a su padre en una silla, con los pies sobre un taburete, acunando una copa de cerveza. Galeran cogió la otra silla e hizo una indicación a un criado para que le trajera comida y bebida.

—Un poco tarde para desayunar —le dijo su padre.

—Llevo tres días sin dormir en condiciones.

—Ah. —Lord William se frotó la barbilla hirsuta, y sus ojos examinaron a Galeran como un ávido investigador—. Estás más delgado.

—¿Alguien esperaba que tomar Jerusalén fuera fácil?

—Has tardado meses en regresar a casa, sin otra cosa que hacer que comer.

—Raciones de barco.

—He oído que os entretuvisteis en Constantinopla y en Sicilia.

—Comida extranjera —replicó Galeran, disfrutando bastante de volver a intercambiar palabras con su padre.

—Brujas es una buena ciudad, y allí comen como Dios manda.

—Quería llegar a casa. —Galeran tomó cerveza, pan y queso, y dedicó una sonrisa a la criada. Era la guapa y regordeta. La muchacha le devolvió la sonrisa, pero un toque de lástima le amargó el gesto.

Se volvió de nuevo a su padre.

—Y bien, cuéntame cómo está Inglaterra estos días.

Su padre abrió la boca para objetar sobre el cambio de tema, pero fue evidente que luego se lo pensó mejor.

—Mal. Rufus quiere dinero, dinero y más dinero, todo para malgastarlo con sus depravados amigos. Y ahora ha enviado a Ranulph Flambard aquí arriba para exprimirnos todo lo que pueda.

—Raoul me ha dicho que ahora era obispo de Durham. ¿Aún dirige Inglaterra en lugar del rey?

—Sí, el muy rata. —Lord Wiliam escupió sobre las esteras—. Te digo una cosa, cuesta aceptar tenerle a él en el trasero. Él y yo ya hemos tenido un par de encontronazos. Fue una de las inteligentes ideas de Flambard, o al menos eso dicen, que el rey dejara vacantes varios obispados, para así quedarse con las rentas y diezmos. Ojalá hubiera seguido así. Ahora él está exprimiendo Northumbria al límite, con impuestos dobles o triples tanto a clérigos como a seglares.

—Al menos no puedes acusarle de favoritismo. —Galeran hincó los dientes en el pan caliente y crujiente, lleno de una repentina gratitud por los placeres sencillos. Rodeado como estaba de las comodidades del hogar —buen pan, cerveza fuerte y un grupo de buenos perros—, Rufus y Flambard podían esperar.

Su padre se inclinó hacia delante para darle una palmada.

—La situación pinta fea, y la cosa empeora, muchacho. Ningún hombre está a salvo de los favoritos del rey. Aquí arriba no nos ha ido tan mal, al estar lejos de sus actividades, pero ahora...

Galeran llevó su mente de regreso a las cuestiones prácticas.

—¿Nadie va a oponerse a Rufus y a Flambard?

—Se hablan cosas.

Galeran dio un suspiro. Lo último que necesitaba era implicarse en una rebelión.

—Hablar no va a mover nada.

—Es probable —comentó lord William acomodándose de nuevo en su silla—. Si algo le sucede a Rufus, el país se encontrará de nuevo a expensas de los lobos, pues sus dos hermanos se pelearan por la Corona. Por el amor de Dios, ¿por qué no tiene algún hijo?

Galeran alzó una ceja. Todo el mundo sabía por qué Rufus no tenía hijos, ni siquiera se había casado.

—La solución es bastante sencilla —continuó refunfuñando lord William sobre su jarra—, engendra unos pocos hijos varones...

Y con eso anuló cualquier diversión posible.

Lord William alzó la vista y gimió.

—Lo siento, muchacho. Pero al menos... —Luego pensó mejor lo que estaba a punto de decir—. ¿Qué vas a hacer?

Ya no hablaban de política.

Galeran se repantingó hacia atrás en la silla y Grua apoyó el morro sobre su rodilla. Le acarició la caliente cabeza.

—¿Qué crees que debería hacer?

—¡Por todos los diablos! ¿Es que quieres seguir con ella?

—Sí, si ella lo quiere.

—¿Si ella quiere...? —farfulló su padre—. ¡Si te quedas con ella, Jehanne tendría que agradecértelo de rodillas cada día!

Galeran le miró.

—¿Puedes imaginarte una década o dos de una gratitud tan amarga?

Su padre se quedó callado. No hacía tanto que había muerto la madre de Galeran, y todo el mundo sabía que ella y lord William se adoraban. Mabelle de Brome había sido firme como una roca y cálida como la solera del hogar, el corazón cariñoso en una familia de bravucones. Galeran deseó que siguiera aún con vida. Mabelle tal vez hubiera encontrado un salida a todo este embrollo.

Lord William estudió a su hijo.

—Entonces tal vez sea mejor para ti dejar a Jehanne. Te encontraremos una esposa más formal. Si Jehanne ingresa en el convento, seríamos capaces de mantener Heywood...

—Si rompo el matrimonio, he de suponer que Jehanne se casará con Lowick.

—¡Casarse con Lowick! —explotó su padre, luego se apresuró a bajar la voz—. Pero si la amenazas de muerte, no se casará con nadie.

—No podría hacerlo. Y tú tampoco.

—Pero yo sí podría encerrarla en un convento tan estricto que de buen seguro no volvería a poner los ojos en ningún hombre.

—Cierto, pero Lowick aún podría elevar una petición y solicitar casarse con ella, argumentando su relación de hecho, que ha dado como fruto un hijo. Podría incluso inventar una alegación de compromiso matrimonial anterior, que el Tribunal Eclesiástico encontraría satisfactoria. No me atrevería a jurar que el viejo Fulk no pensó alguna vez en ello antes de morir sus hijos. Y en tal caso, Lowick se quedaría con Heywood, al menos como guardián, para entregarlo a su hija.

—¡Si crees que quiero a ese sinvergüenza de vecino, es que el sol te ha frito los sesos! —La rabia enrojeció el rostro del lord William—. Sólo en un año ya ha estado cuestionando rentas, interfiriendo entre mis arrendatarios...

—¿Ah sí? Entonces tal vez sea mejor que me ayudes a recuperar mi matrimonio.

Lord William se le quedó mirando con la boca abierta.

—¡Zorro astuto! —Entonces un destello encendió su mirada—. Bien, pues. Pero ella no puede quedarse sin escarmiento. Mejor que empieces a meterla en vereda. Una azotaina diaria durante un mes debería disciplinarla.

—Desde luego. ¿Por qué no das la orden?

Su padre refunfuñó al oír eso.

—No creas que no sé por qué le pegaste, muchacho. —Movió la mandíbula con ansiedad—. Bien, entonces, en nombre de san Juan, ¿ que tienes pensado hacer?

—Intentar entender.

Su padre sacudió la cabeza.

—No hay nada que entender, nada. Ella siempre suspiró por Lowick. Igual que la mitad de las muchachas del condado, incluidas dos de tus hermanas. Contigo lejos y, no teniendo ella quien se ocupara de sus necesidades, se volvió débil, como sucede con todas las mujeres. Ya sabes que yo nunca encontré normal que todos los hombres jóvenes os marcharais durante años. ¡Es sorprendente que toda Europa no esté plagada de hijos bastardos! Si me hubiera dado cuenta antes...

—Por muy necesitada de sexo que estuviera, —interrumpió Galeran— ¿de verdad crees que Jehanne se metería en la cama de Lowick el día del entierro de su hijo?

William le miró con fijeza.

—Pero lo hizo de todos modos, ¿o no?

Fue como un jarro de agua fría. Lo había hecho, ¿o no?

—Por lo tanto —repitió su padre—, ¿qué vas a hacer?

Galeran no tenía la más mínima idea.

—Por el momento, voy a dejarla sin custodia para que pueda reanudar sus labores. A menos que tengas alguna objeción. Fue por atacarte a ti por lo que está encerrada.

William sacudió la cabeza.

—Habrase visto. Y ella tenía sus motivos. Yo debería habértelo contado.

—Sí, deberías.

—¡Santa Madre de Dios, qué mujer tan difícil es a veces! Vino a verme cuando llegaron las noticias de tu muerte, eso hizo. Fría como el agua de un pozo profundo, pero, pese a eso, juro que estaba angustiada sólo de pensar en la posibilidad.

—Estoy convencido. ¿La viste después de la muerte del niño?

Wiliam negó con la cabeza.

—No de inmediato. Pasó toda una semana hasta que nos enteramos, y cuando vine aquí, era como si nada..., no, —corrigió de forma abrupta— no era como si nada hubiera sucedido, eso no. Parecía una estatua andante. Pero sí se ocupaba de los asuntos como si nada hubiera pasado, y por lo visto lo hizo desde el día posterior a la muerte de la criatura. No deja de ser extraño eso.

—Y ya habían empezado los rumores.

—Sí, aunque por aquel entonces nadie había hablado conmigo de su relación con Lowick.

Galeran reprimió la necesidad apremiante de levantarse y alejarse. Iba a tener que acostumbrarse a hablar de esas cosas.

—¿Cuándo te enteraste?

—Ésa es una buena pregunta. —Su padre volvió a mover la mandíbula—. Ha sido un año muy ajetreado, muchacho, entre unas cosas y otras. Los escoceses no han dejado de fastidiar. El clima ha estado caprichoso. Y luego está Flambard... Cuando nos llegaron noticias de tu muerte, envié mensajes al extranjero, al Papa y a Constantinopla, con la esperanza de enterarnos de alguna cosa. A falta de buenas noticias, no fui a ver a Jehanne.

Cogió su cerveza y dio un profundo trago.

—Resultó que la mujer de Will había oído algunos rumores, pero no quiso crear alarma, la muy bobalicona. De cualquier manera, para entonces ya era demasiado tarde. Lo supe con seguridad cuando Lowick elevó una petición al rey para que te declararan muerto y así poder casarse con tu viuda, quien esperaba un hijo suyo. ¡Vine aquí, pero se me negó la entrada o alguna explicación! En aquel momento consideré la idea de tomar este lugar, pero es preferible no sitiar un castillo si puede evitarse, aún menos si pertenece a tu familia. De forma que me fui al sur para oponerme a la petición.

—¿Qué sucedió?

—Me enredaron en tribunales y audiencias. Tras un tiempo dejé de insistir pues no parecía que fuera a salir nada en claro, y por otro lado, yo había hablado con un marinero, quien juraba que te había visto vivo en Constantinopla. De modo que envié más mensajes para aclarar la verdad.

—¿Obtuvo Lowick algún apoyo de Rufus?

La sonrisa de lord William era lúgubre.

—Su caso no ofrecía nada como para arriesgarse a una ofensa contra mí, aunque Flambard sí que intentó influir en el rey. El obispo ha tenido varios eclesiásticos husmeando por aquí, haciendo preguntas, pero yo tenía al marino para contar la historia, o sea que nadie quiso precipitarse. Mucho me temo que el hombre del obispo no tardará en volver ahora, al menos para poder multar a alguien por algo.

—El dinero es el menor de mis problemas.

—¡Ja! ¡Con Rufus y Flambard picoteando por Inglaterra como cuervos en un campo de maíz, el dinero pronto dejara de ser un problema para todos! —William se levantó con esfuerzo de la silla—. Lo cual me recuerda que mejor regreso a Brome y me ocupo de mis propios asuntos. A menos que me necesites aquí.

Galeran se levantó.

—No, por supuesto que no.

—Ve con cuidado...

Galeran respondió a la mirada preocupada de su padre con gesto anodino.

—No me siento especialmente violento. Y si eso cambiara, Raoul es mayor que yo. Parece haberse designado mi perro guardián, y es tan tierno con las mujeres como tú.

Lord William se limitó a entornar los ojos y continuó su camino. El ejército ya había desmontado el campamento y la ordenada hilera de hombres y carromatos no tardó en desaparecer tras la colina. Galeran miró al otro lado de las murallas como si fuera la primera vez. Heywood sin duda parecía más su hogar sin un ejército rodeándolo.

El enemigo, por supuesto, estaba dentro.

Dio orden de retirar la guardia que había ordenado mantener sobre Jehanne y de que le dijeran que era libre de retomar sus ocupaciones, pero no de abandonar el castillo. Aunque detestara hacerlo, habló también con Walter de Matlock, y le dejó claro que debían impedir con cualquier medio necesario que Jehanne se marchara.

A continuación llamó al carpintero y ordenó una nueva cama, y también un colchón nuevo. Confiaba en que simbolizara un comienzo de cero.

Luego de ordenar que sacaran sus mejores palafrenes, reunió sus perros de caza, dos halcones prometedores, cuatro hombres de armas y se dispuso a enseñar a Raoul su propiedad y cazar un poco. La excursión podría llevarle días si se detenía a hablar con los arrendatarios de los terrenos más importantes y con las autoridades del pueblo. Por supuesto, si acudía a visitar las fincas más pequeñas que pertenecían a Heywood, el viaje podría durar semanas, pero eso sería llevar la cobardía demasiado lejos.

Capítulo 7

Cuando Aline se enteró de que Galeran se había marchado, se apresuró a ir en busca de su prima, amonestando en silencio a la gente que se aleja de las situaciones que hacía falta afrontar. Estaba segura: Raoul de Jouray tenía algo que ver con todo esto. Era justo la clase de tipo sonriente, de poco fiar, que preferiría irse de caza antes que tratar de resolver un problema espinoso.

Y, sin duda, el asunto era espinoso. Nunca olvidaría el estallido de dicha y puro terror experimentado dos días antes con la aparición de Galeran. Ahora estaba empezando a creer que el desastre no iba a ser instantáneo. Desde luego no confiaba en que tal desastre pudiera evitarse en modo alguno.

Por fin encontró a Jehanne en las murallas, siguiendo con la mirada a los jinetes. Aline se detuvo a cierta distancia, reacia a entrometerse en un momento que apenas entendía.

Conocía bien a su prima y la quería con amor profundo. Aunque podía pensarse que aquel rostro glacial mostraba indiferencia, Aline sabía que era una máscara con la que Jehanne ocultaba su inmenso dolor. De cualquier modo, la máscara era desacertada. Se malinterpretaba con demasiada facilidad.

Como había sucedido cuando murió Gallot.

Aline aún se sentía culpable. Adoraba al niño, y se había quedado tan destrozada ella misma que había prestado poca atención al sufrimiento de la madre. Lo que hizo fue huir a la capilla y buscar consuelo en la oración. Tal vez si se hubiera quedado a confortar a Jehanne, su prima no habría acabado en los brazos de Lowick, no habría acabado atrapada con Donata.

Si esa noche hubiera sido diferente, entonces el regreso de Galeran sano y salvo podría haber sido un momento de deleite maravilloso. En vez de ello, recordó con un escalofrío el instante de la aparición de Galeran en la entrada, y a la mañana siguiente, cuando se presentó en el castillo.

Cuando un guardia irrumpió en el gran salón con la noticia de que lord Galeran se acercaba, Aline pensó que Jehanne iba a desmayarse finalmente, aunque no estaba segura de cuánta palidez respondía al miedo y cuánta a la conmoción.

Lowick simplemente se puso furioso. No obstante, no tardó en comprender que quedarse sería un desastre seguro. La muerte segura.

Justo allí en el salón, Jehanne, sin perder la calma, le aconsejó que se fuera. Aline quería sacudir a su prima, decirle que pronunciara alguna palabra de alegría sobre el regreso de su esposo. Más bien sonaba como una mujer instando a su amado a ponerse a salvo.

Al menos, Jehanne se estaba negando en público a marchar con él. Manifestó ante todos que no iba a huir de su marido legítimo, pero no es que sonara muy cariñoso.

—Jehanne. ¡Milady! —protestó Lowick, y al menos él sí sonaba conmovido de veras—. ¿Cómo puedo dejaros aquí para que os enfrentéis a él? Tenéis que venir conmigo, si no temeré por vuestra seguridad y la seguridad de nuestra hija.

—Donata es demasiado pequeña para un viaje desesperado, Raymond.

—Entonces dejadla. Aline puede ocultarla.

—Aún le doy pecho.

—Una nodriza...

—No daré a mi hija la leche de una desconocida, y menos por salvar mi piel.

—¡Si os estrangulan no le quedará más leche!

Entonces intentó cogerla, pero Jehanne sacó con rapidez su cuchillo y sus hombres desenvainaron las espadas en el salón. Los hombres de Lowick hicieron lo mismo, pero los de Heywood les superaban en número y, por consiguiente, ellos y su señor se encaminaron hacia la puerta posterior en medio de la noche.

Jehanne, con sus propios hombres para defenderla en caso necesario, les acompañó hasta la puerta pequeña situada en las murallas. Aline también fue, pues quería asegurarse de que la causa principal de sus problemas se marchaba de allí.

En la puerta, Lowick intentó una vez más convencer a Jehanne de que huyera con él. Al no conseguirlo, se arrodilló para besarle la mano.

—Que Dios os proteja, entonces. Y yo acudiré al obispo y le suplicaré ayuda. Hablará con el rey en nuestro favor. Encontraré la forma de protegeros, la forma de que sigamos juntos.

Jehanne, por desgracia, no dijo nada.

Aline musitó:

—Buen viaje —y rezó para que Lowick no tardara en encontrar alguna otra dama con propiedades, de la que poder aprovecharse.

No obstante, aquello no era justo, pensó mientras se apresuraban a regresar a la torre del homenaje. Raymond sentía sincera devoción por Jehanne. Tal vez eso explicara que Jehanne pareciera tan débil ante él.

Y había motivos para que Lowick temiera por la seguridad de Jehanne y Donata. Los hombres no eran indulgentes con las esposas adúlteras y los hijos ilegítimos, y esa idea obsesionó a todo Heywood durante la larga noche sin pegar ojo. Aline, que ayudó a preparar la apertura del castillo al señor que regresaba, rezó de todo corazón a María Magdalena, patrona de las mujeres pecadoras.

Dieron la bienvenida al amanecer como el final de la espera, aunque nadie tenía confianza en lo que depararía aquel día. Jehanne, aún serena por fuera, habló una última vez con sus oficiales para asegurarse de que entendían sus órdenes, y luego se arregló y acudió al salón a esperar.

Cuando Aline se percató de que su intención era recibir a su esposo con su hija bastarda en los brazos, se decidió por fin a protestar.

—Donata es la única inocente en todo esto, Jehanne. ¡No puedes ponerla en peligro! Dámela.

—No. —Lo dijo en voz muy baja, y Aline cayó entonces en la cuenta de que su prima estaba a punto de desmayarse de miedo, lo cual quería decir que no pensaba con claridad.

—Un poco de sensatez, Jehanne. No puedes esperar que un hombre mantenga la calma en un momento así.

Intentó coger a la criatura, pero Jehanne no la soltaba.

—No voy a esconderla...

—No es ésa la cuestión. ¡Dámela!

Pero de pronto Galeran estaba allí, su figura surgió en el umbral, una forma oscura e inquietante recortada contra el cielo del amanecer. Con un siseo de ansiedad, Aline se retiró unos pocos pasos, sin dejar de repetir que Galeran siempre había sido una criatura racional, de buen corazón.

Para ser un hombre.

Aline tenía cinco hermanos y albergaba pocas ilusiones en lo que a la especie masculina se refería.

De cualquier modo, ¿era éste el Galeran que conocía? Estaba hecho un asco: demacrado, con harapos, con barba y mugriento, y con unas cuantas cicatrices en el rostro.

Casi se pregunta si en realidad era él, hasta que los perros se apresuraron a correr a su encuentro, para darle la bienvenida a casa. Él les correspondió y luego alzó la vista. Mientras se acercaba a Jehanne y a la criatura, Aline respiró con temor.

Este hombre no era el Galeran que ella conocía...

De todos modos, en conjunto, la cosa no había ido tan mal, reflexionó Aline.

Y ayer, él y Jehanne habían pasado un rato juntos en el baño. Luego esta mañana Jehanne había estado en la alcoba con él bastante rato, aunque había salido otra vez con rostro glacial.

No era de extrañar. A Aline no se le escapaba la nueva oscuridad en la mirada de Galeran y la sensación que emanaba de él, como el calor de un fuego, de rabia sofocada. No podía olvidar el bofetón.

Tal vez para Jehanne fuera un alivio verle marchar durante unos días.

Se adelantó para interrumpir fueran los que fuesen los pensamientos que tenían absorta a su prima, y vio algo más.

—¿Lágrimas? —De inmediato lamentó haberlas mencionado. Jehanne detestaba que la vieran llorar—. Donata tiene hambre.

Jehanne se secó los ojos y luego se volvió.

—Lo siento. He perdido la noción del tiempo. —Calmada otra vez, inició la marcha escaleras abajo hacia el patio.

Aline se apresuró tras ella, deseando que Jehanne llorara en público, y a menudo. Ablandaría a los hombres en un visto y no visto.

—¿Y ahora qué va a suceder? —exigió saber.

—No lo sé.

—¿No se lo has preguntado a Galeran?

—No.

—¿Por qué no?

Jehanne se detuvo y se volvió a mirarla.

—Porque lo más probable es que él tampoco lo sepa.

Aline entornó los ojos.

—Podrías haberle preguntado. Habéis estado juntos esta mañana.

—Casi no hemos hablado.

—¡Pero has estado ahí dentro una eternidad! ¡Oh!

—Exacto.

Aline sintió el alivio como una cataplasma caliente en su interior.

—¿Entonces todo está bien?

Jehanne soltó un suspiro.

—No, Aline. El sexo no resuelve problemas como éste.

—¿Y entonces qué los resuelve?

—No lo sé. —Y Jehanne se dio la vuelta otra vez para atravesar el patio.

—No puedes sacarte el problema de la cabeza sin más. Tienes que estar preparada. ¿Qué hará Raymond ahora?

Jehanne se paró en seco.

—¿Raymond?

—¿Te acuerdas de Raymond, no? —replicó Aline mordaz—. ¿El alto y rubio? No se rendirá. Lo más probable es que esté haciendo lo que dijo, intentando que el rey se interese por este caso.

—Supongo que sí —contestó Jehanne, pero con gesto casi pensativo—. De cualquier modo, ¿qué puede ganar el rey apoyando a Lowick en un caso contra la familia de Galeran? Y además se trata de un cruzado que regresa a casa. Son lo más cercano a los santos vivientes que tenemos hoy en día.

—¿O sea que tendrá que renunciar?

Jehanne se puso pálida.

—Tal vez piense en corregir su sino. —Se levantó las faldas y subió corriendo las escaleras que llevaban al gran salón, con Aline siguiendo sus pasos pesadamente.

—¿Qué? —inquirió entre jadeos mientras Jehanne llamaba a gritos al escribiente. Pero luego oyó la nota apresurada que su prima estaba dictando: una advertencia a Galeran para que estuviera alerta a posibles asesinos ocultos en los bosques.

—¿Intentará matarle? —preguntó Aline mientras el escribiente se apresuraba a salir para entregarle la carta al jinete más rápido.

—¿Por qué no? —preguntó Jehanne mientras recorría el salón de un lado a otro con el rumor de sus faldas—. Con Galeran muerto, Raymond volvería a encontrarse en un situación ideal para reclamar su sitio aquí. —De pronto se detuvo y se agarró las manos—. ¡Oh, ojalá pudiera llevar yo misma la nota cabalgando!

—¿Para protegerle? Jehanne, él sabe cuidarse, sobre todo ahora que le has advertido. Y tiene a ese Raoul de Jouray también a su lado. Tanto músculo tiene que servir para algo.

Jehanne se calmó y casi se ríe.

—Cierto. Y estoy decidida a dejar mis maneras feroces. Mira de qué nos han servido. Voy a volver a poner mi confianza en Dios.

Aline la abrazó.

—Entonces hay esperanza. Y Donata está esperando, como puedes oír.

Aline acompañó a su prima junto a la criatura lloriqueante, mientras rezaba de todo corazón por la seguridad de Galeran.

A Galeran le sorprendió la nota. No entreveía ningún afecto particular en las secas palabras, pero seguro que significaban algo: Jehanne le prefería a él que a Raymond.

A menos que simplemente temiera ser juzgada por cómplice de asesinato.

Puso una mueca al percatarse de sus pensamientos y se subió la toca de malla para seguir cabalgando, vigilando con atención la campiña a su alrededor.

Pasaron la noche en un monasterio, uno que había prosperado bajo la protección y las donaciones de Heywood. De hecho, muchas de sus riquezas procedían de las peticiones de Jehanne para tener un hijo.

El señor es generoso con su pueblo, pero él también pide sacrificios oportunamente...

¿Sería eso parte de la respuesta? ¿Habrían enojado a su generoso Dios su disgusto y falta de fe en la toma de Jerusalén, y le habrían llevado a retirarle su presente? Galeran no solía considerar caprichoso a Dios pero tampoco solía pensar en Él como injusto y cruel.

Mientras estaban sentados en el salón de los invitados acabando una buena comida, Galeran le dijo a Raoul:

—Estás dando muestras de un tacto sorprendente. ¿Ninguna pregunta? ¿Ningún consejo?

—¿Quieres consejo?

—Sí.

—¿Pero lo seguirás?

Galeran sonrió y limpió la deliciosa salsa de la carne.

—Lo más probable es que no.

—Entonces no hará daño a nadie mi consejo. Abandónala. Es una bruja.

Galeran se quedó mirándole.

—¿Una bruja?

—Mófate si quieres. Nadie sabe que está hechizado mientras lo está. La gente del castillo piensa que emplea la magia, eso está claro.

—La gente del castillo piensa que es extraña porque no siempre actúa como las demás mujeres. No emplea ninguna magia.

—¿Entonces cómo se ha metido hoy en tu cama?

Galeran estalló en carcajadas.

—¿Y tú me preguntas eso? Yo parecía un semental junto una yegua en celo. Sólo tenía que tocarme.

Raoul se inclinó hacia delante y señaló con un dedo para recalcar lo que decía:

—Eso es porque te convenció de que hicieras aquel voto de fidelidad. Siempre he dicho que no era algo natural.

—Me convencí a mí mismo, Raoul. Me parecía correcto, teniendo en cuenta lo que pedíamos a Dios. Y —admitió Galeran— nunca he deseado a otra mujer ni he estado con ninguna otra.

Raoul se quedó boquiabierto de la conmoción.

—¡Eso! ¡Lo ves! Hechizado...

—Raoul, tal vez tú veas eso como un signo de hechizo, pero sólo es señal de devoción. Si alguna vez una mujer conquista tu errante corazón, lo más probable es que sientas lo mismo que yo. Conocí a Jehanne y la quise antes de que tuviera interés por ir de correrías. Y ella es una mujer especial. —Vio que Raoul cogía aliento para hablar—. Pero no una bruja. Es la mujer más práctica que he conocido. Lo cual me recuerda algo. No hagas pasar vergüenza a Aline.

Raoul alzó las cejas.

—¿La pequeña prima de tu esposa? ¿Qué le he hecho yo?

—Le pediste que te bañara.

—¿Por qué no? —Entonces Raoul le dedicó a Galeran un rápida mirada de cautela—. Al menos no pedí a tu esposa que se ocupara de mi cuidado. Sugerí que me enviara a cualquier otra mujer.

—Eso no sería el respeto apropiado hacia un invitado.

—La situación nunca se hubiera planteado si la primita hubiera hecho lo que le pedían. ¿Por qué no lo hizo?

Galeran sirvió lo que quedaba del vino en sus copas.

—Aline siempre ha sido muy recatada con los hombres, pese a ser la única chica en una familia de hermanos. Hace unos años se fue a vivir al convento de St. Radegund, con la intención de hacer los votos allí. Lo dejó porque Jehanne necesitaba compañía mientras yo estaba fuera.

—Pues si los hombres la ponen nerviosa, ya es hora de que regrese al claustro.

Galeran sonrió con ironía.

—Sin duda continúa aquí de guardia. Es una criatura feroz para ser tan pequeña. Pero en cuanto esté segura de que no voy a hacer daño a Jehanne o a la criatura, seguro que se pondrá de nuevo el velo.

Raoul sorbió lo que le quedaba de vino.

—Parece un desperdicio.

—¿Por qué? Es la monja ideal: lista, práctica y sin interés por los hombres.

—Me cuesta imaginármelo. Pero si se supone que las monjas son las novias de Cristo, es normal que Él se quede con alguna de las guapas y alegres.

Galeran casi se atraganta con el vino.

—Un día, caerá un rayo del cielo y te reducirá a cenizas. —Pero luego estudió a su amigo—. De modo —añadió pensativo— que te parece guapa y alegre, ¿eh?

—¡Oh, no! —Raoul alzó las manos—. Métete en tus propios asuntos. Que sea guapa y alegre no quiere decir que me quiera enredar con ella.

—Pero...

—Pero ¿qué vas a hacer tú con tu esposa? ¿Crees que puedes decir sin más, «Bien, bien, olvidémonos de todo»?

—Eso es cambiar de tema de forma un poco brusca... —Galeran se tomó un momento para limpiar su cuchillo, primero con los restos de su pan, luego con el mantel de lino—. No, supongo que no puedo quitarla de en medio mientras tenga que dar de mamar a la mocosa.

Lamentó la palabra mocosa en cuanto la pronunció. Nada de todo esto era culpa de la niña... culpa de Donata. Debía pensar en ella como Donata. Donata no debería sufrir por los pecados de su madre.

—Ah, bien. —Raoul le miró con gesto demasiado perspicaz—. Tal vez encuentres la manera con el tiempo.

Sin necesidad de hablar se fueron ambos a la cama.

No obstante, una vez más, Galeran no pudo evitar pensar en Jehanne. Sus relaciones aquella mañana le habían aliviado, pero no habían aplacado un ansia más profunda: el ansia de estar con ella en armonía, como en el pasado, jugando el uno con el otro como los músicos tocan sus instrumentos, creando melodías nuevas y también viejas, nada más que por puro placer.

Tras una hora sin poder dormir, se levantó de la cama y se fue a la capilla para arrodillarse ante el altar y rezar.

Primero eliminó la mancha de duda que se había introducido en su mente. Dios no arrebataba sus presentes sólo porque los hombres fueran débiles. Galeran sabía que había hecho todo lo posible en Tierra Santa, que había desempeñado su papel en todas las batallas. En cuanto a la repugnancia que le producía el alcance de la matanza en las calles de Jerusalén, su repentina convicción de que un Dios verdadero no provocaría algo así... Bien, había sido una consideración válida o una debilidad de su fe, y Dios sin duda enmendaría lo primero o perdonaría lo segundo.

No mataría a un niño como venganza.

Galeran continuó rezando, y encontró la paz en su alma.

Jerusalén y Jehanne habían hecho tambalear su fe en la religión, pero no habían afectado a su creencia en la bondad divina. De hecho, Tierra Santa le había proporcionado una visión más profunda, más rica de Dios.

Allí, por primera vez, había creído de veras que Jesús de Nazaret había existido, no el señor glorioso de los cuadros originales, sino un hombre como cualquier otro. De niño había jugado con sus amigos entre el polvo de Belén como Galeran había jugado en Brome. De joven había salido a encontrar su lugar en el mundo. De hombre, había muerto en Jerusalén como casi le había ocurrido a Galeran.

Cristo había construido cosas y las había arreglado, se había reído y había llorado, había querido a sus amigos y le habían traicionado sus mejores compañeros. Había sufrido la tentación y había dudado, tanto en el desierto como en el Huerto de Getsemaní. Aunque nunca había engendrado un hijo, Cristo había llorado por Lázaro en su tumba. Él, como nadie, podía entender el dolor de Galeran, e iluminar un camino en medio de la oscuridad.

Al día siguiente continuaron su recorrido, aún alertas. La expedición sin embargo resultó pacífica. Día tras día el sol ardía desde el claro cielo azul, pero Dios concedía a sus hijos el favor de blancas nubes algodonosas y brisas que aliviaban el calor. Incluso Raoul empezó a considerar con mayor benevolencia el clima inglés.

En todas partes, insectos, animales y gente trabajaban para cuando llegaran tiempos más severos, y los trabajadores de los campos bendecían y maldecían al mismo tiempo el sol que les daba la vida. En los páramos, las ovejas disfrutaban libres de su pesado vellón. En los valles, los campesinos se regocijaban al formar las primeras pilas de heno. El ganado pastaba con estoicismo en la espesa hierba, mientras en las casitas y granjas su rica leche se convertía en mantequilla y queso. Pequeños ejércitos de ocas, pollos y patos pululaban de un punto a otro bajo las órdenes de niños, engordando para la matanza del otoño.

El campo estaba a reventar de alimento, y los halcones de Galeran no dejaban de traer sabrosas aves a su amo. Cada tarde hombres y perros perseguían conejos y liebres para el puchero, y también por el goce del deporte.

Ésta era su tierra, ésta era su vida, y a Galeran tanta salud y bienestar le resultaron curativos.

De todos modos no olvidó la advertencia de Jehanne. En todas las aldeas preguntaba por la presencia de desconocidos, pero de un modo sistemático le contestaban que no habían visto a nadie. De forma gradual fue relajando la vigilancia. En esta época ajetreada sería difícil que hombres armados avanzaran por el campo sin ser observados, y le ofendía cabalgar por su propia tierra como si estuviera entre enemigos.

En cada pueblo y aldea hacía saber que había vuelto a casa y se ponía a disposición de su gente. Le iban a saludar con júbilo reconfortante y le ofrecían queso fresco, frutas maduras y peces recién pescados.

Sí, era dulce estar en casa, pese a sentir la pregunta acallada a su alrededor: *¿Y qué significará esto para lady Jehanne?*

Nadie mencionó a Gallot. Tal vez era un tema demasiado difícil, o tal vez parecía un dolor que ya había pasado hacía un tiempo. Los niños morían. No era nada especial. Excepto para el padre.

El padre que nunca había conocido a su hijo.

No oyó quejas directas sobre Raymond de Lowick, y estaba claro que, en general, Lowick había llevado las cosas bastante bien. También estaba claro, no obstante, que había gobernado con mano dura y que era muy capaz de llevarse más de lo que correspondía por derecho a Heywood.

Eso no era tan excepcional en la Inglaterra de Rufus, pero no era el estilo de Galeran.

A medida que se sucedían los días y el viaje les alejaba más de Heywood, Galeran descubrió que la gente sencilla no estaba demasiado enterada de los sucesos del castillo. Aunque sabían que había habido problemas, no tenían ni idea de la infidelidad de Jehanne. Si habían oído comentar que había tenido un segundo hijo, le felicitaban por ello. Era de suponer que les costaba contar los meses o que no tenían ni idea de lo lejos que él había estado.

Sin duda pensaban que la Tierra Santa no se encontraba mucho más lejos que Gales.

Sentado en el suelo bajo un árbol, discutiendo con entusiasmo dónde deberían acabar los campos de un pueblo y empezar los de otro, Galeran casi podía envidiar las vidas sencillas de esta gente. Pero luego le expusieron un caso para que lo juzgara, y entonces se percató de algo: a su manera, los problemas de un pueblo eran igual de complejos que los suyos.

La viuda de Merton era un ladrona, decía la gente de Threpton, y no tenía derecho a nada allí después de la muerte de su marido. Eso parecía, pero al ver a la desafiante joven, con labios desdeñosos y cadera ladeada, Galeran descubrió a un ser solo y asustado. ¿Cómo iba a sobrevivir ella, del todo sola, sin robar?

Por otro lado, no le dio la impresión de que fuera el tipo de persona de naturaleza honrada.

Estaba claro que la viuda no podía quedarse en un lugar donde gozaba de tan escasa popularidad, de modo que la envió a Heywood para emplearla allí. Le prometió que si se comportaba podría encontrar su sitio, incluso le buscaría un esposo. Si volvía a robar, le azotarían y la expulsarían para que se las apañara como pudiera.

Igual que Gil y otros querían que Jehanne fuera azotada.

Igual que los clérigos sin duda querrían que fuera azotada cuando se implicaran en el caso.

Pero la Iglesia tendría más compasión que los tribunales civiles. Era probable que tales tribunales la enviaran a la hoguera.

Gentes de todos los orígenes tenían un deseo incesante de ver que se hacía justicia.

El siguiente caso que trajeron ante él para su juicio era una queja contra Tom Fetler, por haber permitido que sus animales se escaparan y entraran en los campos de maíz antes de la cosecha.

Eso era bastante sencillo. Galeran impuso una multa.

Luego el jefe del pueblo elevó una queja contra el molinero, por llevarse más de lo que le correspondía. No era la primera vez que sucedía, pero no podían demostrarlo, de modo que Galeran se aseguró de que el hombre lo entendía bien: si le pillaban alguna vez con las manos en la masa, se arrepentiría. Por el comentario imprudente que hizo el molinero, Galeran sospechó que Lowick se había mostrado dispuesto a llevarse una parte de los beneficios adicionales a cambio de protección.

¿De modo que Raymond de Lowick había estado llenándose el bolsillo a costa de la gente de Galeran? No era tan excepcional, pero a Galeran le complació enterarse de aquello. Sabía que Lowick tenía muchas cualidades, pero quería motivos para despreciarle a fondo.

Antes de abandonar el pueblo, inspeccionó el canal del molino para asegurarse de que lo mantenían de forma correcta y examinó algunos setos y un puente peatonal del cual era responsable el pueblo. Luego continuó su recorrido, deseando no ser tan cobarde y estar en casa, en la cama con su esposa.

Fue al final del tercer día cuando trajeron ante él a la mujer, con la criatura en brazos. Creyó que el corazón le daba un vuelco.

No se parecía en nada a Jehanne, pues era corpulenta y morena, pero algo en su temerosa actitud desafiante le hizo pensar en su esposa esperándole en el gran salón, y no le sorprendió que fuera una adúltera.

Sin embargo, el caso era diferente ya que la mujer no quería decir de quién era el hijo. Había intentado hacerlo pasar por hijo de su marido, pero él —un hombre bastante mayor— juraba que nunca había tenido relaciones con su esposa.

Ya habían consultado al cura local sobre el problema y éste había echado un largo y duro sermón a la mujer, rogándole que diera el nombre del padre. Ahora el padre Swithin repetía sus amonestaciones y explicaba a la mujer que si su esposo no cumplía con sus deberes, el matrimonio podía anularse y ella podría casarse con el padre verdadero de su hijo.

Ella, obstinada, mantenía el silencio, y todo el mundo miró a Galeran en busca de un dictamen.

En otro momento, un asunto tan tonto le habría impacientado, pero ahora se preguntaba si también este caso estaría complicado por tantos factores como el suyo.

En este pueblo, Galeran se encontraba sentado en un banco cerca de la posada, bajo la sombra de una imponente haya de grandes ramas. Raoul y sus hombres se habían quedado a un lado, disfrutando de un abundante tentempié a base de pan, queso y cerveza.

Después de dar un trago a su cerveza, Galeran pidió a la mujer que se sentara en el banco con él. Se acercó con vacilación, aún con el bebé protegido entre sus brazos.

—¿Cómo te llamas? —preguntó mientras le ofrecía unas frambuesas del platillo que la habían puesto junto al pan.

—Agnes, señor. —Ella cogió unas pocas bayas con recelo, pero luego se las metió en la boca.

—¿Sabes quién es el padre, Agnes?

Ella tragó las bayas en silencio, y él pensó que no iba a contestar, pero bajo la presión de su mirada al final hizo un gesto de asentimiento.

—¿Está casado?

Ella bajo la vista y frunció el ceño.

—Señor, preferiría no decirlo.

—¿Por qué iba a evitar sus responsabilidades? Al menos se merece una multa, y debería mantener a su hijo.

—Edric siempre ha dicho que quería un hijo mío. ¿Por qué no iba a mantenerlo él?

—¿Edric es tu esposo?

—Sí, señor. —Ella dirigió una breve mirada hostil al nervudo hombre de cabellos canos, devolviéndole luego éste la mirada de ira.

Galeran hizo un gesto al hombre para que se adelantara.

—Edric, ¿tienes algún hijo?

—No, señor. Mi primera esposa nunca se quedó embarazada.

—No es de extrañar —masculló Agnes.

—Silencio, mujer —le cortó Galeran, y Agnes, cautelosa, se dispuso a comer las frambuesas. Su bebé de pronto se agitó y se volvió hacia ella, y la mujer se bajó el flojo escote de la túnica para darle el pecho. La diminuta criatura, con una mata de oscuro pelo, lo reconoció y se puso a mamar con ansia.

Galeran alzó la vista al marido, a quien pilló mirando con cierta añoranza al bebé.

—Parece un muchacho bastante sano. Podría serte de ayuda a tu provecta edad.

El hombre volvió a fruncir el ceño.

—No criaré el mocoso de otro hombre, señor, con todo el pueblo riéndose de mí.

—Si no hubieras armado tal revuelo —comentó Galeran— nadie se habría enterado.

Eso le dio ocasión de arrancarse a hablar.

—¡Ella me lo dijo en público, señor Galeran! Que estaba emba-razada. Vaya impresión.

Galeran se volvió a la mujer.

—Agnes, ¿por qué hiciste eso? —Puesto que ella continuaba callada, le advirtió—: Habla, o mandaré que te azoten.

Ella le dedicó una veloz mirada de resentimiento, pero masculló.

—Nunca pensé que fuera a admitir que él no podía ser el padre, señor.

—Ah. De modo que pensabas que la vergüenza le haría callar y así podrías mantener marido y amante.

Un rubor traidor apareció en sus mofletes regordetes.

Bonita pícara, pero Galeran sintió cierta simpatía por una joven atada a un marido viejo e impotente.

—Edric, ¿por qué casarse con una esposa joven y lozana si no tienes interés en tener relaciones con ella?

—Oh, sí tengo interés, señor —contestó el hombre mayor, con lo cual provocó la risa de los presentes—. Pensaba que una esposa joven podría despertarme, más bien.

Galeran se volvió a Agnes.

—¿Y por qué te casaste tú con Edric? ¿Te obligaron?

Cuando ella vaciló, un hombre fornido dio un paso hacia delante.

—No, señor Galeran. Soy su padre, lo cual ya es suficiente casti-go. Fue su voluntad y la de nadie más el casarse con Edric.

Galeran le hizo un ademán para que se retirara.

—¿Bien, Agnes?

Ella aún tenía cara de pocos amigos, pero a Galeran le pareció ver que le temblaban los labios. Pese a su constitución de mujerona, seguro que era más joven que Aline.

—Es un hombre acaudalado, señor. No tenía ni idea de su pro-blema. Debería haber dicho algo.

—Eso es cierto. Y, como te ha dicho el cura, si quieres quejarte de la incapacidad de tu esposo, sería motivo suficiente para romper el matrimonio y así casarte con el padre de tu hijo.

Ella le miró a los ojos.

—No, señor. ¡No quiero eso!

—¿Por qué?

Apartó la mirada, deteniéndola tal vez por un momento en un salu-dable joven de pelo oscuro a quien parecía divertir este interrogatorio.

—No me gusta —masculló por fin.

—Entonces, ¿por qué te acuestas con él?

—Él tenía ganas y yo me moría por estar con un hombre.

A Galeran le distrajo la noción de que un ansia tan sencilla pudiera explicar la conducta de Jehanne. Pero no. Al menos ella tenía tanta fuerza de voluntad como él mismo. O tal vez más.

—Entonces —preguntó a la mujer—, ¿qué va a suceder la próxima vez que tengas tal ansia?

Ella se sorbió la nariz.

—No sé, señor. Tengo intención de ser mejor esposa, pero echo de menos la jodienda.

Estaría bien, pensó Galeran, que Inglaterra tuviera una versión del harén árabe, pero en el que la mujer fuera quien tuviera unos cuantos esposos. Agnes podría tener un marido que la mantuviera y le ayudara en la cría de sus hijos, y un amante que aliviara su ansia y le hiciera concebir hijos. Tal y como estaban las cosas, no había una solución clara.

—Tal vez pueda hacer algunas sugerencias a tu marido que podrían ayudar un poco —dijo. Tanto el marido como la mujer le miraron con esperanza cauta pero luego se lanzaron miradas de resentimiento.

—¿Bien, Edric? —dijo Galeran al hombre de cara agriada—. Te mereces una multa por haber hecho una boda absurda. ¿La aceptas otra vez, con niño y todo?

—Para volver a aceptarla, primero quiero darle con la vara. ¡Un hombre tiene su orgullo!

Galeran vio que Agnes le sacaba la lengua a su esposo, y tuvo la tentación de mandarla de una patada debajo de la mesa para intentar que se comportara. Más que juez, se sentía una niñera intentando poner orden entre dos niños traviesos.

—Eso es entre tú y ella —le dijo al hombre.

—No, señor, no lo es —protestó Edric—, pues ella es más fuerte que yo, y también más rápida. ¡No puedo pillarla!

Galeran tuvo que esforzarse bastante para no sumarse a las risas de la multitud.

—¿Bien, Agnes? ¿Te estarás quieta lo suficiente como para que te pegue?

Pensaba que ella iba a negarse, pero su rostro regordete se retorció mientras pensaba.

—¿Me pegará una sola vez?

—Obtendrá mi ayuda para hacerlo sólo una vez.

Ella miró a su esposo:

—¿Estarás recordándomelo siempre? ¿Y serás desagradable con el niño?

—No —contestó Edric a regañadientes—. Me olvidaré del asunto. Y no me la voy a tomar con el niño. Un hijo saludable es algo bueno para uno, ésa es la verdad. No deberías haberlo dicho delante de todo el pueblo, Agnes. Deberías haberme dado tiempo para pensar.

Ella suspiró.

—Sí, reconozco que eso es verdad. Y por eso me merezco una paliza. —Se levantó, plantó el niño en los brazos de Galeran y se fue a arrodillarse sobre el polvo.

—Vamos, entonces, Edric. Hazlo ya. No tendrás otra oportunidad.

—¡Pues bien! —dijo Edric con cierta alegría en los ojos—. ¡Que alguien me dé un bastón!

Mientras el viejo se remangaba, una mujer sonriente se adelantó para librar a Galeran de su carga, pero él negó con la cabeza. Nunca había tenido en brazos a su propio hijo, ni a la nueva... Donata. En este momento, le parecía bien sostener a este chiquitín de pelo negro.

De todos modos, este asunto ya no le gustaba, encontraba demasiadas similitudes con su propio caso. Todo el mundo sonreía como si fuera una jornada festiva, felices de que se hiciera justicia, aliviados tal vez de librarse de un problema.

En cuestión de momentos pusieron en las manos de Edric una flexible rama verde. Acompañado de risas y vítores, el viejo empezó a dar en la espalda de su esposa con gran ferocidad. Galeran advirtió que el amante de pelo negro vitoreaba con el resto y tomó nota en su memoria. Si alguna vez el canalla traspasaba la ley, recibiría una dosis adicional de castigo.

No era que Agnes estuviera sufriendo demasiado. Gritaba con todas sus fuerzas, pero a Galeran no se le escapaba que con tres capas de ropas en la espalda, con la flexible vara, y el brazo débil del viejo, no iba a sufrir demasiado. Le escocería, pero no más que eso.

Todo era por las apariencias, para salvar el orgullo de Edric y poner las cosas de nuevo en su sitio ante la mirada del pueblo. Había que enmendar los agravios.

Bajó la vista y observó la causa del problema, y el crío alzó sus grandes ojos oscuros, moviendo la boca un poco con la esperanza de obtener alimento de nuevo.

—Tu madre volverá enseguida —dijo Galeran al oír que los gemidos de Agnes alcanzaban un crescendo y suplicaban compasión.

Por supuesto, el ruido se detuvo, a excepción de los alegres vítores y risas. Agnes fue rodeada de inmediato de las demás mujeres, quienes la ayudaron a ponerse en pie como si estuviera herida de gravedad.

Edric, colorado por el esfuerzo y caminando con brío, se acercó a Galeran.

—¿Tenía algunas sugerencias, milord? —preguntó esperanzado.

Galeran le dio algunos consejos para complacer a su esposa pese a su impotencia, incluidas algunas ideas que había conocido en Tierra Santa y que aún no había sido capaz de poner en práctica. Cuando Agnes se acercó para recoger al pequeño, Galeran sugirió unas pocas cosas que ella podría hacer y que podrían arreglar algo el problema de su marido. Puesto que todo ello parecía novedoso para ambos, tal vez sirviera de algo.

O tal vez la próxima vez que Agnes fuera a aliviar su ansia a otro lado y concibiera otro hijo, Edric quizá fingiera que sí había servido. Era posible, ya que el viejo había cogido al crío de los brazos de su madre y lo sostenía ahora con orgullo, como si de verdad fuera su propio hijo.

Y después de esta pequeña escena, tal vez el niño fuera legítimo a los ojos de sus vecinos. Lo cierto era que los aldeanos se habían congregado en torno a la pequeña familia y ahora les llevaban al interior de la posada para celebrar que las heridas estaban curadas. Galeran declinó la invitación de unirse a la celebración. Tras un breve intercambio de frases con el jefe del pueblo, se subió al caballo y encabezó la comitiva para continuar con el recorrido.

Raoul no perdía detalle y observaba todo con interés, pero fue lo bastante prudente como para no abrir la boca.

Capítulo 8

*P*ese a los pensamientos inquietantes que le atormentaban, Galeran encontró que el viaje le brindaba la oportunidad de adaptarse a su nueva realidad. La pérdida del hijo era una herida, pero ya había empezado a sanar. Sin embargo, la situación con Jehanne aún continuaba inflamada y así seguiría hasta que se ocupara de ella. Le corroía por dentro, y también sabía que era una herida en carne viva para toda la comunidad.

A ningún hombre le gustaba la idea del adulterio. Aún menos toleraba la idea de ver al hijo de otro hombre en los brazos de su esposa, arrebatándole una parte de su propiedad.

Por lo tanto todos los hombres esperaban que el adulterio fuera tratado con severidad. A Galeran no le asustaban las opiniones de otros hombres, si insistían en ello acabaría matándoles. Pero sí temía la acción oficial contra Jehanne. No podía matar a la Iglesia o a la Corona.

Sabía que la manera de evitar la interferencia oficial era emprender él mismo una acción firme. Aún así, no podía hacerlo. Jehanne no se merecía que la metieran entre rejas para llear una vida de penitente. No podía despachar al niño. Ni siquiera podía dar una simple paliza a su mujer para despejar el ambiente. Aquel único bofetón le había dejado claro eso.

Mientras emprendía el camino de regreso a Heywood, no dejó de dar vueltas al problema. Como ya habría descubierto Lowick para ahora, era poco probable que la Iglesia y la Corona se preocuparan por una cuestión doméstica a menos que vieran algún beneficio en ello. Por desgracia, había unas cuantas maneras de que la Iglesia y el rey sacaran beneficio si se metían en los asuntos de Galeran.

O, más bien, en los asuntos de su familia.

Acicateado por este pensamiento, se detuvo en Brome de camino a casa.

Brome y Heywood eran los dos castillos de esta zona con muros de cerramiento de piedra. La diferencia entre ellos era que Heywood dominaba una elevación natural y Brome estaba construido en un arboleda junto al río, aprovechando su curso para formar un foso alrededor de las murallas. El lugar había sido escogido porque dominaba un vado importante.

Otorgaba al señor de Brome el poder en el norte, pero también convertía, a él y a su familia, en sujeto de interés político.

El padre de Galeran salió de las caballerizas para saludarle con un halcón en la muñeca.

—¡Ya has recuperado un poco tu aspecto, muchacho! ¿Y qué, qué te parece esta belleza? —Acarició con cariño el ave encapuchada.

Galeran se bajó del caballo con su propio halcón en la muñeca.

—Un peregrino excelente. ¿Ya le has hecho volar?

—Cualquier día de estos. Cualquier día. —Lord William dirigió la marcha hacia el gran salón. Y bien, ¿algún problema en la propiedad?

—No. Goza de buena salud. Sin duda habéis vigilado bien las cosas.

—DE tanto en tanto, muchacho, de tanto en tanto. —Lord William dejó su ave sobre un descanso y le dio alguna exquisitez de comer antes de pedir cerveza—. No estaba seguro de poder confiar en una mujer para este tipo de cuestiones, y no me gustaba la idea de que Lowick se ocupara de las cosas. Nunca confiamos en ése. Demasiado guapo y poco de fiar. En otro tiempo fue detrás de tus hermanas, ya recordarás.

-Sí, lo sé. —Galeran dejó su propio halcón sobre otro descanso—. Pero probablemente no iba a ser peor que los demás una vez ganada la tierra ansiada.

—Pues que se vaya a buscar tierras a otro lado.

Fue Raoul, mientras cogía la cerveza que le ofrecía un sirviente, quien dijo:

—Nos preguntamos si Lowick se irá a otro lado.

Galeran le dirigió una mirada irritada. No quería sacar estos temas, todavía no al menos.

—¿Qué otra opción tiene?

—Tiene una hija aquí —respondió Raoul.

—¿Y de qué le va a servir?

—De poco. Mientras Galeran siga con vida.

—Raoul —dijo Galeran—. Ya basta de eso.

Lord William dio un largo trago a su cerveza.

—¿Qué argumentos tendría Lowick para un duelo?

—¿Un duelo? —Galeran se rió con sequedad—. Para que le retara tendría que volverme loco. A Raoul le preocupan tácticas más taimadas.

—Ningún hombre se atrevería... le sacaría las tripas —ladró su padre— ¡y le estrangularía con sus propias entrañas!

—Primero tendrías que demostrarlo. Cuando un hombre ya tiene un pie en la tumba, a veces es preferible no remover las brasas.

—¡Yo sí que las iba a remover, no temas!

—Me alegra oírlo, pero yo ya estaría muerto. Lo único que quiero en este momento es que algunos hombres de Brome se sumen a la guarnición de Heywood.

Lord William se sentó pesadamente en su gran sillón, aún con el ceño fruncido.

—¿Por qué?

—La mayoría de hombres de la guarnición de Heywood llevan años allí —explicó Galeran acercándose para acariciar a su inquieto halcón—. Muchos de los hombres han nacido en Heywood y se han criado en el castillo. Sus lealtades deberían estar conmigo, pero también podrían estarlo con Jehanne e incluso con Lowick, a quien conocieron de niño. El hombre tiene su encanto personal. Si algo me sucede, quiero estar seguro de que no reclame el castillo. Quiero unos pocos hombres allí, quienes se encargarían de traer a Jehanne y al niño con vosotros en caso necesario.

—¿Para que pueda estrangularla?

Galeran se limitó a alzar una ceja y su padre sacudió la cabeza.

—Ya sé, ya sé. Es una debilidad que tengo, soy demasiado blando con las mujeres. Era un hombre más fuerte antes de casarme con tu madre. Ahora puedo ver la mirada de Mabelle con sólo pensar en ello... —Lanzó una ojeada fulminante a los dos hombres más jóvenes—. Tened cuidado con las mujeres. Os enredan de mala manera.

—A Raoul no —dijo Galeran—. Es él quien las enreda y las deja embobadas.

La mirada de lord William era feroz.

—Por aquí no tendréis tanta suerte con ese juego, señor. Nuestras mujeres del norte son demasiado sensatas para juegos de francos.

Raoul dejó la jarra.

—Si me disculpáis, creo que voy a poner a prueba vuestra teoría.

—Y tras decir eso, se fue como si tal cosa hacia una de las doncellas.

—¿Qué? –dijo lord William boquiabierto mientras le seguía con la mirada—. ¿Qué diantres...?

Galeran se rió y fue a ocupar un asiento enfrente de su padre.

—Tiene el tacto de dejarnos a solas para discutir problemas familiares, padre. Creo que ni siquiera Raoul es capaz de seducir a una sensata mujer del norte durante el tiempo que estemos aquí.

Lord William puso cara de desconcierto, pero quería regresar al tema principal.

—¿Por qué pegaste a Jehanne? ¿Pensabas que yo lo iba a hacer, y con más fuerza?

Galeran fijó la mirada en la cerveza.

—Sospecho que le pegué porque quería. Mi excusa era que eso te ablandaría con ella. No pensaba que fueras a pegarle, pero... Ella necesitaba de alguien, y no estaba seguro de que pudiera ser yo.

—¿Y ahora? ¿Te tiene?

—Sí —respondió sencillamente Galeran —. En la muerte y en otras vidas.

Lord William se acomodó en el asiento.

—Entonces, ella te lo ha explicado todo. Violación. ¿Eso..?

—No me ha explicado nada, pero dudo mucho que fuera una violación.

—¡No te ha explicado nada! —exclamó lord William poniéndose en pie de golpe—. ¡Por las cenizas del infierno, Galeran, oblígala a explicarse!

—¿Cómo?

—Pero...

Galeran se levantó más despacio.

—Mejor nos ponemos en marcha si queremos llegar a Heywood antes del anochecer. Sólo prométeme, padre, que te ocuparás de ella en caso necesario. —Galeran habló con calma mientras volvía a ponerse el halcón en la muñeca—. Un verdadera belleza, ¿eh que sí? Y qué vista. Sería una pena echarlo de comer a los perros.

William farfulló un momento más y luego dijo:

—Por supuesto que me ocuparé de ella. Y me aseguraré de que Lowick nunca saque beneficio de sus actos.

—Y prométeme que Jehanne conservará a su hija.

—¿Y quién querría algo así? —refunfuñó William—. Una hija ilegítima.

Galeran apartó la vista del halcón.

—Lowick querría incluso a un monstruo lisiado si pensara que iba permitirle la entrada en Heywood.

Lord William se tocó el labio con el nudillo.

—En tal caso, tengo unas noticias que mejor escuchas con atención.

Poco rato después, mientras Galeran se subía al caballo, se preguntó si de verdad había venido a Brome con algún propósito o más bien había estado posponiendo el regreso a su hogar aquejado de tantos problemas. Lo cierto era que ahora se sentía reacio a continuar el viaje. Recuperó la compostura y dio orden de ponerse en marcha. Dos de sus hombres se habían quedado en Brome, y cuatro de los hombres de más confianza de su padre cabalgaban ahora tras él.

—¿Por qué ese rostro apesadumbrado? —preguntó Raoul—. ¿Te ha dado malas noticias tu padre?

—No especialmente. Pero ahora sé con seguridad que Lowick se encuentra en Durham con el obispo Flambard, donde además es bien acogido. Me cuesta imaginar que Flambard intente siquiera un asalto rudimentario a un castillo relacionado con Brome, pero siempre es peligroso estar enfrentado a la Iglesia.

—Si no va a atacar Heywood, ¿qué puede hacer el obispo?

—Exigir la jurisdicción en el caso de Lowick y Jehanne. Se juzga un pecado, y el asunto incluso está relacionado con la cruzada, y por consiguiente es un asunto de la Iglesia.

Raoul silbó.

—Peligroso.

—Desde luego. Se ha acabado lo de ir sin rumbo. Tenemos que pasar a la acción.

—No sé. Este obispo no la va a emprender contra tu familia tan a la ligera. Tal vez el tiempo acabe por curarlo todo.

—¿Eso crees? Mira a esa mujer del pueblo.

—Campesinos —dijo Raoul con expresión de desdén.

—No somos tan diferentes. Cuando hay una herida, hay que tratarla. Si no se hace, lo más probable es que empeore en vez de mejorar. Y una herida inflamada sin duda atrae la atención del guardián local de la moral.

Cabalgaron a buen paso hacia Heywood, deteniéndose en tres aldeas más. En ocasiones se paraban a hablar con los trabajadores de los campos o con quienes viajaban por la carretera. A Galeran se le antojó pensar que parecía un perro marcando su territorio, asegurándose de que todo el mundo sabía que había regresado, vivo, en buen estado y al mando. Confiaba en que su actitud relajada convenciera además a su gente de que todo iba bien en el mundo y que no debían temer malestar alguno.

Su gente, de todos modos, era bastante sagaz a su manera, y él veía la duda en su reacción. En el último pueblo, la aldea de Hey, sita en un cruce de caminos casi a la vista de Heywood, percibió una atmósfera del todo intranquila. Galeran charló del tiempo y de la cosecha, esperando que la gente expresara su descontento.

Por fin el jefe dijo:

—¿Pensaba encontrar a lady Jehanne en el castillo, señor?

A Galeran el corazón le dio un vuelco. Durante un frenético momento no fue capaz de pensar qué decir, pero sabía que no podía evitar la verdad.

—Sí. ¿Por qué? ¿Se ha marchado?

—Sí, señor —dijo el hombre con la actitud inexpresiva que la gente sencilla siempre adopta para disimular la inquietud—. Ha pasado cabalgando no hace mucho con un pequeño grupo, incluidas algunas mujeres y una criatura. Se dirigía a Burstock, diría yo.

Una pista que atravesaba la aldea de Hey llevaba en dirección a Brome y otra hacia Burstock, a medio día a caballo. El castillo de Burstock pertenecía al tío de Jehanne, padre de Aline.

—Ya veo —respondió con el mejor aire despreocupado que pudo—. Mejor la sigo entonces. Es tarde para que ande de viaje.

Necesitó casi más voluntad de la que poseía, pero no fue corriendo hasta su caballo. Incluso se tomó un rato para aceptar un puñado de arándanos de una tímida mujer y darle las gracias. Luego guió a su tropa al trote por la boscosa calzada de Burstock, y mientras cabalgaban le pasó el halcón a uno de sus hombres.

Una vez fuera de la vista del pueblo, dio un puntapié al caballo para pasar a un frenético galope. Jehanne se escapaba con su amante.

Iba a matarla.

No.

Pero esta vez sí que iba a darle una paliza, y la mantendría encerrada sin perderla de vista.

Pero sí mataría a Lowick. Le escupiría ante los ojos de ella. Pero ni siquiera eso sofocaría su rabia.

Se abalanzó por una curva de la calzada y pudo ver el grupo que iba más adelante. Habían salido de los árboles y avanzaban por el páramo descubierto. Ellos también cabalgaban a toda velocidad, sin duda habían oído el estruendo de los caballos que les perseguían.

Galeran sacó la espada.

Raoul aceleró para situarse a su lado.

—¡Piensa, amigo mío!

Pero Galeran se limitó a espolear el caballo para que galopara aún a mayor velocidad.

La saeta de la ballesta le golpeó en el casco, echándole la cabeza hacia atrás, sacudiendo la mano que sostenía las riendas de tal modo que el caballo paró en seco, a dos patas, casi desmontándole. La siguiente saeta dio en su escudo, penetrando un dedo de longitud en la madera reforzada de hierro.

Sus hombres formaron de inmediato un círculo alrededor de él, con los escudos en alto, pero el asalto se detuvo de la misma manera abrupta que se había iniciado. Se hizo un silencio inquietante. No voló ningún otro proyectil. Ningún hombre armado se avalanzó contra ellos desde el bosque, sumido de repente en un silencio.

Galeran detectó a la presa distante, que desaparecía con rapidez, luego rompió el escudo de protección para lanzarse a través de la maleza e introducirse en el bosque.

Los sonidos estrepitosos señalaban a su agresor, que avanzaba más adelante intentando salvar la vida. Galeran se arrojó en su persecución, con cuidado de no meter al caballo en una ciénaga o en una grieta. Sus perros se hacían oír, volaban con él. Gritó a su grupo para que se abriera en abanico e impedir así que el hombre se escabullera por un flanco.

La siguiente saeta podía haber alcanzado la diana de no haber sido porque el caballo de Galeran echó la cabeza hacia arriba. Le perforó el ojo y lo mató al instante.

Galeran consiguió soltar sus pies, pero aterrizó despatarrado sobre las hojas caídas y casi se corta con la espada desenfundada. Se levantó dando un traspiés, arrojó el escudo y se fue corriendo directo hacia el arquero, quien intentaba contener con sus dos arcos a los perros que no paraban de ladrarle.

El golpe de la espada de Galeran le dejó sin manos. Antes de que el hombre tuviera tiempo de echarse a gritar, Galeran le atravesó. Luego arrastró el cadáver por el pelo y le cortó la cabeza.

La sangre fluyó sobre el suelo ya empapado.

...igual que en Jerusalén, donde las calles manaban sangre y el mismo hedor metálico se elevaba y provocaba naúseas. Donde su espada había matado porque la cuestión era dar muerte o acabar muerto. Donde había matado a mujeres y niños porque ellos también peleaban. Donde había arremetido contra un grupo de caballeros alemanes.

Raoul le había hecho retroceder...

Raoul le estaba haciendo retroceder de aquel destrozo sangriento, cogiéndole por la mano que sostenía la espada y retorciéndosela con brutalidad.

Galeran dejó caer la espada, preguntándose por qué Raoul hacía aquello. Pestañeó para despejar su visión empañada. Su amigo parecía enfadado, igual que en Jerusalén...

¿Volvían a estar en Jerusalén?

Creía que estaba de regreso en Inglaterra, lo cual estaba bien, pero por algún motivo le provocaba cierto placer la idea de que aún pudiera encontrarse en ultramar...

Raoul le había dejado sin sentido de un puñetazo en Jerusalén, le había dejado inconsciente. ¿Seguía aún inconsciente...?

—Galeran, déjalo. No quieres esto.

Raoul parecía intentar quitarle algo de la mano derecha. Pero ya había soltado el escudo...

Galeran enfocó su vista y vio que sostenía por el pelo una cabeza con una mueca, y la sangre aún goteaba desde su garganta partida.

La dejó caer con un estremecimiento.

Raoul la empujó de una patada hacia el cadáver, alrededor del cual los perros se mantenían expectantes, con incertidumbre, atraídos por la sangre, repelidos por el olor humano.

Percatándose del destrozo que breves momentos antes había sido un hombre, Galeran se volvió para soltar una arcada. Era como si vomitara la locura, porque cuando se enderezó, volvía a estar cuerdo. Sabía que estaba en Inglaterra, sabía lo de Jehanne, y sabía lo que acababa de hacer.

Se puso a tiritar y se preguntó qué habría pasado si hubiera atrapado a Jehanne en medio de esta cólera demente. ¿La habría atacado con la misma violencia inconsciente? ¿Le habría arrebatado el bebé de los brazos para ensartarlo con la espada?

Ahora parecía impensable, pero también parecía impensable que hubiera asesinado a alguien a quien podría haber hecho prisionero. Y era aún más impensable que hubiera decapitado un cadáver, sin querer soltar luego su cabeza, como si fuera un trofeo.

Raoul pasó a Galeran un cuero de vino.

—Supongo que ése no era Raymond de Lowick.

—Dios, no. —Galeran se aclaró la boca y luego bebió con ganas—. Reconocerás a Raymond cuando le veas. Es alto como tú, con pelo dorado y porte noble. El tipo de hombre por el que las mujeres se vuelven idiotas. —Se apoyó contra un árbol, temblando aún como si fuera enero.

—Entonces habría estado bien interrogar a ese miserable.

—¿Con qué propósito? Está claro que ha sido plan de Lowick. ¿Y de Jehanne?, preguntaba la mente inestable de Galeran.

¿Le habría conducido ella hasta esta trampa? Notaba el sudor frenético que goteaba helado por su espalda.

—Un testigo, al menos, ante la ley.

Galeran miró a su alrededor. Sus hombres hacían retroceder a los perros y fingían que no había pasado gran cosa.

—Tendremos testigos si nos hacen falta. El hombre había salido con sus dos ballestas. ¿Qué otro propósito podía tener que el de matar?

Raoul bajó la vista por un momento.

—¿Tal vez sólo estaba protegiendo la espalda a tu dama?

—¿Con dos ballestas? No podría repeler un escuadrón. Como mínimo, un arco normal y corriente sería mejor arma porque podría disparar más flechas. La ballesta es un arma mortífera, todos lo sabemos, y es la única eficaz contra un hombre con cota de malla. —Galeran se apartó del árbol y pasó el pellejo a un de sus hombres.

—Bogo, Godfrey, cavad una tumba y poned eso dentro.

Luego retrocedió hacia la carretera.

Raoul caminó con él.

—¿Qué vas a hacer ahora? —preguntó con tono cuidadosamente neutral.

Galeran le dirigió una rápida mirada.

—No te preocupes. Mi sed de sangre se ha desvanecido. Sólo tengo curiosidad por ver si alguien más viene a contar los cadáveres.

—Entonces puedes coger otra vez tu espada.

Galeran la tomó y la limpió contra unas hojas antes de enfundarla.

—¿O sea que piensas que era una trampa? —preguntó Raoul.

—El cebo era atractivo, y el atacante estaba esperando.

—No creo que tu dama...

—No lo digas.

Galeran no podía soportar oír sus pensamientos en los labios de otra persona, ni siquiera para negarlos. Si no lo decía, tendría menos poder.

Mientras se detenían en el extremo del bosque para estudiar la carretera desierta, los pájaros empezaron a cantar de nuevo. Tras un rato, un conejo cruzó a saltos la carretera con cautela. Uno de los perros gimió con esperanza, pero Galeran lo aplacó con una señal de su mano.

—¿Bien? —preguntó Raoul un poco después—. El sol empieza a ponerse. ¿Vamos a quedarnos aquí toda la noche?

Galeran soltó un suspiro, aceptando que quedarse allí no tenía ningún sentido. Tan sólo se mostraba reacio a dar el siguiente paso obvio.

—Por supuesto que no. Continuaremos cabalgando hasta Burstock y visitaremos al tío de mi esposa.

Galeran cogió el caballo de Bogo y mandó al hombre de regreso a Heywood, pero con órdenes de no hablar de este suceso. Luego condujo a su escuadrón a lo largo de la carretera mientras empezaba a oscurecer. Las lluvias recientes habían ablandado el polvo lo suficiente como para mantener las huellas de los cascos. Así, estaba claro que el grupo de Jehanne no se había detenido ni se había apartado del camino.

¿Podría ser sólo un viaje inocente para visitar a sus familiares? A Galeran le gustaría creerlo, pero el grupo de Jehanne viajaba con mucha prisa, y había acelerado la marcha al saberse perseguido. Otra cosa más, Galeran había dado instrucciones claras de que su esposa no saliera del castillo.

Y, por supuesto, estaba el arquero.

No quería pensar en el arquero.

Se hizo de noche y la luna quedó tapada por unas nubes, de modo que aminoraron el paso mientras atravesaban el páramo. Galeran oyó la campana del convento cercano que llamaba a laudes cuando vieron aparecer Burstock.

El castillo de Burstock era una estructura más sencilla que Brome o Heywood, desarrollada veinte años antes alrededor de una antigua casa solariega ubicada cerca de un río. Se había levantado una defensa desde detrás de la casa, pero de todos modos no contaba más que con una sencilla atalaya de madera. La familia vivía en la confortable mansión situada dentro de la empalizada.

Por supuesto, a esta hora de la noche, las puertas estaban firmemente cerradas.

—¿Nos dejarán entrar? —preguntó Raoul cuando estaban a poca distancia.

El tono paciente de su amigo estaba empezando a crispar los nervios de Galeran.

—Es probable, pero creo que acamparemos aquí para pasar la noche.

—¿Por qué?

—Quiero ver qué pasa por la mañana.

—No tenemos comida y el vino que nos queda es mínimo.

—Imaginaos que estamos en Cuaresma. Nada de hogueras.

A los hombres no les gustó la situación, pero tampoco hubo quejas, lo cual no era sorprendente después de la demostración de cólera enloquecida de Galeran. Debían de preguntarse cuándo estallaría de nuevo ese tipo de violencia, y quién recibiría la próxima vez.

Galeran también se lo preguntaba.

Se ocupó de su caballo, lo apaciguó y luego lo condujo un corto trecho hasta el arroyo para beber. Le quitó la silla y lo maneó para que pudiera pastar en la hierba de poca altura. Él también bebió un poco de agua y se lavó la sangre de las manos y la cara. Había sangre por toda su cota de malla, pero poco podía hacer al respecto.

Detectó un moral e indicó la fruta a sus hombres para que pudieran recoger unas bayas si les apetecía. Luego asignó horas de guardia a cada hombre, con instrucciones especiales de despertarle si alguien entraba o salía de Burstock.

Cuando no le quedaron más cosas que hacer, se envolvió e nsu capa.

Sería capaz de dormir así si quisiera, pero dudaba que pudiera dormir esta noche. Podría haber permanecido de guardia toda la noche, pero temía que su mente se distrajera. Y de todos modos, no quería tener que hablar con Raoul.

Una pregunta le atormentaba: ¿estaba Lowick en Burstock, esperando a su enamorada? ¿Se encontraban en la cama incluso en este momento, moviéndose los dos excitados y sudorosos, lamentando que Jehanne hubiera tenido que hacer de fulana con su esposo para desviar sus sospechas?

Todo su cuerpo volvió a arder con el deseo de matar. Se obligó con desespero a calmarse, a buscar explicaciones más agradables.

No podía pensar en ninguna.

Era posible que Jehanne no tuviera ningún motivo verdadero para irse de casa, donde le habían ordenado permanecer.

Tal vez estaba informada del arquero, sabía que llevaba días siguiendo los pasos de Galeran, a la espera de una oportunidad de matarle y escapar para cobrar su recompensa. Si Jehanne había estado esperando las noticias de la muerte de su esposo, entonces su regreso a casa sano y salvo podría haberle provocado un ataque de pánico, que la llevó a huir al refugio más próximo.

Aunque la explicación tenía cierta verosimilitud, no encajaba bien en su mente. No encajaba con lo que él sabía de su esposa, y dejaba sin explicación la nota de advertencia de Jehanne. Por supuesto que podría haber sido un hábil intento de desviar las sospechas.

¡Qué demonios, nada tenía sentido!

Galeran no estaba seguro de poder reconocer qué tenía sentido en estos días, aunque lo tuviera delante de la cara.

Pocos días antes habría jurado que Jehanne era la misma mujer honesta que siempre había conocido, que su pecado había sido en cierto modo una aberración. Ahora no podía evitar preguntarse si no se había dejado embaucar por las falsas esperanzas y el deseo.

Repasó una y otra vez su conducta, desde el momento en que la encontró esperándole en el gran salón hasta cuando le dejó a solas con una cama rota. Buscaba la verdad, buscaba el entendimiento. Sólo encontró confusión.

Al final se quedó dormido, para despertarse con el coro del amanecer, helado por el rocío y poco descansado. Puntos de herrumbre se mezclaban ya con la sangre seca en su mejor cota de malla. Cuthbert tendría aún más motivos de queja.

Se levantó y se estiró, luego fue a estudiar Burstock, decidido a dejarse de una vez de tonterías.

En cuanto determinara qué eran tonterías.

Lars, el encargado de la guardia, negó con la cabeza indicando que aún no había sucedido nada. Pero los gallos ya cacareaban, y en algún lugar dentro de las murallas un perro ladró. Mientras el sol teñía de rosa y oro el cielo, la gente procedente del pueblo próximo avanzaba poco a poco por la carretera hacia el castillo, y las grandes puertas se abrieron de par en par para dejar salir a más gente. Dos hombres salieron a caballo.

Galeran se puso tenso y les estudió, pero no le pareció que fueran hombres suyos.

Desde luego no eran Jehanne y Lowick que partían hacia el sur.

El sol se elevó aún más y empezaron los trabajos en los campos situados junto al río. Raoul se había acercado al lado de Galeran, y le hizo un ruido el estómago. Sin duda todos sus estómagos se quejaban. No tenía sentido permanecer ahí hasta morirse de hambre.

—Muy bien —dijo Galeran—, vayamos a ver cuál es la historia.

Ensillaron los caballos y retrocedieron para volver a la carretera sin ser vistos desde el castillo. Entonces cabalgaron hasta las puertas con el estandarte desplegado.

Puesto que creía que Jehanne había buscado refugio allí dentro, Galeran esperaba que le detuvieran el paso, pero los guardias de la entrada se limitaron a alzar las lanzas como reconocimiento y saludaron a su paso. Galeran se preguntó demasiado tarde si se trataba de otra trampa, pero en aquel mundo enloquecido, él seguía dispuesto a jurar que el tío de Jehanne, Hubert, era incapaz de un engaño abyecto.

No obstante, miró a su alrededor con cautela, en un intento de percibir la traición. Lo único que vio fue el ajetreo normal de un castillo en tiempo de paz.

El patio de este castillo incluía la antigua casa solariega y también los habituales cobijos para animales y talleres de artesanos. De hecho, era más un pueblo pequeño que el complejo de un castillo. La gente charlaba mientras ellos pasaban, los niños jugaban en medio de las aves de corral que se paseaban ufanas y las mujeres aporreaban la colada en grandes cubas.

Los mozos de los establos se apresuraron en coger sus caballos justo en el momento en que Hubert de Burstock se adelantaba para recibirles. El padre de Aline era un hombre bajo y compacto de gran fuerza y perspicacia, conocido por doquier por su franqueza campechana.

Galeran se relajó enseguida, pese a lo peligroso que podría ser. ¿Cómo podía haber pensado que Hubert fuera cómplice de un encuentro ilícito entre amantes? Si las mujeres le hubieran convencido de que la vida de Jehanne corría peligro, tal vez les hubiera admitido. Pero más que cauteloso, Hubert parecía preocupado.

—Mal asunto, Galeran —dijo con el ceño fruncido.

Eso era del todo cierto. Pero, ¿a qué asunto se refería Hubert?

—¿Está bien Jehanne? —preguntó Galeran, pensando que era la pregunta menos comprometida que podía tener sentido.

—Sí, sí. Molesta, por supuesto, pero no ha sufrido ningún daño. Entrad, por favor. ¿Ya habéis desayunado?

—No.

—¡Entonces tenéis que comer! Entrad. —Y Hubert condujo a todos hasta las amplias puertas de la gran casa con techo de paja sin ningún indicio de que desconfiara de Galeran. Todo era muy extraño.

Cuando Galeran entró en el largo salón con vigas en el techo, que descansaban a ambos lados sobre enormes postes de madera, de inmediato buscó a su esposa, pero no la vio por ningún lado.

¿Le había mentido Hubert?

Pero Hubert de Burstock no mentía nunca. Luego se le ocurrió pensar que Hubert en realidad no había dicho que Jehanne estuviera aquí.

Puesto que no estaba dispuesto a registrar el lugar a la fuerza y casi desfallecía de hambre, Galeran permitió que le guiaran hasta un asiento ante la larga mesa fija, provista de pan, carne y cerveza.

Hubert se sentó junto a él.

—¿Qué acción tienes planeada? —preguntó con calma, jugueteando con su propio cuenco de cerveza—. Es una situación delicada.

Galeran se concentró en la salchicha.

—Del todo cierto. ¿Tú qué me recomendarías?

—Tal vez no sea una mala idea deshacerse de la criatura.

—¿Eso piensas? —Galeran dedicó una mirada perpleja al hombre. ¿Estaba recomendando su asesinato?

—La mocosa sin duda estará bien atendida, y una vez vuelvas a dejar preñada a Jehanne, no tardará en olvidarla.

—No estoy tan seguro de eso.

La mueca que puso Hubert le comunicó que el hombre pensaba igual que él.

—¡Pero si le duele, se lo merece! Después del pecado que ha cometido, ¿qué derecho tiene a anteponer sus propias tribulaciones a las del resto de nosotros?

¿Nosotros? Galeran se cuestionaba en silencio. Esta conversación no tenía ningún sentido, pero por el momento le daba reparo confesarlo. Pero, ¿cómo iba a sentirse Hubert en peligro a menos que estuviera pensando en la posibilidad de ir a la guerra con Galeran a causa de Jehanne?

—Y —prosiguió Hubert— una vez que Jehanne tenga más descendencia, preferiblemente un varón, cualquier derecho que esta hija pueda tener sobre Heywood perderá fuerza.

—Eso es cierto. Pero mi experiencia me dice que tener hijos y conseguir que sobrevivan no es siempre fácil.

Hubert hizo una ademán con la mano.

—¡Eso pertenece al pasado! A veces una mujer necesita entrar en calor para funcionar bien. Y tal vez Jehanne haya aprendido la lección y a partir de ahora se comporte como una mujer más delicada. Eso contribuye a no perder criaturas.

Galeran no pudo dejar de decir:

—¿Delicada? ¿Galopando hasta aquí como si la persiguieran perros rabiosos?

Hubert estalló de pronto en carcajadas.

—Tienes razón. Pero no le quedaba otro remedio, si quieres mi opinión, a pesar de la afrenta a la Iglesia.

—No se puede decir que una mujer cabalgando al galope sea un pecado. —Galeran se preguntaba si la locura sangrienta del día anterior seguía aún en él. La conversación continuaba sin tener sentido.

—Aunque no todo el mundo estará de acuerdo contigo en esto, Galeran. Pero —Hubert siguió con irritación— ya sabes a qué me refiero. A Flambard no le va a gustar que Jehanne se haya llevado a Donata. Y sin duda no le va a gustar que yo les haya dado cobijo aquí a las dos. No me hace gracia estar enfrentado a la Iglesia.

Era como si una llave estuviera abriendo una puerta. Galeran dejó lo que quedaba de salchicha.

—¿El obispo de Durham quiere a Donata?

—Sí. ¿Es que no lo sabías? Aunque, ¿cómo esperaban esos idiotas ocuparse de ella sin mujeres y sin nodriza...?

—¿Galeran? —Jehanne irrumpió en la parte posterior del salón por las puertas de las habitaciones privadas—. ¡Oh, alabado sea el cielo! ¿Qué has hecho al respecto?

Galeran se levantó para cogerla por las manos, agradecido de no encontrarse ya con aquellas oscuras sospechas en la mente.

—Nada —contestó—. He venido directo aquí.

—¿Por qué?

Era una pregunta excelente. Con su esposa y la hija de ésta a salvo debería haberse quedado atrás para ocuparse de los insistentes clérigos. Claro, si él hubiera tenido alguna noción de lo que estaba sucediendo.

—Mejor que hablemos en privado.

Hubert les dio permiso con un ademán, y Jehanne llevó a Galeran de regreso a su habitación. Era pequeña, pero tenía una gran ventana que daba al huerto del castillo y dejaba entrar el sol de la mañana y dulces aromas del herbario.

Aline se encontraba allí con Donata en los brazos. De inmediato se levantó y se fue, pero Galeran la detuvo.

—Dame la criatura.

Ella le miró con fijeza desde debajo de sus severas cejas, sin amago de obedecer.

Jehanne le dijo.

—Hazlo, Aline.

Aline le pasó la niña junto con una manta caliente y salió de la habitación.

Galeran bajó la vista y vio unos grandes ojos de intenso azul, las pestañas largas pero claras, y pequeñas borboteo de leche en el labio superior.

—Aline me tiene miedo.

—No. Pero todos nos preguntamos cuándo va a estallar tu cólera, y dónde.

Capítulo 9

Galeran alzó la vista.

—¿También tú?

Jehanne fue a sentarse en un banco junto a la ventana, como si sus piernas no la aguantaran.

—Casi lo deseo. Que tu cólera estalle... La espera es lo más duro.

No le explicó que su cólera ya se había desatado.

—Pues que sea tu penitencia.

La niña lloriqueó, y su diminuta boca se movió con ansia mientras mantenía la vista fija en él. Fuera cual fuese su origen, no podía odiar a una inocente así.

Tenía la piel delicada de su madre, y creía que la pelusa dorada de su cabeza, puestos a elegir, era también herencia de su madre. Tal vez fuera una suerte que Jehanne y Lowick fueran de similar color. Galeran nunca tendría que buscar los rasgos del padre en la criatura.

Entonces el bebé hizo una mueca y soltó un grito más agudo. Galeran sacudió un poco a la niña, pero ella berreó con más fuerza. Galeran, frustrado, miró a Jehanne con expresión contrariada. Tal vez no fuera su hija, pero, ¿tenía que rechazarle con tal descaro?

—Aún tiene hambre —dijo Jehanne—. Le estaba dando de mamar cuando me he enterado de que habías llegado.

—¿Entonces por qué no lo has dicho?

No contestó. «Porque estaba asustada» flotó en la habitación, oprimiendo el corazón de Galeran. Cuando se enterara de su ataque de furia, aún le temería más.

Con motivo. Mientras le pasaba a ella el bebé, recordó su alocado deseo juvenil de que Jehanne le tuviera un poco de miedo.

Quiso echarse a llorar.

Ella se levantó la túnica y Galeran vio que el vestido tenía unos cortes en la parte delantera para permitir sacar sus pechos. Se acercó a Donata y la criatura se aferró al pezón con sus encías y succionó con ansia.

Igual que el bebé de la campesina.

Igual que habría hecho Gallot en su momento.

Galeran apartó aquel pensamiento.

—¿Puedes hablar mientras le das de comer?

—Por supuesto.

Puso un pie sobre un cofre y se apoyó en la rodilla levantada.

—¿Cuándo llegaron los hombres del obispo?

—Ayer, bastante temprano. —Una tensa palidez en su rostro respondía al recuerdo del miedo—. Sospechaba algo, de modo que insistí en que los hombres de armas permanecieran fuera de las murallas y permitieran la entrada tan sólo a los tres monjes. El hermano Forthred pareció desconcertado al enterarse de tu ausencia. —Le dedicó una breve mirada cautelosa—. Creo que daba por supuesto que tú apoyarías su causa.

—¿Y permitirle llevarse a la criatura?

Ella asintió con la cabeza y acarició el pelo del bebé con un gesto protector que a Galeran le pareció del todo inconsciente.

—Jehanne, abracé la cruz y recorrí medio mundo para ir a la guerra con el propósito de darte un hijo. ¿Tienes miedo de que permita que te arrebaten uno de los brazos?

Ella alzó entonces la vista, con los ojos muy abiertos, relucientes por las lágrimas no vertidas.

—¿De veras? Sería...

—De veras. —Tras un momento se enderezó—. Podrías dar más muestras de alegría.

—Me alegro, en serio. Pero veo sangre en todo esto, Galeran.

Él se puso a recorrer la habitación, lo cierto era que él también la veía.

—¿Te refieres a los hombres del obispo? Cuéntame que sucedió.

Hizo un esfuerzo por recuperar la compostura.

—Raymond se ha confesado con el obispo, quien ha decretado que haga penitencia por su pecado. Pero la penitencia es que críe a la hija que no debería haber concebido. ¡Venían a llevársela!

Galeran se detuvo e hizo un gesto de asentimiento.

—Astuto.

—¡No podía permitir que se la llevaran! Protesté, alegué varias razones, pero el hermano Forthred continuaba hablando de pecados y perdición. Luego prometió la condenación de todos los que me secundaran. ¡Me aterrorizó pensar que la gente de Heywood pudiera entregar a Donata sólo para acallar sus sermones!

—Y entonces, ¿cómo escapaste?

—Fingí ceder y me fui a buscar a la niña. Pero envié un mensaje a Walter de Matlock. Ni... ni siquiera estaba segura de que fuera a apoyarme y enfrentarse a la Iglesia, sobre todo porque tenía órdenes tuyas de no permitirme abandonar el castillo. Pero me respaldó, gracias a la Virgen María. Sin disimulo, envió un pequeño grupo de hombres que comunicó a los clérigos que iba a buscarte e informarte de la situación. Luego el grupo me acompañó a mí, a Aline y a la niña por la puerta posterior y salimos a la calzada. Aline y yo cogimos dos de sus caballos y todos cabalgamos hasta aquí. Forthred nos perseguirá, seguro. Me he estado devanando los sesos pensando dónde podríamos huir a continuación. —Se quedó mirándole—. ¡Galeran, nadie puede oponerse a la Iglesia! ¿Qué vamos a hacer?

—Tan al norte es asombroso lo que puede hacer una persona.

—Pero no durante mucho tiempo. ¡Y Flambard cuenta además con el apoyo de la Corona! Oh, me vuelvo débil ante estos asuntos. Demasiado débil para hacer lo correcto.

Un millar de sospechas penetrantes invadieron a Galeran.

—¿A qué te refieres?

Pensó que no iba a contestar, pero luego su mirada pasó por encima de él y reposó en la pared.

—Cuando me enteré de que estaba embarazada —susurró—, decidí librarme de la criatura. Entonces ya entreveía las marañas que su nacimiento urdirían a nuestro alrededor. Yo... incluso preparé unas hierbas. —Su mirada pasó rozando a Galeran y luego se posó en el bebé. Una lágrima cayó sobre el cabello de la niña—. Fui incapaz de tomármelas.

—Hubiera sido un pecado —dijo él con aspereza—. Sumar un pecado a otro no puede hacer ningún bien.

—Pero piensa que podría...

—¿Quieres decir que podrías haber ocultado tu adulterio?

—¡No! —protestó ella alzando la vista—. Me refiero a que podríamos haber evitado este amargo sabor a tu regreso. No por ocultar mi estupidez, sino por evitar tal ignominia pública, y sin un bebé que confunda las cosas. Te lo habría contado. Nunca te habría mentido, Galeran, ni siquiera por omisión.

Aquello le desconcertó.

—Tal vez hubiera preferido que me mintieras en algo así.

Ella frunció el ceño, estaba claro que desaprobando un pensamiento tan débil, y él sintió la tentación de reírse por las extrañas vueltas de tuerca de su relación aquellos días. No obstante, en aquel mismo instante la niña se quedó dormida y soltó el pezón. Jehanne volvió a ponerse bien las ropas y se levantó para dar unas palmaditas al bebe en la espalda. Con un pequeño eructo burbujeante, Donata sonrió como si disfrutara de dulces sueños.

Ah, ser tan inocente otra vez.

Galeran tendió sus brazos.

—Me gustaría volver a cogerla.

Jehanne le miró con un leve ceño que le recordó a Aline.

—Jehanne, si insinúas siquiera que vaya a hacerle daño, me sentiré dolido en lo más profundo.

Ella se apresuró a poner la niña en sus manos.

—¡No he insinuado nada! Lo único es que está mojada.

Galeran se percató entonces de que era cierto. Estaba mojada y olía a pis. Con sonrisa compungida le devolvió la criatura.

—Te darás cuenta de que soy un padre poco experimentado. Tenemos que dejar de pensar en lo peor de los actos del otro.

Jehanne, con mirada de sorpresa, dijo:

—A mí no me va a costar demasiado.

Dejó el bebé sobre una tela en el suelo para cambiarlo. Él observó fascinado mientras ella retiraba los paños mojados del diminuto cuerpo, maravillado de los miembros frágiles pero perfectos.

Donata no se despertó, y no tardó en encontrarse de nuevo seca y bien envuelta con la manta. Entonces Jehanne la dejó en la cuna.

—A menudo me pregunto —dijo con suavidad— por qué nos ha sucedido esto. A ti en concreto...

—Si Dios nos hubiera dado un niño durante los primeros años de nuestro matrimonio, nuestras vidas habrían sido diferentes. Tal vez sea voluntad de Dios.

—En absoluto —dijo Jehanne con brusquedad—. Todo es consecuencia de mi terquedad y orgullo, yo soy la única que debe sufrir por ello.

—Pero no entregando a un hijo —replicó él con sequedad, ocupando un asiento junto a la cuna. La chiquitina le fascinaba.

Jehanne flexionó las manos con movimientos repentinos y desesperados.

—Si el hermano Forthred hubiera traído una nodriza, no sé que ... ¡A los bebés no se les puede dar papilla, Galeran!

—¿De modo que si el hermano Forthred hubiera traído una nodriza, habrías entregado a Donata sin protestar?

Ella se dio media vuelta, y tras un momento se llevó las manos a la cara.

—No, no, no lo habría hecho. ¡Aunque lo intente, Galeran, no puedo ser dulce y sumisa!

Galeran se rió.

—Ni quiero que lo seas. Pero no te mientas a ti misma, Jehanne. Puesto que no estamos dispuestos a entregar a Donata a los lobos, mejor que concentremos nuestras mentes en solventar nuestros problemas, ¿no te parece?

La pequeña se agitó, tal vez porque su madre había alzado la voz. Galeran adelantó un pie y balanceó la cuna, y en un momento, Donata volvió a estar dormida.

Jehanne se había vuelto y observaba a Galeran como si fuera un rompecabezas.

—¿Cómo puedes aceptarla sin más? ¿Cómo puedes aceptarlo todo?

Él la miró a los ojos.

—¿Y cómo no podría? ¿Quieres que te azoten? ¿Qué te encierren? ¿Qué te quemen en la hoguera? ¿Quieres que estrangule a esta criatura...? —Contuvo sus palabras cada vez más violentas—.

No, Jehanne. No me tientes. Ocupémonos primero de los problemas sencillos. ¿Estaba Lowick con los monjes?

—No —contestó ella poniéndose más pálida—. ¿No hablaste en absoluto con Forthred?

—No.

—¿Ya se había marchado?

—No lo sé. No regresé a Heywood. Me dijeron que habías venido en esta dirección y te seguí.

Jehanne le miró como si le viera por primera vez.

—¿Por qué llevas tanta sangre?

No había sitio para mentiras en todo esto.

—Alguien ha intentado matarme.

Ella se dejó caer en un banco con un golpe seco.

—¿Qué?

—Ayer. En el camino entre Heywood y Burstock, cuando parecía que querías huir de mí.

El corazón de Galeran se calmó. Jehanne era lista, pero no era capaz de fingir una confusión tan profunda.

—¿Quieres decir que los jinetes que nos perseguían erais tú y tus hombres? —preguntó—. ¡Pensaba que eran los hombres del obispo!

—Lástima que no llevaras a nadie con la aguda vista de Raoul.

—No habría servido de mucho. No estábamos para detenernos y estudiar la situación. Cabalgamos hasta aquí todo lo rápido que los caballos nos permitieron. Pero —preguntó con sufrimiento—, ¿qué es todo esto de que alguien intentara matarte?

La acción de acunar al bebé era extrañamente relajante.

—Había un hombre en la carretera con dos ballestas y la intención clara de matarme.

Jehanne palideció. Sin lugar a dudas, cada vez estaba más pálida.

—¡Dios bendito! ¿Dónde está ahora?

—Bajo tierra.

—¡Alabado sea Dios! —Luego volvió a fruncir el ceño—. Hubiera sido mejor, de todos modos, dejarle con vida para interrogarle.

—No pensaba con claridad en ese momento. Pero si supiéramos quién anda detrás, estaríamos adentrándonos en zonas delicadas.

—Raymond —susurró ella.

—No puedo imaginar quién más querría verme muerto.

—Virgen Santa, ayúdanos. ¡Me cuesta creerlo! No es un mal hombre. —Los sentimientos de Galeran debieron mostrarse en parte en su rostro, ya que ella añadió—: No lo es, Galeran, tendrías que saberlo.

—Intentó que me mataran, Jehanne.

Ella cerró los ojos.

—Desesperado —suspiró ella—. Aunque tampoco es un santo. —Luego le estudió otra vez—. ¿Había sólo un hombre? Llevas mucha sangre.

—Hay mucha sangre en un hombre. —Una visión fugaz de la sangre manando por las calles de Jerusalén le hizo estremecerse, y luego vio la sangre en la manta blanca de la niña.

Tras un momento con el corazón parado, se percató de que la había rozado con la sangrienta cota al cogerla en brazos. Se levantó, consciente de pronto de su hedor.

—Estallé en cólera, Jehanne. No sólo maté al hombre, fue una carnicería. Ten cuidado cuando andes cerca de mí. Por favor.

Afuera en el vestíbulo, Raoul vio que Aline salía de la habitación y luego se quedaba estudiando la puerta cerrada. No podía verle la cara, pero todo su cuerpo expresaba preocupación. Su cuerpo pequeño, compacto y bien redondeado, era expresivo en extremo.

Sospechaba que en la cama también sería expresiva...

Qué extraño pensar eso de una monjita.

Se acercó a ella.

—Lady Aline. ¿Estáis preocupada?

Ella se volvió en redondo.

—Hay problemas como para preocupar a cualquiera cuya mente vaya más allá de los placeres más básicos. —Sus ojos se desplazaron por un instante a su entrepierna, pero luego se sonrojó.

Raoul empezaba a pensar que lady Aline se había equivocado en su vocación de llevar una vida de castidad.

—¿Los hay? Tal vez podamos sentarnos en este banco para que me expliquéis estos asuntos.

Ella dio un paso hacia atrás.

—¿Me creéis tan insensata, señor? Sabéis a la perfección qué está sucediendo.

Ella pretendía pasar de largo junto a él, pero Raoul la cogió por la muñeca. La manera en que se quedó paralizada, la manera en que enrojeció aún más, le comunicó que rara vez la tocaba algún hombre. Le intrigó. Ella intentó soltar la mano, pero la sujetaba demasiado bien como para conseguirlo.

—¡Señor!

—No sé qué es lo que está sucediendo, lady Aline, y creo que debería estar informado.

Ella le miró a los ojos de forma inquisitiva, con la mente despejada pese a su aturullamiento.

—¿Cómo es posible que no lo sepáis?

—Porque hemos estado tres días recorriendo estas tierras y no hemos recibido ningún mensaje. Y antes de poder regresar a Heywood nos dijeron que lady Jehanne había venido aquí, de modo que os seguimos. Por lo visto vuestro padre le ha contado a Galeran ciertas cosas interesantes, pero puesto que hablaban en voz baja, desconozco esa información, pobre de mí.

Consideró la situación por un momento y la soltó. Ella retiró la mano, se la pegó al cuerpo y se acarició la muñeca, aunque Raoul sabía que no le había hecho daño.

—Muy bien. —Se fue con brío hasta el banco, con paso firme y decidido que, incomprensiblemente, a Raoul le hizo desear besarla hasta dejarla aturdida y sin fuerzas.

Él sacudió la cabeza y se sentó a su lado, aunque no demasiado cerca. Si había llegado a los veintiocho años no era por seducir a doncellas vírgenes en casa de sus padres.

—Y bien —dijo—, ¿qué es lo que llevó a Jehanne a huir hasta aquí?

El bonito rostro de Aline se puso serio, su mirada fue directa.

—Raymond de Lowick, Dios pudra sus partes interesantes, ha decidido una nueva línea de ataque. Se ha confesado devotamente con el obispo y ha aceptado su penitencia. Consciente de la agitación que ha provocado su deseo incontrolado, por citar de forma casi textual al empalagoso hermano Forthred, ha decidido calmar la situación asumiendo él mismo la carga de criar el desgraciado fruto de su relación.

Raoul se recostó contra la pared y soltó un silbido.

—Astuto. ¿Creéis que el plan ha sido idea suya?

—No lo sé. No es estúpido del todo, pero no estoy segura de que se le ocurriera una ruta tan tortuosa para alcanzar su objetivo. Tal vez el obispo... Aunque las ventajas que pueda encontrar el obispo Flambard en todo esto es algo que desconozco.

—Ah, sí, Galeran mencionó a este obispo Flambard. A la Iglesia le gusta de veras tener gente camelada, y deduzco que el padre de Galeran es una espina clavada en el condenado obispo. ¿Qué tipo de hombre es?

Aunque Aline tenía el pelo casi tan rubio como su prima, sus cejas eran más oscuras, con tendencia a formar un gesto más severo. Cuando fruncía el ceño, como en ese instante, eran formidables.

—Nadie sabe siquiera de donde ha llegado, pero estuvo al servicio del Conquistador y ahora ocupa el puesto más prominente bajo las órdenes de Guillermo Rufus. Su principal talento es conseguir dinero para el rey y para él mismo. Su nombre es casi una maldición, tanto para laicos como para clérigos: no perdona a nadie.

Raoul quería alisar con los pulgares esas cejas arrugadas, pero continuó concentrado en la cuestión que tenían entre manos.

—¿De modo que sobrevive gracias a la protección del rey?

—Sí, aunque se rumorea que el último año algunos hombres consiguieron secuestrarlo con intención de darle muerte. Por desgracia escapó, y ahora va a todas partes con una guardia numerosa. —Miró con gesto hostil a Raoul como si todo fuera culpa suya—. Qué mala suerte que esos raptores fueran tan chapuceros.

—Y tanto. —Entonces fue al grano—. Si ese hermano Forthred hubiera conseguido llevarse a la niña, ¿lady Jehanne también hubiera tenido que ir con ella?

—¿Cómo no iba a hacerlo si no contaban con nodriza alguna?

Raoul asintió.

—Muy astuto.

Ella abrió los ojos.

—¿Queréis decir que la intención era llevarse a Jehanne y no a Donata?

—Dudo mucho que un prelado mayor y un joven señor tengan mucho interés en un bebé de seis semanas.

Por fin el rostro de Aline se relajó, aunque continuó profundamente preocupado.

—Señor Jesucristo, qué asustada me tiene todo esto. —Antes de que él pudiera pensar siquiera en ofrecer su consuelo, ella volvió a fruncir el ceño, esta vez mirándole con fijeza—. Lleváis mucha sangre, señor. De hecho, por decirlo llanamente, apestáis a sangre. ¿Ya se están produciendo enfrentamientos por esto?

Él bajó la vista y se percató de las numerosas manchas. Era lo que sucedía por pelearse por cabezas cortadas.

—No, aún no hay enfrentamientos, pero tenéis razón en cuanto a mi estado deplorable. Si me quito la armadura, tal vez pueda limpiarse. No me agrada ser una ofensa a vuestro olfato, lady Aline.

—Sería de agradecer. Casi toda la sangre está en los pantalones.

La voluntad y las buenas intenciones no sirven de mucho a un hombre dominado por el deseo.

—Entonces supongo que habrá que lavarlos también. Sin duda la sangre ha penetrado hasta mi piel, ya que noto que las ropas se me pegan en algunos lugares. Me temo que para merecer de veras vuestra compañía, querida dama, necesito un baño.

Al caer en la cuenta demasiado tarde de la trampa en la que había caído, Aline se quedó mirándole como un pajarillo asustado.

—¡Oh, no! —Pero luego se puso roja como un tomate—. Por supuesto. Venid. Tenemos un cuarto aparte aquí para bañarse.

Raoul, intrigado, divertido, aunque no demasiado excitado, la siguió hasta el otro extremo del salón y luego a través de una puerta, donde descubrió una pequeña habitación equipada con braseros y un cuba de madera. Puesto que era verano, los braseros no estaban encendidos, pero el hogar de piedra situado en una esquina irradiaba calor. Dos grandes calderas colgaban sobre él, llenas de agua caliente lista para quien quisiera bañarse.

—Un obra y una instalación excelentes —dijo.

Aline tenía la cabeza inclinada sobre un arcón del cual estaba sacando las prendas necesarias. Su encantador y amplio trasero atrajo su mirada, sobre todo porque estaba cubierto por una suntuosa tela roja. Nada de hábitos de monja para Aline. Se preguntó por qué.

Sería más seguro para todos que estuviera marcada como propiedad de Cristo.

—Tienen algunas ventajas estos viejos castillos —explicó ella—. Es fácil crear pequeñas habitaciones privadas al construir con madera. —Cuando se levantó y se volvió, Raoul vio que ella había recuperado del todo la compostura—. Por supuesto, aunque tenga una empalizada, no es un castillo debidamente defendido.

—Y por eso lo tomaron vuestros antepasados normandos, supongo yo.

—En absoluto. —Se apartó los tirabuzones de las mejillas redondeadas y acaloradas—. Mi abuela enviudó tras la batalla de Hastings, y la entregaron en matrimonio a mi abuelo. Eran felices, a decir de todos, y nunca nadie se ha disputado Burstock.

—Un lugar lleno de bendiciones. —Tras un momento dijo—: Tal vez, lady Aline, podáis llamar a alguien para que me ayude con la armadura.

Ella volvió a sonrojarse, esta vez azorada por su descuido. Qué bien que el sonrojo favoreciera tanto a Aline. Era tan fácil subirle los colores a las mejillas...

Ahora, de todos modos, mostró su actitud más eficiente, abrió la puerta y dio órdenes con voz clara.

En cuestión de momentos, llegaron dos hombres para despojarle de la cota de malla y se la llevaron para limpiarla. Después otros dos criados vertieron agua en la cubeta de las dos grandes calderas y se llevaron los recipientes vacíos para llenarlos.

Una mujeres se apresuraron a acudir con jarras de agua fresca, saquitos de hierbas e incluso un frasco de aceite.

Raoul contempló el aceite con interés, pero dejó que su lado bueno tomara la iniciativa.

—¿Vais a meteros monja, lady Aline?

—Ésa intención tengo.

—Entonces tal vez vaya contra vuestras normas ayudar a un hombre a bañarse.

Ella le miró fijamente un momento, la tentación se mostraba con claridad en sus ojos, pero negó con la cabeza.

—No, no hay nada pecaminoso en una atención de esa índole.

—Pero tenéis aquí una cuñada que es responsable de esta casa, ¿no es así?

Ella hizo un gesto de asentimiento.

—Catherine. Se ha ido al convento de St. Radegund a atender unos asuntos.

Raoul decidió que había hecho cuanto estaba en sus manos para ser virtuoso. Desde luego, en un momento como éste, no iba a sugerir que le ayudara Jehanne, y pedir asistencia inferior sería insultar a Aline, quien ahora se enrollaba las mangas exteriores con actitud competente.

Fuera cual fuera lo que la desasosegaba, parecía haberse apaciguado.

Tal vez, pensó con cierta afrenta, ella le había considerado previamente tan maleducado que daba por hecho que sería indecente en una situación así. Se inclinó para soltarse los pantalones con la intención de demostrarle que sabía tener un comportamiento cortés.

Recapacitando, deseó no haber aceptado las invitaciones de la voluntariosa Ella aquella primera noche en Heywood. Sin embargo, no se había imaginado poder encontrar una dama en el castillo cuya opinión fuera a importarle, y menos la de una joven pudorosa y en exceso virtuosa, de volumen exuberante, que iba para monja.

Contuvo una sonrisa, preguntándose por qué Aline le intrigaba tanto. Tal vez justo por que era tal contradicción.

Era tan enérgica y práctica que le recordaba a su madre, capaz de encargarse de una gran casa a la perfección y llevar cientos de asuntos al mismo tiempo. Pero Aline además era joven y se aturullaba con facilidad en presencia de los hombres. La verdad era que había ofendido las leyes de la hospitalidad al negarse a bañarle en Heywood.

Sería halagador pensar que sólo él tenía ese efecto sobre ella, pero había oído que no era así. Era asustadiza con todos los hombres, sobre todo con los jóvenes. Era extraño en una muchacha con cinco hermanos. La gente parecía aceptar que su vocación por la vida santa era lo que la volvía tan mojigata, pero Raoul no estaba seguro.

La verdad, le costaba imaginarse a Aline de Burstock de monja. Como una abadesa dictatorial, sí, gobernando una comunidad, de hombres tanto como de mujeres, y también vastas propiedades. Pero, para llegar a abadesa, era necesario pasar por el noviciado.

Se despojó de sus pantalones de lino, y tuvo que hacer fuerza en los puntos en los que la sangre se los pegaba a la piel.

Ella alzó la vista desde donde se encontraba, probando la temperatura del agua.

—¿Estáis herido, señor? Mis disculpas. Debería haberos preguntado.

Él se volvió y vio que su preocupación sincera había relegado por el momento todo azoramiento.

—Es la sangre de otra persona.

—¿De Galeran? —preguntó ella con alarma.

—No. Alguien a quien encontramos en el camino. —Se quitó la camisa, quedando vestido sólo con sus calzones de lino. Le echó una rápida mirada.

Ella había vuelto la cabeza con pudor y ahora se apartaba de la bañadera. Por supuesto, no sería cortés que una dama en esta situación se comiera con la vista las partes de un hombre, pero la forma en que evitaba la visión de su cuerpo era excesiva. A su edad debería haber visto muchos cuerpos masculinos.

Estaba claro que era ideal como futura monja, debía aceptar ese hecho. Suerte que los sirvientes continuaban entrando y saliendo, rellenando los jarros de agua para el aclarado. Podía haberse visto tentado de hacer alguna locura.

Se desnudó del todo y se sentó en la tina, que encontró algo pequeña para su altura, pero por otro lado perfecta. El agua estaba a la temperatura adecuada, aromatizada con la bolsita de hierbas y con una capa de aceite que impregnaría su cuerpo.

Aunque lady Aline prefiriera evitar aquel menester, estaba claro que tenía cualidades para la labor.

Ella se volvió con cautela, primero la vista, luego la cabeza. Una vez estuvo segura de que su cuerpo estaba cubierto de forma decente, recuperó sus movimientos enérgicos, cogió el frasco de jabón y un paño y se movió para lavarle la espalda. Él cogió otro paño, le puso jabón y se lavó las piernas, el pecho y los brazos. De hecho, como era habitual con los desconocidos, él mismo se lavó las partes a las que podía llegar.

Era una dulzura sentirla a ella frotándole la espalda, pero él hubiera preferido verla.

—De modo que tenéis aún intención de haceros monja, lady Aline...

—Por supuesto.

—¿Qué normas debéis obedecer durante vuestras ausencias del convento?

—Ninguna. Aún no he tomado los votos.

Interesante.

—¿Por qué no?

—Estaba a punto de hacerlo cuando Galeran se marchó y yo me fui a Heywood para quedarme con Jehanne.

—¿Echáis de menos el convento?

—Por supuesto. —Pero su voz no sonaba convincente.

Los labios de él formaron una mueca.

—Seguro que resulta difícil ser sumisa y obediente. —Al permanecer ella callada, añadió—: En especial cuando las órdenes son tontas. En ocasiones, nosotros nos encontramos en esa misma situación en la batalla.

Ella detuvo la mano.

—¿Y aún así obedecéis?

—Por lo general. Así funcionan los ejércitos. Y las comunidades religiosas, supongo. Me pregunto por qué deseáis ser monja.

—¿Por qué no? —Reanudó su tarea con la mano—. Es una vida productiva.

—Hay quien diría que es estéril.

—Sólo para quienes piensan en pecados y en nada más. —Se levantó y tiró el paño al suelo—. ¿Estáis ya listo para que os aclare el jabón?

—En un momento. —Se tomó su tiempo para limpiarse los pies, complacido de que Aline se hubiera movido hasta donde pudiera verla. La verdad, con las mejillas sonrojadas, los mechones de pelo húmedos del vaho y las prendas pegadas a sus curvas generosas, estaba de lo más seductora. Raoul notó que su cuerpo respondía, y decidió que mejor se quedaba en el agua un poco más y se controlaba.

Una doncella que traía más paños le estudió de soslayo y le guiñó un ojo. Otra Ella. Era tentadora, pero pasó por alto la invitación y se reclinó contra el borde de la tina.

—¿Qué trabajo productivo esperáis hacer en el convento, lady Aline?

—Oración, por supuesto —dijo con cautela— y cuidar de los desventurados. —Luego añadió—: También me ocuparía de los números. Cuentas.

Una luz en su mirada le dijo a Raoul que había descubierto cuál era la verdadera vocación de la joven.

—Un interés útil también en una esposa, sin duda.

Los labios de ella formaron una sonrisa cínica.

—¿Qué hombre permitiría que su esposa estuviera al corriente de todos sus negocios? Con toda certeza, no un hombre de nuestra clase. Sólo sé de mujeres de mercaderes que participan plenamente en la actividad comercial.

—Tal vez debierais casaros entonces con un mercader. —Hablaba sólo para mantenerla allí, donde disfrutar de su visión y, tal vez, para enseñarle también a relajarse en su presencia.

—Yo me casaría con un mercader, y de buena gana, pero mi padre nunca lo permitiría.

—¿De modo que no os importaría casaros?

Eso le hizo sonrojarse de nuevo.

—¿Aún no estáis listo para que os aclare, sir Raoul? El agua se estará enfriando.

—Un momento más, si no os importa. Es agradable descansar aquí. Y bien, ¿regresaréis pronto al convento ahora que ha vuelto Galeran?

Ella apartó la mirada.

—En cuanto se resuelvan las cosas.

—Pero, ¿está en vuestra mano hacer algo para resolverlas? Yo pienso que no.

Aline volvió a observarle, con mirada clara, nada nerviosa.

—¿Y vos por qué os encontráis aquí, entonces, Raoul de Jouray?

—Para estar con un amigo, así de sencillo.

—Por eso mismo estoy yo también.

—Ah. —Él se levantó entonces, con la intención de cogerla desprevenida—. Ya estoy listo para aclararme.

Apartó la mirada bruscamente y el rubor cubrió su rostro, pero le trajo el agua limpia —apartando la vista— para que pudiera vertérsela él mismo. Luego le tendió la caliente tela para secarse y él salió de la bañadera y se cubrió con ella.

Se quedaron a solas por un momento, y él no pudo resistirse. Una vez envuelto decentemente con la toalla, deslizó con delicadeza un dedo por la mejilla sonrosada, vuelta hacia otro lado, de Aline.

—Gracias.

Ella se volvió a mirarle, con enormes ojos abiertos.

—Tan sólo he cumplido con mi deber...

—Pero lo habéis hecho bien. Y sé que va contra vuestra inclinaciones. Espero que no haya sido demasiada molestia.

—No, por supuesto que no...

—Me alegro. —Se preguntaba cuánto tiempo podría mantenerla así de embelesada—. Debo de pareceros grande. Vuestro padre no es un hombre grande.

Descendió la mirada para observar su amplio pecho, lo cual quería decir que en vez de mirar hacia arriba ahora miraba al frente. Luego se soltó y se apresuró a empezar a recoger las ropas.

—Un hombre es un hombre. El tamaño no importa demasiado.

—Ay, y yo que estaba orgulloso de mis generosos atributos...

Ella giró sobre sus talones para observarle. De modo que la pequeña Aline no era tan ingenua.

—Por lo general es una ventaja —continuó él con soltura mientras se secaba las piernas— para un guerrero ser grande y fuerte.

Alzó la vista y vio que ella contemplaba su cuerpo como un conejo observa al perro que va a matarlo. De repente, Raoul sintió vergüenza de tomarle el pelo así.

—Si fuerais tan amable, lady Aline, tengo ropas en el caballo de carga que están un poco más limpias que las que me he quitado...

—Oh, por supuesto. —Y salió disparada de la habitación igual que un conejo liberado inesperadamente de las fauces del perro cazador.

Raoul dejó caer la tela del recato y, al oír ruidos en el patio, se fue hasta la ventana sin dejar de considerar todo el encuentro. Era un miserable travieso al bromear de aquel modo con una dama, sobre todo por tratarse de una que deseaba convertirse en novia de Cristo. Pero, de hecho, tenía algunas dudas sobre eso...

Parecía que alguien llegaba, pero no alcanzaba a ver el patio desde ahí.

Se preguntó el efecto que tendría sobre Aline que le dijera que su familia tenía muchos intereses mercantiles...

Ella volvió a entrar como un rayo.

—¡Forthred está aquí!

Luego se quedó mirando su cuerpo desnudo.

Él se encontraba a cierta distancia de cualquier resto de ropa y, ¡que le asparan si iba a cubrirse con las manos como un muchacho!

Aline se limitó a permanecer ahí boquiabierta, estudiándole centímetro a centímetro como si fuera un manuscrito fascinante. Raoul notó que su cuerpo empezaba a responder.

Se acercó andando, dio media vuelta a la muchacha y la empujó hacia la puerta.

—Entonces necesito algunas ropas. ¿Lo sabe Galeran?

—Mi padre ha ido a decírselo... a los dos ¿Qué vamos a hacer?

—Si no me buscáis algunas ropas, voy a salir al salón desnudo, lo cual serviría al menos de distracción.

La empujó afuera y Aline, con una risita alocada, se fue corriendo a buscar el caballo de carga.

Galeran escuchó toda la historia del encuentro de Jehanne con el hermano Forthred, luego él y ella se dispusieron a considerar diversas maneras de manejar la crisis. Ninguna acción resultaba especialmente atractiva si querían evitar una grave ofensa a la Iglesia.

No se había preocupado de quitarse la armadura ni de limpiarse y, cuando Hubert vino a decir que el monje había llegado, ya era demasiado tarde. De modo que salió de la habitación consciente de su aspecto descuidado y de que apestaba a sangre.

En conjunto, podía resultar interesante.

Quien sí le miró con preocupación fue Hubert.

—Me molestaría sumamente ofender al representante de Cristo en nuestra diócesis, Galeran.

Galeran no creía que el obispo Flambard mereciera esa elevación, pero sabía que Hubert era devoto.

—Si Dios lo quiere, eso no va a ser necesario. —Se fue hasta las grandes puertas de entrada y vio a tres clérigos con tonsura montados sobre mulas que entraban trotando en el patio, seguidos de cinco fornidos soldados.

Deseó que Hubert hubiera sido tan cauto como Jehanne y hubiese obligado a los soldados a permanecer en el exterior del castillo, pero Hubert sentía demasiado respeto por los hombres de Dios.

Pese al atuendo sencillo, Galeran no tuvo dudas de que al menos uno de los monjes era un hombre de cierta importancia. En su rostro sereno se leía inteligencia, y su porte era el de alguien que conoce su valía.

Sin duda el hermano Forthred.

Hubert se adelantó.

—Saludos, hermano. Bienvenido a Burstock.

—Bienaventurado seáis, lord Hubert —saludó el monje con soltura mientras desmontaba—. Hemos venido desde Heywood ya que por lo visto lady Jehanne ha tenido que ausentarse, por lo visto para visitar a su familia aquí. Tenemos asuntos que tratar con ella. Asuntos del obispo.

Galeran dio un paso adelante.

—Entonces tenéis asuntos conmigo, hermano. Soy Galeran de Heywood.

Sólo fue un pestañeo de más, pero Galeran supo que había sorprendido al monje, lo cual resultaba útil.

—Saludos, milord. Soy el hermano Forthred, deán del obispo. Mis acompañantes son el hermano Aiden y el hermano Nils. En nombre del obispo Flambard, me gustaría felicitaros por vuestro afortunado viaje a Tierra Santa, y vuestro regreso sano y salvo.

—Transmitid mi agradecimiento a su señoría. Guardo algunos objetos de Jerusalén en Heywood. Si las circunstancias lo permiten, debéis llevaros alguno con vos y entregárselo al obispo.

El monje captó el indicio de soborno.

—Os aseguro que os estará muy agradecido, milord, si las circunstancias lo permiten.

Pero, pese a las circunstancias, Galeran deducía que ni siquiera el altivo hermano Forthred estaba por encima de los cruzados. De hecho, se le veía cada vez más incómodo.

—¿Habéis dicho que tenéis asuntos con mi esposa? Si lord Hubert lo permite, tal vez pudiéramos entrar al salón y discutirlo con más comodidad.

—Por supuesto, Galeran —declaró Hubert, y les condujo hasta el interior del gran salón, donde Galeran encontró a Aline ajetreada sirviendo vino y pastelillos con la ayuda, por inverosímil que pareciera, de Raoul.

A Jehanne no se la veía por ningún lado, como él había ordenado.

Al pasar cerca de Raoul —un Raoul perfumado con ropas relativamente limpias—, Galeran murmuró:

—¿Cómo es que siempre te das un baño antes que yo?

—Es cuestión de encanto. ¡Puro encanto! ¿Qué piensas de este asunto? ¿Debo volver a ponerme la armadura?

—No podemos alzarnos en armas contra el obispo. Veamos qué soy capaz de conseguir con mi propio encanto.

Galeran se fue hasta el banco donde se había sentado el hermano Forthred dando un sorbo al vino. Sus dos ayudantes se mantenían en las proximidades con cierto nerviosismo, uno de ellos con una tablilla de cera listo para escribir el informe de lo acontecido.

—Y bien —dijo Galeran mientras se sentaba cerca—, ¿qué asuntos os traen a esta parte del país, hermano? Como bien sabéis, acabo de regresar a Inglaterra, pero si en mi ausencia se ha descuidado algún diezmo o si mi gente ha ofendido a la Iglesia de alguna manera, podéis estar seguro de que la cuestión se enmendará.

Un matiz de color se hizo perceptible en la mejillas enjutas del monje, de hecho dio la impresión de quedarse sin palabras.

—Milord, ya lo creo que se ha ofendido a la Iglesia. Al obispo le han llegado noticias de una grave irregularidad en vuestra casa, que podría crear discordia entre algunos de nuestros hombres más ilustres. Me ha enviado a mí para investigar la cuestión.

—Ya veo. ¿Y qué investigaciones habéis hecho?

El monje recorrió con mirada agobiada el gran salón lleno de actividad.

—Tal vez debiéramos continuar en privado, milord...

—En absoluto —contestó Galeran, con sonrisa amistosa—. Siempre es instructivo para la gente sencilla ver cómo se enmiendan las cosas.

El hermano Aiden, quien parecía sufrir por su cuello, grabó unas rápidas marcas en la cera.

Forthred dejó el vino y adoptó una postura más tiesa.

—¿Es posible que hayan informado mal al obispo? Para ir directos al grano, le dijeron que vuestra esposa se ha portado como una ramera y ha dado a luz un hijo ilegítimo.

—Eso sí que es ser directo —dijo Galeran con frialdad—. Es cierto que mi esposa ha dado a luz un hijo que no es mío. No obstante, no puedo tomarme bien que alguien —pertenezca o no a órdenes santas— llame ramera a mi mujer.

Forthred palideció y Aiden dejó caer el estilo.

—Desde luego, milord... —tartamudeó Forthred—. Tal vez en eso hemos sido... pero de cualquier modo —recuperó la dignidad— ¡está claro que lady Jehanne ha pecado!

—¿Y no hemos pecado todos alguna vez? Ya ha sido perdonada.

Fue consciente de la conmoción obvia entre las personas lo bastante próximas como para oír sus palabras.

—¿La ha perdonado Dios?

—Eso debéis preguntárselo a Dios. Yo sí la he perdonado.

—Eso, desde luego, es muy noble de vuestra parte, milord.

Galeran encontró unos ojos recelosos.

—No hace mucho he seguido las huellas de nuestro Salvador, hermano Forthred. ¿No dijo Él que sólo quienes no están en pecado pueden lanzar piedras a los demás? Y creo que cuando lo dijo hablaba del caso de una mujer a la que habían sorprendido en adulterio.

—Muy cierto, milord. Pero en estos tiempos complicados tenemos que ser más prácticos...

Galeran dejó que su mirada se perdiera por las vigas oscurecidas por el humo.

—¿Por qué tengo la impresión de que el propio Cristo tuvo que oír palabras advertencias similares?

—¡Milord, éste no es momento para insignificancias! Al obispo Flambard le preocupa que quizá podáis tomaros esta ofensa a vuestro matrimonio y a vuestra casa como excusa para cometer actos de violencia.

Galeran volvió a centrar su mirada en el clérigo.

—Podéis asegurar a su señoría que eso no sucederá... mientras la ofensa no vuelva a repetirse.

—Es más —dijo Forthred, pues estaba claro que había llegado al texto que traía preparado—, el obispo cree que la presencia de la evidencia del pecado bien podría acabar con la paciencia del hombre más tolerante...

—Pero, con la gracia de Dios, eso no pasará.

Forthred se puso en pie.

—Milord, he recibido instrucciones de hacerme cargo del hijo bastardo, y llevármelo conmigo a York, donde podrán cuidar de la criatura hasta que este asunto se solucione.

—¿Qué asunto requiere solución, hermano Forthred?

—La propiedad del bebé.

Llegados a ese punto, Galeran también se levantó, contento de llevar aún su armadura, una armadura manchada de sangre.

—¿Quién reclama a la criatura aparte de la madre?

Forthred retrocedió un paso.

—El padre, por supuesto.

—¿Quién es?

—¿No... no lo sabéis? —Forthred de pronto parecía un hombre que avanza ufano por el camino y se mete de lleno en un lodazal.

—¿Por qué no me lo decís vos?

El monje miró a su alrededor con inquietud, como buscando una respuesta prudente en quienes le rodeaban.

Se volvió a Galeran con ojos entrecerrados.

—Sir Raymond de Lowick confiesa ser el padre de la criatura, milord. Admite su pecado, pero declara que tanto él como lady Jehanne os creían muerto cuando la criatura fue concebida. Se alegra de vuestro regreso sano y salvo, y se arrepiente profundamente del pecado cometido. Como penitencia, pues reconoce lo irritante que debe de resultaros la presencia de su hija en vuestra propia casa, asumirá la carga de criar a la niña.

Galeran dejó pasar un silencio de reflexión y luego dijo:

—Yo diría que su penitencia debería ser algo más severa que eso.

—Mi señor obispo también le ha multado con veinte chelines y le ha impuesto oraciones.

Galeran hizo un gesto de asentimiento.

—Mi esposa reza de todo corazón rogando la compasión de Dios, pero sin duda debería pagar la misma multa. Lord Hubert, ¿podría prestarme unas monedas?

—Vaya, sí, por supuesto —respondió Hubert, con mirada de alarma en los ojos. Mandó a un criado con un mensaje.

Galeran se volvió a Forthred.

—En cuanto a la criatura, insistimos en cargar con la penitencia de criarla.

El monje palideció consciente de la trampa tendida ante él.

—Eso sería una carga para vos, milord, quien no tenéis culpa alguna.

—Ah, ¿pero es cierto? ¿No dejé yo a mi esposa desamparada durante muchos meses? Incluso el papa Urbano albergaba dudas al convocar la cruzada sobre la conveniencia de que los hombres casados tomaran parte. Como siempre, nuestro Santo Padre demuestra sabiduría, tanto en cuestiones espirituales como terrenales.

—Pero vuestra cruzada ya ha limpiado cualquier pecado de vuestra alma, lord Galeran.

—Entonces estoy seguro de que Nuestro Salvador me concederá la fuerza necesaria para soportar una pequeña molestia en mi casa.

Las mejillas de Forthred estaban salpicadas de rojo.

—¡Milord, el obispo insiste en que la niña quede bajo su tutela hasta que se resuelva este asunto!

Galeran apoyó la mano en su espada.

—Hermano Forthred, la niña no puede separarse de su madre que es quien la amamanta.

—Podría buscarse una nodriza...

—No creo que deba alimentarse a un bebé de alta alcurnia con la leche de mujeres inferiores.

—Bien, entonces...

—Ni voy a considerar la idea de que mi esposa marche a Durham con la criatura. Acabo de regresar de la cruzada y requiero su presencia reconfortante.

Los labios delgados de Forthred se replegaron como si fuera a gruñir, pero parecía que sus argumentos se habían agotado.

Galeran aprovechó la oportunidad para llamar a Jehanne y que ésta saliera de su escondite. En cuestión de momentos estaba a su lado, con la cabeza algo inclinada, la imagen perfecta de la conducta femenina.

—¿Me habéis mandado llamar, milord?

—Sí, esposa. Por lo visto Raymond de Lowick ha confesado su pecado al obispo de Durham y ha recibido el perdón tras el pago de veinte chelines y la promesa de hacer penitencia criando a la pequeña Donata. Sería justo que pagarais la misma multa.

La sola mención de Raymond criando a la niña hizo que sus mejillas se encendieran y luego palidecieran a causa del pánico. Pero enseguida captó el resto de sus palabras y abrió los ojos. Galeran se percató de que contenía un impulso incontrolado de echarse a reír a carcajadas.

Él también tuvo que controlar la tendencia de sus propios labios a estirarse.

El administrador de Hubert llegó con un monedero. Se lo entregó a su amo, pero éste le hizo un ademán para que se lo acercara a Galeran, quien cogió la bolsa y la soltó a continuación en las manos de Jehanne.

Con una profunda inspiración, ella se volvió al monje y se puso de rodillas.

—El obispo es sabio y clemente, hermano Forthred. Entrego de buen grado este dinero para sus santas obras y ruego para que sus oraciones y las vuestras contribuyan a que se me otorgue el perdón de nuestro todopoderoso y misericordioso Padre que está en los cielos.

Una vez el aturdido monje cogió el monedero, Galeran levantó a Jehanne con gran cortesía.

—Yo, también, agradezco al obispo su papel conciliador entre yo y Raymond de Lowick, quien de forma tan atroz se aprovechó de mi ausencia. A cambio, prometo no levantar la mano contra Lowick a menos que vuelva a ofenderme. ¿Podemos considerar cerrado este asunto, hermano?

—Lo dudo —ladró el moje y a continuación salió a zancadas del gran salón seguido por sus dos compañeros. El hermano Aiden se detuvo un momento para envolver sus tablillas y les dedicó una fugaz sonrisa llena de sobrecogimiento. Galeran y Jehanne fueron tras ellos para observar cómo los monjes volvían a montar sobre sus mulas y salían por la entrada, con la guardia armada a la zaga.

—Galeran —susurró Jehanne—, ¿cómo has conseguido eso? —Y entonces le miró con la admiración quizá más pura de toda su vida.

Él sonrió, sintiéndose como si acabara de matar un poderoso dragón.

—Oh, es cuestión de encanto. Y ahora siento la tentación de poner a prueba mi encanto para conseguir un baño y unas ropas menos ensangrentadas, pero la verdad, mi impresión es que deberíamos regresar a Heywood y ponernos a salvos antes de que estalle la siguiente tormenta.

Capítulo *10*

A Galeran le complació contar con un gran grupo de hombres armados para acompañarles de regreso a Heywood, ya que no se olvidaba del arquero. Si la primera saeta se hubiera clavado un dedo más abajo, ahora mismo no le preocupaciones estas cuestiones terrenales.

En un sentido espiritual, podría acoger con beneplácito la muerte, pero le estremecía pensar qué podría suceder a Jehanne sin su protección. Por consiguiente, cabalgaba con cota de malla, casco y escudo, y tenía cuidado de mantenerse lejos de Jehanne y de la niña por si acaso lanzaban más proyectiles contra él.

¿Quién era entonces responsable del arquero? Si hubiera estado siguiendo al grupo de Galeran durante los días anteriores, habría encontrado numerosas ocasiones de matarle. Lo más probable era que hubiera venido con Forthred y formara parte del mismo plan.

El plan de Flambard.

Sin la rápida acción de Jehanne, Forthred bien podría haberse hecho con la niña en Heywood. Sin la presencia de Galeran, casi con toda certeza lo hubiera conseguido en Burstock. Y en ese caso, Jehanne se habría sentido empujada a acompañar a Donata.

Con una sola jugada, Flambard habría conseguido los dos peones que quería. Si además mataban a Galeran en la emboscada, todo el asunto estaría resuelto antes de que nadie pusiera objeciones. Con el respaldo de la autoridad eclesiástica, Lowick se habría casado con Jehanne y se habría instalado en Heywood en cuestión de días, y poco podría hacer su padre al respecto, ni tan siquiera el rey, salvo ir a la guerra.

De hecho, era más probable que el rey apoyara a Flambard. De modo que si el padre de Galeran se oponía a que Lowick tomara posesión de Heywood, Rufus tendría motivos para venir al norte y acabar con la poderosa familia de William de Brome.

Raoul cabalgaba a su lado.

—¿Por qué frunces el ceño? ¿No pensarás que se produzca otro intento de quitarte la vida, eh?

—Es poco probable, pero no lo descarto. Por lo que sé, han puesto un precio a mi vida muy tentador, y no es tan difícil matar a un hombre. Ese arquero no tuvo suerte, nada más. Pero no es que esté temblando en la silla.

—¿Entonces por qué ese mal gesto? Te sacaste de encima al clérigo con gran sagacidad.

—No acabará ahí la cosa. —Galeran dirigió una rápida mirada a su amigo—. Deduzco que nunca has oído hablar del obispo Flambard.

—Aline me explicó algo del caso. Una criatura desagradable, pero bajo la protección del rey.

—Es más que eso. Es la mano derecha del rey. Durante años, prácticamente ha llevado el país, y ahora que el rey le ha ascendido a al obispado de Durham, él y mi padre contienden por el poder aquí en el norte.

—De cualquier modo, no tengo claro por qué razón al obispo le puede interesar apoyar a Lowick. Una persona tan poderosa no precisa un aliado tan débil.

Galeran sacudió la cabeza.

—Mira la situación aquí. El obispado de Durham controla una zona del norte que se extiende de Carlisle a Durham. Por otro lado, mi padre posee muchas propiedades, incluida Brome, la baronía más importante de la zona, con un castillo que domina un vado crucial. Cerca se encuentran las baronías de Heywood y Burstock, ambos buenos aliados de Brome, puesto que yo estoy casado con la sobrina de Hubert de Burstock, y otra sobrina es la esposa de mi hermano Will. ¿Te he mencionado que el hermano de mi madre posee las tierras de la costa, incluidos dos puertos importantes?

Raoul soltó un silbido.

—De modo que tu familia domina esta parte del país y en sus manos está crear problemas al obispado.

—Exacto. Y mi padre no es el tipo de hombre que se calla ante los abusos.

—Pero si el obispo consigue tomar el control de Heywood, habrá debilitado de forma significativa el poder de lord William de Brome.

—Y si mi padre pone objeciones, el rey tendrá una excusa para atacarle.

Raoul estudió la campiña con mirada penetrante.

—El obispo y su peón regresarán entonces, de una manera u otra.

De cualquier modo, si aún había asesinos merodeando por los bosques, eran demasiado cautos como para atacar a un escuadrón tan numeroso y vigilante. El grupo llegó a Heywood sin sobresaltos a primera hora de la tarde.

Con gran alarde, Galeran fue a coger al bebé de los brazos de Jehanne para que ella pudiera desmontar y llevó a Donata hasta la torre del homenaje del castillo.

—Galeran —dijo Jehanne mientras entraban en el gran salón—. Yo renunciaría a ella por ti. Lo haría. No te comprometas por su causa.

Él le devolvió la niña.

—Ya lo he hecho. Es inocente, Jehanne. No entregaría el bebé de un siervo a los lobos, y no entregaré a Donata a Flambard y a Lowick. Como mínimo, ella ha nacido en mi castillo y se halla bajo mi protección. Ve a cuidarla. Y luego —dijo con una sonrisa— me gustaría tomar un baño.

Jehanne dejó a Galeran con el corazón lleno de amor angustiado. A veces le parecía que él era bueno hasta rozar la locura, y quería reprenderle como cuando eran jóvenes. Pero sabía que su fuerte sentido de la justicia no le permitía perder de vista la realidad, y que aguzaba el ingenio en todo momento.

Como había demostrado hoy.

Pero era demasiado idealista, y eso era peligroso.

Mientras llamaba a sus mujeres, recordó demasiado bien todas las veces que, estando vivo su padre, Raymond había venido de visita a Heywood y había coqueteado con ella. Siempre le había aterrorizado que Galeran lo considerara una ofensa y se lo tomara como una cuestión por la que batirse en duelo.

¿Y si Galeran tenía que batirse ahora? Era un buen soldado, pero no era rival para alguien como Lowick, más grande y conocido en todo el norte por su destreza como luchador.

Había sido sincera momentos antes. Aunque le destrozara el corazón en pedazos, entregaría a Donata a los lobos antes que ver morir a Galeran para proteger a su hija bastarda.

Sus mujeres trajeron agua caliente y paños limpios y permitió que cambiaran y bañaran a Donata mientras ella se lavaba y bebía un poco de cerveza para refrescarse del viaje. Sabía que estaba demasiado encima de Donata. Tenía costumbre de hacerle casi todo ella misma, pero ahora se obligó a mantenerse al margen. Podría llegar el momento en que necesitara actuar por fría lógica.

La distancia podía ayudar.

Entonces Donata lloró, y su leche salió a borbotones como respuesta. Se fue en busca de su niña con júbilo y desesperación en el corazón.

Galeran ordenó a John que llevara a limpiar la armadura y luego fue a ver a Walter de Matlock para elogiar la ayuda prestada a Jehanne.

—Sabía bien, señor, que vos no queríais que se llevaran a ninguna de las dos a Durham.

—Aun así, ¿haríais lo mismo si el obispo me excomulgara?

—¿Sería él tan insensato, señor? ¿Intentar enfrentarse a un cruzado?

—Ah, sí, siempre lo olvido, se supone que brillo de gloria.

Al recordar Tierra Santa, Galeran se fue a buscar sus fardos y desenvolvió con cuidado varios objetos. Sólo el envoltorio podría resultar atractivo a Jehanne, pues debajo de la capa exterior de cuero había empleado una hermosa tela oriental llamada *qu'tun*, con un resistente tinte.

No obstante, los objetos preciosos estaban en el interior.

Con reverencia, sacó unas hojas enrolladas de palmera, del camino a Jerusalén, una cruz de plata que contenía agua del Jordán, una rama marchita del Huerto de los Olivos, una bolsita con polvo del Calvario, y una esquirla de piedra de un lugar que se suponía era el Santo Sepulcro.

Contempló con vacilación otro fardo, éste esférico, pero al final lo desenvolvió revelando un pequeño cráneo. «¡El cráneo de Juan Bautista de niño, señor!, le había susurrado el ansioso vendedor. Sólo para vos.»

Le provocó la risa como pocas cosas por entonces, de modo que al final lo compró para compartir el chiste con Jehanne. No le hacía falta traer el cráneo, por supuesto, para explicar la anécdota, sobre todo teniendo en cuenta que otros habían adquirido la reliquia sin comprender lo absurdo de la misma. Pero su intención era ver cuánto tardaba ella en caer en la cuenta de que se trataba de un objeto imposible.

Era posible que algún milagro preservara tal vez frascos con leche de la virgen o vino de Canaán, pero haría falta algo más que un milagro para preservar en tamaño de niño el cráneo de un hombre que había muerto con más de treinta años.

No obstante, ahora no encontraba nada humorístico en el cráneo de un bebé. Pasó una mano sobre el blanco hueso, siguió el borde de las cavidades de los ojos, pensando que sin duda una madre habría llorado la muerte de este niño como Jehanne lloró por Gallot.

Como él mismo lloraba, o podría...

Volvió a envolver el cráneo. Era el regalo ideal para Ranulph Flambard, ya que quería deshacerse de él. Con suerte el obispo no entendería lo absurdo del objeto ya que a mucha gente inteligente se le escapaba. A Galeran le produciría satisfacción ver que un hombre creaba un opulento relicario con aquello. Si Flambard no veía el fraude, podría interpretar en ello lo que quisiera.

Al fin y al cabo, Galeran sólo había prometido algo de Tierra Santa al obispo, y eso era precisamente.

Hizo que el escribano redactara una carta de cortesía. En ella, agradecía al obispo su ayuda para solventar los problemas entre él y Raymond de Lowick, y le rogaba que aceptara ese regalo y tuviera presente a todos los de Heywood en sus plegarias.

Jehanne se unió a él justo cuando mandaba al mensajero. Le contó lo que había hecho, pero no le explicó cuál era la reliquia. ¿Cuándo recuperarían sus vidas, se preguntó, la libertad de compartir esa broma?

—Supongo que es prudente darle las gracias —dijo ella mientras inspeccionaba los objetos con reverencia—. Aunque parece un desperdicio.

Cada vez deseaba más contárselo, y por un momento estuvo tentado, pero inspirándose en la fuerza de Cristo en la montaña, se resistió.

Ella palpó la áspera hoja de palmera.

—¿Qué clase de árbol es una palmera? Éstas se parecen a las hojas de los juncos.

De modo que le describió las palmeras mientras le preparaban el baño, y también los olivos. Le habló del calor y del desierto, y de lo corriente que era Belén.

—¿Te sentiste decepcionado? —preguntó ella mientras supervisaba el agua fría que añadían a la caliente.

—Sólo un momento. Luego me gustó la idea de que nuestro Cristo viviera como un hombre de a pie. No el príncipe deslumbrante de los manuscritos, sino un hombre con polvo en la piel y callos en las manos.

Extendió las manos con gesto pensativo, y Jehanne las tomó y les dio la vuelta para palpar las durezas en la piel tras una vida adiestrándose para la guerra.

—¿De qué otra manera podían ser las manos de un hombre?

—Esa idea confirma mis pensamientos —dijo—. Que Cristo fuera de veras un hombre de su tiempo, y que tal vez entendiera a los hombres.

—Yo siento lo mismo acerca de la madre de Cristo. —Le ayudó con la camisa y sacudió la cabeza al ver tanta sangre—. Aunque no me gusta la idea de que fuera virgen.

—Resulta extraño... —Galeran se hundió en el agua con un suspiro de complacencia—. Dos baños en una semana... ¡Qué lujo!

Cuando empezó a ayudarle a lavarse, Jehanne dijo:

—Háblame más de esos baños en Constantinopla.

Y así lo hizo, y continuó hablando de otras cuestiones como la comida y las vestimentas de las diversas tierras que había conocido. De todas maneras, evitó toda mención al combate.

Cuando él se estaba secando y los sirvientes vaciaban la cuba, Jehanne dijo:

—Me gustaría tener un baño como el de Burstock.

—Tendría que instalarse afuera en el patio, cerca de las cocinas, creo. ¿Y qué pasa con la distribución que tenemos aquí?

—Nada, supongo. —Sonrió—. Sólo estaba pensando, me gustaría un baño de mármol a un nivel más bajo, lo bastante grande como para nadar.

Él volvió a sonreír.

—Te regalaría la luna y las estrellas si pudiera, Jehanne, pero un baño de mármol a nivel más bajo creo que me supera.

Ella se sonrojó y rió, y fue la primera vez que le oía reírse de ese modo desde su regreso.

Jehanne echó una ojeada a la cama. El cuerpo de Galeran reaccionó, pero se quedó donde estaba. Aunque sería pecaminosamente fácil dejarse llevar por sus antiguas costumbres, no debía hacerlo hasta que todo aquello tuviera algún sentido.

—Jehanne. Necesito saber con exactitud que sucedió entre tú y Raymond.

Ella palideció. Durante un momento, Galeran pensó que no hablaría, pero luego, mientras retiraba algunos paños húmedos, habló:

—Mi corazón nunca te traicionó, Galeran. Nunca le deseé. ¿No podemos dejarlo así?

—No. ¿Te violó?

Ella se quedó mirándole.

—¡No!

—Si no le deseabas y no te violó, ¿qué sucedió? —Al ver que ella seguía callada, Galeran dijo—: Jehanne, la forma de manejar este asunto en el futuro, lo que pueda esperar que haga Lowick, todo ello depende de lo que sucedió aquí la noche de la muerte de Gallot.

Era como si Jehanne se hubiera convertido en una estatua pintada, de pie ahí agarrando un paño húmedo a medio secar. Pero luego lo dejó caer y se arrodilló junto a él entre el remolino colorido de sus faldas.

—Temo que vayas a odiarme.

Él quiso cogerla en sus brazos para tranquilizarla, pero su temor despertó también el miedo en él. Jehanne no era estúpida.

Galeran le había perdonado su infidelidad. Entonces, ¿por qué temer que los detalles no merecieran su perdón?

—Me cuesta mucho odiar. Deberías saberlo. Y te quiero.

Ella apoyó la cabeza en la pierna de él.

—Y yo no merezco que me quieras...

—Jehanne. Díme. Explícame.

—No sé si puedo. Tal vez sea más sencillo decir que estaba loca.

—Eso no es de extrañar. —Se contuvo de estirar la mano para acariciarle el pelo—. Acababas de perder a tu bebé.

—Y era posible que también te hubiera perdido a ti. Cuando oí la noticia, empecé a pensar que Dios se te había llevado a cambio de un hijo. —Alzó la vista—. ¡Nunca fue ésa mi intención, Galeran!

—Ni Dios iba a participar en un trato tan perverso.

Ella puso una mueca.

—Sabía que no ibas a entenderlo. —Apoyó de nuevo la cabeza en su muslo para que él no pudiera verle el rostro—. No soy tan buena como tú, Galeran, y me hago mi propia imagen de Dios. Hice un acuerdo con Dios según el cual te enviaría a la cruzada a cambio de un hijo. Sabía que no querías ir, pero yo te empujé de todos modos. Cuando me enteré de que habías muerto, en realidad no lo creí, pero me pregunté si Dios se había quedado con más de lo que yo había ofrecido... o si yo le había ofrecido más de lo que creía. Rezaba para que estuvieras sano y salvo. Cada día rezaba. Pero entonces murió Gallot...

Entonces sí le tocó el pelo, ya que tuvo la impresión de que ella pesaba más contra su pierna.

—Fue tan repentino, tan inexplicable... decidí que Dios había contestado a mis oraciones de ese modo, intercambiando piezas como un charlatán en una feria...

—¡Jehanne!

—Odié a Dios. —Ella alzó la mirada con fiereza—. Como suena, le odié. Quería consuelo, sí, y olvidarlo todo por un instante. Pero sobre todo quería hacer lo más perverso que pudiera imaginar. De modo que seduje a Raymond.

Galeran no sabía si enfurecerse o echarse a llorar.

—¿Eso era lo más perverso que podías imaginar?

—Aparte de matar al niño, y eso tal vez ya lo había hecho.

Un escalofrío recorrió a Galeran.

—¿Qué quieres decir?

Ella abrió mucho los ojos.

—¡No lo hice! Pero parecía un acto mío, algún pensamiento mío... esas oraciones... —Se puso de pie y empezó a recorrer la habitación—. Los niños no se mueren así como así. Tal vez mis oraciones por ti habían recibido respuesta. Tal vez tenía que elegir entre Gallot y tú, y yo te había preferido a ti...

—Eso no tiene ningún sentido. ¿Cómo puedes estar segura de que Raymond no le mató?

Jehanne le miró de frente.

—Como he dicho antes, tengo un sueño ligero. ¿Cuándo te has levantado de la cama sin que yo me despierte?

—Cierto. ¿Y no podría haberte suministrado alguna droga?

—Yo lo habría sabido. Estaba encariñado con Gallot. Jugaba con él...

Entonces fue Galeran quien se puso de pie.

—¡Por el amor de Dios, Jehanne! ¿No era suficiente que ocupara mi lugar en tu cama sin que andara con el hijo que nunca conocí?

Era como si otra vez la hubiera pegado.

—Sólo puedo contarte la verdad.

—Entonces no hables de ello.

—Galeran...

—Márchate...

—¡Galeran!

—¡Vete!

Ella salió corriendo, lo cual demostraba prudencia, ya que él notaba la furia creciendo como un fuego capaz de consumir todo lo que se cruzara en su camino.

Galeran se hundió de nuevo en el banco, sin poder dejar de temblar de ira. Jehanne tenía razón. Necesitaban la verdad para limpiar las heridas, pero todavía no. Todavía no. Verdades como las revelaciones de hoy eran más de lo que podía soportar.

Había tenido poco contacto directo con niños pequeños, pero aún podía imaginarse a Raymond de Lowick —el guapo y encantador Raymond— haciendo saltar a un crío sobre su rodilla. Podía oír al niño reírse, pensar en ese Dios dorado como si fuera su padre.

Se levantó otra vez y se puso las ropas que Jehanne había dejado preparadas. De todos modos, ya era hora de presidir alguna comida en el salón de su castillo, convencer incluso a los que dudaban que la paz y la armonía reinaban en Heywood.

Sus manos se detuvieron mientras se ataba los pantalones. La paz y la armonía, sí señor.

¿Había seducido a Lowick porque odiaba a Dios? Era una locura pero era justo el tipo de cosa que Jehanne haría cuando era una terca jovencita. Pensaba que ya había superado aquellos alocados años.

Cuando acabó el nudo, vio la rosa de marfil en la mesa. El pétalo partido volvía a estar pegado, pero no se atrevió a tocarlo. Jehanne no la había roto de forma intencionada todos esos años atrás. Su frustración había estallado, así de sencillo.

Más recientemente, y de forma más catastrófica, el dolor de Jehanne había estallado en forma de rabia. Una rabia demoledora contra Dios. La creía, y rezó una oración por su perdón, y otra para que nunca confesara un pecado así en público.

Cogió la túnica de lana azul, larga hasta el suelo y con bordados de seda, que Jehanne había seleccionado para él. Mientras se la ponía y se ajustaba un cinturón dorado, empezó a sentir cierto alivio por la conversación, pese a lo amarga que había sido. Ahora había entendido. Su problema, pensó mientras escogía una cadena de plata y oro para colgársela del cuello, era cómo convencer al mundo de que no había necesidad de castigo.

Para empezar, no iría mal una impresionante aparición como señor y señora del castillo. Llamó de nuevo a Jehanne y le dijo que se vistiera con sus ropas más suntuosas.

Se cambió su túnica de lino de diario por una de seda y su faja de galones por un cinturón confeccionado con hilo de oro y perlas. Se vistió en silencio sin mirarle en ningún momento.

—No tengas miedo de mí —le dijo—. He vuelto a recuperar el control.

Ella dejó de atarse la faja para mirarle, y no fue miedo lo que vio en los ojos, sino un gesto preocupado.

—Debo temerte, porque entonces seré cauta. Si alguna vez me hicieras daño, Galeran, nunca te lo perdonarías.

Ella le conocía demasiado bien.

—Te pegué. —Aún quedaba un débil color amarillo en el rostro por aquel golpe.

—¿Y aún te angustia, no es cierto?

—Muchísimo.

—Por lo tanto, debo tener cuidado, por ti. Pero si sirve de algo que me pegues, confío en que lo hagas.

—Es lo último que quiero hacer, Jehanne. —Pero entonces se lo contó, mientras ella se ponía unas medias limpias, lo de Agnes y Edric. Ella sonrió al oír algunas partes de la historia, pero lo entendió.

—¿Sabes? —dijo ella, levantándose para arreglarse los pliegues del vestido—, en cierto modo, incluso podría recibir con beneplácito unos azotes. —Ella se acercó para ajustar la caída del atuendo de Galeran—. ¿Crees que ese tipo de cosa cura el alma como una penitencia después de una confesión?

—No —respondió él mientras le cogía sus activas manos —. ¿Has confesado tu pecado?

Ella se quedó muy quieta.

—No.

—¿Por qué no?

—¿Cómo puede Dios perdonar...?

—Dios puede perdonar cualquier cosa. Y, tal vez, si el cura te impusiera una penitencia apropiada, dejarías de desear que yo lo haga.

Él lo dijo en broma, pero ella suspiró.

—¿Soy para ti algo más que una carga?

—¡Dios santo! —La cogió en sus brazos de forma repentina—. Lo eres todo para mí, Jehanne. Todo. Pero llevará tiempo superar esto. —La estrechó en sus brazos, aún más, aunque sabía que estaría sofocándola—. Démonos un poco de tiempo —susurró contra su pelo.

Ella se apartó lo justo para mirarle.

—Todo el tiempo que nos conceda el destino.

Quería decir el tiempo que les concediera el mundo, la comunidad, el obispo, el rey. Como si hablara en nombre del mundo, la corneta resonó anunciando la comida, y él tuvo que soltarla, tuvo que cogerla de la mano y conducirla afuera para presidir la comida del castillo.

Todo el mundo estaba allí a excepción de los hombres que hacían guardia y unos pocos criados necesarios en otros puestos.

En la mesa de la presidencia, más alta que las demás, se había sentado Raoul; y Aline; Matthew, el administrador;, también el hermano
Cyril, el escriba. Galeran y Jehanne ocuparon sus lugares en las
sillas centrales. Tal y como había sido la mayor parte de su vida de
casados.

El resto de residentes se sentaban en las mesas situadas a los
lados del salón, los caballeros de Galeran más próximos y las damas
de Jehanne entremezcladas con ellos. En otro lugar, los sirvientes de
cargos superiores ocupaban ya sus sitios: el halconero, el jefe de los
mozos de establo, la maestra de los telares y el herrero.

Más abajo se encontraban los demás criados y los hombres de
armas.

Los mozos de las cocinas entraron con jarras, cuencos y fuentes, y llevaron la comida primero a la mesa presidencial.

Galeran, con gentileza, eligió buenas piezas para ponerlas en el
plato de Jehanne. Ella sonrió agradecida e hizo lo mismo con él. No
pudo evitar pensar de todos modos que esto hubiera ido mejor si
ella no hubiera despertado sus celos de Lowick. Lowick y Jehanne
le consumían como un cáncer. Hasta que lo aceptara, no iba a conocer ninguna paz o felicidad verdadera.

Por el momento, había descubierto que Jehanne había seducido
a Lowick porque odiaba a Dios. A mucha gente esto podría pare-
cerle una locura, pero él la entendía lo suficiente como para saber
que ella podía pensar de ese modo. Para ella Dios era una persona a
la que admirar en los buenos momentos, culpar en los malos, y
alguien con quien ser cauteloso en todas las ocasiones.

Parecido a un rey, de hecho, pensó Galeran mientras la miraba
un momento de reojo y bebía de la copa que compartían.

Al volver la mirada de ese modo, advirtió que Raoul y Aline
representaban mucho mejor la imagen de una pareja feliz.

¿Raoul y Aline?

Galeran quería a su amigo casi como a un hermano, pero se
hacía pocas ilusiones sobre su conducta con las mujeres. Seguro que
Raoul no era tan necio como para intentar seducir a una dama virgen. Y en especial a una como Aline, casi comprometida con la
Iglesia.

Si lo hacía, el final podría ser que Galeran tuviera que explicárselo con la espada. Y no era algo que necesitara en estos momentos.

Aline estaba colorada. ¿Acaso Raoul le estaba haciendo pasar vergüenza?

Aline no sabía si se encontraba en el cielo o en el infierno.

La verdad, Raoul de Jouray era justo el tipo de hombre que le desagradaba, ¡y el hecho de ser guapo y encantador empeoraba aún más las cosas! Lo más probable era que esperara que todas las mujeres —de humilde cuna o alta alcurnia— se deshicieran nada más ver una de sus sutiles sonrisas burlonas.

Pero, desde el baño de aquella mañana, era como si tuviera un hormigueo en la piel, un hormigueo que empeoraba cada vez que él se le acercaba o encontraba su mirada desde el otro lado de la habitación. Sus pensamientos, casi siempre claros, se enmarañaban sin cesar, quizá por no poder pensar en nada aparte de en cuándo aparecería él, y qué diría o haría él cuando apareciera.

Por algún motivo, como ya había visto su cuerpo desnudo una vez, ahora sus ropas, e incluso su cota de malla, eran transparentes y lo veía todo el rato.

El trayecto desde Burstock había sido una tortura exquisita, ya que él había cabalgado a su lado todo el camino. Aline intentaba no hacerle caso, pero él no había dejado de hacer preguntas sobre el lugar, obligándola a responder. Cuando se mostró reacia a contestarle, él le habló de su hogar en Francia y de sus viajes a España y a Tierra Santa.

Libre como el viento, había intentado decirse ella. Un verdadero soldado errante y libre, sin propiedades ni perspectivas, pensó. Aunque lo que no comprendía era por qué eso tenía que importarle a ella, puesto que iba a meterse monja y no tenía interés en Raoul de Jouray.

O al menos ningún interés del que librarse con un poco de voluntad.

Ahora, en plena comida, Raoul ya no coqueteaba con ella. No le dedicaba ninguna mirada especial, no le rozaba a modo de broma. No estaba elogiando su piel, sus ojos, sus labios, su cabello... sólo estaban hablando y comiendo.

Entonces, ¿por qué se sentía acalorada y nerviosa?

Estaba hablando de Flandes.

—Creo que os gustaría, lady Aline. Son gente muy práctica los flamencos.

—¿Pensáis que yo soy práctica?

Los ojos de Raoul se arrugaron.

—Sí. ¿Vos no lo creéis?

—No en este momento —soltó con brusquedad, y sintió que le subía a las mejillas otra oleada de calor. Oh, ¿por qué había dicho algo tan estúpido?

Él se recostó hacia atrás y le sonrió.

—Pero es muy práctico que os intereséis por un hombre a vuestra edad.

Tras este ataque directo, Aline enderezó la columna y le lanzó una mirada fulminante.

—¡No tengo tal interés!

—Entonces sois sumamente diferente del resto de la raza humana, lady Aline. Las muchachas se interesan por los muchachos, y los muchachos por las muchachas.

—¿Y qué pasa con la gente mayor? —preguntó ella con aspereza—. ¿Como vos mismo?

Algo centelleó en los ojos de Raoul, y luego se rió.

—Nos interesan las mujeres de muchas edades. Pero nosotros los especímenes antiguos tenemos mucho que recomendar, ya me entendéis. Somos pacientes, y tenemos más autocontrol que los mocosos.

—¿De veras? –inquirió Aline, y dejó que su mirada se desplazara de forma significativa a la bien dotada Ella, que se movía ajetreada entre las mesas.

¡Se sonrojó! Aline podría jurar que él se había sonrojado. Era tan dulce como una victoria en la batalla.

—Cuando nos hace falta, lady Aline.

—Ah. —Cogió una tartaleta de grosella con gran cuidado—. Queréis decir que sois paciente para la seducción, señor, pero impaciente cuando se ha ganado el juego.

—Nunca. —Le sonrió con mirada perezosa—. Os lo prometo, lady Aline, nunca soy impaciente con una mujer.

¡Cuernos! Ahí estaba otra vez el rubor desplegándose por las mejillas de Aline como una banderola.

—Algunas mujeres no se dejan seducir, sir Raoul, por mucha paciencia que tenga el cazador.

—Por eso un buen cazador aprende a escoger su presa con cuidado. ¿Más vino, milady?

Ella le observó servir vino de una jarra de barro en su copa de plata, mientras un estremecimiento la recorría tras aquellas palabras. ¿Era un estremecimiento de terror o de excitación?

—¿Pensáis que yo podría ser seducida?

—¿Vos pensáis que no? —Él sirvió vino en su propia copa, sin mirar lo más mínimo a Aline.

—¡Sí!

—Tal vez tengáis razón. —Entonces la miró, y algo en sus ojos color avellana se asemejó a las trompetas de la batalla—. ¿Queréis averiguarlo?

—¡No!

Con calma, él se volvió hacia el plato de tartaletas de grosella y escogió otra para ofrecérsela.

—Entonces no jugaremos a eso.

Ella cogió la tartaleta sin dejar de estudiarle.

—¿A qué?

—Seducción. —Antes de que pudiera protestar, él añadió—: Por supuesto, no podríamos llevarlo a sus últimas consecuencias, dama encantadora, ya que eso arruinaría vuestras posibilidades de convertiros en novia de Cristo. Y con toda probabilidad me crearía más problemas de los que deseo.

Y era cierto. Su padre y sus hermanos le cortarían en pedazos si no la respetaba. Y para entonces preferiría estar muerto.

Aline le estudió mientras mordisqueaba la tartaleta con el corazón acelerado. Era muy consciente de que Raoul actuaba como un cazador, poniendo señuelos y trampas. Pero era un deporte excitante y, como tal, del todo seguro.

—De modo que sería exclusivamente un juego...

—Exacto. Como las batallas simuladas que libran los hombres como preparación para la guerra. De hecho, como en esas batallas, podría ser un práctica útil para vos: sospecho que necesitáis ejercitar vuestra defensa.

—¿A qué os referís?

—¿Por qué no os gusta ayudar a los hombres a bañarse, Aline?

Era la primera vez que él empleaba su nombre sin «lady» delante y ella supo que el juego había empezado.

—Soy pudorosa...

—La visión del cuerpo de un hombre no puede ser una conmoción para vos.

—No...

—¿Y entonces?

No le entraba la tartaleta, o sea que la dejó.

—En raras ocasiones necesito realizar esa tarea, de modo que me pone nerviosa.

—No creo que sea la tarea lo que os pone nerviosa, Aline.

Ella le fulminó con la mirada.

—Muy bien. Los hombres me parecen excitantes... los hombres jóvenes y sanos. He intentado eludirlo, pero por lo visto nunca soy capaz, de modo que prefiero evitar la ocasión de pecar.

La sonrisa de Raoul decía que en cierto modo él había ganado.

—No siempre es prudente evitar nuestros momentos de debilidad. Como habréis descubierto esta mañana, puede dejarnos vulnerables. Es como un hombre de armas que evita trepar muros porque tiene miedo a las alturas. Un día necesitará trepar un muro en medio de la batalla, y sin duda morirá por su insensatez. Los luchadores necesitan ser fuertes en todos los sentidos. Necesitan acostumbrarse a superar toda flaqueza, a tener sus habilidades constantemente a punto.

—Estoy segura de que sois muy fuerte, y vuestras habilidades están siempre a punto.

—Oh, sí. Mirad. —Sin avisar, le tomó la mano y se la llevó sobre su antebrazo desnudo, apretándole los dedos contra unos músculos duros como el hierro.

Ella retiró la mano con brusquedad.

—Entonces —deseó que su voz no sonora tan entrecortada—, a ver si os entiendo. ¿Estáis ofreciendo adiestrarme en las habilidades necesarias para evitar la tentación carnal?

Tentación carnal. Quería, con desesperación, sentir de nuevo su brazo debajo de su mano.

—No exactamente. —Se ajustó el pesado brazalete de oro que llevaba en la muñeca. Ella estaba segura de que lo hacía sólo para devolver su atención a sus músculos—. Supongo que necesitáis una dama que os enseñe esas habilidades. Yo me estoy ofreciendo a escenificar algunos ataques simulados para poner a prueba vuestras defensas, de manera que sepáis qué habilidades tenéis que mejorar.

Ataques simulados como ese brazalete, ese brazo...

—De hecho, lady Aline, ya no ofrezco, ahora prometo. Mejor que empecéis a reforzar vuestras murallas y hagáis buena provisión de flechas.

Se obligó a volver a mirar su rostro bromista.

—¿Tanto si estoy conforme como si no?

—Tanto si estáis conforme como si no.

Ella concentró su mirada más severa en aquel granuja.

—Debería quejarme ante Galeran por vuestra conducta.

—Eso le pondría a él en una posición muy incómoda, y no es lo que necesita. Recordad, Aline, tenéis mi palabra de que no invadiré vuestra ciudadela, aunque se ofrezca del todo abierta ante mí.

Aline se quedó boquiabierta ante la imagen descarada, pero luego soltó:

—Muy bien. Pero os advierto, señor, mis defensas son de veras muy fuertes. Y en ocasiones los agresores sufren más que la ciudadela que atacan.

Luego ella se volvió a mirar a cuatro de las damas de Jehanne que ejecutaban un baile, una danza zigzagueante cuyo único objetivo era exhibir su gracejo y encanto a los hombres que observaban. ¿Por qué no podía divertirse Raoul jugando con una de ellas?

Si así fuera, iría a por ellos con un cuchillo.

Oh, cielos. Sus defensas eran de paja, y temía que él ya lo supiera.

Como ciudadela asediada, su primera línea de defensa debería ser pedir a su señor feudal que se ocupara de este asaltante indisciplinado. Pero Raoul estaba en lo cierto. Eso pondría a Galeran en una posición difícil.

Una de las damas sonrió a Raoul, y él le guiñó un ojo. Aline no sabía a quién de los dos tenía más ganas de arrojar un jarrón de agua fría.

También tenía que aceptarlo: hacer que Galeran controlara a Raoul no sería tan divertido.

De repente, ella quería un poco de diversión.

Pronto, con toda probabilidad antes de Navidades, regresaría al convento de St. Radegund. Al haber cumplido ya dieciocho años, se esperaba de ella que hiciera sus votos de novicia. Ésta podía ser su última oportunidad de explorar el extraño y aterrador mundo de los hombres y las mujeres. Como virtual esposa prometida a Cristo, no debería querer explorar ese mundo extraño y aterrador... Pero, por otro lado, las tentaciones de la carne nunca desaparecerían. Él tenía razón. Debería reforzar sus defensas.

Las damas se sentaron y los caballeros de Galeran empezaron a ejecutar sin pudor un baile para las mujeres, igual que ellas habían bailado para los hombres. Era una danza más fogosa, que les permitía exhibir su destreza y fuerza mientras representaban una caza muy explícita.

Uno de los caballeros más jóvenes —moreno y de pícara mirada— sonrió directamente a Aline y ejecutó una secuencia de pasos con elegancia. Normalmente ella no hubiera hecho caso, pero esta vez le devolvió la sonrisa.

Una mano cogió la suya por debajo de la mesa.

—Aline —dijo Raoul—. Aún no estáis lista para aceptar el reto de alguien así.

—¿Ah no? —Dirigió una mirada de reojo a su pareja—. ¿Pero sí puedo tratar con vos, eso pensáis?

—No durante este rato agradable, cielo mío. Simplemente sucede que mis armas para este juego están despuntadas, y ese temerario aventurero tiene bien afilada la espada.

Galeran le dio con el codo a Jehanne.

—Me temo que Raoul está coqueteando con Aline.

Jehanne les dirigió una mirada de soslayo.

—Un ejercicio sin demasiado sentido.

—Tal vez no sea más que eso, un ejercicio. ¿Entonces crees que ella es invulnerable?

—Aline nunca se ha fiado de los hombres.

—Aline tenía catorce años cuando decidió hacerse monja. Pasó sólo un año en el convento antes de venir aquí para quedarse contigo. Tal vez haya tardado en desarrollar su interés, nada más.

Jehanne volvió a mirar con disimulo y sus labios se estiraron.

—Si su interés va por ahí, sin duda es mejor que lo descubra ahora.

—¿No está comprometida con la Iglesia?

—No. La idea de ir al convento fue por completo de ella. El tío Hubert está contento, por supuesto. Como hombre devoto que es le gusta la idea de tener una hija que rece por su alma. Pero si cambia de idea, nadie la obligara a nada.

—De cualquier modo, me temo que Raoul sólo está divirtiéndose. Si quieres le paro los pies.

Jehanne pensó en ello.

—No. Como he dicho, a Aline le irá bien descubrir su verdadera naturaleza. Podrá hacer sus votos de todas maneras, pero al menos lo hará conociendo sus flaquezas. Supongo que podemos confiar en que tu amigo no la deshonre.

—No creo. Pero me aseguraré de ello. No obstante, él podría herir sus sentimientos.

—¿Romperle el corazón? Eso es una formación excelente para la vida.

Galeran se concentró en acabar su vino. ¿Qué significaba aquello? Aunque pisaba fuerte cada vez que se mostraba en público, aún se preguntaba si Jehanne amaba a Lowick y prefería que su esposo estuviera muerto.

Capítulo *11*

*U*na vez desmontadas las mesas de caballetes, el personal del castillo se relajó y se dedicó a charlar y a coquetear. Jehanne observó a Galeran paseándose entre su gente, tomándose su tiempo para hablar con todos ellos, poniéndose al día de las novedades. Había echado de menos a Galeran durante su ausencia. De forma egoísta, no había pensado en lo mucho que él debía de haber echado a faltar Heywood, o en los muchos acontecimientos que habían tenido lugar en su ausencia.

Lamentaba que se hubiera perdido el nacimiento de Gallot y su breve vida, pero sabía que también habría querido encontrarse aquí durante el divertidísimo noviazgo de Hugh y Margaret. Galeran se estaba riendo ahora mientras le explicaban la historia, pero se habría reído más de haber vivido aquellas semanas.

Y quería oír la historia de cómo Sven perdió la mano, y cómo Ann rescató a un niño del río...

Con un doloroso nudo en la garganta se volvió, y vio la manera en que los ojos de Aline seguían desplazándose hacia Raoul. Oh, cielos. Se fue andando hasta su prima.

—Raoul de Jouray es sin duda un hombre guapo —dijo como si tal cosa—. Por desgracia, él lo sabe.

—Sería difícil no saberlo. Igual que tú sabes que eres hermosa.

—Como tú te pareces mucho a mí, seguro que también estás enterada de tus encantos.

—Pero nadie me describiría a mí como una delgada vara de sauce. —Por primera vez, Aline sonaba bastante apesadumbrada al respecto.

—Tonterías poéticas. ¿Algún hombre sensato querría que su dama se comportara como una de esas esbeltas doncellas tan dulces y delicadas?

—Es probable que sí —contestó Aline con una sonrisa—. Le daría menos problemas. Esperaría pacientemente en casa mientras el marido se iba de aventuras. O se expondría de buena gana a peligros para que su héroe pudiera hacer alguna proeza. Y cuando el galán le dijera que ya no la merece, ella no le diría cuánta razón tenía. —Suspiró—. Ser la única chica en una casa llena de hombres trastoca a una mujer, me temo yo.

Jehanne se rió con alivio y dio un abrazo a su prima.

—Supongo que hay cosas peores que poner a prueba tu vocación con Raoul de Jouray, pues hay que reconocer que es tentador como una manzana del Paraíso. Sólo ten cuidado de no ir demasiado lejos. Y no se te ocurra pensar que va a casarse contigo. Los hombres sin tierra como ése no pueden casarse.

—Sería un esposo lamentable, de todos modos, con lo que le gusta mirar a las mujeres. —Y Aline lanzó una mirada iracunda al guapo granuja francés, que ahora bromeaba con una dama que soltaba risitas.

Daba la impresión de que Aline aún conservaba sobre los hombros su sensata cabeza. Pero, tanto daba. Jehanne anunció que el descanso del mediodía ya había concluido y mandó regresar a todo el mundo a sus labores. Luego se fue directa hacia Raoul para alcanzarle antes de que saliera del gran salón.

—Si lastimáis a mi prima, señor, os arrancaré las tripas.

Él la miró con una ceja alzada.

—Galeran ya me ha mandado ese mensaje, milady, aunque con más finura.

Jehanne notó que le subían los colores a las mejillas.

—Yo soy más mordaz.

—Lady Jehanne, la virtud se demuestra confesando las faltas de uno, no intentando corregir las de los demás. —Se alejó dejándola boquiabierta.

Galeran llegó a su lado.

—¿Ha dicho Raoul algo que te ofendiera?

—No. —Le miró—. ¿Cómo puedes quererme? No soy digna de ser querida.

Galeran puso la mano en el cuchillo de su cinturón.

—¿Qué ha dicho?

—No me ha ofendido, pero...

—¿Pero?

—Pero me enorgullezco de mis defectos. No intento cambiarlos. Me gusta decir lo que pienso. Me asusta ser débil, me asusta depender de ti...

—¿Por qué ibas a querer ser débil? Yo podría morir mañana.

—Ya he demostrado que soy incapaz de llevar bien esta situación.

Él suspiró.

—Jehanne. Tenemos que dejar de insistir en esto, como si fuera la costra de una herida aún por curar.

—Cuando se cure, no habrá costra. Si se cura. —Le estudió, intentando ver debajo de la calma exterior—. Todo el mundo está a la espera de que hagas algo.

—Tal vez un día ellos lo dejen también. Me dicen que hace falta dragar el pozo. Mejor mando a unos hombres a ocuparse de eso.

Jehanne soltó un suspiró y se fue a supervisar el fregado de las cubas del maíz. Se sentía comprensiva cuando Galeran deseaba dejar que el tiempo curara las heridas, pero dudaba que su pecado se limpiara sólo con tiempo.

Los día aún eran largos, de modo que la cena era tarde, pero no tan tarde como para que la gente estuviera demasiado cansada a la hora de las diversiones posteriores. Una vez se desmontaban las mesas de caballetes, comenzaba la música y luego se contaban historias bajo la rojiza luz del sol del crepúsculo.

Puesto que Galeran y Raoul habían estado en Tierra Santa, sus historias estaban muy solicitadas. Además de esas historias, Raoul también podía contar cosas de España, tanto del norte cristiano como del sur árabe. Habló de un encuentro con el famoso *Cid Campeador*, Rodrigo Díaz de Vivar, el guerrero más poderoso de

España, el cual había pasado sus últimos días luchando contras los moros en su propia cruzada.

—Igual puedo cantaros una canción de España —dijo Raoul al final, mientras miraba a su alrededor a una audiencia embelesada.

Un fuerte grito le respondió afirmativamente. Pidió un laúd y tocó una melodía delicada y flotante en sus cuerdas.

—Hay quien cree que ésta es la canción que *El Cid* cantaba a su dama *Doña Jimena* cuando la cortejaba. En ella le dice que es tan hermosa como una flor de almendro, tan pura como el agua de la nieve de la sierra y tan dulce a los labios como una jugosa y henchida uva.

Empezó a cantar con voz sonora y expresiva. Aunque no miraba a Aline, y ella no entendía ni una de las palabras en español, ésta pensó que Raoul cantaba sólo para ella. Como si fuera tan hermosa como la flor del almendro, tan dulce como una jugosa uva y tan pura como el agua de las nieves de la sierra.

Cuando acabó y se negó a seguir distrayendo a la concurrencia, se fue a sentar en el suelo junto a la rodilla de Aline. Sentarse así le pareció a ella mucho más íntimo que si se hubiera sentado a su lado, aunque no sabía por qué.

—¿De veras habéis cantado las palabras que explicasteis? —preguntó ella.

Raoul le dirigió una mirada.

—Por supuesto, aunque no he cantado más que el estribillo. En los versos, el guerrero relata la búsqueda de su hermosa dama: cómo la adoraba desde la distancia, cómo realizaba hazañas peligrosas sólo para merecerla, cómo mataba a cualquiera que pusiera la vida de ella en peligro. Y todo porque ella era tan hermosa como un capullo, tan pura como el agua de la montaña y tan dulce a sus labios como una uva redonda y jugosa.

—¿Por qué sospecho que las uvas en realidad son tan agrias como las grosellas sin madurar?

Él se volvió del todo para mirarla de frente, apoyando su brazo en sus muslos.

—¿Sois tan desconfiada? Las uvas de Guyenne son dulces como la miel. Tal vez sea posible encontrar uvas en Londres y en otros puertos del sur. Un día, os prometo que os ofreceré una uva henchida y jugosa.

Con la boca seca, Aline dirigió otra vez su atención al centro del salón, donde un caballero estaba contando un relato de monstruos y magia. El brazo de Raoul continuó donde estaba, invasivo, poderoso, pero reconfortante por extraño que pareciera.

Se dio cuenta de que incluso deseaba apoyar su mano sobre su amplio hombro. Podía imaginarse lo duro que resultaría bajo la tela. Qué tranquilizador...

Le produjo cierto alivio verse capaz de retirarse finalmente a la alcoba de la señora del castillo, donde durmió a salvo vigilada por cinco damas de Jehanne.

Después de pasar un tiempo conveniente con el personal de su casa, Galeran llevó a Jehanne a su habitación. Era como otras muchas noches, pero también diferente. Entre ellos había demasiados problemas como para estar en paz. La niñera trajo de inmediato a Donata, y Jehanne se sentó para darle de mamar. Sin embargo, en cuanto el bebé acabó de alimentarse, llamó de nuevo a la mujer para que volviera a llevársela.

Galeran decidió no hacer ningún comentario. Se quitó el cinturón y la túnica, y se quedó sólo en pantalones y camisa.

—¿Te apetece jugar a ajedrez?

Ella le miró a los ojos.

—Me gustaría hacer el amor.

Un calor invadió a Galeran.

—A mí también. —Le tendió la mano y ella se levantó para apoyar la suya. La atrajo hacia sus brazos para besarla, y la saboreó, algo que —se percató— no hacía desde mucho tiempo atrás.

Después, abrazándola con fuerza, dijo:

—Dios santo, no nos besamos. ¡La última vez no nos besamos!

Ella se aferró a él igual que él a ella.

—Lo sé. Ya me di cuenta. ¿Por qué besarse es a la vez lo primero y lo último?

Él le alzó el rostro y frotó con el pulgar la magulladura que ya iba desapareciendo.

—Tal vez el beso sea algo universal. Incluso quienes prometen castidad se besan, aunque sólo sea para desearse la paz.

Pero ahora, como si tuviera fiebre, necesitaba más que besos. Le soltó el cinto a ella y lo arrojó a un lado. Luego deslizó las manos bajo la túnica hasta encontrar las aberturas cortadas en el vestido para que la niña mamara.

Ella soltó un jadeo y volvió a relajarse contra el brazo de Galeran mientras él daba placer a sus pechos, primero con la mano, luego con la boca, hasta que ella se le agarró con fuerza. Luego Galeran les volcó a ambos sobre la cama nueva.

Tras soltarse los pantalones, le levantó las faldas y penetró en el húmedo calor, esta vez incapaz de contenerse o de ser amable o reflexivo. Esta vez sólo podía dejar que las llamas incontrolables les consumieran a los dos, y deleitarse con cada momento abrasador.

Cuando recuperó las fuerzas, corrió las cortinas de la cama, encerrándoles en este mundo privado donde el mal nunca podría entrometerse. En esa oscuridad despojó de ropas el cuerpo inmóvil y sudoroso de Jehanne, moviéndole las extremidades como si ella fuera una niña, besando y mordisqueando cada fragmento de piel expuesta.

Para cuando estuvo desnuda, Jehanne había recuperado la energía y procedió a desnudarle a él del mismo modo, jugueteando con las distintas partes de su cuerpo hasta que volvió a estar listo. No obstante, antes de que ella pudiera subirse encima, Galeran puso a prueba uno de los trucos orientales, e hizo que Jehanne se arrodillara sobre su boca para que él pudiera atormentarla con la lengua.

—¡Galeran! —dijo ella entre jadeos al sentir el primer contacto, y luego apoyó sus manos en el cabezal de la cama y se quedó callada mientras la tensión arqueaba su cuerpo. Aun así, él no iba a dejar que estuviera callada y no soltó a su prisionera hasta que gritó.

Sólo entonces él dejó que descendiera sobre el miembro erecto y se llenara con él, para que cabalgara y les condujera a ambos hasta una dichosa inconsciencia.

—Oh, esto es el cielo —murmuró por fin Jehanne con debilidad, acurrucada en los brazos de él—. ¡O el infierno, considerando las perversiones que has practicado conmigo! Flaquezas deliciosas, de cualquier modo. Ojalá pudiéramos quedarnos para siempre en esta cápsula ardiente y deliciosa.

Eso era imposible, ambos lo sabían, pero no esperaban las noticias del día siguiente.

· · ·

William de Brome entró a caballo en Heywood nada más acabaron de desayunar.

—El rey ha muerto —anunció mientras entraba en el gran salón pisando fuerte y con la capa hinchada, provocando los ladridos de los perros.

Galeran abandonó de sopetón la discusión que mantenía junto a la escalera e hizo una indicación a sus hombres para que reanudaran el trabajo.

—¿Rufus ha muerto? ¿Cómo?

—Una flecha mientras cazaba. ¿Puedes creerlo? —Bajó la voz—: ¿Puedes creer que sea un accidente? —Meneó la cabeza indicando la alcoba principal.

Sin decir más, Galeran dirigió sus pasos hacia allí.

Jehanne y Aline se encontraban en la alcoba con el bebé y la niñera. Al instante se levantaron todas para marcharse, pero Galeran dijo:

—Jehanne. Debes quedarte.

Cuando los tres estuvieron a solas, Galeran dijo:

—Bien, padre. Cuéntanos qué ha sucedido.

Lord William se dejó caer pesadamente sobre un banco y apoyó las manos en sus fuertes piernas.

—Sólo he oído el mensaje oficial, y algún que otro rumor. Hace dos días Rufus se fue de caza cerca de Winchester. En el grupo se encontraba su hermano el príncipe Enrique, también Wat Tyrel, el cual está emparentado con los Clare, y los hermanos Beaumont. Wat Tyrel se las apañó para atravesar al rey con una flecha.

Jehanne soltó un jadeo. Galeran habría hecho lo mismo pero se limitó a decir:

—Qué oportuno.

—¡Ja! —exclamó su padre—. ¡No es difícil entenderlo! Rufus aún no estaba frío cuando Enrique se apresuró a partir hacia Winchester para tomar el Tesoro. Me han convocado en Londres para ayudar a elegir al próximo rey, pero me parece que el viaje no merece el esfuerzo.

—Ya habrá sido coronado para ahora, a menos que haya habido una oposición poderosa contra él. No es probable, teniendo en cuenta la impopularidad de Rufus y que el otro hermano, Roberto de Normandía, no caía demasiado bien.

—Pero Roberto es el mayor —dijo Jehanne—. ¿No impugnará algo así?

Lord William hizo un gesto de asentimiento.

—Eso es lo que me gustaría saber a mí. Tú debes de conocerle de la cruzada, Galeran.

—Serví a sus órdenes la mayor parte del tiempo. Regresamos juntos también, pero nos separamos cuando él decidió entretenerse en Sicilia.

—Algo de lo que puede arrepentirse de por vida.

—¿De verdad lo crees? Sospecho que si Roberto hubiera regresado antes a casa, Rufus habría muerto antes.

Se hizo el silencio en la habitación, luego Jehanne dijo:

—¿Enrique ha hecho matar a su hermano?

Lord William hizo un gesto afirmativo.

—Cuesta creer otra cosa. Enrique Beauclerc siempre ha deseado gobernar Inglaterra. Como único hijo del Conquistador nacido aquí, siempre ha pensado que le correspondía por derecho de nacimiento, pero cuando su padre murió sólo tenía diecinueve años y no se encontraba en posición de impugnar nada. Ahora tiene treinta y dos y es un hombre inteligente y hábil. Sin duda ha estado esperando su oportunidad.

—¿Oportunidad? Parece asesinato.

—Cazando suceden accidentes, Jehanne —dijo Galeran—. De todos modos, hay que considerarlo todo. —Se sentó sobre el borde de la cama—. Llegué a Brujas con un pequeño grupo de cruzados, algunos de ellos se encaminaron al sur de Inglaterra en vez de proseguir hacia el norte. Durante la última semana más o menos, Enrique habrá recibido noticias del regreso de su hermano sano y salvo de la cruzada, con toda la gloria de alguien que ha salvado Jerusalén de los infieles. Es más, Roberto se desenvolvió ciertamente bien por allí, mejor de lo que le había ido aquí en su país. Enrique pensaría que aunque se deshiciera de Rufus, Roberto podría ser elegido rey de Inglaterra. Intolerable. De modo que tal vez haya tenido que recurrir a métodos rudimentarios.

—La cuestión es —interrumpió lord William—, ¿qué hacemos ahora?

Galeran se volvió a él.

—¿Qué opción tenemos?

—Podemos respaldar las pretensiones de Roberto.

Galeran dirigió una veloz mirada a Jehanne, y vio que ella compartía la misma alarma que él en esta cuestión.

—¿Por qué íbamos a hacerlo?

—¡Por legitimidad! Qué cuernos, Galeran, ¿distingues tan poco el bien del mal como para apoyar a un villano fratricida en el trono?

—Apoyaré al mejor rey.

—¿Y crees que ése es Enrique?

—Sí. No queremos que Inglaterra vuelva a convertirse en una provincia de Normandía.

Lord William recapacitó.

—Llevas razón. Pero no lo veo del todo claro, si he de ser sincero.

Lord William le miró desde debajo de sus pobladas y entrecanas cejas fruncidas.

—¿Estás seguro de que no estás pensando sólo en que es una buena manera de impedir que Ranulph Flambard interfiera en tus asuntos?

—Admito que resulta sugerente. Sin la protección de Rufus, creo que la antorcha de Flambard se extinguirá pronto. Pero en lo referente al rey, ¿qué elección tenemos?

Lord William se frotó el labio con el nudillo.

—Como os he dicho, he oído también algunos rumores aparte de las noticias del mensajero oficial. Algunos hombres ya se están moviendo para apoyar a Roberto de Normandía.

—Dios nos coja confesados entonces. ¿Tendremos una guerra por esto?

—No podemos abandonar la vía legítima por temor a luchar.

—En lo que a luchas se refiere, yo ya tengo mi cupo cubierto.

—Ningún hombre puede rehuirlas —manifestó su padre—. Tenemos que hacer lo que sea correcto. Pero puede esperar. Puede esperar. —Se sacó la capa y les estudió—. Y hablando de Flambard, ¿qué es eso que he oído acerca de su intento de llevarse a la niña? ¿Y de un arquero?

Galeran puso una mueca, aunque nunca habría podido impedir que su padre se enterara de aquello.

—Al final no ha sido nada. ¿Cómo lo has sabido?

—Hubert me envió un recado. Por suerte, ya que mi propio hijo intenta mantenerme desinformado.

—No quería molestarte.

—¿Molestarme? —Lord William se levantó con ímpetu—. ¡Molestarme! ¿Qué tengo en la vida aparte de molestias? ¿Y por qué iba a querer Flambard a la chiquilla?

—Más bien es Lowick quien quiere a Donata.

—¿Por qué?

—Porque Jehanne tendría que acompañar a la criatura.

Lord William dirigió una temible mirada a su nuera.

—Aún te desea, ¿verdad?

Ella se sonrojó, pero respondió con calma.

—Desea Heywood.

—Por los clavos de Cristo —masculló lord William al ver el complot con claridad—. Y Enrique Beauclerc no hace buenas migas con Flambard, de modo que este suceso augura la caída en desgracia de Flambard, y la de Lowick también...

—Exacto —respondió Galeran—. De modo que, una vez declaremos nuestro apoyo a Enrique, puedo acudir a él y pedirle que resuelva nuestra situación en cuanto a Donata, y sería razonable esperar su respaldo.

Lord William volvió a sentarse.

—Tendrá que respetar la ley, y un hombre tiene derecho a sus hijos.

—Y un hombre a quien se ha tratado de un modo injusto en su propia casa también tiene derechos. Pero tú serás la persona decisiva, padre. Si eres firme partidario de Enrique aquí en el norte, no querrá perder tu apoyo. ¿Y perdería tu apoyo, imagino?

Lord William le fulminó con la mirada.

—Sería más fácil ahogar a la mocosa y acabar el asunto. —Pero dirigió una ojeada de culpabilidad a Jehanne.

—Tal vez —dijo Galeran— debieras conocer a tu nueva nieta. ¿Jehanne?

Ella salió de la habitación pese a la protesta de sir William:

—¡No es mi nieta!

—Pues mejor que te acostumbres a tratarla como tal. —Cuando Jehanne regresó con el bebé, Galeran la cogió y la puso en brazos de su padre. Sin duda fue voluntad de Dios que Donata se encontrara impecable: seca, despierta y sin hambre.

Galeran envió un mensaje silencioso, y Jehanne volvió a escabullirse fuera de la habitación.

La pequeña se quedó mirando al rubicundo William de Brome y estiró la boca como si fuera a chillar, casi como si quisiera hablar.

—Ey, ey, tenemos un muchachita aquí, ¿eh? —dijo lord William mientras ofrecía un dedo regordete y encallecido a la pequeña para que lo agarrara—. Se parece bastante a su hermano cuando tenía la misma edad, he de decir.

Aquel recordatorio del hijo que nunca había conocido cayó como un mazazo, pero Galeran permaneció impasible cuando su padre le dirigió una mirada azorada.

—Y se agarra con fuerza también —se apresuró a añadir lord William—. Lástima que no le corresponda coger la espada.

—Como hija de Jehanne, yo no juraría eso.

—¡También es verdad! —exclamó su padre con una carcajada. Luego estudió a Galeran—. Todo va bien entre vosotros, ¿no es así?

—Va como va. No renunciaré a Jehanne, ni dejaré que nadie le haga daño. Tampoco permitiré que nos arrebaten a su hija.

Lord William bajó la vista a la criatura y meneó las cejas ante la fascinada niña.

—Un montón de problemas, eso es lo que eres, para ser tan pequeñina. Pues bien entonces –dijo alzando la vista—. ¿Qué podemos esperar que haga Lowick ahora?

—Salvo intentar llevarse a Jehanne y a Donata a la fuerza, no sé. Y si no puede matarme, las posibilidades de quedarse con Heywood son escasas aunque ellos estén en el poder.

—Si Lowick pusiera las manos encima a Jehanne y al bebé, te enfrentarías a él, ¿no es cierto?

—Tendría que hacerlo.

—Y si te matara, el camino quedaría despejado.

—Aparte de la animadversión de mi familia.

—¿Y qué pasa si Lowick ofrece su apoyo al duque Roberto? Entonces si Roberto lidera una invasión y vence, la animadversión de tu familia no supondrá mucha protección.

—Padre, conozco tanto a Enrique como a Roberto. Si Roberto prevalece, será uno de los hechos más insólitos del destino.

Lord William le miró a los ojos.

—¿Como que el Conquistador triunfara contra todo pronóstico, y que una flecha haya matado a Rufus durante una cacería? El destino juega desempeña un papel muy extraño con los reyes de Inglaterra, Galeran. Nunca esperes que estos asuntos sigan alguna lógica.

Se levantó y devolvió a la pequeña.

—Entonces viajaré a Londres para ofrecer mi juramento. Tal vez debieras venir conmigo para exponer tu caso directamente ante Enrique antes de que alguna otra cosa desbarate los planes. Seremos un grupo numeroso.

Donata se retorció, y Galeran intentó apoyarla contra su hombro como había visto hacer a Jehanne. La niña se calmó y reclinó la cabeza contra la de él con gesto confiado.

—¿Cuándo tienes planeado marchar?

—En cosa de días.

—Las mujeres y una criatura ralentizarán tu viaje.

—No me importa viajar despacio. Lo único que no quiero es que parezca que pierdo el tiempo.

—Ya veo. —Galeran frotó con delicadeza la pequeña espalda de Donata, y pareció que la niña se relajaba aún más. Era una tentación mantenerse a salvo en el castillo y confiar en que el mundo no hiciera caso de esta criatura pequeña e indefensa. Como casi todas las tentaciones, era una insensatez.

—Viajaremos contigo —fue lo que dijo.

En cuanto lord William se marchó, Jehanne apareció al lado de Galeran.

—He salido y os he dejado con Donata ¿te has dado cuenta?

Galeran continuó acariciando la dulce carga que tenía en su hombro.

—¿Se supone que debía percatarme? —bromeó.

—¡He confiado en ti!

—Como debería ser. —Pero Galeran sonrió al ver la intensidad de su expresión. Sin duda no había sido fácil para Jehanne quedarse fuera.

Al oír la voz de su madre, el bebé se volvió un poco y soltó un leve gimoteo.

—¿Otra vez hambrienta? —preguntó Galeran, y la bajó para mirarla a los ojos—. Eres una chiquita glotona.

—A esta edad siempre tienen hambre —dijo Jehanne, y él oyó la ansiedad en su voz. ¿Alguna vez dejaría a Galeran con la niña y se iría tranquila?

—¿Crees que podrás viajar?

—Por supuesto. Darle de mamar es sencillo, y pronto su apetito se normalizará. ¿Por qué?

—Mi padre va a comprometerse con Enrique. Viajará al sur en cuestión de días, y le he dicho que iremos con él.

—¿Por qué? —Se puso en tensión, aunque mantuvo un tono relajado.

—Para exponer nuestra cuestión ante el rey. Necesitamos resolverla.

Galeran se dio cuenta de que la asustaba tanto como a él. Pero no actuar era igual de peligroso.

Donata chilló de nuevo y Jehanne la cogió en brazos para acunarla un poco.

—Pero, ¿por qué tanta prisa? Es evidente que aún no es seguro que Enrique vaya a conseguir el trono.

—Jehanne, no podemos demorarnos. En medio del caos provocado por la muerte del rey, Flambard podría recurrir a la fuerza e imponer su criterio. No quiero verme obligado a tomar las armas contra la Iglesia. En el mejor de los casos, nos costaría una fortuna en multas.

—¿Pero no crees que el rey trasladará el asunto ante un tribunal eclesiástico?

—Si lo hace, será en el obispado de Londres.

—Pero, ¿y si dictamina en nuestra contra?

—No podemos escondernos en un agujero y decir ¿y si...? —La rodeó con un brazo, las rodeó a las dos—. ¿Confías en mí?

Ella alzó la vista para mirarle.

—Por supuesto que confío en ti. Antes no me he quedado pendiente de Donata, ¿no es cierto?

Pero había sido un ejercicio de confianza, lograda con el esfuerzo. Quería algo más. Quería lo que habían tenido en otro tiempo...

Tal vez para responder a su silencio, Jehanne añadió:

—Lo estoy intentando. Estoy decidida a cambiar, a no ser tan difícil.

Él la besó la mejilla.

—No cambies demasiado, Jehanne. Adoro a mi esposa mordaz y combativa. Nunca concebiría encontrarme casado con una criatura dócil y melosa que se desmayaría ante la presencia de un jabalí.

Jehanne se sonrojó —algo que complació a Galeran— e intentó ocultarlo bajando la vista a la niña.

—Tu padre está loco —le confió a la pequeña.

Luego se quedó mirando a Galeran, consternada.

Él forzó una sonrisa.

—Excepto en la sangre, soy su padre. Pero no estoy loco.

Aline entró en la alcoba, pero al ver a Galeran y a Jehanne charlando de forma tan íntima, se apresuró a regresar al salón y luego salió con sigilo al patio. Ss corazón latía alocadamente sólo de presenciar un momento tan tierno.

¿Por qué había llegado a pensar que no le interesaban las cuestiones terrenales? Después de misa, esa misma mañana, estuvo hablando con el padre Robert. Sintió una vergüenza espantosa mientras intentaba explicar sus confusos sentimientos. Medio esperaba que el sacerdote le dijera que cualquier contacto con Raoul era perjudicial, que debería regresar de inmediato al convento.

El consejo del padre había sido del todo diferente.

—Lady Aline, aún no habéis hecho ningún voto. Deberías tomaros cierto tiempo para comprender la manera en que Dios quiere que le sirváis. Experimentar las tentaciones de la carne no quiere decir que no podáis ser monja. Aunque los miembros de las Órdenes Sagradas sientan la tentación, aprenden a resistirla. En eso encuentran nuevas fuerzas.

De modo que Aline se quedó preguntándose si sus alarmantes sentimientos por Raoul de Jouray eran un mensaje de Dios que le comunicaba que tenía que casarse o una tentación que le enviaba el demonio para fortalecerla.

Al mismo tiempo, le preocupaba si Raoul sentía siquiera algo por ella. ¿Era sólo un reto, una mera diversión para un hombre activo que se aburría aquí en el norte?

Se fue andando hasta el extremo más alejado del patio, al espacio de instrucción, pues sabía que era probable encontrar allí a Raoul. Qué cualidades tenía para el ejercicio militar. El día anterior había estado mirando desde una rendija para disparar flechas mientras él se enfrentaba a dos hombres que esgrimían hachas. Aunque él iba con cota de malla y armado con espada y escudo, a Aline casi se le detiene el corazón una o dos veces.

Hoy, en vista del desafío personal que mantenían ambos, se negó a observar a escondidas y se fue andando insolentemente hasta el patio de instrucción.

Entonces vio que estaban jugando al bastón largo.

Medio desnudos.

Hacía un día de calor y estaba claro que el ejercicio había acalorado a los hombres, ya que la mayoría de ellos se habían quitado la camisa. Sin embargo, era sólo el torso de Raoul el que aceleraba el corazón de Aline. Le había visto desnudo mientras se bañaba, pero, con gran esfuerzo, había mirado lo justo para apreciar sus atractivos.

Hoy, teniendo en cuenta el desafío entre ambos, se sentía obligada a evaluar su arsenal.

Oh, cielos.

Aline tenía cinco hermanos fuertes, pero provenía de una familia de poca estatura. La altura de Raoul estaba compensada por su fuerte constitución, lo cual le convertía en el hombre más impresionante de los presentes. Pero fue su movimiento lo que la dejó cautivada: era grácil y ágil como un animal mientras una y otra vez driblaba, tropezaba o derribaba a los demás hombres sin que a él siquiera le tocaran.

—¡Vamos! —gritó de pronto—. ¿Por qué os quedáis en fila como monjas esperando la Eucaristía! ¡Intentad alcanzarme!

Los diez hombres se miraron unos a otros, luego atacaron conjuntamente desde todas las bandas, con muecas enloquecidas ante la idea de abatir a ese demonio. De todos modos, les llevó un rato —y también unos cuantos moratones y espinillas rotas— el que Raoul acabara debajo de ellos en el polvo.

Aline se llevó la mano a la boca, convencida de que estaba muerto.

Pero el grupo se disolvió y él se levantó de un brinco, sacudiendo el sudor mezclado con barro del pelo y el polvo de las demás partes. Entonces vio a Aline y sonrió ampliamente, con su blanca dentadura en medio del rostro sucio.

—¿Os apetece un combate, milady?

Aline se dio media vuelta y salió huyendo en dirección al salón.

Jehanne alzó la vista desde donde se encontraba bordando, con la cuna a su lado.

—¿Qué ha sucedido?

—¡Nada! —Aline intentó enderezarse el velo y calmar su respiración.

—Algo ha tenido que pasar. —Una sonrisa repentina apareció en sus labios—. Déjame adivinar: Raoul de Jouray.

Aline maldijo en silencio por su tendencia a ponerse colorada.

—Es que me he asustado. Diez hombres le han atacado...

—Santo cielo. ¿Por qué?

—Él les dijo que lo hicieran, el muy tonto. Aline se sentó y se obligó a calmarse lo suficiente como para coger su rueca y la lana de hilar, intentando dar un tono divertido al encuentro.

Al final Jehanne dijo:

—Es el tipo de hombre para el que luchar y cazar es lo más importante.

Aline se concentró en igualar la hebra.

—¿Es eso una advertencia?

—Tal vez. Pero no quería decir que no le interese nada más. Estoy segura de que los juegos amorosos también le absorben.

Aline encontró la mirada de su prima.

—No hay nada de eso entre nosotros.

—Bien. —Pero Jehanne no sonaba convencida—. De todos modos si estaba sucio como has dicho, sin duda querrá tomar un baño.

Aline supo que se había sonrojado otra vez, pero respondió.

—Supongo que sí —y se fue a comprobar que el agua caliente estuviera preparada, con un malicioso cosquilleo de excitación en su interior. Sus palabras sobre los juegos amorosos eran mentira. Ya había juegos amorosos entre ellos. Al menos ella confiaba en que así fuera. Y confiaba en que hubiera más.

Tras un rato, al ver que Raoul no aparecía, fue a buscarle. Le encontró sentado entre los hombres, con la camisa puesta, charlando y riéndose mientras se ocupaban de sus armas. Raoul parecía bastante limpio mientras desplazaba una piedra de afilar sobre la hoja de su espada con todo el cuidado de un amante.

Al reparar en su presencia, enfundó la espada y se acercó. Por una vez, parecía más serio.

—Lady Aline, siento mucho que nuestro violento juego os haya consternado.

—Por supuesto que no.

—Entonces ha sido mi invitación. Le pido aún más disculpas.

—Qué menos. Ha sido impúdico. —Aline sabía que estaba frunciendo el ceño sin quererlo en realidad.

—En absoluto. —Un brillo de advertencia iluminó su mirada —. Me habéis malinterpretado. Estaría encantado de entrenaros en el deporte del bastón largo si os interesara.

—¡Oh, sois imposible! —Ella le miró con gesto despectivo, intentando no fijarse en cómo resaltaban su espléndido cuerpo aquellos sencillos pantalones y camisa—. ¿Cómo es que estáis tan limpio?

Raoul se miró las ropas aún mugrientas con una sonrisa.

—Las partes limpias hay que agradecérselas a unos cuantos cubos de agua del pozo. ¿Estoy lo bastante limpio para un beso?

Aline retrocedió un paso.

—¡Por supuesto que no!

—Ya me lo temía. Si no vais a besarme, cielo, mejor vuelvo a ocuparme de mi espada, que es más agradecida. —Y eso fue lo que hizo, dejando que Aline se sintiera abandonada e intensamente insatisfecha.

Aunque no iba a tener mucho tiempo para darle vueltas a esas cosas ya que Jehanne necesitaba que la ayudaran a empezar a preparar el inminente viaje.

—Aline —dijo Jehanne al día siguiente mientras seleccionaban las ropas apropiadas de los arcones—, en realidad no hace falta que vengas con nosotros. Podrías regresar a Burstock o incluso a St. Radegund.

Aline, alarmada, alzó la vista de la pila de camisolas.

—Pero nunca he estado en el sur, y siempre he querido ir. —Era una excusa tan buena como otra cualquiera.

—Será un viaje largo y arduo, con posibles peligros en el último tramo pues, al fin y al cabo, Roberto de Normandía podría lanzar una invasión.

—El viaje no me preocupa, y seguro que con lord William y Galeran para protegernos, el peligro será menor. Y también está Raoul de Jouray —añadió, rogando que no se notara demasiado su interés—. Supongo que también vendrá con nuestro grupo.

—Eso creo. Galeran comentó algo acerca de su interés por buscar uvas. Debe de echar de menos su hogar en el sur de Francia.

Aline ocultó su rostro colorado en la profundidad del cofre, alarmada al percatarse de lo decidida que estaba a que no la dejaran atrás.

En un pequeño y acogedor salón del Palacio del Obispo en Durham, Ranulph Flambard desenvolvió un paquete, retirando las capas de cuero y tela hasta que quedó al descubierto un pequeño cráneo blanco. Flambard, un hombre bajo y fornido de mediana edad, con una gran papada y piel amarillenta, era inteligente y astuto, y ambas cualidades se percibían en sus rasgos. También era avaricioso hasta la crueldad, algo bien conocido por sus acciones.

La carta que acompañaba al regalo revelaba qué podía esperar, pero aún estaba considerando las implicaciones. Puesto que llegaba justo tras de la noticia de la muerte del rey Guillermo Rufus, el extraño regalo era especialmente inquietante.

La muerte de Rufus suponía un serio golpe, pero Flambard no era de los que se preocupaba por algo que no podía cambiarse. Su única preocupación ahora era mantener su riqueza, su poder y su influencia.

Preferiría que todo siguiera igual bajo el reinado de Enrique Beauclerc, pero el nuevo rey nunca había mostrado buena disposición hacia él. Seguro que Enrique —igual que Rufus— iba a necesitar dinero, y Ranulph Flambard era muy bueno a la hora de sacar dinero, pero tampoco podía depender de eso para mantener su puesto.

Luego quedaba el hermano de Enrique, Roberto de Normandía, un hombre menos inteligente y por consiguiente un esbirro con más posibilidades. No obstante, Roberto sólo se quedaría con Inglaterra mediante una guerra, una situación que favorecería a los hombres con poder militar en vez de a los dotados de habilidades administrativas. Flambard no tendría un poder verdadero en el norte a menos que destrozara a William de Brome.

Contempló el cráneo, luego mandó llamar a Raymond de Lowick.

El hombre que llegó poco después casi tenía que agacharse para pasar por debajo del umbral de piedra, y su poderío muscular también llenaba buena parte de la habitación. Flambard veía a Lowick como una mezcla molesta de ambición y escrúpulos, pero, en general, era considerado atractivo —con su cabello rubio, enorme pecho y porte orgulloso—, en especial por las mujeres. Y en el meollo del asunto que tenían entre manos se hallaba una mujer.

—Mi señor obispo, ¿tenéis noticias para mí?

Lowick se levantó con una mano en la empuñadura, como si estuviera listo para la batalla en este momento inverosímil. El obispo Flambard dio un suspiro y se preguntó por qué los esbirros siempre tenían modales tan poco adecuados. Relató las aventuras del hermano Forthred en Heywood y en Brome.

Raymond frunció el ceño.

—¿Cómo ha podido malograrse un plan tan sencillo?

—Lord Galeran es bastante más astuto de lo que me disteis a entender, sir Raymond.

—¿Qué tiene que ver la astucia con esto? Dijisteis que yo tenía derecho a mi hija.

—Pero no se puede separar a la madre y a la hija, algo con lo que ya contábamos, y lord Galeran reclama su derecho a las atenciones de su esposa.

La boca bien dibujada de Raymond se tensó.

—Será casi una violación, mi señor obispo. Jehanne siempre me ha amado. Nunca quiso su matrimonio. Su padre tuvo que azotarla para llevarla hasta el altar y jurar sus votos matrimoniales con ese mequetrefe.

Flambard había oído esa historia de otras fuentes, de modo que podía ser cierto. Sin embargo, los sucesos recientes no la respaldaban.

—Aun así ella no abandonó con vos el castillo cuando tuvo ocasión.

—Consideraba su votos matrimoniales algo demasiado fuerte.
—Lowick se puso aún más erguido—. La respeto por eso.

—Desde luego es algo digno de respeto —dijo Flambard, y añadió con sequedad—, aunque todo llega un poco tarde. Según mi información no tuvo relaciones con vos durante el embarazo o después.

Lowick se sonrojó.

—También la respeto por eso. No es una mujer pecadora, mi señor obispo. Fuimos débiles, pero tan sólo una vez.

—De cualquier modo, estoy seguro de que intentasteis convencerla para volver a pecar.

—Me he confesado con vos.

Flambard estudió a su esbirro con inquietud. Seguro que Lowick tenía razón, y Jehanne de Heywood le prefería a él antes que a su marido. Pero por experiencia, las mujeres no eran dadas a escrúpulos tan nobles, en especial si pensaban que su esposo había muerto. Si lady Jehanne no se había atrevido a abandonar a su marido por miedo, eso se solucionaría con la muerte del esposo. No obstante, si su arrepentimiento era sincero, cabía la posibilidad de que se recluyera en un convento, junto con sus propiedades, lo cual no les convenía en absoluto.

Jehanne de Heywood podía ser el instrumento para quebrantar el poder de William de Brome y garantizar el dominio incontestable de Flambard en el norte. También podría llevarle al desastre; lo que sabía de ella le preocupaba. Prefería las mujeres estúpidas y dóciles.

—El hermano Forthred vino contando que habían atacado a lord Galeran cerca de su casa.

—¿Bandoleros? —preguntó Lowick sin gran interés.

—Lo dudo. —El atacante era un hombre solo armado con una ballesta.

Eso sacó a Lowick de sus pensamientos.

—¡Una ballesta! Eso es un arma endiablada. ¿Qué pretendía conseguir el muy miserable?

—La muerte de Galeran, supongo yo.

—¿Resultó herido? —Flambard no detectó ningún indicio de esperanza en el rostro del hombre.

—Prácticamente no.

—Doy gracias de que haya sido así. Ningún hombre debería morir de un modo tan poco honorable. Por la cruz sagrada, si pusiera las manos encima a un canalla así...

—Ya se han ocupado de él, sir Raymond. Lord Galeran se deshizo del arquero, con considerable vigor, por lo que he oído.

Lowick hizo un gesto de aprobación.

—Es muy capaz a su manera.

Flambard observó al candoroso idiota.

—No hubiera resultado tan inconveniente que Galeran de Heywood hubiera muerto, ya me entendéis.

Lowick volvió a fruncir el ceño, pero desconcertado esta vez.

—¿Y eso que tiene que ver?

Flambard decidió abandonar esa línea de discusión.

—Me hicisteis entender que lord Galeran no era un guerrero destacable.

—¿Como va a serlo, con su pequeño tamaño? Pero no hace falta demasiado músculo y habilidad para ejecutar a un villano.

—Parece ser que lord Galeran ha demostrado ser un buen luchador en Tierra Santa.

El hombre puso cara de verdadera perplejidad.

—¿Alguna vez había sugerido lo contrario?

—Nunca habéis mostrado una gran opinión sobre su destreza como luchador.

Su expresión aún enredó más las rubias cejas.

—Me refería tan sólo a que no le gusta demasiado pelear y que no tiene estatura. Estoy seguro de que en la batalla cumpliría con su deber.

—¿Pero seguís pensando que podríais derrotarle en un duelo?

Su expresión se relajó.

—Sin duda, milord. Lamentaría tener que verme obligado a ello, pero por Jehanne y nuestra hija, lo haría.

Flambard ya no estaba seguro de poder depender de este éxito, aunque Lowick era conocido como un oponente formidable. Todo este asunto le creaba muchas incertidumbres. Las reacciones del señor de Heywood a su regreso de la cruzada no habían sido normales, a excepción de aquel golpe. De cualquier modo, los duelos siempre eran algo arriesgado, mejor evitarlos si existían métodos más seguros.

Arrojó otra información sin previo aviso.

—El rey ha muerto.

Estuvo claro que él necesitó unos pocos momentos para asimilar la nueva idea.

—¿Rufus? ¿Cómo?

—A diferencia del lord de Heywood, no escapó a una flecha conveniente.

—¿El rey estaba con Galeran?

—No —dijo Flambard, intentando no perder la paciencia—. Estaba con su hermano Enrique en New Forest. Enrique, supongo yo, para ahora ya habrá ocupado el trono. Por desgracia no es amigo mío. Debemos confiar en que el duque Roberto llegue pronto de Normandía.

—¿Pensáis que es más fácil que el duque apoye mi caso?

—Si le prometéis vuestro apoyo, creo que sí. —Flambard explicó en detalle la situación—. Si William de Brome da su respaldo a Enrique, Roberto de Normandía buscará un partidario incondicional aquí en el norte. Ése podría ser yo, y vos, una vez Galeran de Heywood esté muerto y su viuda sea vuestra esposa.

Flambard, mientras miraba a Lowick y le veía crecer aún más sólo de pensar en eso, pasó la mano por el liso cráneo blanco colocado encima de la mesa.

—¿Qué es eso? —preguntó Lowick con desagrado—. ¿El cráneo de un niño?

—El cráneo de Juan Bautista de niño.

Lowick no tardó en postrarse de rodillas.

—¡Milord! ¿Puedo tocarlo?

Flambard volvió a suspirar.

—Por supuesto.

Raymond tocó el hueso blanco con reverencia, luego lo besó y su rostro se suavizó casi con asombro infantil.

—¿Dónde obtuvo un milagro como éste, milord?

—Un milagro, y tanto que sí. Es un regalo de Galeran de Heywood, para agradecerme que haya procurado la paz entre él y vos.

Al oír eso, Lowick se incorporó con ímpetu.

—¡Un soborno, querréis decir! Ahora lo entiendo. Estáis apoyándole a él en contra de mis intereses.

Flambard cogió el cráneo y lo contempló.

—Una táctica así tendría su atractivo, tengo que admitirlo. Pero no. No veo futuro en ello, ya que su familia no se uniría a mí en ninguno de los casos. —Volvió a envolver el cráneo con la tela y habló con su esbirro en términos sencillos—. Tenemos que sacar partido de la muerte de Rufus, pero hagamos lo que hagamos, la clave sigue siendo la muerte del señor de Heywood.

—Será un placer matarle en un enfrentamiento honorable.

—No es probable que tengáis ocasión, a menos que él os rete.

Lowick se rió.

—¡No tiene tanto valor!

—Cuidado con lo que decís, sir Raymond. No olvidéis que lord Galeran es un cruzado. Y sumamente respetado.

Lowick recorrió la estancia, zarandeando pequeños objetos con su capa y la funda de su espada.

—¿Sólo por haber estado allí? Ojalá hubiera ido yo. ¡Habría demostrado verdadero heroísmo!

—Estoy seguro de que muchos más lo desean. —Cuando la funda casi vuelca un candelero, Flambard dijo con brusquedad—: ¡Estaos quieto, por favor!

Lowick obedeció y Flambard continuó.

—Escuchad con atención. He oído que William de Brome y Galeran de Heywood están planeando viajar al sur para declararse partidarios de Enrique. Confían en que él apoye su causa, por supuesto. Lady Jehanne y su hija les acompañarán también. Vos, debéis cabalgar hacia el sur a toda velocidad e intentar encontrar apoyo antes de su llegada. Yo enviaré al hermano Forthred para que os preste ayuda y consejo, parece que ahora cree que tiene una cuenta pendiente con Heywood.

—Pero yo creía que tenía que jurar mi compromiso con Roberto de Normandía.

Flambard hizo un ademán con la mano.

—En Londres serán muchos los que juren lealtad a Enrique al tiempo que se mantienen atentos a los movimientos de Roberto de Normandía. Al fin y al cabo, Roberto se ha retrasado en Sicilia y tal vez tarde unas semanas en regresar. Yo también partiré hacia Londres mañana, pero no podré viajar tan rápido como vos.

Lowick asintió.

—¿Entonces qué debo hacer, milord?

—Dar muestras de apoyo a Enrique, y obtener todo el respaldo que podáis de ese bando. En cuanto aparezca el señor de Heywood, intentad llevar el asunto al campo de duelo y matadle. Cuando Dios hable a través de vuestra espada, Enrique tendrá pocas opciones, aparte de la de entregaros a lady Jehanne y su castillo. Luego, si Roberto inicia una guerra para conseguir la Corona, estaréis en una posición excelente para apoyarle y ascender muy alto bajo su autoridad.

Los ojos ambiciosos de Raymond relumbraron con aquel pensamiento.

—Matar a Galeran será fácil, sólo con que pueda empujarle a desafiarme.

—Haced todo lo que podáis. Si no habéis conseguido nada cuando yo llegue a Londres, tengo otras ideas. Lo único que hace falta es que cumpláis con vuestra parte y le matéis. Que Dios os acompañe, sir Raymond.

Raymond clavó su rodilla, besó con reverencia el anillo de Flambard y luego la reliquia, antes de salir con aire majestuoso a su misión sagrada.

El obispo cogió el cráneo y le habló:

—Qué manera tan útil de poner a prueba a los hombres, no cabe duda. Ojalá tuviera de mi parte en esta lucha a Galeran de Heywood en vez de a Raymond de Lowick.

Capítulo 12

*D*os días después, el grupo de Galeran partía de Heywood.

Aunque se sentía bastante ridículo al respecto, había acordado medidas extremas de seguridad para este viaje a Brome. Habían batido la zona de los alrededores y todo el mundo había sido alertado para mantenerse al acecho de desconocidos. Seis soldados de lord William se habían trasladado a Heywood para reforzar a los ocho que llevaba Galeran al viaje.

El grupo incluía también a Jehanne, Aline y una sirvienta para Donata, todas montadas a caballo, y diez caballos de carga para transportar el equipaje. Era un séquito impresionante.

Raoul no pudo contener sus bromas. Retrocedió hasta donde se encontraba Galeran protegido en medio de la hilera.

—También podríamos llevarte en una litera forrada de hierro, a salvo de todo peligro.

Galeran le miró con cara de pocos amigos.

—Y yo podría dejarte atrás para que defendieras Heywood.

—No tienes ningún poder sobre mí —declaró su amigo con alegría—. No me perdería esta excursión por nada del mundo.

—¿Excursión? Confío en que no sea más que un aburrido viaje seguido de aburridos trámites burocráticos.

—¡Ay, no tienes espíritu aventurero!

—Cierto. Lo único que quiero es una vida tranquila en mis propias tierras y prosperar rodeado de mi familia. —Miró a Raoul con gesto pensativo—. ¿Detecto cierta inquietud? Una vez concluya esta diversión, ¿tienes pensado partir de nuevo a la aventura?

—Tal vez. —Pero Raoul volvió a mirar hacia delante como si la vista de las grupas oscilantes de los caballos le embelesara.

—¿Qué más hay? —preguntó Galeran con curiosidad—. Por mucho que yo ame las tierras del norte, no puedo imaginar que consigan retenerte.

—En eso tienes razón —respondió Raoul con un escalofrío fingido, ya que el tiempo volvía a estar gris y parecía que fuera a llover.

—Antes de que empiece el invierno, partiré a tierras más soleadas. Pero ya no me atraen las guerras santas ni las batallas sin sentido. Tal vez tu ejemplo me esté haciendo pensar en establecerme.

—¡Mi ejemplo! —Galeran se rió en voz alta—. Creo que mi experiencia sugeriría más bien un largo viaje lejos de las mujeres.

Raoul le miró de reojo.

—Y aun así no parece que seas tan desgraciado.

—También es verdad —respondió Galeran, ahora con una sonrisa en los labios—. Sólo con que solventemos el asunto de Donata y nos libremos de Lowick para poder cabalgar por mi propia tierra sin temor a una emboscada, seré todo lo feliz que se merece cualquier hombre.

—¿Entonces por qué te molesta que yo aspire a lo mismo?

Galeran se concentró, alertado por la seriedad en el tono de su amigo.

—No es eso. Pero me pregunto si tienes un temperamento hogareño. Fiel. —Pensó un momento y decidió abordar el tema sin rodeos—. No puedes estar pensando en sentar cabeza con Aline, seguro que no. Aparte de su intención de meterse monja, es una muchacha del norte, nacida y criada aquí. ¿Y qué hay de tu querido sol?

—Tengo que intentar seducirla con los frutos del sur... —Raoul miró a ambos lados—. Me temo que lady Aline huye a tal velocidad de mis costumbres perversas que tal vez me atrape finalmente.

Galeran alzó las cejas.

—Creo que va a resultar una excursión interesante al fin y al cabo.

Pasaron la noche en Brome y luego partieron con una cabalgata aún más impresionante con rumbo a Richmond. Desde allí tomarían los restos de la antigua carretera que discurría hacia el sur directa como una flecha.

Aquella noche pidieron hospitalidad en un priorato, pero sólo tenía dormitorios separados para hombres y mujeres, de modo que Jehanne y Galeran tuvieron que separarse.

—Tal vez nos convenga —dijo él— ser castos durante este viaje.

Ella estudió sus rasgos con una sombra de preocupación.

—Estoy empezando a pensar que le estás cogiendo gusto a la castidad.

—Nunca pienses eso. —Le acarició la mejilla con los nudillos—. Simplemente me parece que no sería una ofrenda a Dios muy apropiada.

—¿Entonces crees que necesitamos de su ayuda?

—¿No es siempre así?

—Y no obstante no eras muy dado a la abstinencia sexual durante nuestro matrimonio, Galeran.

—Y tú siempre has tenido una lengua descarada. Ahora bien, si insistes tanto en que cumpla mis deberes maritales, es probable que podamos encontrar un rincón que nos sirva...

—¡Oh, no! —dijo ella y paró la mano instigadora de él—. No vas a convertirme en tu Eva. ¡Suframos, por supuesto! En tu caso puede ser un exvoto. En el mío será penitencia.

Galeran sacudió la cabeza mientras la observaba cruzar hasta los dormitorios bien separados de las mujeres. Jehanne nunca dejaría de ser mordaz.

Gracias a Dios.

Se tomó un momento para entrar en la capilla y ofrendar a Dios su abstinencia, y también rogar su ayuda en este asunto tan enmarañado.

Raoul se aseguró de asistir a Aline cuando descendía de la silla y la acompañó hasta la entrada del dormitorio de mujeres.

Ella se quedó observando la resistente puerta con mirada de suficiencia.

—Me temo que este viaje no os va a ofrecer demasiadas oportunidades de asalto a mi ciudadela, sir Raoul.

—¿Lo creéis así? Pero la habilidad de un soldado consiste en encontrar la debilidad de cualquier defensa.

Los ojos de Aline parpadearon hasta que al final le miraron directamente, y su sonrisa titubeó.

—Dudo que la encontréis aquí.

—¿Que no? En la mayoría de casas religiosas la capilla es un espacio común.

Los preciosos ojos azules de ella se agrandaron.

—¡Nadie se atrevería a coquetear en la capilla!

—¿Creéis que no? —Ahora le tocó a él sonreír con petulancia.

—Si hicierais algo tan irreverente, sólo conseguiríais fortalecer mis defensas, os lo aseguro.

—¿Entonces por qué intentáis disuadirme?

Ella alzó su bonita barbilla redondeada.

—Temo por vuestra alma, así de sencillo, sir Raoul. —Luego se movió para abrir la puerta.

Él le cogió la mano y la detuvo.

—No temáis por ninguna parte de mí, lady Aline —dijo levantándole la mano para besarla—. A menos que sea por mi corazón, henchido por lo que pudiera ser el comienzo de un amor por vos.

Ella sacudió la mano.

—Si alguna parte de vos se hincha, ¡estoy segura de que no es vuestro corazón! —Con una mirada perspicaz a sus genitales y un rápido sonrojo, abrió el pestillo y entró a buen paso en el dormitorio.

Raoul se rió. Ella le había vencido en esta ocasión, pero la hinchazón sólo había comenzado cuando ella sacó el tema —por decirlo de alguna manera— con su afilada lengua y su mirada descarada.

Pensar en lenguas y miradas no servía de ayuda, de modo que se fue a inspeccionar los caballos y utilizar la energía en un trabajo con más sentido.

Aline irrumpió en el dormitorio como si estuviera en las nubes, reprendiéndose por prestarse a chanzas groseras y miradas impuras.

Raoul de Jouray parecía tener aquel efecto sobre ella.

Perverso. Hombre perverso.

Y por supuesto no iba a reunirse con él en la capilla.

Por otro lado, le apetecía pronunciar sus rezos nocturnos en la capilla consagrada; no debería permitir que un bribón insignificante la apartara de Dios.

Pese a todas su atrevimiento, aquel hombre no podía decir en serio lo de intentar seducirla ante el altar de Dios.

¿O sí?

Durante el rato que ayudó a atender a la niña a Jehanne y a Winifred la doncella, se enfrentó a esta mezcla de miedo, rebelión y curiosidad galopante. Era como si fuera un cachorrillo con una madeja de hilo, cada vez más enredada cuanto más se retorcía.

Había otras tres mujeres en el dormitorio: la esposa de un mercader con su hija y la esposa de un mampostero. La familia del mercader regresaba de Nottingham, donde habían oído la noticia definitiva de la coronación de Enrique Beaucklerc.

—Temo lo que pueda suceder cuando regrese a casa el hijo mayor del Conquistador —dijo la delgada dama Freda sacudiendo la cabeza—, yo era niña cuando los normandos entraron en Inglaterra, pero lo recuerdo. Unos tiempos horribles, y las tierras del norte aún no se han recuperado. Yo en su lugar todavía no viajaría al sur, señoras.

—El duque Roberto está aún muy lejos —les dijo Jehanne.

—Viajará rápido en cuanto se entere de las noticias —dijo la dama—. Yo me quedo en el norte.

Cuando ella y su rubia hija se metieron en la cama, Aline dijo a Jehanne en voz baja:

—¿Crees que el duque Roberto lanzará una invasión?

—No. El Conquistador se gastó una montaña de oro para hacerse con Inglaterra, compró soldados con monedas pero también con la promesa de tierras aquí en Inglaterra. Tierras ahora en poder de hombres fuertes de descendencia normanda, que difícilmente se rendirán. A menos que los barones estén en contra de Enrique, Roberto no tiene ninguna posibilidad.

—Estás diciendo que no triunfaría, no que no vaya a invadir Inglaterra.

Jehanne suspiró.

—Cierto. Y no creo que sea un hombre prudente. Pero aún está perdiendo el tiempo en Sicilia, que se encuentra al sur de Italia y a muchas semanas de viaje. Haga lo que haga, no debe afectar a nuestro viaje.

—No. Tu enemigo es Ranulph Flambard, con Raymond de Lowick como su esbirro. Me pregunto como les afectará a ellos lo del nuevo rey.

Jehanne puso una mueca.

—No podemos hacer otra cosa que confiar y rezar. ¿Nos acostamos ya?

Como si una fuerza externa la indujera, Aline se levantó y se alisó las faldas.

—Hablando de rezos, creo que voy a hacer una visita a la capilla.

—Muy bien. Pero no pases toda la noche rezando. Salimos temprano por la mañana.

Con el corazón acelerado, Aline se fue hasta la puertecita que llevaba a la capilla. Había una celosía a un lado para las damas que quisieran oír misa sin adentrarse en el oratorio. Se detuvo con la mano en el frío pestillo de metal y escudriñó su interior. Más allá de un distante enrejado de metal, las velas del altar mostraban a dos monjes con capucha rezando.

No obstante, la celosía no dejaba ver la nave de la capilla.

Con una profunda inspiración, bajó el pasador y entró por la puerta. Casi se rió. Se encontraba en una capilla separada, escindida de la parte principal por ese enrejado de metal que no incluía puerta alguna. Estaba claro que los monjes se habían afanado en evitar el peligro de las correrías nocturnas de alguna mujer para invadir sus castos dormitorios.

Por tanto, aquello también significaba otra cosa: no había peligro de que Raoul de Jouray lanzara un ataque desde la capilla principal a su torre de virtud.

De repente, avergonzada de los pensamientos licenciosos y el motivo impío que la había traído hasta aquí, Aline se arrodilló ante el altar menor y rezó con fervor para encontrar las fuerzas que le permitieran ser buena. Observó con devoción una placa de madera colocada encima del altar, envuelta de seda. Bajo la luz mortecina alcanzó a ver una talla de la Virgen María con el Niño en su cadera.

Ayudada por esa imagen, Aline dirigió sus oraciones a Cristo y a su Madre, quien había permanecido virgen pese a su maternidad. Mientras rezaba, su mente se perdió en el tema de la virginidad y la virtud.

En lo más profundo de su corazón, sabía que bondad no era igual a virginidad, dijeran lo que dijeran los sacerdotes. Su madre había sido una mujer muy buena pese a haber parido ocho hijos, y lord Hubert era todo lo bueno que se puede esperar de un hombre pese a haberlos engendrado.

Galeran también era bueno.

Raoul de Jouray, no obstante, sólo era un...

Con enfado, se sacó de la cabeza a aquel hombre.

Tal vez fuera el disfrute lascivo del sexo lo que socavaba la bondad de una persona. Pero ella sabía que sus padres habían disfrutado en la cama, y estaba segura de que Jehanne y Galeran también, incluso después de su regreso.

Pero la Iglesia decía que la virginidad era el estado ideal al que todo hombre y mujer debiera aspirar, incluso dentro del matrimonio. La abadesa de St. Radegund sustentaba esa opinión con vehemencia, pero Aline no creía que muchas personas la compartieran. Para empezar era una manera delirante de organizar una comunidad que necesitaba hijos.

El canto la distrajo de sus pensamientos, y cayó en la cuenta de la llegada de los monjes para completas, el servicio anterior al descanso. Miró al otro lado para observar la columna de figuras encapuchadas que entraba en la capilla y así vio a Raoul de Jouray arrodillándose no muy lejos.

Al menos estaba al otro lado del enrejado, sin peligro alguno.

Se quedó observándole, esperando que él también la mirara y tal vez hiciera algo que constituyera un ataque, pero parecía absorto por completo en la oración. Continuó observándole hasta que la belleza de la flotante música familiar se apoderó de ella, y rezó para pedir paz y seguridad durante las próximas horas de oscuridad.

Y para liberarse de sus pensamientos lascivos.

Cuando concluyó el servicio y los monjes empezaron a marcharse, volvió a mirar en dirección a Raoul.

Pero él ya se había marchado.

Por la mañana, él se acercó a verificar el caballo de Aline.

—Confío en que hayáis dormido bien, lady Aline.

—Muy bien, gracias. ¿Y vos?

—Inquieto, sólo de pensar en que os hallabais tan cerca. —Ella se encontraba de pie junto al caballo y, cuando Raoul inspeccionó la cincha, se las arregló para dejar que su mano bajara hasta tocarle la cadera.

Aline retrocedió un paso.

—En Heywood estábamos algo más cerca, creo yo.

—Pero la noche pasada parecía que estuvierais más próxima, tal vez porque nos encontramos en un mundo extraño.

Aline dio una vuelta para poner la gran masa del animal entre ambos. Dada su altura, ahora no podía ver nada de Raoul aparte de sus botas.

—Para mí no es un mundo extraño, sir Raoul. Estoy acostumbrada a los centros religiosos.

—Pero es un lugar extraño para todos nosotros, tan diferente de vuestra casa o vuestro claustro.

Aline reconoció que había cometido un error táctico. Sólo oír su voz parecía más íntimo que mantenerse cerca de su gran cuerpo.

—A medida que pasen los días —continuó él— todo se volverá más extraño. Y por consiguiente lo familiar, la gente que tenéis cerca, os parecerá más próxima, entrañable y necesaria.

Aline pasó la mano con nerviosismo por el cuello toscamente sedoso del caballo.

—¿Dependéis de esta extrañeza para que yo acuda en vuestra búsqueda?

—Dependo de ella para que se produzcan cambios. He viajado con frecuencia, lady Aline, y siempre sucede lo mismo. El grupo de viaje, por muy dispar que parezca al empezar, se une. Forman una hermandad, casi una familia.

Ella metió la cabeza por debajo del cuello del caballo.

—Es del todo posible detestar a un miembro de la familia.

Raoul encontró su sonrisa:

—Cuán cierto. Debo presentaros a mi abuelo un día. Pero para cuando regresemos a Londres, todos nos sentiremos más unidos que nunca, nos una el amor o el odio.

Él condujo el caballo al otro lado de los establos, hasta la tarima, para que ella pudiera montar. Una vez sentada, y con una excepcional ventaja en altura, Aline preguntó:

—¿Qué hacíais anoche en la capilla?

Él alzó la vista, aunque al fin y al cabo no estaba tan por debajo de ella.

—Rezar, lady Aline.

—Dijisteis que estaríais allí para proseguir vuestro ataque.

—Ataque. —Raoul frunció el ceño—. Consideradme más bien un peticionario a vuestras puertas. —Como si tal cosa, le apoyó la mano en el muslo—. Implorando que las abráis y me dejéis entrar.

—Anoche —dijo ella, demasiado consciente de que tenía los muslos separados— no me pedisteis nada...

—Tal vez anoche yo buscaba la ayuda de vuestro Señor. —No movió la mano, pero era como si se moviera. Podía imaginar el calor surgiendo de la pierna, calando la gruesa túnica de lana y el grueso vestido de lino, goteando entre sus piernas...

Ella bajó la mano para apartar la de él, pero Raoul la cogió, le dio la vuelta y le estampó un beso en la palma.

—Vuestro Señor, y mío, me dio motivos de confianza.

Aline soltó la mano.

—¡No metáis a Dios en esto! Esto sólo es un juego, y además muy estúpido.

Los ojos color avellana de él parecían brillar más dorados de lo habitual.

—Muchos hombres creen que la guerra no es más que un juego, Aline. Aun así, nos lleva tanto a la muerte como a la gloria.

Tras decir eso, Raoul se alejó y la dejó preguntándose si podría mantener el equilibrio sobre el caballo.

En Baldersby le regaló flores.

En Wetherscot le llevó fresas silvestres.

En Knottingly, donde permanecieron durante dos días para dar descanso a los caballos, consiguió robarle un beso.

Raoul la había convencido para ir caminando desde sus aposentos a un arroyo próximo rodeado de follaje, donde observaron a los peces saltando a la superficie del agua, y disfrutaron entre abundantes pájaros, insectos y flores, de la belleza de una tarde del verano inglés. Allí le habló de su tierra natal, donde las flores eran aún más abundantes, los pájaros más hermosos y los peces más voluminosos. Y donde había campos llenos de jugosas uvas.

Ella estaba tan embelesada por sus historias que él consiguió atraparla en la hendidura de un sicómoro.

Con los brazos apoyados en dos de los tres grandes troncos del árbol, bloqueando por entero su huida, Raoul preguntó:

—¿No pensáis que os gustaría viajar, Aline, y ver esos lugares con vuestros propios ojos?

Si ella no reconocía sentirse atrapada, tal vez él no se aprovechara. Aline se apoyó contra el tercer tronco como si se encontrara cómoda ahí.

—Las monjas a veces viajan...

—Pero no a menudo.

—No me interesa una vida errante.

—Hay una diferencia entre viajar y vagar.

—¿Ah sí?

—Por supuesto. El viaje implica un lugar del que partir y al cual regresar. Vagar denota una vida desarraigada.

—¿Y vos tenéis raíces?

—Sí. ¿Y vos?

Aline pensó en ello. Burstock en realidad ya no era su hogar ahora que su cuñada mandaba allí. También sabía que la tímida Catherine estaba encantada de ver a Aline marcharse al convento. No era que se cayeran mal, pero Aline no podía evitar organizar siempre las cosas, y por lo tanto suplantar la autoridad de Catherine.

Cuando Aline y Jehanne se presentaron en la entrada de Burstock días atrás, Catherine recordó un recado urgente en St. Radegund, y se marchó para evitar cualquier conflicto. Catherine detestaba el conflicto, pero a su propia manera tranquila estaba decidida a mandar en su casa.

Por lo tanto, ¿dónde estaba su casa?

En St. Radegund, supuso, pero nunca había sentido tampoco que eso fuera su casa. O aún no.

—¿Dónde están vuestras raíces? —le preguntó a Raoul.

—En mi hogar. En Guyenne y en la casa que tiene mi padre allí.

—No obstante, viajáis.

—Soy curioso.

—Y tenéis hermanos mayores.

—Sólo uno. Tengo propiedades cerca de Jouray y me instalaré allí algún día.

Eso era interesante. Le había considerado sin tierra.

—¿Pero aún no pensáis estableceros?

—Necesito un motivo tal vez.

Con la áspera corteza del árbol contra su espada, Aline encontró su mirada.

—¿Se supone que eso debe tentarme?

Raoul arrancó un ramillete de hojas y le hizo cosquillas en la barbilla.

—Me gustaría enseñaros mi hogar. Creo que podría pareceros una buena tierra donde echar raíces.

Ella apartó las hojas.

—Pero si no fuera así, tendría que parecérmelo, ¿verdad? Ése es el destino de las mujeres, que nos envíen a vivir con desconocidos.

Él dejó caer las hojas.

—¿Soy yo un desconocido? La mano se deslizó poco a poco hacia su nuca por debajo de sus trenzas.

Ella se estremeció.

—No os conozco... —Pero entonces se reclinó hacia atrás sobre esa cálida mano de gran fuerza y tamaño, que ladeó su cabeza hacia la de él.

—Yo creo que sí. —Sus labios eran tan cálidos como su mano y tal vez igual de fuertes, pero parecían capaces de hacer que los suyos se separaran para que sus alientos se entremezclaran. Raoul apoyó la mano en su cintura, y así tuvo a Aline rodeada.

Como un ejército asediante rodeando un castillo, derribando las murallas...

Ella torció la cabeza para apartarse.

—¡Esto no está bien!

Para su sorpresa, y tal vez decepción, él retrocedió y soltó su mano.

—Cierto. Se supone que tengo que ayudaros a desarrollar vuestras defensas, no sólo atacar y tomar el fortín.

—¿Tomar? —soltó Aline—. ¡Si pensáis que la conquista va a ser tan fácil, señor, estáis en un grave error! —Roja de vergüenza, empujó su sólido pecho, y él retrocedió para dejarla pasar.

Sin embargo, por muy rápido que ella andara, no podía sacarle ventaja.

—Reconsideremos este incidente y veamos en qué puede mejorar vuestras estrategias —dijo él con el tono exacto de un maestro.

—¡No quiero hablar con vos!

Él no hizo caso.

—Para empezar, no deberíais haber accedido a andar conmigo alejada de los demás. Vuestras defensas aún son demasiado débiles para un combate en solitario.

Aline siseó de rabia, pero no era tan tonta como para pararse a discutir. De cualquier modo, él tenía toda la razón.

—Pero, pese al primer error, no deberíais haberme permitido atraparos en ese árbol. Es una estrategia elemental, milady.

—¡Pensaba que podía confiar en vos! —replicó ella, sin aflojar la marcha.

—Otro error más. No confiéis nunca en un oponente declarado.

—Pensaba que éramos amigos. —Luego maldijo la amenaza de las lágrimas que detectó en su propia voz.

Raoul la cogió por el brazo y la volvió para que mirarla a la cara.

—Somos amigos.

—¿Cómo podemos serlo, si no puedo quedarme a solas con vos sin desconfianza? —Las lágrimas se escaparon entonces y ella se las secó con furia.

Él adoptó una expresión reflexiva.

—Cuando me entreno con Galeran, si no nos pusiéramos a prueba el uno al otro, si no nos forzáramos uno al otro al máximo, no seríamos amigos. ¿Cómo íbamos a mejorar si no?

—Podríais mataros haciendo eso.

—Eso siempre es una posibilidad.

Ella alzó la vista para mirarle, demasiado consciente de las manos de Raoul en sus hombros.

—¿Y entre nosotros?

Él le secó con delicadeza una lágrima que aún humedecía su mejilla.

—Sí, Aline, jugamos a un juego muy peligroso.

• • •

A la mañana siguiente, Aline fue testigo de la verdadera relación entre Raoul y Galeran, ya que los hombres decidieron aprovechar el día de descanso para su instrucción. La pequeña casa solariega que les alojaba tenía una especie de campo de entrenamiento, pero tras el chaparrón caído por la mañana, el lugar no tardó en ser un mar surcado de barro revuelto por los hombres se ejercitaban llenos de júbilo y furia. Incluso lord William tomó parte.

Jehanne se acercó a observar con la niña en brazos.

—Suerte que hay un río aquí. Me temo que no va a haber agua suficiente en el pozo para lavarles a todos.

Intercambiaron una mirada y soltaron una risita.

Luego los hombres formaron un círculo y uno de los caballeros de Galeran se enfrentó a uno de los de lord William. Este último era un hombre mayor y menos ágil a simple vista, pero demostró tener destreza a la vez que astucia. Las espadas estaban despuntadas, pero de cualquier modo ambos hombres acabaron con heridas sangrantes y sin duda numerosas magulladuras.

Para Aline y Jehanne había cesado la diversión.

Lord William puso fin a la sesión antes de que los contendientes cayeran de bruces de puro agotamiento, y dándoles unas palmadas en la espalda les dijo:

—¡Buenos chicos! No habéis dejado anquilosar vuestras destrezas. Se acabó por hoy, todos a lavarse. —Luego se volvió a Galeran—. ¿Y tú, qué? Hará meses que no coges una espada para usarla en serio.

—No tanto —respondió Galeran con extraña expresión, y Aline recordó entonces que había regresado a Burstock cubierto de sangre.

—De todos modos —dijo lord William— me gustaría ver que estás en forma para el combate.

Aline oyó que Jehanne inspiraba profundamente y entendió la causa. Lord William había requerido este ejercicio por un único motivo: asegurarse de que su hijo podía derrotar a un oponente en un desafío en la corte si se diera el caso.

Un oponente como Raymond de Lowick.

Sin duda era imposible que Galeran derrotara a Raymond.

Galeran ya llevaba la cota de malla. Entonces se subió la capucha, se ajustó el casco y sacó la espada.

—Raoul y yo nos hemos mantenido en forma para el combate, padre. Pero es cierto que hace un tiempo que no hemos practicado.

Raoul ya se encontraba en el círculo de barro con la espada y el escudo preparados.

—Creo que me has estado evitando, enano.

—No quería avergonzar a un invitado, gigantón.

—¡Hombres! —dijo Jehanne en voz baja, pero cuando Aline la miró de reojo, se dio cuenta de que su prima estaba pálida.

—No van a hacerse daño —la tranquilizó, pero no le sorprendía que Jehanne estuviera preocupada. Galeran nunca podría imponerse a un oponente tan enorme. Aunque acabara sin lesiones, la humillación sería terrible.

Aun así, su preocupación cambió enseguida. Con cada choque metálico, con cada gruñido de esfuerzo de ambos hombres, ella daba un respingo.

Galeran era fuerte para su tamaño, y era más ágil y también reaccionaba más rápido que Raoul, quien de todos modos era ágil y rápido. Algunos de los golpes del francés parecía que iban a ser letales, hasta que eran bloqueados o evitados. Galeran también embestía con ferocidad contra su amigo, y sólo una desviación milagrosa evitaba que provocara lesiones graves.

Ay. Ese fantástico golpe por encima de la cabeza podría haber machacado el cráneo de Galeran de no ser por su amago y por el escudo alzado. El contragolpe mandó una astilla del escudo de Raoul por los aires.

Aline repitió en silencio el comentario de Jehanne. ¡Hombres!

Incluía a lord William en eso ya que, bajo la autoridad de su padre en Burstock, un juego tan peligroso nunca habría tenido lugar. Por otro lado, ninguno de sus hermanos había sufrido la amenaza inminente de un desafío. Con un estremecimiento, recordó un caso no muy lejano en el que se resolvieron con la espada unas acusaciones de traición. El perdedor no había muerto en el combate, pero, demostrada su culpabilidad mediante el resultado del enfrentamiento, había perdido sus ojos y más tarde sus cojones.

Los observadores ahora guardaban silencio, seguro que todos contenían la respiración como ella, pensó, rezando para que no hubiera un desastre.

Entonces Donata lloró.

La atención de Galeran se desplazó durante un segundo. La espada de Raoul le alcanzó en el casco.

—¡Que Dios te condene en el infierno! —aulló Raoul, patinando en el barro mientras se retorcía para no darle con tanta fuerza.

Galeran quedó derribado de lado sobre el suelo. Raoul se echó de rodillas chillando a su amigo caído.

—¿Cómo has podido hacer eso? ¡Por los clavos de Cristo...!

Pero Galeran ya estaba levantándose con esfuerzo, con gesto de dolor y palpándose la cabeza.

—¿Cómo no iba a hacerlo? Gracias por no dejarme sin cabeza.

—Ha faltado tan poco...

Ambos hombres se volvieron a observar a Jehanne, y fue entonces cuando Aline se percató de que se había marchado. Al girarse vio a su prima corriendo en dirección a la casa solariega, con una criatura llorando en sus brazos. Se recogió las faldas y salió tras ella.

La alcanzó en el salón justo cuando Jehanne dejaba a la niña en los brazos de Winifred y la mujer, sorprendida, se apresuraba a llevársela.

—¡Casi lo mata! —gritó Jehanne—. ¿No tiene fin el daño que puedo hacerle?

Capítulo *13*

*A*line cogió a su prima por los brazos.

—Raoul no le habría matado. Y no fuiste tú. La niña gritó.

—Yo la estrujé. Estaba tan aterrorizada. La estaba estrujando. Lo más probable es que notara mi miedo...

Aline se fue a servir vino en una copa, luego se la puso a Jehanne en las manos.

—¡Bebe! Te estás tomando esto demasiado en serio. Si los hombres juegan a la guerra, no es culpa nuestra que se hagan daño.

—¿Que no? Todo es culpa mía, Aline. Todo. Me di cuenta mientras estaba ahí de pie: un día habrá un enfrentamiento en serio, ¡y yo seré responsable de una muerte!

—No tiene por qué ser así...

—¿Ah no?

Desde lejos, Donata aún chillaba, con el llanto penetrante de un bebé frenético.

—Oh, Dios —dijo entonces Jehanne—, mejor voy a darle de mamar.

Volvió a poner con brusquedad la copa en las manos de Aline y se apresuró a irse.

Aline vació la copa y luego volvió a salir pensando en lo sorprendente que resultaba el que la raza humana sobreviviera. Ninguna mujer sensata se implicaría con un hombre y se casaría existiendo la posibilidad del mundo ordenado y racional del convento. Allí una mujer tenía tiempo para estudiar, para crear belleza, para pensar sin distracción...

La zona enlodada situada delante de la casa estaba otra vez ocupada por pollos, cerdos y campesinos, aunque aún se oía a los hombres, en la distancia, más allá de la empalizada. ¿Se habían llevado sus tontas batallas a los campos?

Trepó por una escala y llegó a la tarima que discurría por todo lo alto de la empalizada de madera. Y les vio.

Estaban lavándose el sudor y el barro en el río.

Desnudos.

Los hombres desnudos no eran ningún misterio para Aline, pero desde que se había hecho mujer consideraba que el interés que despertaban en ella era una flaqueza que había que anular. Raoul de Jouray le había sabido enseñar que las flaquezas podían ser ruinosas, de modo que debería estudiar a estos hombres desnudos como representantes de un enemigo que tenía que aprender a derrotar.

Para su alivio, se percató que los diversos cuerpos no despertaban la menor reacción en ella. Delgados a gordos, patizambos y con patas arqueadas, con pecho de loro o hundido, con vello o casi lampiños, sólo eran cuerpos, ninguna amenaza.

La mayoría de ellos chapoteaban al borde del agua mientras se quitaban el barro. Sin embargo, unos pocos estaban nadando.

Advirtió con alarma que no veía a Raoul ni a Galeran. ¿Habría sido seria la herida?

Luego vio dos cabezas en el agua, descendiendo veloces por el río.

Otra vez compitiendo, y esta vez Raoul era el claro vencedor.

¡Hombres!

Raoul llegó a un lugar con un árbol caído colgando sobre el río y se estiró para agarrarse al extremo de una rama y así pararse. Luego se izó con una sola mano.

—Fanfarrón —musitó Aline, hermana de cinco chicos, pero impresionada a pesar de ello. La potencia muscular parecía acelerarle aún más el corazón, y cuando Raoul se incorporó y se quedó de pie sobre el tronco con su arrogante y dorada desnudez, supo que volvía a tener las mejillas como la grana.

Y no de vergüenza.

Raoul le había contado que el cálido sol de su tierra natal a menudo convertía la ropa en un inconveniente más que en una necesidad. En este momento advirtió que su oscuro bronceado cubría todo su cuerpo. Los otros hombres —auténticos ingleses— eran más pálidos, o estaban morenos sólo por zonas. Podía distinguir a los cruzados por el moreno de sus brazos, pantorrillas y a veces también en el pecho.

Raoul también estaba más moreno en algunas zonas, pero todo su cuerpo estaba bronceado, excepto alrededor de las partes masculinas con su mata de rizos marrones.

Aline se sonrojó al pensar que estaba mirando e incluso evaluando. Pero no dejó de hacerlo. Como solía decirse, él estaba bien dotado.

Luego Galeran llegó también al árbol. Raoul se arrodilló para ofrecerle una mano y él también salió del agua en una exhibición de fuerza mutua.

Galeran, por supuesto, tenía una constitución menor, pero desnudo, su fuerza quedaba clara. También estaba moreno en algunas zonas, pero sus muslos y la zona abdominal estaban mucho más pálidas.

Como era lo decente.

Aline intuía que no estaba bien estudiar al marido de su prima y volvió la atención de nuevo a Raoul. Su cuerpo desnudo despertaba sensaciones alarmantes en su interior, ahora entendidas a la perfección. Era la necesidad física de un hombre. Ya lo había sentido antes y había practicado para suprimirlo. De todos modos, aquello nunca había sido tan fuerte hasta conocer a Raoul.

Pero, como había dicho el padre Robert, tales sentimientos eran normales. No era malo sentirlos. Lo único malo sería dejarse dominar por ellos.

O si no malo, débil.

Seguro que mirar la causa de su debilidad sería de ayuda en su lucha. Con el tiempo, todo se vuelve ordinario...

Ahora estaban peleándose.

La verdad, pensó con irritación, ¿no se habían percatado esos dos de que Jehanne estaba alterada y necesitaba que alguien la tranquilizara y le confirmara que Galeran no había sufrido daño alguno? ¿No eran conscientes de la poca falta que hacía que Galeran regresara a casa aún más lesionado por sus juegos alocados?

Los dos hombres se pelearon, sus manos resbalando sobre la piel húmeda. Con los pies firmes sobre la corteza se retorcían, se empujaban y recuperaban el equilibrio, animados y vitoreados por los otros. En un momento dado, Galeran resbaló y se quedó sentado sobre el tronco, y Aline pensó con satisfacción que de buen seguro se habría raspado el trasero.

Al incorporarse, Galeran consiguió hacer perder el equilibrio a Raoul, que se cayó del tronco. Raoul de todos modos agarró la muñeca de su amigo, arrastrándolo en su zambullida acuática.

Momentos después se acercaban a la orilla y salían riéndose y enlazados por los hombros.

Hombres.

Cuando se separaron, Raoul se estiró y se sacudió el agua del pelo, como un saludable animal mirando a su alrededor con obvia satisfacción el mundo en que se encontraba.

Miró hacia la empalizada.

Demasiado tarde Aline recordó su privilegiada vista. Estaba atrapada. Sin duda podía ver el sonrojo en sus mejillas, tal vez incluso el deseo en sus ojos. De todos modos, ella no podía salir corriendo con el rabo entre las piernas. Esto era parte de la batalla.

Raoul sonrió y se limitó a quedarse ahí, desnudo, con los brazos en jarras.

Aline le devolvió la sonrisa, aunque las mejillas le dolían. Al ver que Raoul no se alteraba lo más mínimo, dejó que su mirada se perdiera por su cuerpo desvergonzado.

Lo cual fue el motivo de que su verga empezara a hincharse y elevarse.

Ella se apresuró a mirarle a la cara.

Él alzó las cejas.

Aline no podía darse media vuelta y concederle la victoria.

¿Por qué, en nombre de Dios, no cedía y se tapaba? Una rápida mirada le reveló que Galeran ya se había puesto los pantalones.

Volvió a observar con decisión el miembro de Raoul, con la esperanza de arrugarlo con su descarado estudio.

No mostró signos de contracción en absoluto. Más bien lo contrario.

Aline tragó saliva con nerviosismo, pero no iba a rendirse...

Y entonces había desaparecido.

Pestañeó, y se percató de que Galeran acababa de derribar a su amigo sobre la orilla lodosa, donde Raoul yacía riéndose.

Galeran alzó la vista, descubrió a Aline y le dio una rápida orden de marcharse.

Aline huyó.

¡Virgen María, Santa Madre! Lo que acababa de hacer tenía que ser pecado. No era pecado mirar a un hombre desnudo, pero esto sí tenía que haber sido pecado.

Tanto por ella como por él, pensó con rebeldía. Pero él no iba a sentir remordimiento alguno.

Aline se preguntó con nerviosismo qué haría o diría Galeran, y con prudencia fue a cobijarse junto a Jehanne, que estaba acunando en su brazos al bebé aún quejoso. Sin embargo, no era el refugio más seguro, ya que Galeran no tardó en aparecer, húmedo pero limpio.

Tenía una contusión oscura en la frente dejada por el casco con el golpe de Raoul, pero por lo demás no se apreciaban otras señales ni lesiones. Sacudió la cabeza al ver a Aline, pero no parecía especialmente furioso.

—Jehanne, ¿quieres venir a pasear conmigo?

Jehanne miró con ansiedad a Donata, que volvía a gimotear.

—Oh, parezco incapaz de calmarla, y no quiere mamar. Tal vez esté mejor sin mí. —Entregó el bebé a Aline y se marchó.

Jehanne andaba con cuidado mientras bordeaban el patio de la casa lleno de lodo, e intentaba discernir el estado de ánimo de su esposo. Casi le habían matado, y él tenía que saberlo.

Galeran la llevó al prado cubierto de césped cerca del río. Había vuelto la paz ahora que los hombres habían retomado sus tareas, pero el agua aún estaba turbia a causa de sus juegos.

—No estoy herido —dijo él.

—Yo veo que sí.

Él se tocó la ceja.

—Esto no es nada. Tengo contusiones parecidas en varios lugares del cuerpo.

Ella estaba decidida a hacerle reconocer la verdad.

—Podías haberte hecho daño. Y habría sido mi culpa.

Él sonrió para tranquilizarla.

—Por supuesto que no. Fue el llanto de un bebé.

—¡Ese bebé no existiría de no ser por mi insensatez!

El tono jocoso desapareció.

—¿De modo que quieres aceptar tu culpa de todo? Si es así, puedes aceptar también mi agradecimiento.

—¿Agradecimiento?

Galeran se sentó en la hierba y tiró de Jehanne para que se sentara sobre su regazo. Ella forcejeó.

—¿Vas a calmar mi inquietud con abrazos como si fuera una niña?

Con un suspiro, él la estrechó aún más.

—Lo único que intento es que no eches a perder el vestido con la hierba mojada, para que veas que soy un esposo ahorrador.

Ella dejó de forcejear y se rindió, incluso se atrevió a bromear:

—¿De modo que no tienes el menor deseo de tenerme en tus brazos?

—En absoluto —bromeó él a su vez—. Cuesta mucho no intentar violarte.

Ella se relajó contra su torso.

—Oh, Galeran. No podía soportar pensar que te había provocado más daño.

Él le acarició el pelo.

—No te hagas la tonta conmigo, amor. Has tenido que coser heridas, extraer pedazos de madera y metal y ponerme emplastos en mis miembros torcidos. Soy un guerrero cuando tengo que serlo.

Ella inclinó la cabeza para mirarle.

—Pero siempre estaba segura de que esas batallas eran tontos asuntos de hombres. Ésta batalla es mía.

—No nos encontraríamos en este viaje tedioso si los hombres no tuvieran sus tontos dedos metidos en algo. Lo cual me lleva a mi agradecimiento. —Parecía serio.

—¿Qué quieres decir?

—Quiero darte las gracias por haberme distraído. El objetivo de la instrucción es encontrar flaquezas para poder rectificarlas y eliminarlas. La próxima vez no apartaré la vista cuando Donata, o cualquier otra criatura, llore.

—¡Eso espero!

—Pues, ya ves, —le dio un fuerte beso— ha sido excelente que haya sucedido.

—De todos modos me aterroriza.

Él le miró a los ojos con seriedad.

—Si es así, tendrás que disimularlo. No me hagas sentir débil, Jehanne.

—Nunca lo he hecho.

—No, es verdad.

—¿Entonces he cambiado? —Ella repasó mentalmente, intentando compararse con aquella esposa de hacía dos años o más—. Tal vez sea la maternidad lo que me ha ablandado.

Él le paso la mano por el costado.

—Yo te encuentro bastante firme. —Luego le tocó los senos—. Sobre todo aquí. —Luego detuvo su mano—. Santo Dios, ¿te encuentras bien?

Ella le retiró la mano de su pecho tierno pero duro como la roca.

—Donata ha estado demasiado inquieta como para comer bien. Debería volver e intentarlo otra vez.

Él se levantó y la ayudó a ponerse en pie.

—¿Te duele estar así?

Ella le tocó el bulto en la parte delantera de los pantalones.

—¿Te duele estar así?

Él se rió.

—Un poco, sí.

—Sospecho que puede ser parecido, aunque el alivio no es igual.

Con una risa compungida, se apresuraron a volver a la casa por el campo salpicado de ovejas. Jehanne lo sabía, Galeran tenía que pensar en hacer el amor tanto como ella, pero la pequeña casa no ofrecía intimidad, y no era de su gusto tener relaciones en una habitación concurrida.

Penitencia y exvoto, se recordó. Y de todos modos, en este momento su leche inundaría toda la casa.

Llegaron a las puertas abiertas del salón, y antes de separarse Galeran dijo:

—Jehanne, vigila a Aline.

—¿Aline? ¿Por qué?

—Se trae algún juego con Raoul, lo cual significa que está jugando con un cuchillo afilado.

—¡Entonces controla a tu amigo!

—Confío en él, dentro de unos límites. Tal vez puedas explicar a tu prima que desafiar a los hombres puede ser insensato.

Jehanne le observó.

—¿A qué diantres te refieres?

—Pregúntale por el río.

Jehanne se fue a ver a Donata pensando en eso. Encontró a la niña por fin dormida. La pobre chiquilla aún estaba sonrojada de tanto llorar, y sería una crueldad despertarla.

Como le dolía un poco, Jehanne se sacó un poco de leche para aliviar la presión. No pudo evitar preguntarse si Galeran podría aliviarse de forma similar.

Mientras se extraía la leche, consideró la situación de Aline. ¿En serio podía estar enredada con Raoul? Si fuera así, Jehanne había estado demasiado distraída con sus propios asuntos como para fijarse.

—¿Dónde se encuentra lady Aline? —preguntó a una sirvienta.

—No lo sé, milady.

Aline casi estaba tan entregada a Donata como ella. ¿Qué había encontrado que fuera más importante? Todo parecía un poco anormal, inquietante incluso, y se preguntó si sus vidas iban por caminos del todo equivocados.

Cuando volvió a sentirse cómoda, en la medida de lo posible, Jehanne se fue en busca de su prima y la encontró en el botiquín ayudando inocentemente a lady Marjorie, la mujer mayor de la casa solariega, en la preparación de simples. No obstante, no le pasó inadvertido que su prima fruncía el ceño mientras machacaba hojas.

—¿Por qué esa mirada enojada? —preguntó Jehanne mientras cogía un puñado de borrajas y empezaba a quitar pétalos—. ¿Aún sigues preocupada por el combate?

—No —contestó Aline dándole con afán a la mano del mortero.

—Entonces, tiene que dolerte la cabeza.

—Nunca tengo dolor de cabeza.

—Todo puede cambiar si cambian las circunstancias. Pero, ¿quizás sean tus sentimientos por Raoul de Jouray lo que te tiene turbada?

La canosa lady Marjory les miró brevemente con una sonrisa en los labios.

Aline dejó de triturar y lanzó una mirada iracunda a Jehanne.

—En absoluto.

—No es muy cristiano no sentir nada por otro ser humano.

Aline reanudó su tarea.

—Ya sabes a qué me refiero.

—Sí, lo sé. Y creo que sé más que eso. En cierto sentido soy responsable de ti, igual que lo es Galeran. Sería una vergüenza para los dos que actuaras de un modo alocado.

Aline volvió la cabeza para mirar a Jehanne, pensando obviamente en que no era quién para dar consejos sobre comportamientos alocados.

Aunque Jehanne sintió que se ruborizaba, pasó por alto el silencioso reproche.

—¿Qué estabas haciendo en el río?

-No he ido al río. —Aline trituró las hojas que ya casi formaban una pasta. Lady Marjorie se las cogió con delicadeza y las sustituyó por otras nuevas.

—Estabas lo bastante cerca como para mirar, eso no lo dudo —dijo Jehanne—. ¿No eres ya un poco mayor para espiar a los hombres desde detrás de los arbustos?

Aline se volvió con los brazos en jarras.

—¿Quién ha dicho eso? Si ha sido ese...

—¡No! —Jehanne alzó una mano—. Sólo son suposiciones. Un poco de compasión, Aline. Cuéntamelo, ¿qué has hecho?

Por un momento, pareció que su prima iba a negarse a hablar, pero luego dijo:

—Sólo miraba desde la empalizada, eso es todo. Estaba inquieta por Galeran. Quería asegurarme de que se encontraba bien del todo.

—Pero después de verificar que no estaba herido, te quedaste a observar. —Jehanne también dejó de fingir que trabajaba—. Aline, el cuerpo de un hombre se parece mucho al de cualquier otro.

—¿Para ti el de Galeran se parece al de cualquier otro hombre?

Jehanne contuvo la respiración.

—¿Te has enamorado entonces de Raoul?

—¿Enamorarme? ¡Por supuesto que no! —Pero Aline se volvió para coger una ramita de sauce y quitarle la corteza. Se detuvo cuando sólo quedaba una larga tira entre sus dedos, medio retorcida—. Mentiría, de todas formas, si no dijera que le encuentro excitante. —Tiró la corteza a una pila y empezó a limpiar otra—. Estoy decidida, de todos modos, a vencer esos sentimientos, o sea que practico con él.

—¡Practicas...! —Jehanne se quedó mirando a su prima—. Válgame Dios, ¿qué tipo de prácticas?

Aline alzó la vista, con osadía pero roja como un tomate.

—Él intenta seducirme, y yo aprendo a resistir.

—¡Seducirte! —Jehanne tiró su puñado de ramitas—. ¡Estás loca! ¿Y si él vence? Perderás tu buen nombre.

—Tal vez me lo merezca entonces. Igual que Galeran se lo merecerá si Raoul es capaz de derrotarle.

Jehanne quitó a su prima el ramito de sauce de las manos.

—Un desliz y Raoul le hirió. Y bien podría haberle matado. Aline, es un juego demasiado peligroso cuando hay vidas de por medio.

Aline se volvió hacia Jehanne con expresión seria.

—No es ningún juego, Jehanne. Si quiero hacerme monja, he de saber que soy lo bastante fuerte como para resistir las tentaciones más potentes del diablo.

—Las más potentes... —repitió Jehanne invadida por la consternación. Galeran tenía razón. Era una situación peligrosa. Y no obstante, tenía sentido lo que decía Aline. ¿Y si no era idónea para una vida de castidad?

¿Pero Raoul de Jouray? Era como si una persona que nunca ha montado a caballo decidiera emplear un semental de guerra en su primer intento. Jehanne se preguntaba exactamente qué habrían intentado de momento...

—Y entonces —preguntó—, ¿qué sucedió en el río cómo parte de esta batalla vuestra?

Los ojos de Aline de repente centellearon con malicia traviesa.

—Me limité a demostrar a Raoul que podía hacer ostentación de sus magníficas posesiones ante mi propia cara todo el día sin impresionarme lo más mínimo.

Después de un momento de tribulación, Jehanne tuvo que reírse, y vio que lady Marjorie se cubría los labios con la mano.

Pero lo cierto era que, con todos los demás problemas del momento, no quería ocuparse de éste en concreto.

Harris County Public Library
HCPL Katy
09/22/14 03:47PM

Received From: VENCES MARIA JACOBO
Barcode# 24028019693251

Description	Amount
Pecados de la noche	0.40
Night trilogy	1.20
Vector	0.10
Almuerzos	0.10
La reina del sur /	0.10
Secreto de sus ojos	0.10

Total Paid: 2.00
Balance Owed: 22.70

La primera medida que tomó Jehanne fue hablar con Raoul. Como ya había indicado él antes, aquello era cosa de Galeran, pero ella sabía que a los hombres podría parecerles una buena broma.

Cuando el sol empezó a ponerse y todo el mundo se reunió para la cena, ella se abrió paso entre los criados que servían la comida en las mesas. Se fue al lado de Raoul, quien charlaba con uno de los hombres de armas de la casa.

—Sir Raoul.

Se volvió hacia ella con una sonrisa, y el otro hombre hizo una inclinación antes de alejarse. Aun así, Jehanne pensó haber detectado una mirada de alerta en los ojos en apariencia sonrientes de Raoul. Con lo abstraída que había estado por sus propios problemas, no había advertido qué hombre tan peligrosamente seductor era en realidad.

Aunque estaba por completo enamorada de un hombre de constitución más menuda, podía reconocer que un hombre alto y musculoso, capaz de moverse con agilidad y desenvoltura, tenía cierto atractivo elemental. Huesos bien definidos bajo una piel dorada, dentadura blanca y ojos vivos, todo ello destacado por el sello distintivo de sus prendas del sur. Y sumado a todo eso, un aura que compartía con Galeran: ese poder indefinido que capta el interés de cualquier mujer, y que él habría ejercitado de haber estado ella libre.

No era una pareja de aprendizaje para alguien como Aline.

—Sir Raoul, me preocupa un poco vuestro comportamiento con mi prima.

Él la apartó con delicadeza para que no obstaculizara el camino de un hombre que transportaba un gran cuenco.

—¿Ha expresado lady Aline alguna queja de mí?

Jehanne comprendió que también era una prueba para ella.

—No ha expresado queja alguna. Pero debéis saber que ella planea comprometerse con Dios.

—Es una digna llamada. Para quienes la reciben.

—¿Creéis que no es su caso?

—Pienso que es prudente descubrir si es así.

A Jehanne le parecía en conjunto demasiado arrogante.

—¡El hecho de que vos podáis calentarle la sangre no quiere decir que carezca de vocación para una vida religiosa!

—Sin duda eso depende de la cantidad de calor generado. —Le miró a los ojos con franqueza—. Lady Jehanne, ¿querríais que Aline se encerrara dentro de los muros de un convento si no fuera lo más indicado para su naturaleza?

—Nadie la ha obligado jamás a eso. Es su propia elección...

—A veces la gente cambia de idea. A veces tienen suerte y aún no se ha comprometido. ¿No creéis que deberíamos dejar a Aline explorar sus sentimientos antes de decidir?

Jehanne fijó una mirada dura en él:

—¡Aseguraos, señor, de que lo único que exploráis son sus sentimientos, o vuestros días de explorador pueden acabar, seáis cruzado o no!

Raoul observó a Jehanne alejarse con altanería y regresar junto a lady Marjorie. Luego rodeó el salón abarrotado para situarse detrás de Aline quien, pensativa, mecía la cuna con un pie.

—No jugáis limpio, milady.

Ella dio un brinco, luego se giró con un sonrojo encantador y revelador que cubría sus mejillas.

—¿Qué?

—Enviar a vuestra prima para amenazarme con cortarme esos pedacitos que tanto os alarman.

Los colores de ella se encendieron aún más.

—¡Yo no he hecho eso!

—¿De modo que admitís el poder que tienen sobre vos?

Ella le dio la espalda, mirando por encima del hombro.

—Creo que ya os he demostrado antes que vuestros atributos masculinos no me afectan lo más mínimo.

Raoul se inclinó para susurrarle al oído.

—Nos interrumpieron. ¿Os interesa una revancha? —Ella era un genio para los perfumes, la muy bruja. Rosa, verbena y otros aromas demasiados sutiles como para identificarlos emanaban de su piel para atormentar sus sentidos, una dulce promesa eterna de feminidad con la que equilibrar el duro mundo de los hombres.

—No seáis tonto —ella siseó, desmontando sus cavilaciones románticas sobre la dulzura—. ¡Si tuvierais la menor decencia, no habríais fanfarroneado de ese modo!

Raoul se enderezó.

—Estaba nadando, lady Aline. Una actividad inocente. Y virtuosa después del sucio trabajo. Si vos tuvierais la menor decencia, no habríais mirado.

En un intento de evitar aquella discusión, Aline se estiró para arreglar la manta del bebé.

—Tal vez debiéramos repetir el combate en condiciones más equitativas —dijo él—. Desnudo contra desnudo. Y a ver quién pestañea antes.

El sonido de la risa contenida le obligó a él a sonreír. Ah, cómo le gustaba que una muchacha pudiera reírse de tales asuntos. Con delicadeza, le tocó la nuca, donde el corto velo dejaba ver los rizos dorados que se escapaban libres de las espesas trenzas. La imagen de Aline, con sus sensuales curvas desnudas a excepción de la masa de cabello, tendía a mantenerle despierto por la noche. O tal vez su estado de vigilia respondiera a que no había estado con ninguna mujer desde Ella.

Aline se calló al sentir su contacto.

—Pero —prosiguió él aún toqueteando aquel punto sensible—, como vuestro instructor, creo que deberíais evitar mi cuerpo desnudo hasta que hayáis avanzado un poco más en las maniobras básicas.

Ella se torció para escapar de su mano y alzó la vista, con ojos muy abiertos y firmes, aunque incapaz de controlar su rubor.

—¡Raoul de Jouray, podríais bailar delante de mí totalmente desnudo sin que supusiera problema alguno para mi fuerza de volutad! Dudo que pueda decirse lo mismo en el caso inverso.

Raoul estalló en carcajadas.

—Oh, Aline. Sois la novata más alocada, fanfarrona e ingenua que haya conocido jamás.

Pese a que estaba comentando problemas infantiles de dentición con la dama Marjorie, Jehanne observó el encuentro entre Aline y Raoul con el ceño fruncido. Era como observar la formación de una tormenta de verano, consciente de que nada puede detener los relámpagos. Sólo restaba rezar para que no hubiera desgracias.

Podría enviar a Aline de regreso a Burstock, pero ofrecerle escolta suficiente significaba debilitar su propio grupo, y no iba a permitir que nada pusiera en peligro a Galeran.

Podría pedir a su esposo que se deshiciera de su peligroso amigo, pero aparte de la enorme descortesía, le tranquilizaba el hecho de contar con él para cubrir la espalda a su marido.

Y de cualquier modo, había cierta validez en los argumentos de Raoul. Todo el mundo había aceptado que Aline deseaba llevar una vida religiosa, que los hombres y el matrimonio le interesaban poco. Si eso no fuera cierto, mejor que se enterara ahora que después de pronunciar sus votos.

Una doncella le distrajo de sus preocupaciones para entregarle un pequeño pergamino enrollado.

—¿De quién? —preguntó.

—No lo sé señora. El portero ha dicho que era para vos.

Jehanne lo desenrolló, contenta de saber leer, pese a que su habilidad para escribir palabras dejaba mucho que desear.

Ante la visión del nombre de Raymond, se le cortó la respiración.

La nota decía sencillamente: *No deseo ningún daño para ti ni para los tuyos, pero no voy a perderte. Trae a Donata a la iglesia del pueblo antes de que haya un derramamiento de sangre.*

Estuvo a punto de ir —a solas— pensando que con ello podría proteger a los hombres a los que había enredado. Pero luego recordó que posiblemente Raymond era quien había intentado matar a su esposo y quien conspiraba para arrebatarle a su niña. Él no se merecía su protección.

De modo que decidió ir a hablar con Galeran.

—Necesito hablar contigo.

Él pidió a su padre que le disculpara un momento.

—¿De qué se trata?

Le pasó la nota.

Debió de leerla tres veces antes de mirar a su mujer.

—¿Cómo te ha llegado?

—Una criada.

Galeran la estudió.

—¿Has sentido la tentación de acudir?

Cuánto deseaba que fuera imposible hacer ese tipo de preguntas.

—Sí —contestó con sinceridad. Luego, al ver la expresión de él, añadió deprisa—: Pero sólo para protegerte.

—¿Protegerme?

Ella se volvió a un lado como distraída.

—Para protegeros a los dos. Si alguien tiene que sufrir por esto, debería ser yo.

Galeran le apretó el brazo hasta llegar al hueso.

—¿Protegerías a Lowick?

Ella volvió a mirarle y vio que sus palabras sinceras eran dagas en las carnes de Galeran. Habría protegido a este hombre de todo daño, pero continuaba hiriéndole con su sinceridad. Pese al dolor del asimiento, Jehanne continuó hablando sin alterarse.

—Sí, pero nunca escogería protegerle a él antes que a ti.

Él la soltó.

—Nunca te entenderé, Jehanne. ¿Cómo puedes...? —Pero entonces sacudió la cabeza—. Me voy a inspeccionar esa iglesia. No salgas de la casa.

Ella le agarró por la manga.

—¡No vayas solo!

—¿Me tomas por un completo chiflado? —La pregunta no era en vano.

Ella le soltó enseguida.

—No puedo dejar de preocuparme por ti, Galeran. No te lo tomes a mal.

Él soltó un suspiro.

—Perdóname. A veces me pica mi orgullo masculino. —Le tocó suavemente la mejilla con los nudillos—. Al menos, aunque pensaras en ello, no saliste corriendo a ocuparte tú sola del asunto. Sólo por eso, te doy las gracias.

—Me estoy aplicando con tesón en ser una mujer como Dios manda.

—Que Dios nos ayude a todos. —Pero lo dijo con una sonrisa.

Cuando salió del salón con cuatro de sus hombres, ella no les siguió, sino que fue, como una buena mujer, a sentarse junto a la cuna de su hija y se puso a hilar.

Allí rezó para que su marido no matara al padre de su hija, ni acabara muerto a manos de él.

Capítulo *14*

*E*l pueblo de Knottingly crecía desordenadamente a lo largo del río, cerca del conjunto de edificios que conformaban la heredad. La sencilla y pequeña iglesia de piedra, aunque con tejado de paja, estaba un poco apartada del agua, entre los dos núcleos construidos, y rodeada por el cementerio. La casita del cura debía de formar parte del pueblo, vio Galeran, ya que no había ningún otro edificio allí.

Por más que escrutara, la zona parecía desierta, las únicas criaturas visibles eran las ovejas repartidas por todo el área. No obstante, la luz se desvanecía, y podría ocultar muchas coas. Tal vez debiera haber traído a Raoul con su excelente vista.

Raoul había insistido en venir con él. De hecho, quería dirigir la expedición mientras Galeran permanecía en la casa. Sin embargo, Galeran estaba hasta la coronilla de esconderse en lugar seguro, y por ese motivo tampoco le había dicho nada a su padre. Había dejado atrás a Raoul y se había traído con él sólo a cuatro soldados, que ansiaban enfrentarse a Raymond de Lowick. Si Lowick era capaz de matarle, que lo hiciera.

Quizá ganara el mejor.

Quizá fuera voluntad de Dios.

Quizá Jehanne lo prefiriera así...

No creía aquello, pero el recelo le corroía noche y día. Cuando él hizo aparición en la entrada de Heywood, a ella no le quedó otra opción que quedarse y hacerle frente; huir con Lowick les convertiría en fugitivos y repudiados. Quedarse no era prueba de su devoción. Y Lowick era como Raoul, uno de esos hombres altos, endiosados, por los que las mujeres —incluso las mujeres sensatas— se volvían locas. De joven, en Heywood, Galeran siempre se había sentido insignificante al lado de Raymond de Lowick.

No obstante, había dejado atrás todo eso. O eso pensaba. Al fin y al cabo, no costaba mucho percatarse de que Lowick no era listo y que su vanidad le perjudicaba a la hora de abrirse camino en la vida. Sólo era consciente de sus propios intereses.

Entrenarse con Raoul también había ayudado a convencerle de que los músculos no siempre vencían.

Pero tal vez en el fondo no había superado del todo su deseo de ser tan grande y fuerte como sus hermanos y Lowick. Tal vez ése fuera el motivo que le llevaba a pensar, aunque fuera de forma momentánea, que Jehanne preferiría estar —en igualdad de condiciones— con Raymond de Lowick.

Al fin y al cabo, sólo había que mirar a Aline: durante toda su vida había parecido inmune a los hombres, y ahora era una bobita vergonzosa. Galeran se preguntaba cómo reaccionaría Aline a Lowick. Nunca le había mencionado.

Impaciente, se concentró en el problema que tenían entre manos e hizo planes.

Se sintió muy tentado de irse andando hasta la iglesia y darle un puñetazo a Lowick en sus blancos y uniformes dientes. De todos modos, iba a ser imposible aproximarse a la iglesia a escondidas, y tenía mucho que perder con una bravuconería de ese tipo.

Por lo tanto, lo prioritario ahora era descubrir las probabilidades de que realmente hubiera alguien allí. Galeran y dos hombres se quedaron entre los árboles mientras los otros dos bordeaban la iglesia para llegar hasta el pueblo. Allí, preguntarían sobre la presencia de desconocidos en las proximidades y se enterarían de quién había traído el mensaje a la casa.

El sol continuó hundiéndose tras las colinas distantes, tiñendo el mundo de rojo, plagado de peligrosas sombras. No había indicios de movimiento en la iglesia, pero Galeran se obligó a esperar hasta que aparecieron los hombres en la carretera cercana al pueblo e indicaron finalmente que la situación estaba despejada.

Si hubiera pasado algún desconocido junto a la casa, el vigía le habría advertido. Si ningún desconocido había cruzado el pueblo, cabía deducir que la nota era un engaño o algún otro tipo de complot tortuoso.

De cualquier modo, Galeran y sus hombres se acercaron a la iglesia con las espadas desenfundadas y los escudos preparados, todos con el claro recuerdo del arquero.

Todavía ningún movimiento, ningún sonido.

Corrieron los últimos metros para pegarse a los muros de piedra, a salvo de proyectiles.

Luego Galeran se fue hasta la puerta de roble, la abrió de par en par e irrumpió en la iglesia.

Estaba vacía a excepción del altar de madera y dos reclinatorios para el señor y la señora de la heredad.

Los muros de piedra, pintados de forma tosca con imágenes bíblicas, incluían una puerta cerca del altar. Galeran la abrió con cautela pero, tal y como esperaba, encontró la sacristía vacía salvo por unos pocos cofres cerrados que guardaban las vestiduras y cálices del sacerdote.

Enfundó la espada y volvió a mirar a su alrededor preguntándose cuál era el sentido de todo esto. Con sumo cuidado se asomó por una de las pequeñas ventanas, considerando si el ataque se produciría a la salida. De todos modos, había demasiado espacio abierto para cualquier tipo de aproximación por sorpresa.

Mientras miraba más allá del río a la tierra que se elevaba por detrás, sólo vio campos desnudos una vez finalizada la cosecha, coronados por un grupo de árboles. Desde allí podrían observarles, y con buena vista podrían ver casi todo lo que sucedía.

¿Habría sido sólo una broma?

No. En todo caso, había sido una prueba.

Tal vez Lowick estaba allí arriba observando para ver si Jehanne obedecía a su llamada. En tal caso, pensó Galeran con satisfacción, no le habría gustado lo que había visto.

Uno de sus hombres dio un aviso desde el otro lado y se acercó corriendo. Eran sólo sus dos hombres que regresaban sin prisas del pueblo.

—Ningún noble ha venido en esta dirección, señor, aparte de vuestro grupo —informó uno—. El mensaje lo trajo un muchacho de Bartletor, el pueblo situado al otro lado del río. Podríamos ir por el vado a cogerle.

—No —dijo Galeran dirigiendo la salida de la iglesia al anochecer, mirando aún a su alrededor en busca de indicios de su enemigo. Seguía ansiando habérselas con Lowick—. Lo más probable es que el muchacho lo haya recibido de alguien más. Podríamos seguir esa pista durante días.

Se protegió los ojos de la bola ardiente del sol y escudriñó una vez más la colina coronada de árboles. Ni siquiera Raoul podría ver algo con esta luz.

—Regresemos y comamos algo.

Mientras volvían a la casa, el sol se hundió y de pronto se hizo oscuro. Los cuervos se posaban ruidosamente en sus perchas y los murciélagos se lanzaban en picado a alimentarse.

Era la hora del día en que un hombre sentía inquietud, y eso era lo que le sucedía a Galeran. Le costaba creer que Lowick planeara este tipo de actuación como tanteo o broma. Su idea de diversión era atar los rabos de los cerdos unos a otros, luego observar cómo chillaban.

No, esto tenía la marca de Ranulph Flambard. Pero, ¿qué esperaba ganar el obispo con ello?

Flambard recibió a su hombre en el salón del prior en la rectoría de Hitchinborough, pues el prior Joseph se había declarado encantado de ceder sus dependencias a tan ilustre invitado. Aunque la sonrisa obsequiosa no había llegado a sus ojos.

—¿Y bien? —preguntó mientras elegía un trozo de pato asado con sumo cuidado.

Lucas, un fornido y competente hombre de mediana edad, permanecía de rodillas.

—Ninguna mujer se acercó a la iglesia, milord obispo.

—Ah. —Flambard se tragó la carne y la saboreó. No era un glotón, pero siempre esperaba que la comida fuera de la mejor calidad. Se secó los labios con la servilleta—. ¿Se acercó alguien?

—Sí, milord. Tres hombres se aproximaron a la iglesia e irrumpieron en ella. Dos soldados y un hombre de alta alcurnia.

—¿De qué constitución?

—Mediana, milord.

Flambard usó su cuchara de plata para sumergir algunas verduras en una salsa.

—Dices que irrumpieron. Si hubiera habido alguien allí, ¿crees que le hubieran hecho daño?

—Sí, mi señor obispo.

—Eso me parecía.

De modo que Jehanne de Heywood había llevado la nota directamente a su marido. Eso aún creaba más dudas sobre la historia de Raymond de Lowick y el amor de aquella mujer por él.

¿Por qué la gente era tan extraña? Sólo había que pensar en Rufus. Le había advertido sobre Enrique, que Enrique no se detendría ante nada para conseguir Inglaterra, pero Rufus, el arrogante Rufus, no había escuchado. Flambard esperaba que se quemara en el infierno.

No obstante, volvió su mente al futuro.

—Gracias, Lucas. Asegúrate de vigilar de cerca al grupo de Heywood e infórmame de sus movimientos.

El hombre se levantó e hizo una inclinación mientras retrocedía hacia la puerta.

—Sí, milord.

—Y, Lucas... —Las palabras detuvieron al hombre cuando se volvía para salir. Se giró de nuevo—. Temo haberte dado una impresión errónea. —Flambard cogió un pastel de miel—. Me afligiría en sumo grado enterarme de que lord Galeran ha sufrido algún daño durante su viaje.

Lucas se quedó mirándole.

—¿De veras, milord?

—Es difícil justificar una ballesta. Eso, Lucas, fue un error.

El hombre se quedó pálido.

—Ya entiendo, milord, pero...

—¿Pero?

—Pensaba que queríais ver muerto a ese hombre, milord.

Flambard dio un mordisco a la masa dulce rellena de almendra y lo saboreó.

—El hombre no debe hacer justicia cuando se dispone de la mano de Dios.

—Ya entiendo, milord —dijo Lucas, que claramente no entendía nada.

—He recibido un informe de la casa de Knottingly, sobre un combate de entrenamiento entre lord Galeran y un amigo de gran tamaño. El amigo ganó.

—Podría esperarse algo así, milord.

—Desde luego. Raymond de Lowick confía en batirse en duelo con lord Galeran sobre la cuestión de lady Jehanne. Sería una desgracia, creo yo, que algo impidiera esa acto de justicia divina.

Lucas no era un hombre estúpido, y el tirón de una sonrisa indicó que entendía.

—Ah. Desde luego que lo sería, milord. Nadie puede discutir la autoridad de Dios, ¿no es cierto?

—Exacto. —Flambard hizo un ademán con la mano y el hombre salió con una inclinación.

Mucho más elegante. Mucho menos peligroso, ahora que estaba seguro de que Lowick iba a ganar. El único fallo en el plan era que lady Jehanne ahora ya no sufriría lo suficiente por haberse burlado de él. Flambard decidió hacer algo al respecto. Estaba en su derecho, como representante de la Iglesia, ordenar su castigo.

Se había rezagado en su viaje a Londres, pero mañana recuperaría el tiempo perdido. No quería perderse el momento del triunfo.

Al día siguiente el grupo de Brome continuó hacia el sur. Después del mal augurio del mensaje, todo el mundo quería avanzar hacia Londres lo más rápido posible. El tiempo era ideal para viajar: hacía calor, pero no excesivo, y una ligera brisa... pero los nervios estaban a flor de piel.

Jehanne parecía nerviosa, algo poco habitual en ella, y el bebé también seguía inquieto, sólo dejaba de llorar para coger aire y empezar de nuevo. Las mujeres se pasaban a Donata de una a otra, pero aunque cada cambio parecía calmarla un rato, la paz no duraba.

Apenas habían recorrido una milla cuando Galeran decidió que el llanto de un bebé era el ruido más desquiciante de toda la creación.

Retrocedió cabalgando para preguntar si Donata se encontraba bien y Jehanne le contestó con brusquedad:

—Tiene hambre, pero no quiere comer. Tal vez tenga retortijones. Estoy a reventar de leche y no toma lo suficiente. He pasado casi toda la noche levantada porque no quiere dormir, igual que todas las demás damas. ¡La dama Marjorie se habrá sentido encantada de vernos marchar!

Casi se echa a reír al ver a Jehanne en ese estado.

—Tal vez un desconocido pueda calmarla. Dásela a Raoul para que la lleve un rato.

—¿Raoul? ¿Qué sabe él de bebés?

—Parece tener una rara habilidad para encandilar a la mujeres. —Llamó a su amigo, quien se acercó a medio galope.

Raoul, sin vacilación, cogió a la criatura en sus grandes manos y la acunó con esmero contra su pecho cubierto por la cota de malla. Donata soltó un hipo y se quedó callada, mirándole a él con los ojos muy abiertos.

—No va a durar —predijo Jehanne, casi irritada.

Pero duró.

Con un suspiro de alivio, Galeran espoleó su caballo para avanzar hasta el principio de la fila y verificar que todo estuviera en orden.

Media hora más tarde regresó al centro, donde las mujeres y los caballos de carga estaban agrupados, y encontró a Donata profundamente dormida en la parte interior del codo del brazo derecho de su amigo.

—¿Cómo te va? —preguntó.

—Es un don mágico —dijo Raoul con una sonrisa—. Pero creo que debo pasarla pronto. Si la aguanto mucho más tiempo en mi brazo de este modo, puede que lo tenga rígido cuando necesite luchar. —Dio un rodillazo al caballo para que continuara hacia las mujeres. Galeran advirtió con un suspiro que se detenía junto a Aline, no junto a Jehanne.

—¿Creéis que podríais coger este bebé de mi brazo sin despertarlo, lady Aline?

Aline le miró con cautela. Había intentado no reaccionar a su provocación de llamarla novata, pero era cierto, lo sabía. Sospechaba que si él lanzaba toda su fuerza y arsenal sobre ella, estaría igual de indefensa que si pelearan con espadas.

Sin embargo, eso no quería decir que fuera a ocultarse tras los muros sin ofrecer ningún desafío.

—¿Es una pequeña criatura demasiado pesada para vos? —preguntó, y detuvo su caballo junto al enorme animal de Raoul.

—Desde luego que es una gran carga. —Sus ojos estaban arrugados por la risa—. Con toda certeza, sus pulmones son poderosos. Me preocupa mucho el despertarla.

Se inclinó hacia abajo, ella estiró los brazos y consiguieron transferir a Donata sin despertarla, aunque el bebé se agitó y sus labios empezaron a moverse.

—Cuando tenga ganas de comer, Jehanne se alegrará. —Aline luego miró a Raoul—. La vida en el convento ahorra a una mujer la tiranía de estos pequeños monstruos.

—Así es. Y estoy seguro de que no tenéis ningún deseo de sostener en brazos a un hijo vuestro.

Como era típico, él se había marcado otro tanto de forma limpia. Como hija menor, no había tenido ocasión de estar cerca de bebés antes de ingresar en St. Radegund. Desde su traslado a Heywood para hacer compañía a Jehanne, había presenciado el nacimiento de Gallot y el de Donata y había cogido a ambos en brazos tanto en los buenos como en los malos ratos. Había cogido a uno de ellos muerto. No se hacía ilusiones optimistas acerca de la perfección de los niños, pero le gustaría tener uno. Desde luego que sí.

—¿Y qué me decís de vos? —preguntó mientras seguían adelante para mantenerse en el grupo—. ¿Queréis un hijo propio?

—La idea de haceros un niño mío es de veras tentadora.

¡Sólo él podía atreverse a decir algo así!

—Pero preferiría casarme con vos antes de que eso sucediera, Aline.

Tras decir eso, se fue cabalgando.

Como si reaccionara a su ausencia, el rostro de Donata se comprimió dispuesto a gemir.

—Oh, no seas una niñita tan tonta —soltó Aline—. Le gusta bromear, a ese granuja. Le encanta conquistar. Pero su interés no es duradero. En cuanto el castillo sea suyo, se marchará con la siguiente. La próxima vez que te coja en brazos, Donata, ponte a berrear como nunca antes hayas hecho.

Donata abrió la boca, luego la volvió a cerrar, de forma divertida, como si la hubiera dejado boquiabierta enterarse de aquello.

Aline maniobró con su montura para acercarse a Jehanne.

—Tal vez ya le toque comer, si quieres intentarlo.

Jehanne cogió a la niña y se la colocó debajo de la capa para darle acceso a un pecho. En cuestión de momentos, quedó claro que Donata se alimentaba con normalidad por primera vez en días. Jehanne casi se estremece de alivio, y tras un rato cambió a la hambrienta niña de pecho.

—Muchas gracias —dijo.

Aline dirigió su mirada ceñuda a la espalda de Raoul de Jouray.

—Tanto talento no queda bien.

Jehanne sacudió la cabeza.

—Aline, no me queda otro remedio que advertirte lisa y llanamente: estás a punto de ser conquistada. No tengo manera de saber si es lo que quieres o no, pero deberías ser consciente de lo que está pasando. En mi opinión, no pareces una señora del castillo defendiendo tu fortaleza. Pareces más una dama tonta que deja entrar a un escuadrón de hombres en su castillo sólo porque sonríen y manifiestan buenas intenciones.

Aline sonrió.

—Ojalá supiera si de verdad quiere conquistarme.

—Y si no, ¿qué va a querer?

—Tal vez cuando abra la entrada, él se aleje riéndose.

La mirada de Jehanne era comprensiva.

—Si sospechas eso, deberías doblar la guardia.

—Pero sería muy íntegro por su parte ¿no?, el que no se aprovechara de la tonta dama.

—Sería íntegro que dejara a la tonta dama en paz.

Aline soltó un resoplido.

—¡Es verdaderamente difícil decidir qué está bien y qué está mal!

—No, no es eso —dijo Jehanne mientras volvía a cambiar a la niña de pecho—. Lo que estaría bien sería que expusieras la cuestión a tu padre y acataras su decisión.

—Pero mi padre no está aquí.

—Entonces compórtate hasta que regreses a sus dominios.

Un mes o mas de tiernos ataques.

—Seguro que tú y Galeran sois sus representantes aquí.

—Oh, no —respondió Jehanne con sonrisa irónica—. Ya tenemos bastantes responsabilidades. Podrías intentarlo con lord William si necesitas consejo maduro.

Aline sabía que Jehanne no pensaba que iba a tomar en serio su sugerencia. Sólo para contrariarla, dijo:

—¿Por qué no? —Y se volvió para retroceder cabalgando hasta donde se encontraba el padre de Galeran.

Sólido como una roca en su silla suntuosamente adornada, con una capa de excelente tejido extendida sobre los cuartos traseros del caballo, lord William parecía justo lo que era: un poderoso barón y un hombre sagaz. Aline pensó que tal vez no fuera una buena idea, pero ya no podía echarse atrás.

—Buenos días tengáis, lady Aline —dijo. ¿Disfrutáis por el momento de nuestro viaje?

Ella situó con destreza el caballo a su altura.

—Tiene sus placeres y sus sinsabores, milord.

—Como la mayoría de viajes. —Pero había un centelleo en sus ojos que sugería que comprendía alguno de los placeres y sinsabores a los que se refería.

¿Era tan obvio para todo el mundo?

Ella continuó adelante.

—Lord William, Jehanne me sugirió que hablara con vos de un asunto personal.

—Desde luego. Bien, soy el jefe aquí.

—Y mi padre está lejos. —Aline fijó la mirada entre las orejas de su montura—. Me preguntaba si recomendaríais a Raoul de Jouray como esposo. —Entonces miró para observar su reacción.

Los sagaces ojos marrones la estudiaron.

—¿Para quién, lady Aline?

—Para cualquier dama.

—Una pregunta muy poco precisa. Seguro que en el amplio mundo de Dios existe una doncella para cada hombre y un hombre para cada doncella.

Aline le miró arrugando la nariz.

—Entonces, para mí.

—Ah, bien. Dependería de las propiedades que posee, sies que tiene alguna otra que su caballo y su espada, y de la cantidad que podáis aportar vos al matrimonio.

—¿Propiedades? ¿Dote? ¿Es eso lo único que importa?

—En absoluto. Pero hasta que eso se establezca, no tiene sentido continuar con otras cuestiones de interés.

—Muy bien. —Aline calmó sus nervios y se adelantó al medio galope para situarse a la altura de Raoul.

—¿Sí, pequeña? —dijo desde la altura orgullosa de su caballo.

—¡No es mi culpa que mi caballo sea dos palmos más bajo que el vuestro!

—No es vuestra culpa que seáis dos palmos más baja que yo. Sólo es un hecho ¿Habéis cabalgado hasta aquí tan sólo para discutir de altura conmigo?

—No. Antes mencionasteis el matrimonio. Creo que es hora de aclarar algunos detalles.

Él la miró de reojo.

—Mi mención del matrimonio tuvo un sentido bastante hipotético.

—Como es mi pregunta sobre los detalles.

—Muy bien.

—¿Tenéis alguna propiedad aparte de vuestro caballo y vuestra espada?

—Sí. ¿Tenéis vos alguna propiedad que aportar a un matrimonio?

—Sí. ¿Qué propiedad tenéis?

—Tierras cerca de la casa de mi padre en Guyenne. ¿Y vos?

—Las rentas de una finca en Yorkshire. ¿Qué valor tiene vuestra tierra?

—Tal vez cincuenta marcos al año. ¿Y la vuestra?

—La mitad de eso más o menos.

—Entonces es adecuado. —El humor bromista de su mirada hizo que ella casi tuviera ganas de sonreírle, pero se resistió y volvió a cabalgar hasta lord William.

El hombre mayor alzó las cejas.

—Vais a cansar a vuestro caballo, lady Aline, obligándole a hacer el doble de recorrido.

Aline no hizo caso.

—Tiene una finca en Francia que vale el doble del valor de mi dote.

—Habría que investigarlo, ya que es fácil para un extranjero mentir sobre tales cosas, pero si fuera cierto, sería un esposo apropiado para vos.

—Pero tiene que haber algo más que dinero en ello.

—Por supuesto. Está el temperamento. Una casa llena de disconformidades o malentendidos se vuelve tediosa después de una o dos décadas.

Aline miró hacia delante a la amplia espalda de Raoul.

—No creo que eso sea un problema.

—¿Aunque se le vayan los ojos hacia otras mujeres?

Aline miró a lord William frunciendo el ceño.

—No son tanto los ojos lo que me preocupa.

La mirada del barón aún centelleaba, pero habló con seriedad.

—A algunas mujeres no les preocupa demasiado que su marido busque alivio en otro sitio, siempre que no se la insulte en su propia casa. Pero otras se sienten muy dolidas, y a veces se ven impulsadas a contraatacar en cierta forma. El temperamento, como podéis ver.

Y Aline sí lo veía. Siempre se había tenido por una dama calmada, por persona poco exigente, pero no estaba del todo segura de poder mantener la calma si su esposo —si Raoul— buscaba alivio en algún otro sitio.

—Gracias, lord William. Pensaré en ello.

Regresó al lado de Jehanne, demasiado consciente de que no había mencionado una tercera posibilidad: que Raoul de Jouray fuera un marido fiel.

Galeran fue consciente de las maniobras extrañas entre Raoul y Aline en los siguientes días, pero se las sacó de la cabeza. Confiaba en que su amigo se casara con Aline llegado el caso. Entretanto había asuntos más importantes de los que ocuparse.

A medida que se acercaban a Londres, el denso tráfico en dirección a la ciudad hablaba de la excitación y aceptación del nuevo rey. No obstante, cuanto más cerca estaban, más inquieto se ponía lord William.

Hablando en voz baja mientras entraban en Waltham, el padre de Galeran dijo:

—Una vez hagamos nuestro juramento de lealtad a Enrique, no hay rectificación posible.

—Enrique será mejor rey que Roberto.

—No si es un pendenciero. He dejado que mi antipatía por el obispo Flambard y mi preocupación por ti me lleven a apoyar a Enrique, pero no estoy seguro de que sea lo correcto, muchacho.

Galeran miró a su padre.

—No puedes ir a Westminster y no jurar lealtad a Enrique.

—Lo sé, lo sé. De hecho, empiezo a notar un terrible dolor...

Y para cuando se detuvieron en la abadía a pasar la noche, el barón gemía balanceándose encima de la silla.

Una vez le instalaron y los monjes fueron a atenderle, Jehanne se acercó a Galeran.

—¿De verdad está enfermo?

—Con suerte lo estará después de tomar esas medicinas. —Galeran abrió una bolsa del equipaje con considerable irritación. Alzó la vista, miró a Jehanne y vio que ella ya adivinaba la verdad.

Después de verificar que no había nadie cerca, dijo:

—Nunca ha aceptado la muerte de Rufus. Ha sido la interferencia de Flambard en nuestros asuntos lo que le ha llevado a apoyar a Enrique, luego continuó respaldándole para ayudarnos. Ahora, sin embargo, su conciencia se muestra reacia. Su opinión, y podría tener razón, es que ninguna actuación construida sobre un asesinato puede triunfar.

—¡Ninguna actuación apoyada por el obispo Flambard puede merecer la pena!

—Yo pienso lo mismo, Jehanne, pero no es lógico. Los hombres buenos y los malos a menudo acaban en el mismo bando.

—¿Qué significaría para nosotros que tu padre se quedara aquí y no acudiera a jurar?

—Mientras no apoye abiertamente la opción de Roberto, todo puede ir bien. Enrique tendrá que intentar buscar su respaldo. Espero.

—¿Entonces nosotros seguiremos adelante sin lord William?

—Por supuesto. Necesitamos solucionar esto, y estos primeros días probablemente son los mejores. Sospecho que Enrique estará prometiendo cualquier cosa con tal de conseguir respaldo.

Ella soltó un suspiro de exasperación.

—Tu padre tiene razón. Debería haber algo más que interés personal en esto. Si no fuera por mí, los dos elegiríais con más libertad.

Él le tocó la mejilla.

—Jehanne, te he perdonado. Estaría bien que pudieras perdonarte tú también.

Ella cerró los ojos, estaba claro que se encontraba próxima al agotamiento, más espiritual que corporal.

—No es tan fácil. Piensa sólo en lo que podría...

Él ansiaba poder aliviar todos sus pesares, pero poco más podía hacer.

—No habría sido tan diferente, cariño, sobre todo en lo referente al próximo rey. Conozco a Roberto de Normandía, y no le quiero como rey de Inglaterra, al margen de quién disparara aquella maldita flecha. —La rodeó con un brazo, como apoyo y guía—. Vamos. Mejor que vayamos a buscar a Aline y Raoul antes de que empiecen a hacer travesuras.

Aún así, la abadía estaba abarrotada de viajeros que se dirigían a Londres, por tanto no había peligro de que Raoul y Aline encontraran alguna intimidad aunque quisieran. De hecho, se encontraban sentados sobre un muro de poca altura del claustro, tocando música con unas flautas baratas.

—Raoul se las ha comprado a un vendedor ambulante —dijo Aline cuando acabó un pequeño trino—. Hay toda una feria ahí afuera, dice, montada para divertir a la muchedumbre. ¿Por qué no vamos a recorrerla?

Galeran y Jehanne compartieron una mirada y coincidieron en que era preferible eso a estar sentados preocupándose en una de las concurridas habitaciones de huéspedes.

Las sombras del atardecer se alargaban, y los lugareños se apresuraban a ir a casa para cenar, pero los acróbatas y los juglares aún rondaban por la plaza situada en el exterior de la abadía con la esperanza de conseguir algunos peniques. También quedaban algunos mercaderes y vendedores ambulantes que aún no habían retirado su género.

Galeran compró empanadas a un hornero y comieron mientras se paseaban entre los puestos improvisados, disfrutando con la oferta de cuencos y bandejas, abalorios y tallas, zapatos y capirotes.

Un mercader tenía a la venta buenos rollos de seda, pero el grupo viajero no estaba de ánimo para cargar con objetos de ese tipo, de modo que se dejaron seducir por la tentación de las cintas.

Galeran le compró cinta de color azul para Jehanne, y Raoul escogió el blanco para Aline.

Ésta sabía que debía ser cautelosa con el llamativo sureño que nunca sería para ella, pero quería un regalo suyo que conservar durante los largos años solitarios.

—Color de pureza —dijo él con una sonrisa burlona mientras le ataba la larga cinta formando un nudo elaborado.

—Una pureza bastante enredada —comentó ella al aceptarlo.

—Linda, desconcertante, desafiante. Como vos.

Aline le miró con recelo.

—¿Hoy es el día de los ejercicios de adulación, sieur?

—¡Lo habéis adivinado! Me encanta tener enfrente un oponente agudo.

Con el corazón acelerado, Aline contraatacó.

—Entonces debo confesar que vos también sois apuesto y desafiante. Pero no demasiado desconcertante. Vuestras intenciones se ven con claridad.

—¿Ah sí? Ni siquiera yo las tengo claras, dulce Aline.

—Entonces sí que tengo motivos para preocuparme.

—Sí, eso es verdad.

Ella hizo girar las bonitas cintas blancas.

—No paro de recibir advertencias, pero de poco me sirven. Así pues —dijo Aline alzando la vista para mirarle—, aquí estoy, a salvo en el interior de los muros de mi pureza y determinación, reacia a abrir las puertas por el mero hecho de oír palabras bonitas. ¿Qué haría un atacante perverso —un hipotético atacante perverso— para lastimarme? ¿Qué destrezas tengo que ejercitar a continuación?

—¡Estoy empezando a pensar que debería construirme también una sólida torre donde parapetarme. Sin embargo —continuó mientras la guiaba hacia otro puesto— una opción para vuestro enemigo sería sitiar el castillo. Pero eso podría requerir mucho tiempo.

Mientras paseaban junto a un hojalatero, Aline preguntó:

—¿No merece esa pérdida de tiempo mi castillo, señor?

—Sin duda, pero no siempre se dispone de tiempo. ¿Y si vuestro señor feudal llegara con tropas de apoyo? Lanzó una mirada significativa a Galeran y a Jehanne, quienes se habían detenido a observar a un tragafuegos.

—En ese caso, supongo que mi enemigo tendría que levantar el campamento. A menos que pudiera encontrar formas más rápidas de asalto.

—¡Tenéis una excelente capacidad para entender la guerra, lady Aline! Pero, ¿no pensáis que sería suicida cualquier carga directa contra un fortín tan bien defendido?

Ella le miró.

—Entonces, ¿estoy a salvo? No pensaba que la guerra fuera tan fácil. —O tan decepcionante. Aline era consciente de no querer que su atacante recogiera las tiendas y se fuera a buscar otra diana más fácil. En absoluto.

Se apoyó contra la carreta del hojalatero.

—Ningún castillo está a salvo de un asaltante decidido a todo. Con tiempo, vuestro atacante podría socavar las murallas, excavar bajo tierra, introducir madera en los pasadizos, prender fuego luego para derribar los muros.

Aline sentía una gran tentación de poner la mano sobre su amplio pecho. ¿Alguna vez un castillo asediado abría sin más las puertas e invitaba a su conquista?

—Pero nuestro atacante hipotético no tiene tiempo...

Él tomó su mano para frotarle delicadamente la piel con su pulgar.

—En cuyo caso podría intentar atacar desde cierta distancia. Utilizaría proyectiles en un intento de demoler las murallas.

—Eso me suena bastante peligroso. ¿No me encontraría yo sobre los muros arrojando cosas a mi vez?

—Y todos sabemos lo formidable que estáis sobre una muralla.

—Oh —dijo ella con un temblor en los labios—, ¿os arrojaríais sobre mí?

Cuando él dejó de reírse, alzó su mano y la besó.

—Otro planteamiento, por supuesto, sería la traición.

Dejó de cogerla por la mano para rodearla por la cintura y meterla en volandas detrás de la carreta, de tal manera que en un par de segundos de vértigo, Aline desapareció de la vista de los demás y quedó atrapada por el cuerpo de Raoul en un rincón en sombras, con la mano de él sofocando su grito.

Alzó la vista, aterrorizada y a la vez emocionada. Jehanne ya le había advertido. ¿Se cumplirían aquellas advertencias?

Él apartó la mano de su boca, pero de inmediato la selló con un beso ardiente y embriagador que tenía poco que ver con el cortejo de atracción y mucho con la conquista.

Todo su duro cuerpo se apretó contra ella, sumergiendo a Aline en su peligro y poder, y en un aroma picante a caballo y a cuero. Con un cambio repentino, le levantó las faldas y encajó su muslo entre los de ella. Pese al grito sofocado de protesta, él subió la pierna sobre la rueda del vagón, levantando de este modo a Aline del suelo.

Aline tuvo que agarrarse a sus hombros para recuperar el equilibrio, ya que estaba pegada a él con las piernas separadas.

Entonces su cuerpo se convulsionó con una sacudida de algo indeterminado.

Aterrorizada por las sensaciones, empujó con desesperación el pecho de él, pero toda su fuerza no movía ni una sola pulgada. Él se limitaba a balancear su pierna debajo de ella y estirar su boca, abrumándola con su lengua, su muslo y sus brazos hasta debilitar toda resistencia. Si apenas podía pensar, qué decir de luchar.

Entonces ella le besó y descubrió que la rendición era mucho más reconfortante que la resistencia.

Al final, muy al final, él soltó sus labios a regañadientes, lo cual era tan halagador, y le besó la punta de la nariz.

—¿Ya estáis conquistado, pequeño castillo? —No es que fuera una pregunta, sino un anuncio petulante.

Aline le pinchó en la espalda con el puñal que había extraído de la funda de Raoul.

—¿Y vos?

La turbación borró la sonrisa de Raoul, pero ésta volvió poco a poco, aunque sus ojos estaban mucho más alertas.

—Un amago y luego el ataque. Excelente táctica. Pero hacer prisioneros a los que no podáis manejar tiene sus peligros también.

Aline rezó para hablar con voz firme pese a su absurda posición, aún a horcajadas sobre su muslo.

—Puedo manejaros, Raoul de Jouray. Os soltaré a cambio de un rescate—apretó el puñal una fracción más, provocando un siseo en él—, y sólo si admitís que estabais tan abrumado por el ataque como yo.

—Incluso más, mi bella oponente. O no habríais conseguido mi puñal.

No había esperado su total capitulación.

Desplazó el puñal con cautela, en espera de represalias, pero él se limitó a dejarla en el suelo y dio un paso atrás para luego tenderle la mano. Aline le entregó el puñal y se alisó la ropa, consternada al percatarse de un ardoroso dolor donde antes había estado su muslo, un dolor que la incitaba a cogerle por el cinturón y arrastrarle de nuevo contra ella. Bajó la vista para concentrarse en el arreglo escrupuloso de su vestido.

—Sois una mujer extraordinaria, Aline de Burstock.

Ella le miró.

—¿Porque no me dejo atolondrar por vuestros besos?

—Porque sois capaz de mantener la cordura en medio del placer. —Guardó el puñal con mucha lentitud en su funda enjoyada—¿Negáis el placer, Aline?

Ella quería hacerlo, pero su boca seca y su entrepierna doliente decían lo contrario. Habían eliminado otra capa de compostura entre ellos, ya no era posible seguir mintiendo.

—No, no lo niego. Pero me enoja que confiéis tanto en que a vos no os afecte.

—Nunca he confiado en eso. Sencillamente menosprecié vuestro arsenal. De modo que —dijo con su habitual sonrisa afable— soy vuestro prisionero. ¿Qué rescate queréis?

—¿Qué sugerís?

—¡Demontre, Aline! Eso es una idiotez.

—En absoluto —dijo ella con una sonrisa—. Mi intención es tomar nota de vuestra cifra y tripicarla.

Él la atrapó contra la carreta una vez más, pero con suma delicadeza.

—Un centenar de besos.

Ella le observó, dejándose arrastrar por su aura.

—Se nos gastarán los labios.

—Podríamos hacer durar muchos años los trescientos besos.

Aline miró su torso, el excelente bordado de oro que rodeaba una reluciente piedra amarilla. Su elegante y colorido atuendo le recordó que era extranjero.

—Pero antes del invierno habréis regresado a la tierra de las uvas y las flores de almendro.

—Podríais venir conmigo.

Eran las palabras que quería escuchar, pero ahora la realidad le asustaba.

—No, no puedo.

—¿Por qué no?

—No podría dejar mi hogar, a mis amigos, mi familia.

—Ya veo. —Su serenidad resultaba molesta—. Ah, pues bien, tampoco sería mala idea que dejáramos por el momento nuestros juegos y nos concentráramos en los asuntos de nuestros amigos. Jehanne y Galeran nos necesitan lúcidos, listos para actuar...

¡Qué poco le importaba! Salió de su abrazo.

—Exacto. De modo que se acabaron los ataques, señor. Como podéis ver, soy un fortín bien defendido.

—Muy aceptable. A menos que una fuerza potente avance contra vos.

Ella se dispuso a rodear la carreta y salir de nuevo a la luz, esforzándose por contener las lágrimas. Al menos él podía haber intentado convencerla para cambiar su decisión.

—Aline...

El contacto sobre su brazo la dejó inmóvil entre las sombras. Aun así no dijo nada, permaneció a la espera, mientras su corazón latía con fuerza y celeridad. Tal vez ahora le rogara.

—No os ordenéis monja.

Apretando los dientes, Aline salió a la luz, donde las antorchas y el fuego que lanzaba el bufón por la boca parecían la iluminación del infierno más que una luz salvadora. Se estremeció por el peligro y el lastre del recuerdo de aquel sensual ataque de Raoul. Había pasado la vida remando en estanques y ahora la remolcaba a alta mar, algo que la aterrorizaba y también la emocionaba. Y aún peor, por lo visto él no tenía intención de quedarse allí con ella.

Si no la amaba, qué derecho tenía a opinar sobre si debiera o no hacer sus votos, y a intentar anular su decisión al respecto?

Pero, tuviera derecho o no, él se estaba saliendo con la suya.

Galeran vio cómo Raoul hacía desaparecer a Aline detrás de la carreta y también les vio salir, advirtiendo también el gesto ofendido en la firme barbilla de Aline. Había esperado más bien que ella saliera aturdida por sus besos. De cualquier modo, lo que despertó un interés especial en él fue la expresión en el rostro de Raoul. Él estaba suficientemente aturdido por los dos.

Jehanne también lo advirtió.

—La verdad, él no debería...

—Ni ella tampoco.

—¡Él tiene mucha más experiencia!

—Cierto, pero Aline tiene los ojos bien abiertos.

—Mientras sea lo único que tiene abierto...

Galeran la miró con las cejas levantadas.

—La verdad, no me imagino a Aline sacrificando su virginidad por un breve encuentro tras una carreta, Jehanne.

Ella se rió y sacudió la cabeza.

—Lo sé, lo sé. Y con todas las preocupaciones que tenemos, no sé por qué me inquieto por ella.

Galeran le puso la mano en la nuca y se la frotó.

—Tal vez porque es más fácil que inquietarse por las cosas serias. Tendríamos que estar en Londres mañana.

Notó el escalofrío de ella.

—Creo que sería feliz si pudiéramos perdernos sin rumbo fijo. Estoy asustada, Galeran.

—Con motivo. —No dejó de masajearle el cuello—. ¿Quieres que dejemos el país? Sin duda Raoul nos ofrecería cobijo en Guyenne.

Ella se volvió para mirar a su marido, su belleza era más salvaje con las llamas del tragafuegos.

—¿Eso harías? ¿Dejar Inglaterra por mí?

Aquel movimiento había dejado su mano sobre la mejilla de Jehanne, y entonces le pasó el pulgar por su preciosa barbilla.

—Por ti haría cualquier cosa.

—¡Oh, Galeran! Qué tentación... Me aterroriza verte morir.

—¿Temes por mí? A mí ne aterroriza que te impongan algún castigo. Como bien dices, es una tentación huir.

La expresión de Jehanne se volvió más firme.

—Pero es un pecado. No podemos.

—No, no creo que podamos. Confío de todos modos en que no nos arrepintamos. —Le dio un leve beso en los labios—. Pero sí me arrepiento de nuestro juramento.

—Y yo también. —Con una mirada pícara, se acercó un poco

más y le tocó el pecho—. Entonces, ¿interpreto el papel de Eva? Por lo visto hay un rincón oscuro tras la carreta.

A Galeran se le secó la boca. La dignidad le prevenía, pero la empujó con rapidez hasta la carreta y se metieron detrás para encontrar el rincón oscuro y privado.

—De Eva, no, —le susurró mientras se soltaba la ropa— sólo de Jehanne. —Entró en su cálida humedad, y ella le retuvo fuertemente con sus piernas, cogiéndole por los hombros y aferrándose con todo su cuerpo al de él—. Oh, Dios —gimió Galeran, pues era consciente de que sus embestidas podían balancear la carreta—. Estamos locos.

—No pares. ¡Tú no pares!

Cómo se le ocurría pensar que fuera a hacerlo... El mundo podía venirse abajo a su alrededor y no pararía hasta conseguir el alivio cegador de la descarga del semen dentro de ella.

Mientras recuperaba el ritmo cardiaco y la bajaba poco a poco al suelo, se percató de que ella no había tenido tiempo de alcanzar el orgasmo. No había protestado, pero cuando Galeran le metió la mano entre los muslos, ella los separó y se apoyó contra él. En cuestión de momentos su respiración se entrecortó y le clavó los dedos en la carne. Luego también le clavó los dientes, mientras sofocaba sus gritos.

Galeran notó que su erección se recuperaba. En una cama tranquila, él la hubiera penetrado antes de darle ocasión a recuperarse, y era una idea incitante, pero ya bastaba. Bebió la última pasión de sus labios y luego la llevó dando un gran rodeo hasta fuera, confiando en que nadie se enterara de quién había provocado esas sacudidas de la carreta.

Cuando se mezclaron con el gentío, Jehanne aún parecía aturdida. Galeran veía casi con condescendencia los problemas que les habían llevado detrás la carreta, ya que nunca antes habían hecho el amor de esa manera, con urgencia tan feroz y furtiva.

Pero existían demasiados peligros como para sentirse agradecido. Eran esos peligros, incluida la muerte, los que les habían llevado a esa breve locura. Él se conformaría de buen grado con la seguridad y el amor de su lecho un día cualquiera.

Cuando volvieron a reunirse con Raoul y Aline, su amigo le dedicó una mueca de complicidad, y Galeran notó que se sonrojaba.

Al menos Aline no se había dado cuenta. Parecía hipnotizada por el tragador de puñales.

—¡Agh! ¿Cómo puede alguien hacer algo así?

—Tal vez no tenga muchas opciones —le contestó Galeran mientras arrojaba una moneda al hombre—. Tal vez sea su destino.

—Oh, como una vocación —dijo Aline, sin mirar para nada a Raoul.

Y cuando Galeran lanzó una mirada interrogante a su amigo, le encontró muy pensativo, tal vez incluso infeliz.

La situación podría ser interesante, pero todo el interés de Galeran parecía estar comprometido.

Capítulo 15

A la mañana siguiente, Galeran visitó a su padre, quien se esforzaba por parecer indispuesto.

—Así es mejor, de todos modos —dijo lord William—. Que Enrique no esté del todo seguro de nuestro apoyo.

—No le será difícil, pues aún no sabes qué hacer.

—¡No me pongas mala cara, muchacho! En este mundo lo único que importa al final es nuestro honor y nuestra alma. Tengo que pensar en esto.

—Entiendo, padre.

—Ten cuidado con Flambard. Hará lo que pueda para acabar con nosotros. —Lord William le agarró la mano—. Rezaré por ti.

Galeran fue a montarse al caballo recordándose que creía en la oración y creía en un Dios justo pero misericordioso. Hubiera preferido de todos modos tener a su lado a su padre. Ningún monarca rechazaría el apoyo de William de Brome si se lo ofrecieran. Aun así, un monarca inseguro de este apoyo, podría decidir que la mejor vía era destruir por completo el poder de la familia.

Podía imaginarse al obispo Flambard procurando eso.

La carretera de entrada a Londres estaba repleta de embaucadores, mercaderes, pequeña nobleza y señores nobles, entre los que sin duda se mezclaba todo tipo de ladrones. Podrían haber aprovechado sus caballos para abrirse paso, pero con mujeres y un bebé incluidos eso no era tan fácil, de modo que siguieron aquel flujo de lento movimiento, recordando a Galeran sus ideas sobre el destino de la gente. Al menos tenía que agradecer que disponían de alojamiento. Raoul tenía parientes lejanos —comerciantes de vino— en la ciudad, y habían enviado a un mensajero precediéndoles para pedir hospitalidad. Ya habían recibido recado de que Hugo y Mary estarían encantados de acoger a su grupo, aunque les advertían que estarían un poco apretados.

De nuevo, se temió que no habría oportunidades de pasar una noche tranquila, en privado con su esposa. Galeran se descubrió deseoso de una vida tranquila en Heywood, tal vez más que nunca antes. Lo tenía muy cerca —casi al alcance de la mano— pero también podría perderlo todo, según el antojo del rey.

Aunque no pareciera posible, las apreturas de gente eran aún peores dentro de las murallas de la ciudad. En algunos lugares, la aglomeración se quedaba completamente atascada y Galeran tenía que dar órdenes de emplear caballos y látigos para romper el bloqueo. Les llevó horas llegar a Corser Street. Sus anfitriones se disculparon por el limitado espacio de su estrecha casa, pero Galeran sabía que tenían que sentirse afortunados.

Mientras Jehanne y Galeran organizaban a su grupo en las dos habitaciones disponibles, mandando a criados y hombres de armas a dormir en los cobertizos de la parte posterior de la casa, Raoul se encargó de averiguar las últimas novedades.

Regresó al cabo de una hora con un cesto lleno de empanadas y una red con cerezas.

—El rey está celebrando audiencias públicas —dijo sacudiéndose el polvo de la ropa—. Por supuesto, el objetivo es aceptar el homenaje de cuanta gente sea posible.

—¿Y cuál es el ánimo en la calle? —preguntó Galeran mientras servía a su amigo un poco del vino de Hugo.

—Favorable a Enrique, diría yo. Vuestro viejo rey Guillermo no era más popular aquí que en el norte y el tono general parecer ser «adiós y buen viaje». Sobre todo con esa declaración especial del rey Enrique el día de su coronación de restablecer las viejas leyes.

Jehanne se había ausentado con el bebé, pero Aline se encontraba presente, intentando soltar la red para liberar las henchidas cerezas. Cejó en su empeño y les miró con el ceño fruncido.

—Espero que no se entusiasme demasiado con la ley y el orden.

—¿Por qué no? —preguntó Raoul mientras se acercaba a cortar la red con su cuchillo. Galeran notó que incluso esa sencilla operación parecía generar una gran tensión y mejillas ruborizadas. No entendía en absoluto cómo podía pensar aún Aline en querer llevar una vida religiosa. Pero, claro, si Raoul no se comprometía con ella...

Se sacó de la cabeza esas cuestiones.

Aline cogió una cereza y se alejó de Raoul.

—¿Y si el rey quiere hacer respetar las leyes contra el adulterio? Raoul clavó un cereza con la punta afilada de su puñal.

—¿Es probable una cosa así? —preguntó a Galeran, luego se llevó la cereza a la boca. En ningún momento quitó la vista de Aline.

Con las mejillas de un rojo cereza, ella también se metió la fruta en la boca.

—Espero que no —respondió Galeran, que sentía ganas de juntar sus cabezas de un golpe—. Nadie ha acusado jamás a Enrique Beauclerc de benevolencia a la hora de juzgar.

—¡Ja! —Aline escupió en su mano el hueso de la cereza y miró a Galeran—. Te quedas corto. ¡Arrojó a un hombre de las almenas de Rouen con su propias manos por oponerse a él!

—Una lección muy explícita sobre la oposición a la voluntad de los príncipes.

El gesto severo de Aline se suavizó un poco.

—La verdad, no sé cómo encontráis gracioso todo esto.

—No, por supuesto que no. Tenemos que confiar en el buen juicio de Enrique y su deseo de tener a mi padre de su parte. Raoul, ¿te enteraste de alguna cosa interesante?

Raoul enfundó su puñal.

—En realidad, no. Pregunté sobre Raymond de Lowick, pero nadie sabe nada de él, lo cual no es ninguna sorpresa. De todos modos sí he oído comentarios sobre el obispo de Durham. Llegó ayer.

—¿Flambard ya está aquí? —preguntó Galeran con un escalofrío de inquietud—. Confiaba en que tardara más. Estoy seguro de que él es el enemigo al que nos enfrentamos. Aparte de sus ambiciones en el norte, nunca nos perdonará haber desafiado sus planes.

—Tal vez ya no tenga tanto poder. Está claro, por decirlo rápido, que es un hombre odiado.

—Oh, sí, muy cierto. Pero el odio no le ha detenido de momento. Parece tener una habilidad casi mágica para eludir los problemas.

—Os buscáis enemigos interesantes —comentó Raoul con una mueca—. Y ninguno de los consultados daba muestras de pensar que los días del obispo estuvieran acabados. Su gancho parece residir en una peculiar destreza para conseguir dinero. ¿Qué rey puede pasar eso por alto?

—Enrique no se atreverá a apoyar a alguien tan poco popular —dijo Galeran, pero, una vez más, intentaba ocultar sus temores. Ranulph Flambard era un hombre muy sagaz, y tal como había dicho Raoul, los reyes sentían un aprecio especial por los hombres capaces de suministrarles dinero.

Raoul se encogió de hombros.

—Supongo que mañana acudiréis a la corte y pediréis audiencia. Mejor conseguimos información entonces.

Jehanne entró y oyó estas últimas palabras, con una criatura satisfecha en sus brazos. Su pálido rostro se demacró aún más.

—¿Mañana? ¿Tan pronto?

Galeran se acercó para rodearla con un brazo.

—No hemos venido a tumba abierta hasta aquí para sentarnos a perder el tiempo, cielo.

—Oh, ya lo sé —respondió meciendo con nerviosismo a la niña—. Pero no puedo evitar preocuparme. Ojalá pudiera ir contigo...

—No creo que sirviera de mucho.

Ella le miró con una mueca.

—Lo sé, lo sé. Es que me siento tan impotente. ¿Puedo aunque sea discutir contigo la estrategia?

Estaba claro que eso la tranquilizaría, de modo que Galeran accedió. Raoul repartió empanada y cerezas, y los cuatro se pusieron a comer y a discutir los planes para el día siguiente, aunque en realidad no tenían muchas opciones. Galeran se pondría sus mejores galas, llevaría obsequios —incluidos algunos objetos de Tierra Santa— y una buena dosis de esperanza. Si el rey le concedía una audiencia privada, expondría la situación ante él.

A menos que presintiera que alguien se le había adelantado y había colocado sus trampas. Pero no lo dijo, pues no tenía ninguna estrategia para esa situación, aparte de su propio ingenio.

Mientras él y Raoul se iban a compartir el dormitorio preparado para ellos, Galeran preguntó:

—¿Quieres venir mañana?

—Tal vez sea mejor que me quede para cuidar de las mujeres.

—Pienso que cuanto más lejos estés de las mujeres, mucho mejor.

Raoul se quedó contemplando su cama como si encerrara algún misterio.

—Le he pedido que se case conmigo.

—¿Y te ha dicho que no? —Galeran no sabía qué le sorprendía más.

—No quiere dejar su hogar.

—Eso es una estupidez. Estoy seguro de que puedes convencerla.

—Ojalá yo estuviera tan seguro. Entonces —añadió con más energía—, ¿quieres que te acompañe?

—¿Por qué no? Es difícil que Lowick intente llevarse al bebé de esta casa tan abarrotada, y Flambard no tiene jurisdicción aquí. Valoraré tu opinión de Enrique Beauclerc.

Aquella noche, Raymond de Lowick llamó a la puerta de la suntuosa casa del obispo de Durham cerca de Westminster. Un guardia armado la abrió, algo necesario sin duda para una persona tan impopular. Desde su llegada a Londres, Raymond se había percatado de lo impopular que era Flambard. Deseó no tener que tratar con un hombre así, pero, ¿quién más podía apoyarle en su causa contra William de Brome?

Era por Jehanne, se recordó. La hermosa Jehanne, obligada a casarse, a pesar de lo contenta que estaba ella de su compromiso con Lowick. Al fin y al cabo, el viejo Fulk lo había mencionado una o dos veces.

Y ahora ella corría peligro. Seguro que Galeran estaba esperando el momento oportuno. Había mostrado sus verdaderos sentimientos al golpear a Jehanne. Raymond maldijo el hecho de haberla dejado sola, obligada a hacer frente a aquella violencia.

¿Y qué pasaba con su hija? Raymond sentía un cariño sincero por la cría, o al menos todo el cariño que un hombre puede sentir por una niña pequeña. Era su primer descendiente, por lo que él sabía, y su honor le obligaba a protegerla. Galeran era un buen hombre, pero ningún hombre podría olvidar los orígenes de una criatura así. Por misericordioso que fuera, como mucho la entregaría a algún campesino para que la criara.

Raymond deseó no tener que jugarse la vida con nadie, pero temía que no existía ninguna otra forma. No se le ocurría ninguna otra manera de proteger a Jehanne y a Donata.

Y de conseguir Heywood. Era un objetivo menos noble, lo sabía, pero le consumía igualmente.

Igual que el rey Enrique consideraba que Inglaterra era suya por derecho de nacimiento, Raymond pensaba que Heywood era suyo desde el momento en que el último hijo de Fulk había muerto. Él era el favorito de Fulk. Le reconocían como uno de los mejores guerreros jóvenes del norte. ¿Quién más iba a merecer casarse con Jehanne?

Cuando Fulk desplazó su interés hacia Brome, Raymond ya había despertado un débil interés en su amigo Eustace por la Guerra Santa contra los moros. Había sido bastante fácil, y la costa quedaba despejada.

O eso pensó.

Cuando vio que ofrecían Heywood y Jehanne a ese mequetrefe canijo de Galeran, casi se atraganta con su propia bilis. No era justo. No podía ser justo. Dios lo había demostrado negando descendencia a Galeran, hasta que partió a la cruzada, y luego arrebatándole ese hijo para darle una oportunidad a Raymond.

Mientras le conducían a la presencia del obispo, él seguía firme en su creencia. Era voluntad de Dios que se quedara con Heywood, con Jehanne y Donata. Aunque eso costara la vida de Galeran de Heywood.

—Milord obispo, bienvenido de nuevo a Londres...

A Galeran y a Raoul les llevó media mañana del día siguiente salir de la ciudad amurallada y avanzar junto a la larga curva del Támesis hasta Westminster Hall, donde el rey tenía su residencia y recibía a la corte. La intransitable carretera estaba abarrotado de séquitos señoriales, mercaderes esperanzados y meros curiosos. La congestión empeoraba con los puestos que se alineaban sin autorización a los lados de todas las calzadas y con el pequeño ejército de mendigos.

El río podría ser una ruta alternativa, pero también estaba repleto de todo tipo de embarcaciones, y por consiguiente resultaba mucho más arriesgado.

Escuadrones de soldados se abrían camino con regularidad entre las multitudes para desmantelar los puestos y espantar a los mendigos, pero en cuanto los guardias continuaban su camino, los vendedores ambulantes y pedigüeños volvían a salir, gritando a los señores que pasaban, de manera que el ruido parecía tener presencia física.

Era como nadar en el barro, pensó Galeran aturdido mientras arrojaba unas monedas a un tullido que no parecía fingir... sin duda esas terminaciones cicatrizadas donde tenían que estar sus piernas no podían ser falsas.

De cualquier modo, por fin salieron a un espacio abierto que rodeaba el gran palacio de Westminster y su edificio hermano, la abadía noble del rey Eduardo. Aquí también se reunían grandes cantidades de gente, pero el espacio podía acogerles, incluido su ruido.

¿De dónde venían tantos vendedores ambulantes?, se preguntó Galeran mientras un hombre le ponía delante unas campanillas para el caballo, ensalzando su calidad. Crea una multitud, y la gente que ofrece servicios a las multitudes aparecerá como hongos.

Aun así, se advertía cierto tipo de organización en todo esto. Una cantidad de hombres de armas disciplinados vigilaban la zona, y había establos provisionales construidos a un lado para las monturas de las visitas señoriales. Los simples curiosos y los vendedores más indisciplinados de vez en cuando eran expulsados de este enclave y empujados a las calles abarrotadas.

Una vez hallaron un poco de espacio donde respirar, Galeran empezó a encontrar esto interesante. Sólo había estado una vez en Londres, para unirse a la cruzada. No obstante, en esta ocasión la atmósfera parecía diferente. El ambiente era más alegre y, pese al caos, había una sensación de limitación e incluso de orden. Esto reflejaba la naturaleza del nuevo rey, y Galeran tuvo que considerar si era un buen augurio o no. Lo del ambiente más distendido seguro que era favorable, ya que, una fuerte inclinación por la ley y el orden podría no ser lo más conveniente para su causa, como ya habían comentado el día anterior.

Llevó a su grupo hasta los establos y dejaron sus caballos al cuidado de los mozos.

Luego salió un clérigo que llevaba una tablillas de cera.

—¿Vuestros nombres, amables señores?

Los nervios de Galeran se hicieron notar, pero contestó con calma.

—Galeran de Heywood, de Northumbria y Raoul de Jouray, de Guyenne.

El hombre anotó sus nombres sin ninguna expresión.

—Su majestad el rey Enrique está muy agradecido de las numerosas muestras de homenaje y felicitaciones por su ascensión. Sin embargo, la cantidad de personas hace imposible que, en esta fecha, pueda recibir en audiencia privada a todo el mundo. Si desean pasar al salón, señores, el rey hace un recorrido de tanto en tanto.

Se fue a saludar al siguiente grupo.

—Muy interesante —dijo Raoul mientras caminaban en dirección al enorme edificio de madera, delicadamente tallada y pintada, adornado de estandartes—. Parece que a vuestro Enrique le gusta la organización.

—Y se le da bien, para ser más exactos. Si su salón se llenara de gente, todos metiendo prisa para tener su oportunidad de un momento a solas con el rey, los sentimientos serían mucho más ásperos. De esta forma, quienes no consigan una audiencia no se sentirán tan contrariados.

Raoul puso una mueca.

—Piensas como yo. Le presentan los nombres y él decide a quién ver. Bien, entremos y veamos si te eligen.

—Lo más probable es que no. A mi padre sí le escogerían, pero yo no cuento con su poder.

—Eres su hijo.

—Para quien lo sepa. Aunque sea mi objetivo, dudo mucho que hoy haya ocasión de mantener una audiencia privada. Tal vez tengamos que esperar semanas, y eso podría no ser malo.

—O tal vez prefieras posponer el momento. En caso necesario, podría ofreceros refugio en Guyenne.

Era la primera vez que el desenfadado Raoul mencionaba algo así, y a Galeran se le hizo un nudo en la garganta. ¿Qué presentía Raoul aquí para llevarle a hacer ese ofrecimiento?

Tras haber regresado sano y salvo a Inglaterra, no tenía deseos de abandonar sus costas de nuevo, pero si tuviera que elegir entre eso y Jehanne, por supuesto que huiría al exilio. Si tuviera la oportunidad.

Se sumaron a la marea de nobles que, ataviados magníficamente, cruzaban las grandes puertas abiertas del salón, y encontraron llena la cámara principal, pero no tanto como para que resultara agobiante. Era un enorme espacio que podía alojar una multitud e incluso el ruido de muchas voces.

—¿Qué apuestas —murmuró Raoul— a que cuando la aglomeración llegue al límite, el rey sale para tranquilizar a todo el mundo y mandarle a casa?

—Estoy seguro de que estás en lo cierto, pero al menos la espera va a ser civilizada.

En una esquina tocaban los músicos, había mesas dispuestas con comida y criados que recorrían la estancia con copas de vino. Galeran y Raoul cogieron una cada uno, lo probaron y ambos subieron las cejas. Era bueno.

Galeran se abrió paso hacia un espacio próximo a una ventana y dijo en voz baja.

—Qué alivio no tener que intentar mentir a Enrique Beauclerc.

—Tal vez tenga sirvientes eficientes, ni más ni menos.

—Puedes conocer a un hombre por sus sirvientes.

Galeran se apoyó en el muro e intentó relajarse. Sabía que podría tocarle pasar horas aquí. Se había acostumbrado a este tipo de pérdidas de tiempo durante la cruzada. Le fastidiaba, pero había ocasiones en que sólo el hecho de estar presente era esencial para la aceptación y el bienestar. No tenía duda de que mantenían un registro de quién estaba aquí y qué prisa se había dado en acudir.

Y quién no había venido.

La ausencia de su padre ya habría sido advertida, y no sabía que consecuencias podría tener eso.

También estaba seguro de que algunos de los asistentes eran hombres del rey, presentes aquí con el único propósito de escuchar las conversaciones. Quizás era algo obvio para todo el mundo, ya que lo único que oía eran comentarios seguros sobre cosechas y caballos.

Luego oyó que alguien mencionaba al duque Roberto para especular sobre lo que pudiera hacer.

—Si aún le queda juicio —dijo un hombre nervudo con nariz ganchuda—, renunciaría a Inglaterra. Ya no estamos en 1066.

—Pero, ¿y si alguien le quiere en el trono? —murmuró un hombre rollizo, cuyos ojos se desplazaban de un lado a otro como si pudiera detectar algún espía—. ¡No es mi caso! —se apresuro a decir—. Pero no tengo interés en vernos enfrentados los unos a los otros.

—Dudo que alguien quiera eso. Ése es un motivo excelente para dejar claro que Enrique Beauclerc es el rey adecuado.

Tal vez para evitar conversaciones peligrosas, el hombre nervudo se dio media vuelta y se presentó a Galeran y a Raoul —un tal Robert de Keyworth, cerca de Nottingham—, y luego se dispuso a hablar de temas seguros como el tiempo y el precio de la lana.

Luego a Galeran se le ocurrió comentar:

—Me pregunto si conocéis a un tal Raymond de Lowick, quien se casó con una mujer cerca de Nottingham.

—Vaya, claro que sí. Su esposa es prima lejana mía. Falleció, por desgracia.

—Eso he oído. —Intentando no demostrar un interés especial, preguntó—: ¿Conocéis el motivo?

—Tifus. Nunca fue una mujer fuerte.

Al menos podía dejar de sospechar de esto. Lowick no había asesinado a su mujer como parte de un plan a largo plazo.

—Pobre señora.

—Desde luego. A sir Raymond le afligió mucho, por lo que recuerdo. ¿Le conocéis bien? Un buen soldado.

—Por supuesto. Sólo es un conocido lejano.

—Ah. Creo que no tendremos que esperar demasiado a que salga el rey —comentó Robert—. La muchedumbre ya está empujando.

Antes de que Galeran pudiera hacer algún comentario, alguien le tocó el brazo para llamar su atención.

—¿Milord de Heywood?

—¿Sí?

—Si tenéis la bondad de acompañarme, milord, alguien desea hablar con vos.

—¿Y mi acompañante, Raoul de Jouray? —preguntó Galeran con el corazón un poco acelerado.

—Como vos deseéis, milord.

Dejaron a Robert de Keyworth y siguieron al joven a través del gentío, sin arriesgarse a dirigirse más de una mirada entre sí. Podía ser que algún amigo o amigo de su padre les hubiera detectado y hubiera enviado a un sirviente para que les buscara. Pero Galeran medio esperaba, medio temía, que le llevaran ante el rey.

Ahora que había llegado el momento, no estaba seguro de estar listo para exponer su caso, el caso de Jehanne, al señor de toda esta eficiencia.

Al hombre que había arrojado a un bellaco desde las murallas de Rouen.

Al hombre que podría haber organizado el asesinato de su propio hermano.

El joven les condujo a través del salón, pero no hasta un conocido lejano. Continuó hasta una puerta lateral y luego salieron al aire fresco. Desde allí, les guió bordeando el edificio hasta una entrada bien vigilada que daba a una pequeña estancia.

El palacio de Westminster, al igual que Burstock, era un edificio de madera y por consiguiente podía contar con unas cuantas habitaciones pequeñas alrededor de la gran cámara central. En esta habitación se hallaban dos guardias armados, un monje sentado ante un escritorio con un gran libro encima, y unos cuantos hombres que iban y venían. Al poco rato, entró otro más con una serie de tablillas de cera. El monje las cogió y las inspeccionó con rapidez. Luego murmuró un mensaje y el administrativo salió presuroso.

A continuación el monje les miró. Se conoce a un hombre por sus sirvientes. Éste tenía un aspecto lo bastante saludable como para ser un soldado, con ojos astutos en un rostro arrugado pero ciertamente cordial. Aunque no iba a permitirse indulgencias de ese tipo, Galeran tuvo la impresión de que se podía confiar en él.

Siempre que no se le hiciera alguna mala jugada.

—Milords —dijo el monje—, al rey le complace que hayáis venido con tal premura a rendirle homenaje. Por favor, pasad.

En la siguiente sala había dos guardias, quienes le observaron con veloz competencia. Luego, uno abrió una puerta más alejada y les llevó a presencia del rey.

Esta estancia privada, grande y suntuosamente decorada, casi estaba tan abarrotada como el salón, y estuviera donde estuviese el rey, no se encontraba en su gran trono elevado sobre la tarima. Estaba vacío. Galeran inspeccionó la habitación e identificó a Enrique primeramente por el hecho de que nadie le volvía la espalda. Pero era fácil, porque Enrique llevaba puesta la corona.

En realidad no era tan excepcional que un monarca llevara la corona en una ocasión importante, y no obstante a Galeran le pareció significativo. Pasarse día tras día bajo ese artilugio de metal no tenía que ser agradable, pero era una clara declaración de posesión.

Había visto a Enrique Beauclerc pocos años atrás, y no había cambiado mucho. Tal vez estaba un poco más grueso, pero parecía vigoroso y atlético a sus treinta y dos años, con un saludable buen color. Su cabello moreno y brillante se rizaba sobre los hombros a la última moda.

Sonreía a todo el mundo, y Galeran pensó que la sonrisa parecía sincera. No era tanto una sonrisa de placer por conocer a alguien sino una sonrisa de completo deleite por haber conseguido al fin su ambición de convertirse en rey de Inglaterra... y por tener a la mitad del mundo desesperado por arrodillarse ante él y reconocer aquel hecho.

De todos modos, ¿qué opinaría este hombre del asunto de Galeran? Toqueteó la bolsa que contenía las hojas de palmera y la esquirla de roca del Santo Sepulcro, y continuó estudiando la habitación.

Era fácil distinguir a los hombres más próximos a Enrique de los que habían venido a presentar sus respetos. Los primeros se encontraban más relajados, no iban tan engalanados, y en vez de observar con fijeza al monarca, se movían por la habitación, charlando con tal o cual persona.

Galeran pensó que las personas al servicio de Enrique posiblemente seguían una organización tradicional: caballeros vinculados a su jefe mediante juramentos, lealtades casi imposible de romper. Una casa con una causa común, cuyos miembros vivían o morían como vivía o moría su jefe.

Era el sistema inglés tradicional, que con los normandos, en años recientes, se había debilitado.

Roberto de Normandía tenía favoritos en vez de personal. Durante la cruzada, Galeran había aprendido que esos favoritos tendían a darse puñaladas por propio beneficio más que trabajar en conjunto para favorecer a su señor. Había oído que los amigos de Rufus compartían esta actitud.

Galeran creía cada vez menos en las posibilidades de Roberto de arrebatar a su hermano la corona de Inglaterra.

Un hombre alto, de pelo moreno y aproximadamente su misma edad interrumpió estos pensamientos.

—¿Lord Galeran de Heywood?

Galeran lo admitió y presentó a Raoul.

—Soy FitzRoger —se limitó a decir el hombre.

Galeran reconoció aquel nombre y captó bajo los pulcros ropajes oscuros los múltiples poderes del caballero. Era uno de los luchadores de torneos de la época, y uno de los acompañantes más próximos de Enrique Beauclerc. Era también su paladín. A menudo los paladines se escogían por simples proezas físicas. Este hombre además tenía cerebro.

Se conoce a un hombre por sus sirvientes.

La vestimenta de FitzRoger era magnífica de un modo discreto, pero era su porte lo que hablaba de su poderío interior y exterior.

—Vuestro padre, lord William, ¿no os acompaña?

Directo al grano.

—Ha viajado al sur, señor, pero se puso enfermo en la abadía de Waltham. Reanudará el viaje en cuanto recupere las fuerzas.

Unos inteligentes ojos verdes les estudiaron por un momento, y Galeran no dudó ni por un momento que FitzRoger reconoció una indisposición conveniente. De todos modos, ¿cómo se la tomarían él y su señor?

—El rey lo lamentará cuando se entere, pero estará contento de que vos estéis aquí. Por desgracia, con tanto por hacer, no le va a ser posible viajar a las lejanas tierras del norte durante cierto tiempo, de modo que está ansioso por conocer los asuntos de esa zona. Venid conmigo, si tenéis la bondad.

Les abrió camino con facilidad por la habitación y pareció alertar a Enrique de su presencia sólo mediante su voluntad, ya que en ningún momento le habló ni le tocó, pero aun así Enrique se volvió.

El rey continuaba sonriendo, pero sus bonitos ojos oscuros eran penetrantes como los de un halcón, y en cuestión de segundos les desnudaron a ambos. Qué agotador tenía que ser, pensó Galeran, tener que juzgar a los hombres día tras día, teniendo en cuenta que esos dictámenes significaban el éxito o el fracaso del sueño de una vida, y tal vez incluso la propia vida.

Por supuesto, Enrique contaba con su personal, hombres como FitzRoger, para juzgar a la gente de forma anticipada. Lo más probable era que tuvieran convenida alguna señal sutil para comunicar que un hombre era sospechoso o que no merecía la pena. Se preguntaba si habrían hecho alguna señal acerca de él.

Había matado a su hermano.

La certidumbre irrumpió en la mente de Galeran con tal brusquedad que temió por un momento haber pronunciado las palabras en voz alta, o al menos haberlas dejado ver en su rostro. No obstante, era una convicción ahora que había conocido al rey. Enrique Beauclerc no permitiría que ningún escrúpulo se interpusiera entre él y lo que deseaba.

¿Y qué suponía eso para su propio caso?

Él y Raoul se pusieron de rodillas, pero de inmediato les instaron a levantarse. Galeran recibió un beso en la mejilla.

—¡Mi querido amigo! —declaró Enrique—. Os llamo así porque vuestra familia es amiga de mi familia desde que todos vinimos a Inglaterra.

—Lo consideramos un privilegio, señor.

—¡Excelente! Y hace poco habéis regresado de Tierra Santa. Debéis hablarme de ello. Ojalá hubiera podido unirme a la Aventura de Dios.

De hecho, nada le había impedido acudir, aparte de la falta de fondos y su obsesión primordial, su deseo de conseguir Inglaterra. Pero Galeran no lo dijo, aprovechó simplemente la oportunidad para ofrecer sus obsequios.

Mientras Enrique abría la bolsa con sus propias manos, un toque adicional de color en sus mejillas sugirió que no era inmune a la mística de la cruzada. Tocó los objetos con reverencia y los mostró a todo el mundo a su alrededor.

—Haremos construir relicarios para estos objetos, lord Galeran —dijo— y os damos nuestras gracias más sinceras.

Mientras Enrique entregaba los artículos al cuidado de un monje, Galeran pensó que al menos esta parte iba bien. Tal vez fuera una promesa para el futuro.

—Y ahora —dijo Enrique apartándole un poco a un lado—, contadme cómo están las cosas en el norte. ¿Qué hay de los escoceses?

Seguidamente, con una sonrisa, ofreció a Galeran un eficiente catecismo de los asuntos en el norte, mostrando un buen conocimiento de cómo estaban las cosas allí.

—Nací en Yorkshire, como bien sabéis —dijo al final, y Galeran dedujo que lo decía a menudo. Era uno de sus principales argumentos para reivindicar el trono, el hecho de ser un príncipe inglés de pura cepa. Sin embargo, no era sólo una maniobra política. Había verdadero sentimiento detrás.

Galeran aún no disponía de indicios para intuir cómo reaccionaría a la cuestión de Jehanne y Donata, y el rey ya se estaba volviendo a saludar a otras personas.

—Señor —dijo Galeran.

Enrique se dio la media vuelta otra vez con ojos entrecerrados.

—¿Sí?

—Tengo un asunto que exponer a vuestro dictamen, en el momento conveniente.

No hubo sorpresa en el rostro real.

—Eso me dicen. Mañana a la tercia os escucharemos. Entiendo que el obispo de Durham está interesado, y algún otro hombre... —Miró a su alrededor.

—Raymond de Lowick —apuntó FitzRoger.

—Ah, sí. Mañana, lord Galeran.

Tras decir eso, se volvió al grupo de Devon, con la sonrisa de nuevo en su boca. Galeran soltó una exhalación mientras él y Raoul retrocedían de espaldas poco a poco hacia la puerta, bajo la atención cortés de FitzRoger.

Galeran decidió que necesitaba más información.

—¿El obispo Flambard ya ha hablado con el rey?

—Ayer, sólo un momento —comentó FitzRoger.

Galeran quería preguntar si Enrique apoyaba de algún modo a Flambard o si le odiaba tanto como todos los demás. Aun así, sería ir demasiado lejos.

—¿Y Lowick?

—El hombre ha presentado sus respetos en la gran cámara.

En otras palabras, no le habían admitido en el santuario.

Al llegar a la puerta, FitzRoger añadió:

—Parece que tenéis una naturaleza muy condescendiente, lord Galeran.

O sea que el rey y su personal ya estaban enterados de la historia. Había una expresión de genuina curiosidad en los rasgos de FitzRoger. Galeran supuso que tendría que acostumbrarse a eso.

—¿No es nuestro deber cristiano perdonar al penitente?

—Sobre todo a la adúltera, supongo, por el ejemplo que Cristo nos brindó con tal claridad. Sin embargo, es un aspecto de la cristiandad que a muchos hombres les resulta de veras difícil.

Tal vez de forma precipitada, Galeran decidió enviar un mensaje al rey.

—No es tan difícil perdonar a quienes yerran en un momento de gran tensión —dijo— sobre todo si uno ama al pecador. Sin embargo, es difícil perdonar a quienes hieren a los que queremos.

FitzRoger alzó una ceja, pero se limitó a asentir.

—Id con Dios, lord Galeran.

Volvieron a conducirles por las antesalas y salieron al aire fresco. Galeran respiró a fondo y movió sus tensos hombros.

—¿Bien? ¿Qué piensas?

—Me gustaría un encuentro con FitzRoger.

—¿Nunca piensas en otra cosa que en pelear?

—Es mi trabajo. Pero me gustaría poder juzgar al hombre por sus sirvientes. Si FitzRoger responde a su reputación y a la impresión que acaba de producirme, dice mucho que él sirva al rey.

Se dirigieron hacia los establos.

—Tal vez no tenga muchas opciones. Es hijo ilegítimo.

—Sí tiene opciones —dijo Raoul con certeza—. En cuanto a vuestro rey, intuyo que va a hacer lo que sea para mantener la corona de Inglaterra en su cabeza. Después de eso, supongo que hará todo lo que sea por la seguridad y prosperidad del país.

—O sea, tenemos que confiar en que mi asunto no amenace a nada de lo expuesto antes.

—Por supuesto. Y no es ninguna amenaza, ¿o sí?

—No, por lo que yo sé. A menos que Enrique considere que necesita a Flambard más de lo que necesita a mi padre.

Raoul le dio una palmada en el hombro.

—Eso sería un disparate. Anímate. En general, ¡me da buena sensación cómo están las cosas!

En casa del obispo de Londres, Ranulph Flambard consideraba su situación sumergido en una gran tina. Había acudido a ver al rey el día anterior y no encontró demasiadas dificultades en obtener una audiencia con Enrique. Era un obispo, al fin y al cabo.

No obstante, la audiencia había sido breve y el rey no había mostrado ninguna cordialidad.

Flambard no esperaba otra cosa, pero de todos modos era una pena. Admiraba a Enrique. Sería agradable conservar su antigua posición también bajo su reinado.

Tal y como estaban las cosas, sin la protección absoluta del rey, Londres no era un lugar cómodo. El populacho había expresado sus sentimientos, que traducidos venían a decir que el rey Enrique se deshiciera de Ranulph Flambard, adiós y hasta nunca.

Confiaba en que se equivocaran.

Creía que se equivocaban, aunque no iba a hacerse ilusiones de que Enrique le mirara con buenos ojos. No obstante, el rey no se atrevería a meterse con un representante de la Iglesia sin motivos, y con el tiempo Enrique comprendería que necesitaba las habilidades de Ranulph Flambard.

Pero Enrique todavía se encontraba en los primeros días de su reinado, aún no había tenido tiempo para evaluar los éxitos y fracasos de su hermano o para detectar quién era el responsable de los mismos. Tampoco el rey había tenido tiempo para percatarse de cuánto necesitaba el dinero que Ranulph Flambard podría obtener para él.

Por otro lado, algunos de estos medios de Ranulph habían sido... inusuales. Y Enrique había prometido aplicar la ley.

El obispo se estiró para alcanzar la copa de vino que tenía cerca de la mano derecha. Todo estaba en la balanza.

Un criado se introdujo en la habitación e hizo una reverencia.

—¿Sí?

—Raymond de Lowick solicita audiencia, milord obispo.

Un posible peso en la balanza.

—Que entre. Trae más vino y otra copa.

Sir Raymond irrumpió en la pequeña estancia con su exceso de energía y dignidad. No llevaba armadura, gracias al cielo, pero sólo su espada amenazaba varios objetos cada vez que se movía. El criado le ofreció la copa de vino y él le dio las gracias de forma cortante.

Era asombroso, pensó Flambard, cómo hombres de importancia tan minúscula se daban tantos aires.

—Milord obispo —dijo Lowick—, Galeran de Heywood y su personal se encuentran en Londres.

—¿Ah sí? No es ninguna sorpresa.

Lowick se mostró menos agitado y fijó en Ranulph una mirada de sorprendente complicidad.

—Lord William de Brome no se encuentra con ellos. Se puso enfermo en Waltham.

Ranulph dejó al lado su copa de vino.

—¿De veras? Eso sí que es interesante. ¿Y sabemos qué enfermedad le aqueja?

—No, milrod.

Flambard pensó un momento y luego dijo:

—Debéis cabalgar hasta Waltham y enteraros de cuán enfermo está lord William.

—Pero Jehanne y mi hija están aquí, con escasa protección, en la casa de Hugo el Vinatero de Corser Street. ¿No es una buena ocasión para secuestrarles?

Ranulph decidió que se había equivocado respecto a aquel ramalazo de inteligencia.

—En absoluto. No tengo jurisdicción aquí. Por el momento, saber dónde se encuentran ya nos es útil. Ya he mencionado al rey nuestro caso y confío en que ordene que se obedezca mi decisión. No le interesa ofender a la Iglesia en este momento...

Con una llamada a la puerta, el criado apareció una vez más.

—¿Qué?

—Os ruego me perdonéis, milord, pero ha llegado un mensajero de parte del rey.

—¡Entonces que entre, hombre! ¡Que entre!

El mensajero era un joven empleado muy pulcro, del tipo que parecía gustarle a Enrique.

—Milord obispo, le traigo los saludos del rey, quien os quiere informar de que mañana a la hora tercia le expondrán un caso que podría tener interés para vos.

—¿Qué caso? —preguntó Ranulph, sin permitir que se notara ni una pizca de interés, aunque el puñetero de Lowick se exaltó y empezó a agitarse como un semental que acaba de oler una yegua.

—Un asunto planteado por lord Galeran de Heywood y que concierne a la hija de su esposa. Mencionasteis este asunto a su majestad, milord.

Si este tunante fuera su criado, le apalearía por insolencia. Ranulph dio un sorbo al vino.

—Ah, sí, ya recuerdo, un tema menor. Lord Galeran no estaba demasiado dispuesto a colaborar.

El rey os invita a asistir a la audiencia y a exponer cualquier aspecto del caso que os parezca relevante.

—El rey es sumamente amable y justo. Sir Raymond, aquí presente, también tiene interés en el caso, pues es el padre del hijo. A menos que me digan lo contrario, le traeré conmigo.

—Informaré al respecto. —El empleado hizo una inclinación y salió.

—¡Por San Miguel, ha llegado mi oportunidad! —declaró Lowick, con la mano en la empuñadura de la espada.

—Y puede esfumarse en cuestión de instantes si el rey así lo desea —soltó Ranulph—. Es un hombre con incontables bastardos, por tanto es posible que no se tome la fornicación y el adulterio como pecados serios.

—¿Pensáis que podríamos perder, milord?

—Por si acaso he preparado un arma más.

—¿Un arma, milord?

—Sois el marido legítimo de Jehanne de Heywood.

—No, no lo soy.

Flambard indicó un documento en la mesa auxiliar. Lowick lo cogió, pero dijo:

—No sé leer. —Lo pronunció como una declaración de dignidad.

—Entonces, dejadlo —dijo Flambard con un suspiro—. Es tu documento de compromiso matrimonial, debidamente firmado por unos cuantos testigos.

—Pero nunca estuve formalmente prometido a Jehanne.

Un profundo deseo de dar con algo en la cabeza a Lowick sorprendió a Flambard. La tensión de los últimos días debía estar pudriéndole el cerebro.

—Era el deseo de lord Fulk, dijisteis, y yo he hecho realidad su deseo. El documento, sir Raymond, lo cambia todo. Significa que podéis desafiar a lord Galeran.

Lowick consideró aquello.

—Pero si hago público un desafío injusto, Dios no estará de mi lado.

Flambard cerró los ojos por un momento.

—Debéis tener en cuenta la verdad, no sólo lo que sucedió. En verdad, Jehanne era vuestra novia y estabais prometido a ella, ¿cierto?

—Sí, pero...

—¿No invalida esa promesa su posterior compromiso con Galeran?

—¿Ah sí?

—Sí —mintió Flambard.

—Oh. De modo que si su matrimonio no es válido... ¡ella es mía!

—Exacto. Pues bien, nos reservaremos este documento, no lo sacaremos a menos que lo necesitemos, pero significa que no podemos perder. De un modo u otro pelearéis con él y le mataréis, ¿sí? Por vuestra dama y vuestra hija.

Lowick se puso en pie.

—¡Por mi dama y mi hija!

El volumen con que hizo su declaración casi provoca un dolor de cabeza en Flambard, pero sonrió de todos modos.

—Sería útil de todos modos conocer con exactitud en qué anda metido William de Brome, y no hay tanta distancia a Waltham. Id hasta allí, señor, y descubrid cuanto podáis. Si lord William está fingiendo estar enfermo, es otra baza más a nuestro favor.

Una vez el caballero se fue, el obispo vació su copa de vino, luego encargó a Lucas inspeccionar la casa de Hugo el Vinatero en Corser Street.

Cuando el hombre regresó, trajo consigo noticias muy interesantes.

Capítulo 16

Galeran y Raoul fueron a buscar sus caballos y se dispusieron a regresar a casa de Hugo, lo cual les llevó aún más tiempo pues avanzaban contra el flujo del tráfico. Al cabo de un rato se detuvieron en una taberna para comer y limpiarse el polvo de la ciudad.

Era un alivio llegar por fin a Corser Street, hasta que Mary salió corriendo agitando las manos, con el velo y el aro completamente torcidos.

—¡Lord Galeran! ¡Lord Galeran! ¡Se las han llevado a todas ellas!

—¿Mi esposa? ¿La niña? ¿Quién? ¿Lowick? ¿Flambard? — Volvió a coger las riendas del caballo del hombre que ya se llevaba el animal.

—¡Fueron los hombres del rey! —respondió Mary entre jadeos—. Venían con plena autorización. ¡No pudimos hacer nada!

—¡El rey! —La mente de Galeran giraba enloquecida. Henry había oído la historia de Flambard el día anterior. ¿Significaba esto que estaba del lado del obispo? ¿Era hora de huir?

—¿A dónde las han llevado? —preguntó agarrando la empuñadura de su espada.

—Al convento de St. Hilda. Está junto a Aldersgate Street, no lejos de aquí. —Mary dio unas rápidas indicaciones y los temores de Galeran se aplacaron un poco. Un convento era un lugar adecuado, mientras no quisieran encerrar allí a Jehanne para siempre.

Se volvió para marcharse, pero Raoul le detuvo.

—¿Vengo contigo?

—No. Mejor te quedas aquí.

—Lleva a algunos hombres, al menos. No olvides el plan original.

Galeran se volvió.

—¿Qué?

—La última vez que alguien intentó llevarse a Jehanne y al bebé, tu asesinato formaba parte del plan.

—Pero esta vez son los hombres del rey.

—Pero el juego podría ser complejo. Flambard también podría estar enterado de lo de este convento... el rey incluso puede habérselo contado. También podría planear una emboscada.

—¿En medio de la ciudad? Lo dudo. —La mente de Galeran seguía otro recorrido—. En cuanto Enrique se enteró de que yo estaba en Westminster, mandó hombres para poner a Jehanne bajo custodia. No me gusta. Lo más probable es que ya tenga decidido su dictamen, ojalá se pudra en el infierno.

Raoul le cogió por el brazo.

—Controla tu lengua antes de hablar en público, Galeran, y piensa en tu propia seguridad. Jehanne no corre un peligro inmediato, pero te necesita vivo y en buen estado para defenderla.

—Está detenida. —Galeran se libró de su asimiento—. ¿Qué sucede si Enrique y la Iglesia deciden que debe ser castigada?

—Nunca podrías haberlo impedido.

—Habría encontrado la manera. Aún puedo hacerlo. —Tras decir eso, Galeran se lanzó por la calle, determinando que un hombre a pie iría más rápido que a caballo. Los escoltas podía seguirle o no, como prefirieran.

St. Hilda era una sólida instalación que abarcaba muchos acres, rodeada de altos muros de madera. Una prisión excelente, pensó Galeran, pero no inexpugnable. Ya estaba considerando maneras de liberar a su esposa.

Tras los muros, Galeran alcanzó a ver la parte superior de algunos techos de paja y un campanario de piedra, se suponía que parte de la capilla del convento. El lugar no incluía ninguna construcción militar o defensiva.

Por supuesto, una casa religiosa estaba protegida por Dios y por el hombre, y cualquiera que la invadiera sufriría mucho.

Tiró de la cuerda de la campana que colgaba junto a la pesada puerta de roble, y una pequeña portezuela se abrió hacia atrás.

—Soy Galeran de Heywood, he venido a ver a mi esposa.

La portezuela se cerró y la puerta grande se abrió de inmediato. Los temores de Galeran comenzaron a aplacarse. La delgada portera dijo:

—Debéis hablar con nuestra madre superiora, milord —y abrió la marcha a través del agradable jardín de un claustro lleno de hierbas y flores.

El corazón de Galeran sintió aún más alivio. St. Hilda no era una mazmorra ni un lugar terrorífico. Sin duda el rey había considerado más seguro mantener el motivo de discusión fuera de la vista. Tal vez incluso fuera un intento de proteger a Jehanne y al bebé de la Iglesia.

Aunque bien podía decirse que estaba en manos de la Iglesia...

El despacho de la madre superiora era austero: sencillas paredes pintadas de blanco, bancos y mesas simples, y como adorno tan sólo un crucifijo de marfil. Hablaba de virtud, del tipo más severo. La madre superiora era de igual modo sencilla, con piel cetrina y una poderosa nariz, pero como sucedía con la habitación, su aspecto normal la dotaba de cierta majestuosidad.

—Lord Galeran —dijo ella, al tiempo que hacía una indicación en dirección al banco.

Él no se sentó.

—Deseo hablar con mi esposa.

Ella dobló las manos sobre el escritorio con gesto esmerado.

—¿Con qué intención?

—Para asegurarme de que se encuentra bien, y que está contenta de encontrarse aquí.

—¿Y si no lo estuviera?

—Entonces me la llevaría.

—Las pobladas cejas de la mujer se alzaron empujando hacia arriba el inmaculado velo.

—¿Contradiciendo las órdenes del rey? Tengo órdenes de mantener aquí a lady Jehanne hasta que todos los temas que tengan que ver con ella y con su hija estén resueltos.

—¿Tenéis órdenes de impedir que hable con ella?

La mujer le estudió un momento.

—No —contestó por fin—. Esperad un momento, milord, voy a ver si ella desea recibiros.

Si ella desea...

Galeran se quedó mirando la puerta cerrada, preguntándose por primera vez si Jehanne estaría contenta de encontrarse aquí, lejos de toda la tensión de su complicada situación. Se llevó las manos a la cabeza. Viejas sospechas sobre los sentimientos de Jehanne por Lowick permanecían aún ocultas en su cerebro, esperando a tenderle una emboscada a la menor provocación.

Ya no podía pensar claro sobre esto, pero tenía que hacerlo. Mañana debería convencer al rey de que convenía dejar las cosas como estaban, no tocar a Jehanne y dejar a Donata a su cuidado.

La madre superiora regresó.

—Os verá. De acuerdo con nuestra norma, lord Galeran, no podéis tocaros uno al otro.

—Comprendo. —La siguió por la galería lateral cubierta del claustro hasta una puerta que ella abrió para permitirle entrar en una pequeña habitación. Una pequeña ventana dejaba entrar un poco de luz, y le llevó un momento ver una cama estrecha, un banco y un reclinatorio ante una cruz de madera.

No era una habitación de huésped. Era la celda de una monja. Jehanne se hallaba allí de pie, a solas. ¿Dónde estaban Aline y el bebé?

—¿Estás bien? —preguntó él, maldiciendo en silencio el hecho de que la madre superiora hubiera entrado en la habitación con él. De no ser por eso, la hubiera abrazado, rompiendo la norma.

—Sí, por supuesto. Fue una pequeña conmoción...

—Estoy seguro de que lo fue. El rey va a oír nuestro caso mañana por la mañana, de modo que esto no durará mucho.

—Entonces es un excelente lugar para rezar.

—Supongo que lo es. —Algo iba mal. Esta calma inexpresiva no era propia de Jehanne—. ¿Dónde están Donata y Aline?

—En otra habitación. Me traen a la niña para que le dé de mamar. No hay problema, Galeran. La privacidad me da la oportunidad de meditar y rezar.

No la creía, y no obstante no detectaba ningún problema aparte del hecho de que estaba prisionera, y eso sólo sería por un día más.

A menos que el rey ordenara su reclusión aquí para toda la vida. Galeran quemaría este lugar antes de permitirlo.

Esbozó una sonrisa.

—No te preocupes. Lo más probable es que mañana podamos ponernos en marcha de regreso a casa.

Y ella le devolvió la sonrisa, una sonrisa que alcanzó sus ojos.

—¡Ten compasión! Ya que hemos viajado tan lejos, tal vez podamos quedarnos un día o dos para disfrutar de las celebraciones.

—Si así lo quieres, así será.

—¿A qué hora es la audiencia?

—A la tercia.

—¿Podré asistir yo?

—¿Qué tienes que decir que no pueda decirlo yo?

—Tal vez alguna cosa...

Galeran conocía a su Jehanne. Estaba ocultándole algo. Pero también sabía que no era fácil conseguir que se lo dijera, sobre todo con la monja de testigo. Mucho se temía que estaba encontrando bastantes problemas para cumplir su nuevo propósito de ser una mujer buena y tranquila, y de permitir que los hombres se ocuparan de las cosas. Y eso podría ser desastroso. Galeran confiaba en convencer a Enrique de que Jehanne había pecado por debilidad, abrumada por su pérdida.

—Jehanne —dijo con énfasis—, deja esto en mis manos. No permitiré que nadie te haga daño ni tampoco a la niña. Te lo prometo.

Ella frunció el ceño, casi como si sufriera.

—Por supuesto que confío en ti, pero... Oh, sé que vas a hacer lo correcto.

—Tú sólo tienes que rezar, Jehanne —dijo—, y esperar con paciencia hasta mañana.

Cuando salió, la madre superiora giró una pesada llave en la cerradura.

—No veo que sea necesario, madre.

—Estoy cumpliendo órdenes, lord Galeran. No podéis negar que vuestra esposa ha pecado. Las pequeñas penas que pueda padecer ahora la ayudarán a salvar su alma, tal vez ayuden a salvaros a todos.

Él quiso protestar, pero difícilmente tendría sentido. Si cedía a sus impulsos y liberaba a Jehanne por la fuerza, acabaría exiliado o también detenido, lo cual no ayudaría a nadie.

—Me gustaría ver a lady Aline y al bebé, para asegurarme de que también ellas se encuentran bien.

Con un suspiro audible, la madre superiora le llevó a través del jardín hasta el otro lado del claustro.

—¿No sería más apropiado que se alojaran más juntas entre sí? —preguntó Galeran.

—Eran nuestras dos únicas habitaciones vacías, milord. Mucha gente ha pedido hospitalidad durante su visita al rey.

¿Pero encerráis bajo llave a todos vuestros huéspedes?, se preguntó Galeran mientras la monja volvía a abrir una puerta. No merecía la pena discutir. Jehanne estaba a salvo, aunque algo tensa. Si Aline, Winifred y Donata también se encontraban bien, dejaría las cosas como estaban hasta el día siguiente.

La madre superiora le hizo pasar al interior de otra pequeña habitación muy parecida a la de Jehanne, pero esta vez con dos camas estrechas y una cuna. De un brinco, Aline se puso en pie con energía e inquietud.

—¡Galeran! Gracias al cielo.

La muchacha se habría arrojado a sus brazos, pero la madre superiora se situó con firmeza entre ellos.

—¡Compórtese con corrección, jovencita!

Aline puso una mueca, pero se calmó.

—Un escuadrón de hombres nos trajo aquí. Contaban con el sello del rey y...

—Sí, lo sé —dijo Galeran—. No te preocupes. Todo se arreglará mañana. ¿Cómo está Donata?

Aline miró en dirección a la cuna en la que dormía la criatura.

—Bien. Pero no sé por qué nos han separado. Tenemos que llamar cuando ella necesita mamar, luego una de las hermanas la lleva hasta Jehanne.

Galeran miró a la madre superiora.

—¿Bien?

—Me dijeron que mantuviera sola a lady Jehanne para que pudiera reflexionar sobre sus pecados en paz, milord. Los niños no dan tranquilidad. Ella ha manifestado que aprecia cada aspecto del modo en que se ha organizado esto. Tendrá a la criatura cada vez que sea necesario.

Todo eso era estúpido, pero no más que otro centenar de incidentes en los que se inmiscuía el gobierno. Lo que preocupaba a Galeran era que tales asuntos podían irse de las manos. De todos modos, no quería preocupar a las mujeres, y por consiguiente sonrió a Aline y a Winifred.

—Probablemente a Jehanne le siente mejor un poco de tranquilidad. No ha disfrutado de demasiada en el último año.

Tras decir esto se marchó, y permitió que le guiaran hasta la salida del convento con tan sólo una mirada atrás hacia la puerta cerrada de Jehanne.

Aline volvió a sentarse en la dura cama, pensando. Deseó haber hablado con Galeran en privado, pues no le gustaba esta situación en absoluto. Necesitaba hablar también con Jehanne y hacer planes. ¿Y si se tomaba alguna tonta decisión y había que entregar a Donata a Lowick? ¡Tenían que estar listos para actuar!

Durante el breve viaje desde Corser Street al convento, Aline recibió órdenes de Jehanne: mantener a salvo a Donata. A toda costa. ¿Pero cómo una criatura tan pequeña podía estar a salvo lejos de su madre?

No. Si sucedía lo peor, tenían que estar listas para escapar juntas. No tenía por qué ser imposible. El convento no estaba vigilado, lo único que las retenía eran las puertas cerradas con llave.

Se acercó a inspeccionar la puerta y constató que las puertas cerradas con llave podían ser imponentes de verdad. Ésta era gruesa, de roble, con refuerzos de hierro, y la cerradura también era de hierro macizo. Parecía extraño que un convento tuviera habitaciones tan seguras, pero tal vez se recurría a ellas con frecuencia para encerrar a prisioneros.

Winifred estaba sentada con un terrible aspecto desgraciado, pero Aline no paraba. Tal vez fuera mejor esperar paciente el día siguiente. Cualquier intento de escapar podría interpretarse como desobediencia a las órdenes del rey.

No sabía demasiado de esas cosas.

Necesitaba desesperadamente comunicarse con Jehanne.

Donata empezó a agitarse, y Winifred la cogió en brazos, era obvio que contenta de tener algo que hacer. La niña miró a su alrededor llevándose los nudillos a la boca.

—Querrá mamar de un momento a otro —dijo Winifred—. La cambiaré.

Entonces Aline tuvo una idea. Cogió los materiales para bordar y la manta de la criatura. Con unas rápidas punzadas, elaboró un mensaje en el borde, *¿Qué quieres hacer?*, y añadió unas puntadas ornamentales para disimular las palabras. Sin duda Jehanne advertiría que la labor era nueva y descifraría el mensaje.

Cuando Donata estuvo lista, Aline la envolvió con la manta, asegurándose de que las puntadas eran visibles pero no demasiado evidentes. Luego se acercó a la puerta y llamó. En cuestión de momentos, una monja sonriente cogió a la criatura, la arrulló un poco y se la llevó.

A Aline la tranquilizó el comportamiento amistoso de la monja, que volvía aún más peculiar esta separación y el encierro. ¿Qué había detrás de todo esto? ¿Tenía alguna implicación la audiencia crucial ante el rey?

Pasaría un rato antes de que Donata regresara ya que Jehanne sin duda la retendría cuanto pudiera, de modo que Aline se sentó y cogió su bordado más normal. No obstante, no dejaba de equivocarse con las puntadas, pues no tenía la mente en la labor. Además la luz de la pequeña y alta ventana no era la más adecuada para una labor delicada. Deseó contar con su rueca. Podría hilar en la oscuridad.

De repente se le ocurrió un problema. No creía que Jehanne tuviera algún material de costura para contestar.

Winifred se echó en la cama y se dispuso a dormir. Aline envidió su placidez.

Jehanne vio el bordado de inmediato, pero se dispuso a dar de mamar a Donata, en parte porque la religiosa de mediana edad permanecía rondando por allí, mirando con adoración a la criatura. ¿Tal vez otra monja que no era adecuada para la vida religiosa? Jehanne decidió que Raoul tenía razón, fueran cuales fuesen sus motivos. Si Aline quería un marido e hijos, debía descubrirlo antes de comprometerse a llevar velo.

Donata, la muy bendita, no parecía encontrar molesta esta situación. Se acurrucó con impaciencia contra el pecho de Jehanne, luego se pegó a él y se dispuso —con un divertido suspiro de alivio— a llenarse la barriga. La hermana Martha se marchó, y Jehanne pudo soltar la manta para alisar el nuevo bordado.

Se rió en voz alta. ¡Lista Aline!

De todos modos, su diversión no tardó en desvanecerse. Era una pregunta excelente. ¿Qué quería hacer?

Jehanne había tomado la resolución de no ser tan combativa y pretendía cumplirla. Días antes, había prometido dejar sus asuntos en las capaces manos de Galeran.

Pero en esta crisis no estaba segura de poder cumplirlo. Él le había hablado de Agnes, la mujer pillada en adulterio, y la solución resultado de su castigo. De cualquier modo, él no podía pensar que su situación fuera la misma, ni querría.

Jehanne sabía que debía sufrir algún tipo de castigo por su pecado, y como ella misma había dicho, en cierto sentido lo aceptaría. No era sólo para que la comunidad viera que las cosas se enmendaban; ella misma debía sentir que recuperaban cierto equilibrio. Hasta que así fuera, no estaba segura de poder permitirse ser de nuevo feliz.

Un duelo no serviría para enmendar las cosas en su corazón. En especial un enfrentamiento entre los dos hombres que le habían dado hijos, una batalla en la que uno de los dos tendría que morir. No podría vivir con algo así, no.

Sin embargo, gracias al obispo Flambard, Jehanne ahora contaba con una manera de consolar su alma e incluso de evitar un enfrentamiento. Pero no podía hacerlo aquí, esperando pacientemente a que todo hubiera acabado.

Cuando Donata estuvo satisfecha, Jehanne soltó a la criatura y la dejó sobre la cama. Mientras jugaba un poco con su hija, moviéndole los brazos al compás de canciones ridículas, consideró la implicación inesperada del obispo en su encierro.

El rey había ordenado su reclusión aquí, pero el obispo Flambard había ordenado su encierro solitario y una atenta vigilancia. Por lo visto sólo había tenido que hablar con la madre Eadalyth de su perverso pecado para poner a la religiosa de su parte.

También era Flambard quien había ordenado el castigo específico de Jehanne: diez azotes con la vara cada tres horas. No le agradecía eso, pero bien podría salvarles a todos, y de varias maneras.

La madre Eadalyth tampoco miraba con buenos ojos a Galeran. «Un hombre que permite que tales pecados no reciban castigo es también un pecador —había declarado mientras se enrollaba la manga para la primera zurra poco antes de la llegada de Galeran—. Él es como Adán sucumbiendo de nuevo a Eva. Deberíamos apiadarnos de vos, pobrecita, pues merecéis una tutela más severa».

Jehanne se preguntó si la madre superiora habría modificado en algo sus opiniones tras conocer a Galeran. No era la imagen viva de un débil marido que adora a su mujer. Pero mientras se negara a castigarla, todo el mundo pensaría eso de él.

Y por supuesto que la adoraba, pensó, sonriendo con tristeza a su hija ilegítima. Aunque no con debilidad. La adoraba igual que ella le adoraba a él. Ambos lucharían y morirían defendiendo la causa del otro.

Ése era el problema.

Pero, como provocadora del desastre, era ella quien debía solucionarlo y sufrir cualquier pena, aunque Galeran se enfureciera después.

Puso una mueca, al reconocer que no estaba cumpliendo sus resoluciones de ser una esposa sumisa, capaz de esperar con paciencia a que los hombres resolvieran los problemas. No obstante, eso no iba con su naturaleza, y sólo podía hacer lo que estimaba correcto y rezar a Dios para que la guiara.

Lo correcto en este momento era aceptar el castigo, por mortificante que fuera, y luego aprovecharlo como arma contra el obispo. Pero eso implicaba la necesidad de asistir al día siguiente a la audiencia para mostrar su espalda, para enseñar al rey cómo Flambard había hecho caso omiso de sus órdenes.

La madre superiora nunca lo permitiría.

Galeran tampoco cooperaría. De hecho, si dejaba que él se enterara de las palizas, les pondría fin. Pero Raoul podría ser más práctico, si pudiera hacerle llegar un mensaje. La única manera de hacerlo era a través de Aline. No podía imaginar cómo, pero era su única oportunidad.

Por desgracia, no tenía consigo material de bordar, de modo que, dejó a Donata pataleando y riéndose ella sola e inspeccionó la habitación en busca de algo que sirviera para marcar. No encontró nada, pero el piso era un simple suelo de tierra apretada y con agua de beber hizo un poco de barro e imprimió con meticulosidad un mensaje en la manta.

Jehanne sabía leer, pero no escribía demasiado bien, y con los materiales inapropiados el mensaje parecía cualquier cosa menos palabras. Sólo podía confiar en que Aline lo descifrara. Al oír pisadas, se apresuró en envolver con la manta de nuevo a Donata y se la entregó a la hermana Martha.

Luego se fue al reclinatorio a rezar y a esperar el fuerte brazo derecho de la madre superiora Eadalyth. Para ser sinceros, ofrecía su sufrimiento a Dios y a su Madre, buscando el perdón de su pecado, pero, aún más importante, pedía por Galeran y Raymond. No le importaba lo más mínimo Raymond de Lowick, excepto por ser alguien a quien conocía de casi toda la vida. Sabía empero que ella le había enredado en este barullo.

Para enfrentarse a Dios.

Se estremeció con aquel pensamiento.

Oh, sí, se merecía cada golpe que el obispo Flambard hubiera ordenado para ella. Casi podría bendecirle, si no estuviera tan segura sobre el ataque con la ballesta, que atribuía a Flambard. Raymond nunca hubiera caído tan bajo.

Poco después oyó la llave en la cerradura y la puerta que se abría. Un débil rumor le dijo que la madre superiora se remangaba su amplia manga exterior.

—Que el Señor perdone a su miserable pecadora —entonó la madre Eadalyth, y la vara golpeó.

—Amén —respondió Jehanne con toda la firmeza que pudo.

Virgen María, ayúdala, pero los golpes dolían más ahora sobre la espalda ya irritada. Se agarró a la madera del reclinatorio y contuvo todo sonido a excepción del jadeo que soltaba con cada golpe. Los contó en silencio.

Otros cuatro.

Podría soportar otros cuatro.

Otros tres.

Dos.

El último.

Casi pierde el control y se echa a llorar, por el alivio que sintió al acabar.

Por esta vez.

Dentro de tres horas, no obstante, y de seis, se echaría a gritar. La gente tenía límites. Su orgullo se estremecía sólo de pensar en gemir con los golpes, pero el orgullo era algo tonto.

Mientras la cerradura giraba tras la madre superiora que ya se marchaba, Jehanne bajó la cabeza y rezó, ofreciendo su dolor por la seguridad de todos, y la victoria final.

Aline había observado el reflejo del sol avanzar un cuarto del perímetro de la habitación antes de que Donata regresara, dormida como una bendita. Aline la cogió, contenta ahora de que Winifred estuviera roncando. Dejó a Donata en la caja que servía de cuna y le quitó con cuidado la manta, que substituyó por otra limpia.

Al principio sólo parecía que alguien con las manos sucias hubiera manejado la manta, pero luego vio la escritura en el polvo. Sacudió la cabeza. Ella había aprendido a escribir cartas en el convento, pero Jehanne siempre había usado escribanos, y se notaba.

De todos modos, dejando a un lado las torpes formas y la extraña ortografía, el mensaje parecía decir *Tengo que ir a la audiencia. Raoul.*

Aline soltó una exhalación y frotó la manta para que pareciera sólo suciedad. De modo que Jehanne quería ir a la audiencia. También especificaba a Raoul, de modo que estaba claro que no pensaba en Galeran para ayudarla.

Aline se sentó en el extremo de la estrecha cama y pensó.

Estaba segura de lo inusual que era que una mujer asistiera a una audiencia judicial ante el rey. Tal vez ésta no fuera una de las ideas más inspiradas de Jehanne, respondía a su necesidad de implicarse siempre en lo que estuviera pasando.

Por otro lado, Jehanne había empezado a aceptar ese rasgo suyo e intentaba reformarlo. Aline no podía creer que intentara asistir a la audiencia por impulso obstinado. Tenía algo importante que aportar, algo que un simple mensaje no podía transmitir.

No obstante, todas ellas se encontraban retenidas, y aunque el convento no era una prisión insalvable, era lo bastante sólido.

Aline suspiró. En vista del mensaje de Jehanne, suponía que tendría que ingeniarse una fuga.

Entonces toda una nueva gama de problemas le vino a la cabeza.

Jehanne no podía separarse de Donata durante demasiado tiempo, y escapar con una criatura sería desde luego muy peliagudo. Aún más, si Jehanne quería asistir a la audiencia, sería preferible que escapara no mucho antes de la misma. Intentar ocultarse toda la noche con un revuelo de tales proporciones, y con una criatura lloriqueante en brazos, era lo bastante arriesgado como para que cualquiera se echara a temblar.

Aline entendió por qué que su prima había mencionado a Raoul. Era el tipo de hombre capaz de organizar algo así, y contaba con la ventaja adicional de ser extranjero. Si el rey montaba en cólera por su comportamiento, Raoul podría huir y regresar a su país natal.

Solo.

Aline se sacó aquella idea de la cabeza y se concentró en buscar planes reales. Cuando las monjas salieran de la oración de la hora nona ya tenía algo parecido a una estrategia. De todos modos, tendría que esperar a las vísperas, y por consiguiente se sentó a deshacer el mensaje de la manta y bordar otro nuevo, que explicara con brevedad sus intenciones.

Más tarde, la hermana Martha vino a por Donata, y Aline se sentó a esperar con gran agitación.

El problema principal que planteaba su plan era que dependía de muchas incertidumbres; el otro problema era que la aterrorizaba.

Cuando la monja regresó con la criatura, Aline se agarró la tripa.

—No me encuentro demasiado bien —gimió—. Creo que estoy enferma. No sé qué es, pero me preocupa la criatura. Puede coger algo...

—Oh, cielos. ¡Oh, no! —exclamó la monja mientras miraba a su alrededor sin saber qué hacer. Pero la campana llamaba a vísperas, y Aline pudo ver a través de las puertas abiertas que la comunidad acudía en fila a la capilla. Al menos la sincronización iba bien.

—Tal vez en la enfermería... —jadeó Aline, tapándose la boca como si estuviera a punto de vomitar.

—¡Sí! —exclamó la hermana—. No podemos poner en peligro a la niña. —Agarró a Aline y la sacó de la pequeña habitación antes de cerrar la puerta.

Aline se apoyó contra la pared y rezó una breve oración de agradecimiento. Luego rezó otra para que la enfermera también hubiera acudido a vísperas.

Después de haber hecho todo lo posible por la seguridad de la niña, la hermana Martha recuperó su habitual actitud simpática y rodeó a Aline con un brazo.

—Pobrecita. Vamos a la enfermería. Allí hay un excusado, y en cuanto acaben las vísperas la hermana Fredeswide encontrará algo para que os pongáis buena.

Gracias, oh, Virgen María, dijo Aline en silencio. Había una posibilidad de quedarse a solas.

La pequeña habitación pintada de blanco tenía seis camas, todas ellas vacías. Otro motivo de agradecimiento. Tal vez Dios y su madre dieran el visto bueno a esta iniciativa. Aline se derrumbó sobre la cama con un gemido. La hermana Martha, por desgracia, se sentó en la otra.

—¿Os duele la barriga, lady Aline?

—Sí. Y mucho.

—Os traeré un cuenco.

Pero eso sólo llevó a la monja hasta el armario situado al final de la sala.

Aline cogió el cuenco y dio las gracias balbuciente, mientras se esforzaba en pensar.

—Tal vez lo mejor sea que duerma un poco. —Dijo al cabo de un rato—. Por favor, no os sintáis obligada a perderos las vísperas.

—Me dispensan por ahora, por cuidar de nuestras invitadas.

Por vigilarnos, en otras palabras. Aline pensaba frenéticamente.

—¿No creéis que deberíais permanecer más cerca de Winifred para poder oírla si llama? ¿Y si Donata también se pone enferma?

La hermana Martha se levantó de un brinco.

—¡Oh, cielos! ¡Desde luego! La pobre pequeña. Tal vez deba ir en busca de la hermana Fredeswide...

Antes de que Aline pudiera pensar alguna objeción a eso, la monja musitó:

—...pero es tan cascarrabias, y detesta tanto que la molesten de forma innecesaria...

Aline esperó rezando.

—Me sentaré en el claustro —dijo la hermana Martha con un gesto de asentimiento—. Podré oíros llamar a vos y también a la niñera de la pequeña. —Vaciló un momento—. ¿Estáis segura de que os encontraréis bien?

—Sí. Lamento mucho las molestias.

La monja le dio una palmadita en la mano.

—No os preocupéis, querida. Pronto os recuperaréis.

Una vez estuvo segura de que la hermana Martha había desaparecido, Aline se bajó de la cama para hacer un reconocimiento. Esta habitación tenía tres puertas. Una daba al claustro. Desde detrás de la otra oyó unos cánticos. Debía de dar a la capilla, lo cual era bastante común. Significaba que la puerta podía abrirse durante los oficios para que los convalecientes pudieran orar.

La tercera puerta, tras abrirla con suma cautela, resultó dar al botiquín de la enfermería. Rezumaba olores a hierbas y pócimas, y su otra puerta —*gracias, de nuevo, Santa Madre*— estaba abierta de par en par y daba al herbario.

El herbario, de todos modos, no era una escapatoria. Sólo tenía otra salida: una arcada que volvía a dar al claustro, donde presumiblemente se encontraba la hermana Martha.

Con un rezongo de frustración, Aline estudió el muro de madera que protegía ambos lados del jardín. Era el muro exterior del convento, pero como mínimo doblaba su altura. Aunque tenía algunos travesaños en el lado interior en los que podría apoyarse, no se veía capaz de treparlo. Nunca había sido el tipo de muchacha aficionada de trepar y otras actividades bruscas.

Por otro lado, tenía que salir de ahí.

Se volvió para estudiar el propio edificio de la enfermería. La parte más alta del techo de paja era un poco más elevada que el muro de madera. Tal vez desde allí pudiera dejarse caer.

Su corazón empezó a latir con nerviosismo sólo de pensar en ello, pero si quería intentarlo, mejor que lo hiciera rápido. En cuanto concluyeran las vísperas, la enfermera regresaría para examinarla, seguida con toda probabilidad de la recelosa madre superiora.

Recordó que Raoul la había llamado novata. Aunque él no se refería a este tipo de retos, el recuerdo fue una provocación. Podía hacerlo. Podía hacer cualquier cosa que se propusiera.

Aline regresó a la enfermería y sacó un resistente taburete al exterior. De pie en él, descubrió que casi podía llegar a las primeras sogas que sujetaban los juncos de la baja techumbre. Tras un salto y un impulso, se encontró tendida sobre la techumbre con los brazos y las piernas abiertos, rezando a quienquiera que fuera el santo patrón de los trepadores imprudentes.

Mientras su corazón se recuperaba, se percató de que el techo tenía poca inclinación y, gracias a las sujeciones colocadas a intérvalos regulares, era bastante sencillo trepar hasta lo alto... mientras no mirara hacia abajo.

Sin embargo, cuando llegó arriba, tuvo que mirar para ver qué estaba haciendo la hermana Martha. Estaba sentada en el jardín del claustro, rezando.

El descenso era largo.

—Dios os bendiga y vele por vos, hermana Marta, y que esto no os acarree muchos problemas.

Aline empezó a descender de lado por el techo, avanzando poco a poco hacia el muro de madera, mascullando con irritación por las capas de ropa que no dejaban de engancharse en la paja.

Una vez en el muro, Aline descubrió que la suerte no la abandonaba, ya que al otro lado había una calle estrecha y tranquila. Pasaba gente de forma ocasional, pero a menudo se quedaba desierta.

La caída, no obstante, era dos veces su altura.

Ni hablar de saltar.

Deseó que Raoul se encontrara aquí para instruirla. Estaba convencida de que él sabría unas cuantas maneras de desender. De hecho, a él aquella tarea le parecería trivial, y se reiría de sus temores.

—¡Ja! —refunfuñó Aline—. Ya te enseñaré yo, Raoul de Jouray.

Con el corazón latiendo de miedo, desanudó su largo cinturón de lana y ató concienzudamente un extremo a una de las sogas que sujetaban la techumbre. El cinto era más largo que ella. Si la aguantaba, la caída sería de escasa altura.

Si la aguantaba.

Rezando para que no empezara a sonar aún la campana que anunciaba el final de las vísperas, Aline esperó un rato a que no hubiera nadie en las proximidades. Luego, susurrando una letanía a sus santos favoritos, dobló piernas y cadera sobre el muro, sujetándose a la tela con todas sus fuerzas.

—María, Madre de Dios, ayúdame.

—Santa Ana, ruega por mí. ¡Y dame brazos y manos más fuertes!

Apoyando los pies en el muro, movió una mano tras otra por la estirada y tensa banda de tela de lana, mientras sus músculos pedían ayuda a gritos.

—¡San Jorge, poderoso guerrero, ven en mi ayuda!

Las manos le dolían, se debilitaban, Aline estaba segura de que iban a soltarse.

—Santo Tomás, no me dejes dudar, esta tela va a aguantarme...

El cinto se partió.

Aline soltó un chillido de terror, pero de hecho estaba tan cerca del suelo que simplemente cayó sobre su trasero con un ruido sordo.

Tras un momento de turbación, se levantó de un brinco, se sacudió el polvo y recogió del suelo la tira rota de tela.

Justo a tiempo. Mientras corría por el callejón con piernas temblorosas, entró pesadamente en el callejón un hombre con un enorme saco sobre la espalda. Pasó a su lado sin mirarla siquiera, y su corazón empezó a recuperarse.

Se detuvo un momento para respirar a fondo y oyó la campana del convento indicando el final de la oración. A toda prisa se rodeó la cintura con lo que quedaba del cinto y se abrió paso por una calle más concurrida para poner distancia entre ella y cualquier perseguidor.

No pudo evitar sonreír. ¡Lo había conseguido! ¡Espera a que se entere Raoul! Sin embargo, un poco después, en el anonimato de un mercado abarrotado y bullicioso, Aline tuvo que admitir la evidencia: estaba perdida.

Nunca hubiera imaginado que existiera una ciudad tan grande y poblada como Londres, pensaba que andando un rato no tardaría en toparse con la casa de Hugo. No obstante, había recorrido unas cuantas calles arriba y abajo y no había visto nada que le resultara familiar. No estaba segura del tipo de búsqueda que lanzarían tras ella, pero la habían encerrado en St. Hilda por orden del rey. Tal vez para ahora toda la ciudad ya estuviera en alerta.

Podía imaginarse a los pregoneros gritando en la calle, «Se busca a una doncella de dieciocho años, con ojos azules y pelo rubio bajo un sencillo velo blanco. Su cuerpo regordete lleva puesto un vestido color crema, cubierto por una túnica roja y marrón, de elaborada confección. Es una fugitiva del rey. ¡Emplead todos los medios necesarios para su detención!»

Miró a su alrededor, pero nadie se fijaba aún en ella. De hecho, se aproximaba el final del día y todo el mundo parecía concentrado en su propia actividad, con prisas por llegar a casa. Los clientes hacían sus compras de última hora y los vendedores empezaban a empaquetar sus mercancías. Dudaba que fueran a reparar en ella aunque estuviera desnuda por completo.

Eso le dio una idea. Se fue hasta un rincón más tranquilo y se quitó la túnica de suntuoso tejido, con la que hizo un lío que envolvió con su velo. Luego se ató el cinto alrededor del sencillo vestido. Con la cabeza al descubierto y su simple atuendo no parecía tan fuera de lugar. Ni se ajustaba a su descripción de forma tan innegable.

Y a continuación, ¿qué? Era ridículo, pero no recordaba el nombre de la calle en que Hugo tenía su casa y negocio. En las pequeñas ciudades del norte, incluso en York, sólo con preguntar por la casa de Hugo y Mary, los vinateros, obtendría su dirección, pero, ¿en Londres? Lo dudaba.

Aún más, había tanta gente de aspecto taimado, tantos granujas y rufianes, que vaciló antes de anunciar al mundo entero que era una forastera perdida.

Dejó que la presión del gentío la empujara más allá de los puestos y se acordó de Waltham y el carro del hojalatero. Ojalá Raoul apareciera de la nada y la ayudara.

¿Apareciera de la nada y la besara?

Ese beso, aquellos sentimientos, y el rechazo al ofrecimiento de matrimonio de Raoul, todo ello la inquietaba en gran manera, pero ahora no era el momento de demorarse dando vueltas a tales asuntos. En vez de ello, envió una breve y fervorosa petición de ayuda a la madre de Cristo.

Como si fuera una respuesta, las palabras saltaron a su cerebro. Corser Street.

Sus rodillas casi ceden a causa del alivio. Con una vehemente oración de agradecimiento, Aline se encaminó hacia una mujer de aspecto agradable que cargaba tarros de miel y cestos de pastelillos de miel en un pequeño carromato.

—Si fuerais tan amable, buena mujer, ¿podríais indicarme la dirección para ir a Corser Street?

—¿Perdida, cielo? —preguntó la mujer—. No me extraña, con lo alocado que está todo estos días. Me alegrará que todo vuelva a la normalidad, aunque sea peor para el negocio. ¿Corser Street? —se volvió y llamó al vendedor de morcillas de al lado.

—¡Davvy! Corser Street. ¿Dónde está?

El hombre no dejó en ningún momento de empaquetar las salchichas que le quedaban.

—No lejos de Fetters Lane. Cerca del río.

La mujer de la miel se volvió otra vez.

—Bien, cielo, estás lejos de casa, es la verdad. Pero sigue esta calle hasta Cooper's Lane. Tuerce allí a la izquierda y te llevará al río. Corser Street está en esa dirección. La encontrarás. —Cogió un pequeño pastelillo de miel y lo puso en la mano de Aline—. Aquí tienes, cielo. Te dará fuerzas.

Aline hubiera abrazado gustosa a la mujer por sus atenciones, pero se limitó a darle las gracias y salió corriendo. O, más bien, hubiera corrido si la multitud se lo hubiera permitido. Tal y como estaba la situación, tuvo que seguir la marea de gente, apretujada y zarandeada por los que intentaban ir deprisa a pesar de todo.

Sin duda había calles más tranquilas en las proximidades, pero temía perderse y, de todos modos, estaba bien escondida en medio de esta muchedumbre. Para pasar aún más desapercibida, se obligó a caminar con aire despreocupado mordisqueando el pastelillo, mientras intentaba comprender con exactitud lo que estaba sucediendo.

Se preguntó por qué Jehanne sentía la obligación de estar presente en la audiencia, pero sabía que si su prima estaba convencida de que tenía algo importante que decir al rey, lo más probable era que tuviera razón. Su prima era extraordinariamente lista.

Jehanne también tenía razón al pensar que Galeran no la dejaría aparecer ante el rey si pudiera. Esto planteaba algunos problemas a

Aline. Galeran también era muy inteligente. Si él creía que era mejor que Jehanne no apareciera, tal vez tuviera razón.

De modo que, ¿debía acudir a Galeran, explicarle la situación y dejarla en sus manos? ¿O debería acudir a Raoul y confiar en que él ayudase a Jehanne a salir del convento por la mañana?

¿Y cómo conseguiría eso?

Aline vio las palabras Cooper's Lane en una pared más adelante, ilustradas por una pila de barriles. Se sacudió las migas de las manos y se abrió camino entre la multitud para poder torcer en cuanto apareciera la calle.

El cambio fue abrupto, por un momento parecía que Cooper's Lane estuviera desierta, aunque en realidad se desarrollaba cierta actividad. No obstante, estaba claro que pocos la usaban como vía pública, tal vez porque el exterior de cada casa se empleaba para apilar barriles. La gente aquí eran toneleros[1], y sus aprendices y familias, o comerciantes que venían ex profeso a inspeccionar los productos y hacer sus pedidos.

Toneles.

Vino.

Los toneleros seguro que conocían a todos los vinateros.

Cuando un hombre de mediana edad salió para meter rodando un barril en su taller, Aline se dirigió a él.

—Disculpad, señor, pero ¿conocéis al vinatero Hugo que vive en Corser Street?

El hombre se enderezó y la miró de arriba abajo. Pero le guiñó un ojo y sonrió.

—¿Y si lo sé, chica guapa?

El primer impulso de Aline fue espantarse, pero sabía que sólo le tomaba el pelo, de modo que se obligó a devolverle la sonrisa.

—Soy una sirvienta nueva en la casa, señor, y me he perdido. ¿Podríais decirme cómo regresar?

—Vienes del campo, ya veo —dijo con ojos brillantes de curiosidad—. Del norte, diría yo.

Aline podría haberse echado a gritar de impaciencia, pero era obvio que él estaba orgulloso de su deducción.

1. *Cooper* tonelero (*N. de la T.*)

—¿Cómo lo habéis adivinado? —preguntó con admiración—. Sí, señor, vengo de cerca de Durham.

—Qué lejos de casa, pequeña, no es de extrañar que estés perdida. Pues bien, —le tocó el brazo, pero sólo para volverla a mirar calle abajo—, continúa hasta que salgas a esa casa que sobresale ahí en la calle. La que lleva una adorno rojo. ¿La ves?

—Sí.

—Allí hay una calleja entre las casas. Síguela hasta salir a Ironmonger's Lane. Al otro lado hay otra pasaje, casi enfrente. Tómalo y estarás en St. Mark's Road. Gira un poco a la izquierda y encontrarás Corser Street. ¿Ha quedado claro?

—Sí —contestó Aline—. ¿Pero por qué no puedo ir recto por aquí y torcer a la derecha?

—Vaya, ¿eres astuta, eh? —dijo con admiración—. Ésta calle baja hacia los muelles, reina. No enviaría a una chica guapa como tú por ahí. Sigue el camino que te he dicho.

—Gracias —respondió con sinceridad—. Muchísimas gracias.

Él le dio una palmadita en el brazo.

—En marcha, entonces.

Aline se despidió y esquivó los toneles del estrecho pasaje entre las casas. Como había dicho el tonelero, llevaba a Ironmonger's Lane, la calle de los ferreteros con sus forjas y martilleos metálicos, luego al interior de una calle más ancha con diversos comerciantes y posadas.

«A la izquierda», musitó para sí mientras doblaba por allí, inspeccionando ya las calles laterales en espera de ver la que buscaba. Si al menos algo le resultara familiar... Pero cómo iba a serlo si no había salido de la casa más que para su traslado a St. Hilda.

Tras un rato se detuvo y miró atrás, preguntándose si tal vez se hubiera perdido. ¿Debería haber doblado a la derecha...?

—¿Aline?

Capítulo 17

La mano en su hombro le hizo brincar y dar un grito, pero en el momento en que se daba la vuelta ya había reconocido la voz. Casi se arroja a los brazos de Raoul, allí en medio de la calle.

—¿Estás bien? —preguntó él, tranquilizándola con su mano en el hombro y estudiándola para ver si había sufrido algún daño.

—Sí, pero Jehanne...

Él le tapó los labios con el dedo, luego la rodeó con un brazo y la empujó hacia lo que ella creía que era la dirección equivocada. De todos modos, era maravilloso sentirse a salvo, y disfrutó de la sensación como sólo puede hacer una persona que ha experimentado peligro.

—¿No está en la otra dirección la casa de Hugo?

—Los hombres del rey ya están allí buscándote. Supongo que, ya que has tomado la molestia de trepar el muro para escapar, ahora no querrás regresar...

—Por el momento, no. Pero tengo que contarte...

Raoul volvió a hacerla callar.

—Aún no. —Inspeccionó la zona, luego le hizo volverse para entrar en una posada.

—¡Ajajá, Paul! —Raoul saludó alegremente al enorme mesonero, mientras mantenía a Aline pegada a él con proximidad desvergonzada—. ¿Queda alguna habitación libre?

Los pequeños ojos del hombre se fijaron en los dos, luego su barriga dio unos botes con su risa ahogada.

—Ya sabéis que conservo unas pocas para las emergencias, amigo mío. Al final del pasillo. La segunda a la derecha.

Raoul le lanzó una moneda de plata volando.

—Y una jarra de vino.

El mesonero abrió la espita de un gran barril y llenó de vino una jarra de barro que le tendió con un guiño.

Aline, aún aprisionada contra Raoul con su asimiento inquebrantable, intentó recordar que tenía un asunto importante entre manos y que sin duda él intentaba mantenerla a salvo. Pero el hecho de que conociera a ese hombre, y supiera que mantenía habitaciones libres para los hombres que llegaban acompañados de sus fulanas... le entraron ganas de sacarle los ojos con las uñas.

En cuestión de momentos se encontraron en una habitación pequeña —en realidad una alcoba dividida por tabiques— que incluía una cama, un banco y una mesa. Y un lavatorio incorporado.

Raoul soltó a Aline, quien se fue sin decir palabra hasta la cama y retiró las mantas con un movimiento que dejó al descubierto las sucias sábanas.

—Confío en que no pretenderás que yo use esta cama.

—Por supuesto que no. De todos modos, supongo que beber el vino será seguro. —Vertió un poco en las dos tazas de madera y le pasó una a ella.

—Bebe. Y a continuación puedes contarme lo que está sucediendo. En voz baja, de todos modos. Estas paredes difícilmente se merecen tal nombre.

Aline agarró la taza y se esforzó en calmar su rabia y en mantener la mente en asuntos más importantes.

Sin conseguirlo.

—Encontraste a Ella en cuanto llegaste a Heywood —dijo en un siseo— ¡y este lugar en cuanto llegaste a Londres!

—Yo tampoco usaría esa cama, Aline.

Lo dijo sin el menor indicio de culpabilidad. Aline se dio la media vuelta.

—Jehanne —le recordó él.

De modo que Aline tuvo que volverse y hablar con él. Aun así, lo hizo con gesto contrariado.

—Jehanne está prisionera en el convento —dijo con la voz más suave que le era posible—. Lo estábamos todas, supongo, pero a ella la mantenían separada, y eso no me gusta.

Raoul la acercó a su lado para poder hablarle al oído.

—Eso mismo ha dicho Galeran. Tampoco le gusta, pero pudo hablar con ella y no parecía que hubiera sucedido nada serio. Él confía en que el asunto concluya mañana. Cree que el rey se pondrá de su parte y no de Flambard. El obispo no se atreve ni a aparecer en las calles de Londres por temor a perder la vida. El rey no tiene ningún motivo para apoyarle.

Aline resistió la tentación de acurrucarse contra su amplio pecho.

—Jehanne quiere asistir a la audiencia.

—Por querer...

Aline alzó la vista con un ceño, y su cuello se resintió.

—¡No es ninguna estúpida! No pudo explicarme por qué es necesario que acuda, pero tiene que ser importante. No es un capricho.

Él la levantó para sentarla sobre la destartalada mesa, y así encontrarse a la misma altura, cara a cara.

—El rey la tiene retenida, Aline. No le va a servir de mucho escaparse para ir a encararse con él. No después de tu fuga. Pensaba que el propósito era convencer al mundo de que Jehanne era una mujer débil, afligida y trastornada por la muerte de su hijo.

Para ser precisos, él se encontraba de pie entres sus piernas. Puesto que Raoul no parecía dar importancia a aquello, Aline intentó hacer lo mismo.

—Lo sé –murmuró, y luego tragó saliva para aclararse la garganta—. A mí también me inquieta. Pero ella está decidida. De modo que, ¿deberíamos decírselo a Galeran? —Incapaz de pasar por alto más rato su posición, se meneó un poco para apartarse levemente, con lo cual toda la mesa se tambaleó.

Raoul le puso las manos en las caderas.

—No te muevas. Contárselo a Galeran parece lo más razonable.

—Pero ella no quiere.

¿Por qué no podía dejar de pensar en esas manos en sus caderas? No era un contacto indecente...

Sin embargo, la manera en que sus cuerpos se acercaban sí lo era, pese a las capas de ropas que había entre ellos. Aun así, a él no parecía molestarle lo más mínimo. Su mente estaba concentrada tan sólo en Jehanne y en los problemas de Galeran.

Como debía ser.

Como debería hacer su mente...

—Me jugaría la espada —dijo pensativo, mientras movía los pulgares sobre sus caderas, dándole ganas de menearse de nuevo— a que lady Jehanne quiere a su esposo tanto como él a ella. ¿Me equivoco?

Decirle que detuviera aquel pequeño movimiento revelaría lo mucho que la afectaba.

—Por supuesto que sí.

Raoul la miró a los ojos con gesto inquisitivo.

—Entonces... ¿por qué no quiere que sepa sus intenciones?

—Porque él intentaría detenerla, supongo.

Era otra batalla, se percató Aline. Fuera consciente o no, ella no admitiría que el movimiento tenía algún efecto sobre ella.

Asintió.

—De modo que su propósito debe de ser el impedir que Galeran se enfrente a Lowick en un desafío en la corte. Igual que él está intentando impedir que ella se convierta en el centro de atención del caso, y tal vez que la castiguen por sus pecados. Ah, el amor —comentó con una sonrisa astuta—. Lleva por caminos extraños incluso a la gente más inteligente.

Aline estaba de veras contenta por no haberle dejado entrever el modo en que su contacto, su sonrisa, su presencia, enredaban su cerebro en nudos de amor.

—Qué fortuna que podamos estar libres del amor y podamos pensar con claridad —dijo Aline. Por desgracia, en voz alta.

Él le puso los dedos en los labios y la hizo callar. Pero se estaba riendo. ¿De ella? Al menos había movido una de sus manos.

Aline consiguió resistir la tentación de morderle, y cuando él apartó la mano, se limitó a decir:

—Entonces, ¿qué deberíamos hacer?

Él también adoptó una expresión más seria.

—Primero, encontrar un lugar mejor que éste para pasar la noche. No es fácil, tal y como está Londres. —Le dio un beso rápido, ligero, ardiente.

Como si tal cosa.

—Espera aquí un momento.

Salió con sigilo por la puerta y Aline bajó de la mesa de un salto, volcándola casi. Era horrible estar más preocupada por Raoul, por las fulanas y por el deseo que sentía, que por Jehanne y el rey. Pero parecía haber perdido el control. Podía obligar a su mente lógica a preocuparse por Jehanne o por la pretensión de Lowick de tener a su hija Donata, pero en lo más profundo de ella había un sitio donde Raoul era la única persona importante del mundo.

¡Y él no era capaz de guardar su caballo en el mismo establo más de dos días!

Se sentó en el banco sintiéndose desgraciada.

Los hombres jóvenes podían tener relaciones con fulanas o con sirvientas facilonas. Para muchos de ellos no era práctico casarse, por lo tanto, ¿qué otra cosa podían hacer? Sabía que sus hermanos hacían ese tipo de cosas y nunca le había molestado. Sin embargo, quería que Raoul llevara una vida pura como la de un ermitaño. O que tuviera relaciones con ella.

Una espiral de ansia ardió entre sus piernas y la obligó a ponerse en pie de un brinco justo cuando él regresaba.

—¿Qué sucede? —preguntó él mirando a su alrededor en busca de algún problema, mientras un puñal aparecía al instante en su mano.

—¡Nada! Has estado por ahí un buen rato.

Él volvió a meter el puñal en la funda.

—Lo justo para ir al bar y pedirle a Paul una dirección. —De pronto la atrajo hacia sus brazos y le frotó la espalda con delicadeza—. No tengas miedo. No dejaré que nadie te haga daño.

Tú podrías hacerme daño, pensó. Podrías hacerme daño regresando a tu país bañado por el sol. Podrías hacerme daño llevándome contigo. Podrías hacerme daño arrebatándome la virginidad. Podrías hacerme daño si me dejaras pura...

Él la apartó un poco y la estudió con ojos demasiado perspicaces.

—¿Mejor?

Ella asintió y se preguntó por qué la vida no era tan simple como se suponía que debía ser. Si tenía que enamorarse, ¿por qué no había escogido a un sensato hombre del norte?

Raoul tenía una tela azul en la mano.

—Ponte esto.

Ella se cubrió la cabeza con la tela, ocultando por completo su cabello.

—Buena chica. Vamos, entonces.

Salieron de la habitación y él la guió por el laberinto de la posada, por un pasillo diferente esta vez, hasta salir a un patio trasero con cerdo y todo. Continuaron a través de unos cuantos patios similares y salieron por otra taberna a una amplia calle.

—Cheapside —dijo, y entonces la condujo al otro lado, donde entraron por un callejón. A media altura de la calle, se detuvo y llamó a una puerta.

Se abrió y una mujer demacrada les miró de arriba abajo.

—Queremos una habitación para pasar la noche —dijo Raoul.

—Seis peniques.

Raoul le tendió la moneda y la mujer les llevó por un pasillo y por unas escaleras desvencijadas. El lugar era tan deprimente y estaba tan concurrido como el anterior, pero al menos olía a limpio. Cuando la mujer llegó a la habitación, vieron que incluso tenía una especie de puerta, sujeta a la pared por bisagras de cuero.

Se alejó sin mediar palabra, y Aline miró a su alrededor. Mesa, banco y cama: igual que en el otro lugar. Pero limpio. Verificó las sábanas y descubrió, como esperaba, que estaban limpias y que olían bien.

—Sin duda, un lugar mejor —comentó ella, pero no pudo evitar decirlo con sorna.

—Eso parece. Tengo que recordarlo.

Aline apretó los dientes pero resistió la necesidad impulsiva de hacer comentarios.

—Y bien —dijo Raoul—, voy a visitar el convento para ver si puedo hablar con Jehanne. Necesito descubrir...

—¡No puedes dejarme aquí! —Aline se avergonzó de sus palabras de debilidad en cuanto salieron de sus labios, pero se encontraba desorientada en un mundo extraño y estaba aterrorizada.

Raoul le cogió las manos.

—Shh, cielo. Aquí estarás segura. Los hombres vienen a esta casa con compañía, no a buscarla. Y según Paul, la señora Helswith gestiona este lugar con disciplina, como si de un pequeño barco se tratara. Si hay problemas, ella tiene unos puñado de hijos fuertes aquí al lado, en la herrería.

Sus palabras sonaban razonables, pero Aline aún sentía ganas de aferrarse a él y no soltarle nunca. Se obligó a sonreírle y dijo con voz queda:

—Oh, de acuerdo.

Él le tocó la mejilla.

—Ésa es mi chica valiente... —Le puso la mano en la nuca y le besó los labios. Luego, casi con un suspiro, la estrechó en sus brazos para besarla más a fondo.

La conciencia de Aline y su sentido de la cautela le ordenaron resistirse.

Pero ya no tenía fuerza de voluntad.

Sospechaba que si él la empujaba sobre la cama, probablemente sería incapaz de resistirse también a eso.

Mientras se deleitaba en el sabor de la boca de Raoul y se apretaba un poco más contra la ardiente fuerza de su cuerpo, ¡empezó a pensar en empujarle ella a él sobre la cama!

Raoul se separó, con lentitud, como una persona despegándose de la miel, y ella sintió que el mismo vínculo pegajoso protestaba en su interior en el momento de la separación.

—No te marches. —Las palabras se escaparon de su corazón, respondían a un deseo exigente —. ¡Ah, no me hagas caso! —se apresuró a añadir—. Sé que estoy a salvo.

—¿De verdad? —murmuró él, rodeándola aún con los brazos—. Tengo que venir aquí a pasar la noche, ya sabes.

Sabía por qué lo había dicho como advertencia.

Sin embargo, no había otra opción, aparte de regresar al convento.

—No me gustaría pasar la noche aquí sola.

—A eso me refiero.

—Pero mejor que te vayas ahora.

—Sí.

Estaban hablando como idiotas o como borrachos con una buena curda encima.

Aline apoyó las manos en su pecho y empujó con fuerza para apartarse, y él retrocedió un paso. De repente sonrió.

—Recuerda ese empujón más tarde. Toma. —Le dio su puñal, una hoja larga, reluciente y afilada con una empuñadura de plata grabada e incrustaciones de ámbar—. ¿Sabrás usarlo si hay algún problema?

—Sí.

—Eso pensaba. Pero no apuñales a unos de los guardias del rey si te encuentran. Esto es sólo para violadores. —Se volvió hacia la puerta—. Incluido yo.

—No podrías violarme...

—Ojalá tuviera tanta fe.

—...porque no me imagino resistiéndome.

Él cerró los ojos un breve momento.

—Entonces que Dios nos ayude.

—Amén —susurró Aline a la puerta cerrada.

Raoul se abrió camino por las calles de Londres, intentando concentrarse en los serios asuntos que tenían entre manos, consciente sólo del deseo ardoroso y de una doncella cautivadora que tal vez no se resistiera lo suficiente la próxima noche.

Quería a Aline, pero la quería como su esposa, casada con él. No quería deshonrarla sino que la quería como nunca antes había querido a otra mujer. En su vida.

Gimió en voz alta, lo cual le ganó una mirada extraña de un comerciante que pasaba con prisa a su lado. Galeran y Jehanne, dijo en silencio para sus adentros.

Repasó los sucesos recientes, casi moviendo los labios para concentrar su mente. El rey había aceptado oír el caso de Galeran. Éste tenía intención de pedir que Jehanne fuera perdonada, tanto por la sociedad como por él mismo, y que pudieran conservar a Donata. No había motivos para pensar que el rey fuera a negar estas peticiones, pero, entonces, ¿por qué había retenido a Jehanne y a Donata?

Organizar una fuga, de cualquier modo, era algo muy peligroso. Galeran había regresado del convento preocupado y furioso, pero al menos parecía pensar que el encierro allí no era tan importante. Confiaba en que el rey aprobara su caso y que Jehanne quedara libre.

De modo que ¿por qué quería Jehanne que la rescataran e inmiscuirse en las decisiones del rey? Aline tenía razón, Jehanne no era una estúpida. Tampoco, pese a los errores del pasado, era tan terca como para no pensar. Pero a Raoul le asustaba demasiado su posible intención: entregarse para recibir su castigo y así evitar que Galeran tuviera que enfrentarse a Lowick con la espada.

Si Raoul la ayudaba y la secundaba en este plan, ¡sería él quien quizás acabara enfrentándose en combate a su amigo!

Cuando llegó al convento, tiró de la campana que colgaba al lado del portal. Cuando la portezuela se abrió, él dijo:

—Vengo a buscar noticias de la dama Aline. ¿La han encontrado?

—No, señor.

—¿Puedo entrar y hablar del asunto con la madre superiora?

Con cierto reparo, la puerta del convento se abrió del todo para que él pudiera pasar. En un momento se encontró en la sencilla habitación de la madre superiora.

—¿Tenéis noticias de esa tonta niña? —preguntó la madre superiora, con una mezcla de enfado y preocupación.

—He venido aquí con la misma pregunta. No está habituada a una ciudad como ésta. Temo por ella.

—Igual que yo —soltó la mujer—. No tengo ni idea de qué puede haberla poseído para hacer una cosa así. ¡Y eso que casi es monja!

—¿Podría hablar con lady Jehanne? Me pregunto si Aline tiene parientes o amigos próximos con quienes se haya podido refugiar.

La madre superiora le miró un momento con el ceño fruncido, pero luego hizo un gesto de asentimiento y le condujo fuera de la habitación, alrededor del claustro y hasta otro pequeño cuarto. Raoul tomó nota en su mente de la distribución.

La religiosa abrió una puerta y le dejó entrar. Jehanne estaba rezando de rodillas, pero cuando se dirigieron a ella, se volvió con una sacudida como, si se hubiera asustado.

—¿Lo sabe? —preguntó Raoul. Intentó decirlo en voz baja, pero Jehanne lo oyó de cualquier modo.

—¿Saber el qué? —preguntó al tiempo que se levantaba con brusquedad y soltaba un jadeo, casi de dolor.

—Que Aline ha desaparecido —dijo Raoul mirándola con cuidado.

Se estaba sujetando al reclinatorio con la mano y parecía más pálida de lo habitual.

—¿Desaparecido? ¿Cómo? ¿Qué está sucediendo? —Su desconcierto le dijo a Raoul que ocultaba algo. Luego añadió—: ¿Donata? —Pero Raoul supo que no temía en serio por la niña.

—La niña está segura con la niñera —dijo la madre superiora—. Por algún motivo, vuestra prima se las ha apañado para escapar de St. Hilda y desde entonces nadie la ha visto. Londres es una ciudad con muchos peligros.

Los ojos de Jehanne se desplazaron a Raoul en busca de la verdad. Raoul, a posta, no le reveló nada.

—Me pregunto si tiene amigos o familia en la ciudad.

—No. Yo no sé de nadie. —Apretaba con fuerza el reclinatorio con la mano, tanto que sus nudillos brillaban blancos—. Oh, Dios la ayude...

Raoul no podía atormentarla de este modo. Hizo un leve ademán con la cabeza.

Ella casi les delata entonces, pero disimuló su suspiro de alivio transformándolo en un sollozo, y se tapó la cara.

—Oh, Virgen santa, ¿qué otro desastre puede acaecer? ¡Y todo es culpa mía, todo culpa mía! —Bajó las manos y se quedó mirando a Raoul—. Encontradla, Raoul. Ayudadnos.

El último ruego, supo él, no hacía referencia a Aline.

Aún le preocupaba todo el asunto, sobre todo verse obligado a tener secretos con Galeran, pero hizo un gesto afirmativo.

—Haré todo lo que pueda. El rey también tiene hombres buscándola. ¿Se os ocurre algún motivo por que quisiera escapar?

Ella negó con la cabeza.

—¿Sabéis que el rey va a atender vuestro caso mañana?

—Sí. Me gustaría estar presente.

Eso fue directo.

—Dudo que os llamen para que asistáis. Y dudo que Galeran lo desee.

—Galeran quiere aparentar que yo no tengo nada que ver en esto.

—No puede evitarlo. No hay motivo para que asistáis. No tenéis nada que ofrecer o probar.

—Tal vez no. —Pero sus ojos enviaron un mensaje diferente.

Raoul vio que la madre superiora se ponía cada vez más impaciente con su charla.

—Si tenéis un mensaje para Galeran, podría transmitírselo.

—Podéis decirle que quiero estar a su lado durante la audiencia, pero dudo que le haga cambiar de opinión.

Raoul asintió.

—Y entretanto, ¿os encontráis bien? Temía que algún mal trato hubiera hecho escapar a Aline de aquí.

—Estoy contenta.

Tras eso, tuvo que marcharse. Estaba oscureciendo —las campanas de completas sonaban cuando él salía— y debía regresar junto a Aline. Se detuvo en Corser Street donde encontró a Galeran yendo de un lado a otro, ojeroso.

—Aline está a salvo —dijo Raoul.

—¡Gracias a Dios! —Galeran le cogió del brazo—. ¿Ilesa? ¿Dónde está?

—En lugar seguro. No me sentí capaz de traerla de vuelta aquí.

Galeran se pasó las manos por el pelo.

—No. No me sorprendería encontrar la casa vigilada. Ojalá entendiera qué hay detrás de todo esto.

—Creo que debo regresar junto a ella. Esta bastante asustada.

—¿Entonces por qué se escapa del convento, para empezar? —Galeran se estaba relajando lo suficiente como para irritarse, pero seguía demasiado distraído como para ahondar en su propia pregunta, gracias a Dios. En vez de ello, observó con mirada penetrante a Raoul—. ¿Tienes intención de pasar la noche con ella?

—Por así decirlo...

Galeran se sacó el crucifijo de plata que contenía agua del río Jordán.

—Jura sobre esto. Jura que la vas a respetar.

Raoul miró la reliquia.

—Podrías confiar en mí, amigo mío.

—Lo hago. Confío en que no faltes a tu juramento, sea cual sea la tentación.

Raoul colocó la mano en la cruz e hizo el juramento, lo cual le provocó cierto alivio, como refuerzo a sus buenas intenciones. Esto le hizo preguntarse una vez más si era acertado guardar secretos a Galeran.

Ah, bien. Tenía toda la noche para considerarlo, puesto que no iba a haber cosas más interesantes.

—También he hecho una parada en el convento —dijo— y he hablado con Jehanne. Parece estar bien, aunque bastante crispada por toda la situación. No es de sorprender. Tú también pareces tenso como la cuerda de un arco. Todo el mundo está a salvo por ahora. Duerme un poco.

Galeran se rió y movió los hombros.

—Sí, niñera.

—Tal vez tengas que luchar mañana. Necesitas todo tu ingenio y estar descansado.

Y, por Dios, pensó Raoul, piensa un poco en Jehanne. Tener que ver el rostro de Galeran muerto sería más duro que enfrentarse uno mismo al suplicio.

En el convento, la madre superiora regresó a la celda, armada con su vara.

—¿Qué se trae entre manos vuestra alocada prima, lady Jehanne?

—No lo sé.

—Creo que sí. Sois una mujer terca hasta la maldad, y es preciso que paguéis por el peligro que corre, así como por vuestros pecados.

Jehanne se volvió para arrodillarse, y aceptó el juicio de la madre superiora. No había considerado qué tendría que hacer Aline para lograr la ayuda de Raoul, y por consiguiente la había puesto en peligro. De todos modos, volvería a hacerlo, por proteger a Galeran.

—Que Dios perdone a su miserable pecadora.

—Amén.

Jehanne rezó con sinceridad por su perdón mientras empezaban los golpes, aplicados esta vez con un mayor vigor. Para el quinto golpe, perdió el control, y gritó.

Raoul regresó a la casa de la señora Helswith siguiendo una ruta muy larga, asegurándose en la medida de lo posible de que no le seguían. Mientras andaba, pensó en las opciones de actuación.

Había estudiado el convento, y sería un juego de niños sacar a Jehanne de allí. Aun así, allanar unas instalaciones de la Iglesia no era un riesgo que hubiera que tomarse a la ligera.

Aunque pudiera llevarse a Jehanne sin mayores consecuencias, luego tendría que acompañarla hasta Westminster y a presencia del rey, proclamando de este modo su delito pecador a todo el mundo. Le resultaba difícil imaginar que esto aumentara las probabilidades de recibir el apoyo del rey.

Debajo, o tal vez encima de todas estas preocupaciones, se encontraba la idea de estar a punto de pasar la noche con Aline, quien le tentaba al límite de su control.

Ella había cumplido su misión y se había puesto en contacto con él, de modo que podía regresar al convento. Pero había dos argumentos en contra: primero, el poder sufrir represalias; segundo, uno de sus planes para liberar a Jehanne implicaba devolver a Aline a la mañana siguiente.

Y, por supuesto, estaba el hecho de que deseaba la próxima noche, por mucho tormento que augurara.

Al menos una noche para hablar.

Una noche para abrazarla.

Una noche para que aprendiera un poco más de su maravilloso cuerpo...

Se maldijo en voz baja. Ya tenía una erección.

Dio gracias a Dios por el juramento que había hecho a Galeran, que imposibilitaba cualquier debilidad.

En Cheapside, compró un pellejo de vino, un conejo asado y una barra de pan. Tenía hambre, y no creía que alguien con las curvas de Aline comiera poco.

La dama Helswith le dejó entrar en la casa que ahora estaba en pleno bullicio, como una colmena de actividades ilícitas. Risas, jadeos, quejidos, golpes...

Mientras se apresuraba a acudir al lado de Aline, se reprendió por no haber encontrado un lugar mejor. ¿Pero qué otro lugar? Estaba seguro de que los hombres del rey habrían registrado ya todas las posadas, y aunque él conociera otras casas privadas en las que pedir alojamiento, no querrían acoger a una fugitiva.

No, esto era lo mejor, pero le ofendía en gran medida que su futura esposa entrara siquiera en un lugar así.

Llamó con suavidad a la puerta y dijo:

—Soy yo. Raoul. —Entonces entró. No tenía ganas de que le apuñalaran.

Pese al aviso, encontró a Aline de pie, preparada con el puñal en la mano, sostenido muy cerca del cuerpo, dispuesta a matar de una embestida.

Él sonrió con deleite.

—Ah, Aline, eres una mujer espléndida.

—¿Sí? Pensaba que era una mujer asustada. —Aún tenía los ojos muy abiertos por el miedo.

—Lo que importa de verdad es lo que hace la gente cuando está asustada. —Dejó las compras encima de la mesa. Un mueble más sólido que los desvencijados maderos de la burda habitación de Paul. Aquí si podría sentarla...

—¿Quieres quedarte el puñal?

Ella lo miró, luego se estremeció y lo arrojó sobre la mesa

—No, gracias. Si alguien nos ataca, puedes pasármelo.

Mientras no sea yo mismo.

Lo usó para cortar el pan, luego partió el conejo en trozos.

—Come. Bebe.

Ella cogió una pata pequeña.

—¿Qué ha sucedido en el convento?

—Tuve ocasión de tranquilizar a Jehanne, sabe que te encuentras a salvo. También logró decirme directamente que quería estar presente en la audiencia. —Se echó un chorro de vino a la boca y lo tragó—. Tienes razón. Parece bastante seria al respecto. Nada caprichosa.

Le pasó el pellejo de vino, pero ella sólo lo agarró.

—Jehanne no es caprichosa. Lo más probable es que no la hayas visto en su mejor momento. Es tan fuerte. Tan valiente...

—No estoy seguro de que las mujeres tengan que ser fuertes y valientes. —En parte estaba de broma, pero sabía que una mujer como Jehanne no era la esposa ideal para él.

—¿Las prefieres débiles y tímidas? —preguntó Aline, poniéndose rígida, con actitud ofendida.

—Prefiero tal vez que no sean tan dadas a meterse en problemas.

Aline cogió el pellejo y lo inclinó para echarse un chorrito de vino a la boca.

—Ya veo —comentó mientras se limpiaba los labios—. Pero, por supuesto, se supone que nosotras las mujeres no tenemos que preocuparnos cuando los hombres, movidos por su fuerza y valentía, por no mencionar su orgullo y estupidez, se meten en problemas y luego regresan renqueando a casa para recibir consuelo y cuidados.

—Me gustaría volver renqueante a casa para recibir tu consuelo y tu cuidado, Aline.

Ella le observó, con el rostro dulcificado ahora por una expresión más confusa. Tenía el pellejo destapado entre los brazos y debió de apretarlo sin percatarse. Un chorro de vino salió disparado contra la pared.

Él se rió y recuperó la bota.

—No discutamos ni hablemos de cosas que pueden esperar. Come un poco, y luego intentemos dormir un rato en medio de este ruido.

Ella se ruborizó mientras él tiraba de un trozo de carne de conejo.

—No sabía que la gente fuera tan ruidosa a la hora de...

Se metió la carne en la boca y masticó.

—Tal vez se sienten menos inhibidos aquí que en el salón del castillo.

Ella se metió también la carne en la boca y masticó.

—Pero he oído gemidos y gritos...

Como para confirmar esto último, un quejido reverberó por toda la casa, creciendo y luego difuminándose en varios grititos irregulares. Raoul sintió que su propio rostro se calentaba.

—Es probable que sea una indicación de placer, no de dolor, Aline.

—¿Placer?

—Oh, por los clavos de Cristo, no podemos quedarnos aquí. —Raoul nunca había sido un gran usuario de casas de citas como ésta, de modo que no se había percatado de lo indiscretos que podrían ser los otros huéspedes. No sólo incomodaba a Aline, incluso le incomodaba a él. Era demasiado excitante.

Recogió la comida y la bebida.

—Vámonos.

—¿A dónde? —Aline se apresuró a colocarse entre él y la puerta—. ¿A dónde? Sé tan bien como tú que habrán dado la voz en las posadas y los mesones. Si vas a llevarme a algún lado, tendrá que ser al convento.

—Tal vez sea mejor.

—No quiero regresar. Conozco la clase de monja que es la madre superiora. Sin duda ya está esperando con la vara.

—No se atrevería...

—Lo más probable es que argumente que soy como cualquier otra monja y por lo tanto estoy bajo su jurisdicción. Nos quedamos aquí.

—Dudo que podamos descansar mucho.

—Puedo dormir casi en cualquier sitio, en casi cualquier circunstancia.

Sería insensato marcharse, y por consiguiente él cedió.

—Muy bien, nos quedamos. —Volvió a sacar la comida y se sentaron en la cama a comer. Como había pensado, Aline tenía buen apetito, y dio buena cuenta de su parte del conejo. Al cabo de un rato, fue posible ignorar los ruidos envolventes a excepción de algún chillido o gemido ocasional.

—¿Estás seguro que...? —preguntó ella después de un agudo chillido.

—Sí, seguro del todo —pero no tenía ganas de explicar a Aline las formas particulares en que algunas personas encontraban placer sexual.

Sacudió la cabeza y masticó lo que quedaba del pan.

Cuando acabaron, él retiró las finas mantas que cubrían la cama.

—Vamos. A dormir.

Ella pareció ponerse alerta al oír eso, pero se metió en la cama apretujándose contra la pared, provocando el rumor de los helechos del colchón con su movimiento.

—Está bien. Puedes ocupar toda la cama.

—No puedes dormir bien en el suelo.

—Me las arreglaré.

—Raoul de Jouray, deja de hacer tonterías. También necesitas descansar. A la cama. Prometo chillar y patalear si intentas violarme.

Él no pudo resistir la risa.

—¿De veras? —bromeó.

—Sí. No tengo intención de perder mi virginidad en un lugar como éste.

Hablaba del todo en serio, y puesto que se trataba de Aline, pelearía como una loba. Él se metió en la cama, pero se mantuvo tan cerca del extremo como pudo.

—Tal vez después de todo me gusten las mujeres fuertes y valientes.

—Por supuesto que sí. Las otras son inútiles. —Tras decir eso, se dio media vuelta y se puso de cara a la pared, parecía alguien a punto de dormirse.

Raoul se volvió un poco para mirarle la espalda. No sabía qué esperar, pero no era esto. Ella tendría que estar nerviosa, incómoda, inquieta, sometida a las mismas necesidades que le atormentaban a él. Se había propuesto al menos estrecharla en sus brazos mientras hablaban, mientras aguantaban su insomnio, consecuencia de la ruidosa casa.

Un cambio en su respiración y luego un leve ronquido con cada inhalación le dijeron que ya se había quedado del todo dormida.

Sonrió al techo. Aline de Burstock era una mujer destacable en todos los aspectos.

Para su sorpresa, su respiración regular le adormeció también a él mucho antes de lo esperado. Y si despertaba por la mañana descansando tranquilamente contra ella, con su calor y suave perfume calmando sus sentidos, al menos nada habría roto su juramento durante la noche.

Capítulo 18

La casa ahora estaba en silencio, pero los débiles sonidos de la calle y la luz que se abría paso por un hueco en la pared de madera le indicaron la llegada de la mañana.

Estiró un brazo y sacudió a Aline con suavidad, resistiendo con caballerosidad la tentación de pasar la mano por la curva de su costado, caderas y muslo. Pensó que tendría que ser más vigoroso, pero tras un gruñido, su respiración se alteró y ella se incorporó pestañeando.

—¿Es de día? ¿Ya? —Se retiró algunos mechones de pelo de la cara y se sacudió como un perrito que sale del agua.

Luego le miró a él y, de repente, un rubor desmesurado la cubrió desde el cuello al nacimiento del pelo.

—Buenos días —dijo él.

La mirada de Aline recorrió veloz la habitación como si esperara encontrar algo diferente en el vulgar cubículo. Luego los ojos se posaron de nuevo en él.

—Me quedé dormida al instante.

Él consiguió no reírse.

—Tal y como dijiste.

—¿Y tú que hiciste?

—Al final, yo también me quedé dormido.

Los ojos de Aline iniciaron de nuevo aquella danza nerviosa.

—¿O sea que no...?

Raoul se sentó y le cogió el rostro entre las manos, volviéndolo para que ella tuviera que mirarle.

—Aline, cuando te haga el amor, lo sabrás muy bien. Y lo recordarás. Eso te lo prometo.

Ella le miró fijamente, con las pupilas tan grandes que casi oscurecían sus ojos azules.

—¿De veras?

De nuevo él sintió la tentación de reírse, o tal vez incluso enfadarse, pero no hizo ninguna de las dos cosas.

—De veras.

Aline se apartó entonces, respiró a fondo y a continuación soltó el aire.

—Qué bien. Lo siento. De pronto pensé, sabes, que para un hombre era imposible estar tan cerca de una mujer en la cama durante tanto tiempo sin que sus instintos abyectos dominen la situación. Por supuesto —añadió mirando de reojo—, supongo que depende de... cuánto lo desea... ¿puedo salir, por favor?

Con una exhalación casi tan ruidosa como la de Aline, Raoul la cogió por los hombros, la tumbó de espaldas y se puso encima de ella.

—Qué...

—Basta de cháchara. Si consigues que tu mente imparable descienda hasta la parte inferior de tu cuerpo, deberías ser capaz de notar con exactitud cuánto deseo hacerte el amor. Ya que ser noble me supone tal dolor, al menos quiero que me lo reconozcan.

Los ojos de Aline seguían oscurecidos de aquella forma cautivadora, y sus carnosos labios se separaron suavemente de un modo tentador, sólo para decir:

—Oh.

A Raoul le pareció sin duda el desafío más difícil al que se había enfrentado en su vida. Pese al modo atronador en que latía su corazón y a la prueba de devoción que empezaba a protestar con urgencia, mantuvo la voz calmada.

—Te deseo, Aline. Mucho. En cuanto las cosas se resuelvan, hablaremos sobre el futuro y veremos si hay una manera de permanecer juntos. Las torturas terrenales, sin embargo, no me harían deshonrarte, menos aún sin contar con tu consentimiento y sin tan siquiera despertarte. Lo cual, ahora que lo pienso, sería imposible.

—Oh —volvió a decir ella—. Lo siento. Pero no podía saber con seguridad...

—Supongo que no.

Se lamió los labios, lo cual era de una crueldad perversa, si ella tuviera alguna idea de cómo le afectaba eso a él.

—¿En qué consiste lo de deshonrarme?

—¡Aline!

—Sólo estaba pensando en que tal vez pudieras besarme...

—¿Hasta dónde crees que llega mi fortaleza?

—Al infinito. —Y lo dijo convencida, pobre muchacha ilusa.

Él se apartó, se dio media vuelta y se levantó de la cama.

—En este momento me siento tan fuerte como Donata. Vamos. Levántate y salgamos de aquí. Tenemos cosas importantes que hacer.

Ella se bajó despacio de la cama y se alisó la ropa con cara de víctima. Raoul sintió la tentación de darle una zurra, pues no creía que fuera tan inocente como fingía.

—¿Qué piensas hacer, entonces? —preguntó mientras se cubría de nuevo la cabeza con la tela azul.

—No voy a sacar a Jehanne del convento.

Aline se quedó inmóvil.

—¿Qué? ¿Por qué no?

El extremo de la tela empezó a quedarse suelto, de modo que Raoul lo cogió y se lo metió, contento de contar con una excusa para tocarla, pese a los peligros.

—Como no me dormí al instante, tuve tiempo de pensar. No puede servir de nada burlar al rey de esa manera. Por otro lado, creo que Jehanne tiene algo importante que aportar a la audiencia. Por lo tanto, voy a entrar en el convento para mantener una charla privada con ella, luego transmitiré la información y expondré su punto de vista o lo que sea preciso.

Ella le miraba con sus severas cejas levantadas.

—Las represalias por invadir una casa religiosa son bastante severas. ¿Estás seguro?

—No estoy seguro de nada, pero es lo mejor que se me ocurre. ¿Y cómo esperabas que la sacara sin invadir la casa religiosa? Bien —dijo guiándola al exterior de la habitación—. Ya he visto el claustro. Dime todo lo que sepas del resto del convento.

Mientras salían de la casa y se metían por Cheapside, le contó todo lo que pudo.

—Puedo entrar por encima de la muralla —dijo mientras se apresuraban—. Pero el ruido podría ser un problema.

—Creo que necesitarás entrar durante las oraciones, ya que habrá menos gente por allí. —Miró el cielo y estudió la luz—. Has perdido la oración de la hora prima. Tendrá que ser con la tercia, pero es la hora fijada para la audiencia.

—Por los clavos de Cristo, es demasiado tarde. —Pero cuando llegaron a la calleja que estaba a un lado del convento, encontraron una solución al problema.

Raoul evaluó el burdo muro de madera.

—Saltar será sencillo. Sólo tengo que confiar en que nadie me oiga.

—No hay muchas esperanzas. ¿Por qué no provoco yo un poco de distracción?

—¿Qué tipo de distracción? —preguntó él. Santa cruz divina, le encantaba que ella fuera su compinche en esto.

—Si aparezco despeinada e incoherente, atraeré la atención de todo el mundo.

—Y te llevarás una zurra.

—¿Y qué te llevarás tú si te pillan invadiendo un convento de monjas? De todos modos, no me castigarán hasta que recupere un poco la cordura, y para entonces, espero, todos estaremos libres.

De modo que también ella, como Jehanne, intentaba salvar a un hombre de una situación difícil. No tenía sentido discutir de esto aquí.

—¿Qué vas a decirles?

—Nada. Me volveré loca del todo. —Torció la boca y entornó los ojos—. Al menos hasta la tercia.

Él tuvo que reírse ante aquello.

—¿Y entonces qué vas a decirles?

—Que la gran ciudad me asustó tanto que perdí el juicio. Espero que para entonces todo haya acabado.

Raoul sacudió la cabeza, deseando que Aline no pareciera tan joven a veces. Pero necesitaba la distracción que podía ofrecer.

—Muy bien. Te escapaste con la idea de ponerte en contacto con Galeran e informarle de tu difícil situación, pero te perdiste y tuviste que ocultarte toda la noche, temerosa de los mendigos y los bandidos. Ahora estás desesperada por regresar a la seguridad del convento.

Aline miró a su alrededor y se metió en una sombra entre las dos casas para aflojarse la tela que le cubría la cabeza. Se soltó las cintas de los extremos de sus trenzas ya despeinadas y las deshizo con los dedos. Raoul se colocó a su espalda y, agarrándola por las hombreras del vestido, rasgó unos pocos centímetros la tela, para que le quedara más flojo. Cogió un poco de polvo y lo frotó por la tela y por su piel.

Orgulloso de no haber dejado que se notara ninguno de sus pensamientos lascivos, la estudió de pies a cabeza e hizo un gesto afirmativo.

—¿Lista?

Ella sonrió.

—Lista.

—Chica valiente. —Le dio un ligero beso en la frente y luego la empujó calle abajo hacia la parte delantera del convento.

En cuestión de momentos oyó que la campana de la puerta resonaba de forma estridente. Contó hasta tres, miró a su alrededor para verificar que no hubiera nadie cerca, dio unos pasos atrás y luego corrió hacia el muro y saltó para agarrarse a la parte superior.

En cuanto sus dedos se aferraron a él, comprendió que tenía un problema con el muro, y es que no era muy resistente. Por un momento pareció que su presión pudiera derribarlo en vez de permitirle auparse. Pero aguantó, y pudo apoyar las caderas en lo alto. Una rápida mirada le reveló el movimiento de monjas arremolinándose en los jardines del claustro, y nadie en el herbario.

Se alzó sobre el muro y se dejó caer, agachándose de inmediato tras un arbusto frondoso en un rincón.

Unos gemidos localizaban a Aline en el otro extremo del claustro, y un estallido de exclamaciones y parloteos hacían suponer una reunión numerosa. Raoul confió en que trasladaran el problema al interior del edificio. Iba a ser un poco difícil escabullirse hasta las proximidades de la celda de Jehanne con todo el convento reunido en el jardín del claustro.

Luego reparó en la posibilidad de que Aline fuera trasladada a la enfermería. Había que salir de ahí. Siguió la primera parte del plan y se introdujo en la sala de trabajo de la enfermería, pasando por la propia enfermería vacía, gracias a Dios, en dirección a la capilla del convento.

No había manera de saber qué había detrás de la sólida puerta, pero sería extraño que dejaran el altar abandonado. Esta puerta daría, lo más probable, a un lado del altar para que los enfermos pudieran oír Misa. Sólo cabía confiar en que la puerta estuviera lo bastante alejada de cualquier religiosa que velara allí.

Respiró a fondo, bajó con cuidado el pestillo y empujó la puerta, abriéndola apenas una rendija.

Había dos monjas de rodillas orando delante del altar, pero tenían las cabezas inclinadas y la puerta se situaba algo detrás de ellas, entre las sombras. A Raoul le pareció que no repararían en él a menos que hiciera ruido. Dio gracias a Dios por lo silenciosa que era la puerta, la abrió lo suficiente para salir y la cerró, luego se movió con rapidez contra la pared de la capilla hacia la entrada principal del fondo.

De todos modos, ya había ido más lejos de lo que Aline le había explicado del convento, y no había visto la puerta de la capilla desde el claustro. Al abrirla podría quedarse a la vista de toda la comunidad. No obstante, lo dudaba, ya que, si ellas seguían en el jardín, se encontrarían en el extremo más alejado. Aunque en realidad no había ninguna garantía de que así fuera...

Raoul se encogió de hombros. Su estilo siempre había sido trazar el mejor plan posible y luego llevarlo a cabo sin darle más vueltas. Con cuidado, abrió la puerta lo suficiente para mirar.

Ah. Alabado fuera Dios. La entrada de la capilla quedaba guardada por un ancho porche con columnas de piedra. El espacio entre las columnas proporcionaba una excelente posibilidad de ocultarse en la mayoría de direcciones. Raoul salió por la puerta y la dejó también perfectamente cerrada tras él. Continuó entre dos columnas para considerar el siguiente paso.

Ahora sin duda tocaba la parte peliaguda.

Estirándose, vio a través de unos arbustos en flor un grupo de figuras de blanco y negro. Debían de ser las monjas alrededor de Aline.

¿Por qué, por san Severo, no la llevaban a algún sitio en el interior del edificio?

Esperó, contando poco a poco, pero nada cambió. Oh, bien, toda su atención parecía centrada en Aline, tendría que arriesgarse.

El porche daba a la galería lateral del claustro, que bordeaba los cuatro lados del jardín. La propia galería era ancha, con techo y arcos con columnas en la parte delantera, de modo que proporcionaba una sombra profunda bajo la luz del sol. Con suerte, aunque una de las monjas le viera, sólo vería una figura imprecisa y supondría que era alguien de la comunidad.

Por tanto, Raoul salió al porche caminando con normalidad, dobló a la derecha y luego se encaminó hacia el cuarto de Jehanne. De hecho no tenía intención de ir hasta su puerta, ya que se encontraba demasiado cerca de las monjas y estaría cerrada. Tenía la esperanza puesta en un pasadizo que diera a la parte posterior de las habitaciones. Podría hablar con Jehanne a través de la pequeña ventana.

Por desgracia, no encontró ningún pasadizo.

No parecía correcto maldecir dentro de una casa religiosa, pero lo hizo de todos modos, en silencio. No podía seguir adelante, o estaría demasiado cerca de las monjas que no dejaban de parlotear y exclamar. No parecía tener mucho sentido volver hacia atrás.

Tenía que haber una manera de acceder a otras partes del convento, pero sería a través de una de las muchas puertas.

¿Qué puerta?

Intentó decidir, cuando Jehanne le echó una mano involuntaria. De repente empezó a gritar.

—¡Qué venga alguien! ¿Qué está sucediendo? ¿Es ésa Aline? ¿Qué ha pasado?

Luego golpeó la puerta. Raoul, retrocediendo apresuradamente por la galería del claustro, determinó que su alarma sería genuina y bastante razonable. Lo único que ella oiría serían los gritos de su prima.

Mientras Raoul observaba, una figura surgió del montón. La madre superiora se fue a buen paso hasta la puerta de Jehanne sacando una llave del bolsillo del cinturón. Abrió la puerta y soltó:

—Comportaos, lady Jehanne. Vuestra alocada prima ha regresado, al parecer sin sufrir daño alguno, pero bastante consternada. —Luego cerró la puerta de golpe y regresó junto a su comunidad—. Traed a la muchacha a la sala capitular. Esto es un alboroto. Qué terrible trastorno...

Pero mientras su voz se desvanecía y el grupo se desplazaba hacia el interior del edificio, con una despeinada y decaída Aline en medio, Raoul advirtió que la superiora tenía que estar trastornada de verdad. Había dejado la llave en la cerradura. En cuestión de momentos, el claustro se quedó desierto y Raoul pudo deslizarse hasta allí, girar la llave y entrar en la celda de Jehanne.

Ella iba de un lado a otro de la habitación, pero se quedó inmóvil al verle entrar, como si no pudiera dar crédito.

Lo cual no era de extrañar.

Luego soltó:

—¡Oh, alabada sea la Madre de Dios! ¿Todo era una estratagema? Gracias al cielo. —Se dirigía hacia la puerta, pero él la agarró por los hombros para detenerla.

Jehanne gimió.

Al instante la soltó y observó cómo jadeaba y luego intentaba controlar la respiración.

No hacía falta que nadie se lo dijera.

—¿Os han golpeado?

Ella se enderezó como si no pasara nada, y él pensó que iba a negarse a darle una respuesta. Pero luego puso una mueca.

—Cada tres horas.

—¡Santo Padre! ¿Por orden de quién?

—Del obispo Flambard.

Le llevó un momento controlar sus propios sentimientos.

—¿Por qué no habéis dicho nada? Galeran y yo podríamos haber detenido esto.

De nuevo ella estaba más controlada e imperturbable. Una vez más la Jehanne que había acabado por admirar, y tal vez temer.

—No quería detenerlo.

—¿Os produce placer el dolor?

—¿Acaso estoy loca?

—¿Entonces por qué? —Pero podía adivinarlo.

—Sabéis tan bien como yo que me merezco los golpes. Que el mundo no estará contento hasta que sea castigada...

—Y de esta manera Galeran no se verá obligado a hacerlo —concluyó él. Tenía razón, y pese a que su instinto protestaba —porque ella actuaba contra los deseos de su marido—, la admiraba por su valor.

Pero de todos modos, no podía dejar de desear que fuera una mujer menos combativa. Y tampoco quería estar en medio cuando Galeran se enterara.

—Nos conviene también de otro modo —estaba diciendo Jehanne, sonriendo incluso de satisfacción—. No creo que al rey le guste saber que el obispo toma la iniciativa antes de que él haya dictaminado en este asunto.

Raoul se percató de que estaba boquiabierto, de modo que cerró la boca. Su madre y sus hermanas no eran mujeres débiles ni tontas, pero no creía que ninguna de ellas estuviera dispuesta a aceptar una paliza cada pocas horas por un motivo tan lógico y político.

De nuevo, pensó, ella tenía razón. Había creado un arma que podrían usar contra Flambard.

—¿Qué pretendíais hacer? —preguntó—. ¿Irrumpir en presencia del rey y mostrar la espalda?

Ella iba a responder, pero luego se quedó mirándole.

—¿A qué os referís, «pretendía»? —Si ella hubiera sido un hombre, Raoul se hubiera preparado para defenderse.

—No voy a ayudaros a escapar de aquí, Jehanne. No serviría para ganaros el favor del rey, creedme. No obstante, le voy a transmitir vuestras palabras.

A pesar de no ir armada, el peligro centelleó en sus ojos, pero al siguiente instante, Raoul vio que estaba considerando sus palabras, y aceptándolas, por muy a regañadientes que lo hiciera. Probablemente, su disgusto le hizo darse media vuelta y volverse a mirar el crucifijo colgado de la pared.

Por la cruz, era una mujer única entre un millón.

Por suerte. Si hubiera muchas como ella, el mundo se estremecería y se vendría abajo.

—¿Tenéis idea de lo duro que es esto? —preguntó ella.

Raoul recordó haberse sentido comprensivo con ella respecto a lo de quedarse mirando sin hacer nada. Tal vez la clave para entender a Jehanne era ponerse en su lugar. Detestaba tener que esperar a que otros decidieran su sino, y el de las personas que amaba. De todos modos, no sabía si él podría aceptar con docilidad una paliza tras otra por este motivo.

Él era un guerrero, no un mártir. Pensó que, en el fondo, ella también lo era.

—Creo que os entiendo —dijo con afecto—. Pero si queréis ayudar a Galeran, debéis quedaros aquí, por duro que resulte. —Luego, no obstante, dejó aquel pío sermón—. Por las brasas del infierno, eso significará otra paliza.

Ella se volvió para mirarle de frente.

—Eso no importa. —Para su asombro, comprendió que ella hablaba en serio—. Lo importante es que el rey nos entregue a Donata a nosotros y no a Raymond. Y que Galeran y Raymond no tengan que luchar... Haría lo que fuera por conseguir ambas cosas.

Raoul alzó las cejas.

—¿No creéis que Galeran pueda ganar? Aunque penséis que es un guerrero inferior, ¿no creéis que Dios decidirá quién merece vencer?

—Lo más probable es que Dios tenga mejores cosas que hacer —dijo con irritación—, pero estoy segura de que Galeran tiene buenas posibilidades de ganar. Le vi luchar con vos.

—¿Entonces?

—Entonces sería Raymond quien no merecería morir.

Era como si la tierra se hubiera transformado en arenas movedizas bajo los pies de Raoul.

—¿Me estáis diciendo que os preocupáis por él?

—Sí. —Se enfrentó a su mirada iracunda sin titubear. De hecho, con exasperación.

—¡Amo a Galeran más que a la vida misma, Raoul! Pero no puedo permitir que un hombre inocente sufra para facilitarme el camino.

—¿Inocente?

—¿Qué hizo, este villano perverso? Me quería. El pobre imbécil, aún me quiere. Sus sentimientos incluyen también a Heywood, cierto, pero no deja de ser amor. Él confiaba en que Galeran estuviera muerto. Tal vez no sea muy caritativo, pero tampoco creo que sea una ofensa merecedora de la muerte...

—¡Cometió adulterio con vos!

Entonces se le subieron los colores, pero consiguió hablar con calma:

—¿Nunca habéis mantenido relaciones con una mujer casada dispuesta a ello? —Antes de que Raoul encontrara la manera de que

Harris County Public Library
HCPL Katy
09/22/14 03:47PM

To renew call: 713-747-4763
or visit: www.hcpl.net
You must have your library card number
and pin number to renew.

PATRON: VENCES MARIA JACOBO

Mi libro de recetas para bebés /
CALL NO: 641.562 Car
34028078499036
DUE: 10/06/14

La Rosa robada /
CALL NO: Beverl
34028063678016
DUE: 10/06/14

TOTAL: 2

un «sí» sonara como un «no», ella continuó—. ¿Os merecéis la muerte por ello?

—¡Si el marido me atrapa, tal vez sí!

Inclinó un poco la cabeza, casi parecía divertida.

—De modo que, Raoul, ¿os sentís capaz de transmitir mis palabras al rey y conseguir que mis argumentos suenen convincentes?

Él balbució unas palabras que no deberían pronunciarse en un lugar así, pues se imaginó por un momento de pie ante el rey de Inglaterra y sus consejeros, con Galeran a su lado, intentando defender el caso. Por los clavos y la lanza, deseó estar tranquilo en su hogar en Guyenne.

Pero era consciente de lo que tramaba la astuta mujer.

—De cualquier modo, no os mováis de aquí.

—¡No podéis defender un caso en el que no creéis! —La manera en que comprimió el rostro reveló que había confiado en hacerle desistir de su tarea. Raoul la admiraba, pero también tenía ganas de propinarle una buena zurra.

—Haré todo lo que pueda. Ahora, permitidme ver vuestra espalda. Necesito poder jurar haberla visto.

Ella le lanzó una mirada fulminante y soltó una resoplido de derrota que, por un momento, le recordó de forma desconcertante a Aline. Luego, con un respingo, se quitó la túnica bordada y se volvió.

—Me corté la parte posterior del vestido, para que se viera mejor.

Había visto muchos hombres azotados con el látigo, y estas heridas no eran tan serias, pero apretó la mandíbula ante la visión de la red de hematomas hinchados. Tenían que estar extremadamente sensibles al contacto, y no obstante ella estaba dispuesta a permanecer aquí y recibir más golpes.

Él, por irracional que pareciera, sintió de nuevo ganas de zurrarla.

—¿Cuántos azotes cada vez? —preguntó, y oyó la aspereza en su propia voz.

—Diez. —Ella se volvió y su rostro palideció mientras intentaba meterse la túnica por la cabeza.

Él acudió a ayudarla.

—No podéis recibir otros diez.

Las palabras eran estúpidas, y la mirada de Jehanne reveló lo mismo. La gente aguantaba el dolor que le tocaba sufrir. La única escapada era la muerte.

Raoul se pasó la mano por el rostro sin afeitar.

—Cuando Galeran descubra que os he dejado aquí... —Sacudió la cabeza sólo de pensarlo—. Vamos. Os sacaré. Aunque no sé cómo vais a trepar el muro...

—No. —Ella se apartó de la mano que la guiaba—. Tenéis razón respecto al rey. La sumisión contará más que la intrusión. ¡Y pensad cómo mi sufrimiento acortará mi tiempo en el purgatorio! —Lo soltó como un chiste, pero su fuerza serena se quebró por un momento y sus labios temblaron, luego se los mordió—. De todos modos, intentad liberarme, amigo mío, antes de la sexta.

Raoul estiró una mano para acunarle la cabeza y la atrajo hacia su pecho. Ella ni le abrazó ni se resistió, pero la manera en que se apoyó sólo un momento le dijo mucho.

—Pronto habrá terminado —dijo—. Y juro por mi alma eterna que me aseguraré de que vuestros sufrimientos no sean en vano, que vuestra petición se respeta. Habéis luchado y merecéis la victoria. Tendréis a vuestra hija, y a Galeran sano y salvo. Y Raymond de Lowick no morirá.

Al oír eso se incorporó, volviendo casi a ser la de siempre.

—Ni sufrirá de forma importante.

Él sintió ganas de zurrarla una vez más. Había muchas clases de sufrimiento aparte de la muerte.

—Ni sufrirá de forma importante —accedió. Y añadió con un suspiro—: Mi vida solía ser sencilla en otro tiempo.

—¿Supongo que Aline no habrá sufrido ningún daño?

Podía parecer que no venía al caso, pero ambos sabían que sí.

—Ninguno. Sólo estaba distrayendo a la comunidad. Confiemos en que vuestra severa madre superiora no decida castigarla a ella también. Tengo que irme.

—Gracias, Raoul. Rezaré por vos.

Él le besó la mano.

—Y yo por vos. Que Dios os dé fuerzas.

Con eso, Raoul atisbó a través de la abertura de la puerta. El claustro parecía desierto, de modo que se escabulló.

De hecho, una hermana andaba por el extremo más alejado, cerca de la capilla, pero no le vio, y enseguida se perdió de vista. Aunque detestara hacerlo, volvió a cerrar la puerta con llave. Justo cuando la llave giraba con un chasquido, oyó el llanto de un bebé al otro lado del claustro.

Él se alejó deprisa, desanduvo su ruta con la sospecha de que enseguida alguien traería a Donata junto a su madre. Intentó imaginar la vía que había escogido Jehanne con tal serenidad: amamantar a su pequeña cada pocas horas, sin duda jugando con Donata para conseguir sus sonrisas, para luego recibir los golpes entre toma y toma, para que no fuera Galeran quien tuviera que castigarla.

Y, en cierto modo, también, para que Lowick, el hombre al que había utilizado, no sufriera por sus actos.

Una mujer extraordinaria, pero se alegró de no estar casado con ella.

Puesto que la costa parecía despejada, Raoul se fue directo al herbario de la enfermería, resistiendo la tentación de ir a rescatar a Aline. ¿Y si ahora ya le estaban golpeando por su fuga?

Saltó sobre el tejado de la enfermería, diciéndose que unos pocos golpes de vara no supondrían ningún daño duradero. Sin duda había recibido otros castigos en su vida. No pensaba que Aline fuera de las que nunca se metían en problemas.

Recorrió con cuidado la pendiente, pensando en sí mismo. Él nunca había tenido miedo a las heridas y a los castigos. La vida inlcuía dolor.

Quería proteger a Aline del dolor para siempre.

Tonterías.

Pero últimamente parecía estar muy tonto.

Permaneció tumbado sobre el extremo del tejado hasta que un trío de mujeres cuchicheantes pasaron de largo por el callejón, luego se dejó caer al suelo. Tras sacudirse la ropa, se fue a toda prisa hacia Corser Street, preguntándose si contar todo el asunto a Galeran.

Sabía que su amigo se sentiría traicionado por haberle ocultado cuestiones así. Por otro lado, enterarse del sufrimiento de Jehanne podría enturbiar las ideas de Galeran durante la audiencia. De hecho, podría eludir completamente la audiencia y acudir al rescate de su esposa.

La lógica le decía que no informara a Galeran de nada, pero Raoul pensó en cómo se sentiría él si la mujer fuera Aline. Para cuando llegó a Corser Street, Raoul estaba dispuesto a contarle todo a Galeran y dejar que decidiera cómo abordarlo. Sin embargo, su amigo ya se había marchado a Westminster, dejando una nota en la que pedía a Raoul que se reuniera con él allá.

Raoul se puso una túnica limpia, de mejor calidad, atormentado por la idea de la siguiente paliza de Jehanne. No faltaría mucho para la tercia. Se maldijo a sí mismo mientras se percataba de que no podía hacer nada en absoluto para impedirlo. Si se lo contaba a Galeran en Westminster, cuando pudieran emprender alguna acción sería demasiado tarde.

De cualquier modo, debía intentarlo.

Con ganas de pelearse con alguien, partió a pie hacia Westminster, pues la velocidad era más importante que la ostentación.

Pasó apresuradamente junto a un hombre sin reconocerle, luego se giró en redondo.

—¡Lord FitzRoger!

El paladín del rey se dio la vuelta y se apartó de los tres hombres de armas que le acompañaban a hacer algún recado. Estaba claro que reconocía a Raoul pero no podía recordar su nombre, lo cual no era de extrañar pues debía de haber conocido a cientos de personas en las últimas semanas.

—Raoul de Jouray, compañero de Galeran de Heywood.

—Ah, sí. El asunto de Heywood va a deliberarse en breve. ¿Os habéis perdido, señor?

—No. Voy de camino a Westminster. De todos modos, me preocupa una cuestión y tal vez vos podáis ayudarme, si fuerais tan amable.

—No me reclama nada urgente.

Raoul había actuado por impulso, y ahora estaba repasando aquello mentalmente, buscando los riesgos. No encontró ninguno, lo cual no descartaba que los hubiera. Aun así, no podía quedarse cruzado de brazos y acabar sin poder volver a mirar a Galeran a la cara.

—Lady Jehanne de Heywood, la esposa de lord Galeran, está retenida en el convento de St. Hilda.

—Eso tengo entendido.

—Está siendo castigada, y por lo que yo sé, no por orden del rey.

FitzRoger había prestado atención por cortesía, pero ahora estaba de verdad interesado.

—¿Por orden de quién, entonces? ¿De su esposo?

—Del obispo de Durham.

Como guerrero, Raoul reconoció la inquietud que se apoderó de FitzRoger.

—¿De veras? ¿Y en qué forma la están castigando?

—Diez golpes de vara con cada llamada a la oración. Creo que habría que detenerlos antes de la tercia.

FitzRoger se colocó el pulgar en el cinturón en vez de salir a toda prisa.

—Podría decirse que la dama merece sufrir por sus pecados.

—¿No debería incumbir eso a su esposo y al rey? A mí me parece que el obispo se excede en sus atribuciones.

FitzRoger le estudió durante un momento, estaba claro que considerando todas las implicaciones. Raoul confiaba en que no preguntara cómo era que él sabía tanto.

—Al menos iré a detener la disciplina. Gracias por avisarme, sir Raoul. —Tras decir eso, se volvió y salió directo hacia el convento a considerable velocidad. Raoul por su parte se apresuró a dirigirse a Westminster, con la esperanza de que FitzRoger llegara a tiempo.

Cuando entraba en la zona próxima al palacio de Westminster, las campanas anunciaron la tercia e intentó calcular si habría habido tiempo suficiente o no.

Luego se lo sacó de la cabeza. Sus acciones no podían alterar aquello. Lo importante ahora era decidir cómo cumplir la promesa dada a Jehanne. Cómo conseguir que su sufrimiento hubiera merecido la pena.

Mientras esperaba a la tercia, Jehanne reflexionó sobre su situación. Tal vez Raoul hubiera encontrado una manera de sacarla de aquí, lejos del dolor. Lejos de la degradación del dolor. Esto era lo que más odiaba: que su cuerpo traicionero temblara y se estremeciera, que llorara y chillara, cuando lo que quería era ser estoica.

Pero intentar que él se la llevara consigo habría puesto en peligro su propia huida, y entonces no habría podido transmitir sus palabras a la audiencia. Eso era lo que importaba de verdad. La audiencia que determinaba el futuro de Donata, y tal vez también el de Galeran y Raymond.

Y ella se merecía el castigo.

No dejaba de repetirse eso.

Pero no había esperado que doliera tanto.

La hermana Martha, con ansiosa compasión en sus ojos, trajo a Donata para que le diera de mamar, y Jehanne tuvo un momento de paz mientras se concentraba en su bebé. Seguro que el rey, al enterarse de que el obispo se había sobrepasado ordenando las palizas, no apoyaba su decisión y no le arrebataba la niña de sus brazos, ¿verdad?

Pero, ¿y el resto, qué?, se preguntó mientras intentaba sonreír a la niña pese a las preocupaciones que daban vueltas en su cabeza y pese al dolor que la atravesaba con cada movimiento. ¿Y si llegaban a las espadas? Si Galeran moría, no podría soportarlo. Si Raymond moría, por otro lado, nunca podría librarse de la culpabilidad.

Lowick había protestado con bastante firmeza cuando ella acudió a buscarle y se desnudó. ¿Era posible que una mujer violara a un hombre? Sentía que era lo que había hecho, pese a que él al final había disfrutado.

Estaba loca de pena, por supuesto, ¿pero excusaba eso tales pecados?

Cuando la hermana Martha vino a coger a Donata y la madre superiora llegó con la vara, casi lo recibe con beneplácito.

Casi.

El cuerpo mortificado de Jehanne protestó de inmediato echándose a temblar.

Capítulo 19

Otras dos monjas acompañaban a la madre superiora, pues la última vez le había parecido que su cuerpo ya no aguantaría quieto bajo el dolor. Las hermanas la cogieron por los brazos y le dieron la vuelta, poniéndola de rodillas.

—Que el Señor perdone a su miserable pecadora.

Jehanne consiguió mantener firme su voz cuando dijo:

—Amén.

Pero con el primer latigazo, chilló y forcejeó para eludir la agonía.

Antes del tercer golpe oyó voces. Su único pensamiento fue que la interrupción había evitado más dolor.

Una autoritaria voz masculina. ¿Galeran? No.

La madre superiora protestaba. Discutía.

Luego las manos de las dos monjas que la controlaban soltaron sus brazos.

¿Qué estaba sucediendo?

Apenas podía escuchar a causa de sus temblores, pero le pareció oír mencionar el nombre del rey. ¿La citaban para la audiencia a la postre?

Cuando pudo, se puso en pie temblorosa y se volvió, aún agarrándose al reclinatorio para mantener el equilibrio.

La madre superiora se hallaba de pie junto a la puerta, apretando los labios furiosa.

—El rey ha ordenado interrumpir vuestra penitencia hasta que acabe la audiencia, lady Jehanne. Me pregunto cómo lo ha descubierto. Regresaré, no obstante, cuando sea el momento conveniente.

Salió con aire indignado, pero las otras dos monjas se quedaron. Jehanne comprendió el porqué cuando entró un desconocido muy alto. De pelo oscuro, más o menos de su misma edad, pero con un aura de poder digna de un rey.

—Soy FitzRoger, y sirvo al rey Enrique.

Mucho más que eso, pensó Jehanne, mientras intentaba pensar con claridad. Tenía que estar preparada para cualquier giro de la fortuna que se presentara.

Los ojos inteligentes del hombre la estudiaron de pies a cabeza, y vieron, se temió, más de lo que ella hubiera deseado.

—Tal vez debierais sentaros, lady Jehanne.

Le hubiera gustado mantenerse erguida y desdeñar la oferta, pero se sentó con torpeza sobre el sencillo banco, deseando que no resultara tan obvio que le temblaban las piernas.

—He sido azotado una o dos veces —comentó él—. El cuerpo protesta, aunque preferiríamos que no fuera así. Este castigo no formaba parte del plan del rey, milady.

Su planteamiento sensato la serenó.

—Lo sé. Me han dicho que ha sido decisión del obispo de Durham.

—Quien tal vez no tenga jurisdicción en estos temas. No obstante, por lo que parece, si alguien pudiera pensar que es deber de vuestro esposo castigaros, el castigo ya se ha impartido.

Jehanne se alarmó bastante con esta interpretación astuta de la situación. No estaba acostumbrada a interlocutores cuya mente funcionara de forma tan similar a la suya.

—Mi intención es informar de este asunto al rey —dijo—. Para que dicho informe sea completo, me gustaría ver vuestras heridas.

—No tengo objeción. ¿Hermanas?

Las dos monjas se susurraron la una a la otra, luego una dijo:

—Si sólo mira...

Jehanne descubrió con espanto que era incapaz de levantarse y pidió a las monjas que le quitaran la túnica. Levantar los brazos fue casi imposible con las señales recientes, y temió vomitar o desmayarse mientras lo hacía. Sin embargo, al final se la sacó y él se acercó a mirar.

Se tomó más tiempo del necesario, seguro, para evaluar el castigo. Cuando volvió a situarse delante de ella, dijo:

—Creo que deberíais venir a Westminster.

—¿En contra de las órdenes del rey? —Era lo que ella había deseado, pero ahora, pese a su angustia, se encontraba demasiado estremecida y agotada como para defender en persona su causa.

—Tengo autoridad suficiente como para llevaros a otro confinamiento más próximo al rey. Tal vez quiera verlo con sus propios ojos.

—Voy a sentirme pronto un monstruo exhibido en una feria. —Pero eran unas palabras estúpidas, y se levantó con cuidado.

FitzRoger se volvió para discutir con las monjas el traslado. Volvió enseguida.

—¿Podéis viajar? El convento tiene un carro, pero tal vez sea más soportable a lomos del caballo, o de la jaca más bien.

—Confío en que Dios me dé fuerzas para hacer lo que sea necesario.

—Ésa es mi filosofía también, milady. —Hizo una indicación hacia la puerta abierta.

Fue asombroso lo dulce que resultó salir a la luz del sol y oler las flores. Tan dulce que casi deshace a Jehanne en lágrimas. Pero luego recapacitó sobre la situación y se volvió a FitzRoger.

—Debemos coger a la niña, a la niñera y también a mi prima Aline.

Al parecer él tenía autoridad suficiente, ya que enseguida reunió el grupo, y la madre superiora pareció discutir sólo cuando oyó que se llevaban su montura. FitzRoger se apartó a un lado para tener unas palabras con ella. La mujer palideció y se alejó indignada.

—Sus intenciones eran buenas—dijo Jehanne cuando él regresó a su lado—. Cree que me merezco el castigo. Y seguía órdenes del obispo.

—Una excusa particularmente perniciosa. —Sacudió la cabeza mirando a Jehanne—. Parecéis tan compasiva como vuestro esposo.

—Oh, no, en absoluto.

Jehanne iba a caballo mientras el resto del grupo caminaba, ya que era imposible desplazarse rápido por las calles abarrotadas. Le dolía cabalgar, pero también era cierto que le dolería hacer cualquier cosa excepto permanecer echada boca abajo inmóvil. E incluso así, con los pechos llenos de leche, eso tampoco era cómodo.

De hecho, ahora pensaba que tal vez ya había sufrido suficiente. Y mientras se abrían paso a través de la multitud en dirección al palacio del rey, la asfixiante culpabilidad con la que cargaba desde hacía un año o más empezó a desprenderse de ella.

Se puso a rezar, encontrando tal vez un poco la noción de Dios que tenía Galeran. Cristo también había sido azotado, y él también había acogido el dolor por el bien de todos, pues había conocido su destino y lo había aceptado.

Puso una mueca. Podía imaginarse lo que Galeran diría a eso: que se comparaba a sí misma con el Hijo de Dios.

Por lo tanto, dirigió sus oraciones, con docilidad, con reverencia, a María, Madre de Dios. Pero ni siquiera entonces pudo evitar preguntarse si María habría querido intervenir y sacar a su querido Hijo de su camino doloroso.

La verdad, no era muy buena en lo de orar con docilidad.

Pese a eso, las oraciones y los pensamientos ayudaron a Jehanne a aguantar el viaje. Aun así, cuando llegó al palacio de Westminster estaba a punto de desmayarse, y tuvieron que ayudarla a entrar en el edificio. Pronto se encontró en una pequeña y cómoda habitación que incluía un lecho cubierto por una cortina. Se echó en él con alivio, en parte también por poder ocultar aquella tendencia a soltar lágrimas para contrarrestar su dolor.

No miró, pero tenía la impresión de que FitzRoger se había marchado. ¿Iría directo a ver al rey? ¿Se lo diría a Galeran? Anhelaba ver a Galeran, pero podía imaginarse su enfado por haber aceptado todo aquello.

Podría argumentar el no tener otra opción que recibir la zurra, pero, podría haber mandado a Aline en busca de Galeran, para que éste pusiera fin a la situación.

No lo había hecho.

Y él sabría por qué.

Este desligamiento de Galeran, espiritual más que físico, era un dolor más profundo aún que su irritada espalda.

Cuando envió a Galeran a las cruzadas, no imaginó cuánto iba a echarle de menos. Con típica despreocupación, no había considerado lo imbricado que estaba en la trama de su vida, cómo formaba parte de cada pensamiento y acción, cuánto dependía de su presencia allí, dispuesto a comentar, a discutir, a aconsejar, a objetar, a consolar.

Durante su ausencia, se había sentido sólo medio viva, pese a Gallot y al consuelo de la presencia de Aline. Por primera vez pensó que tal vez el que sedujera a Raymond no fuera sólo por dolor y rabia, sino por soledad. Y una soledad que cuando perdió a su hijo fue absoluta.

Esa pérdida llenó de lágrimas sus ojos. O tal vez respondía a la soledad, que aún perduraba en ella, porque su pecado permanecía entre ella y Galeran. Y ahora sus actos tal vez empeoraran la situación.

Virgen María, enfadado o no, necesitaba a Galeran aquí a su lado...

Alguien entró.

Jehanne volvió la cabeza con brusquedad, suficiente para que le doliera, pero no era Galeran. No era nadie que ella conociera. Un monje.

Él hizo un ademán con la cabeza.

—Soy el hermano Christopher, milady. Traigo un bálsamo para las heridas, si me permitís...

Jehanne hizo un gesto afirmativo, y Aline se acercó para ayudar a descubrir su espalda mediante el simple recurso de rajar el cuello de la túnica por las costuras.

Jehanne oyó el grito ahogado de Jehanne y se preguntó cuán feas serían las heridas.

—¿Está la piel rasgada? —preguntó.

—No, señora —contestó el monje mientras apartaba un poco más la tela—. Las ropas os han protegido. Sobre todo está magullada e inflamada. Muy doloroso, estoy seguro, pero no tendría que dejar cicatrices, y el riesgo de infección es escaso.

Empezó a extender algo fresco sobre su espalda. El primer contacto fue frío, pero la acción calmante pronto empezó a surtir efecto. Jehanne suspiró y se relajó. Recordó vagamente que Aline había estado ausente toda la noche, tal vez con Raoul, y que debería estar preocupada. Recordó que la audiencia se celebraba allí cerca y que tal vez debería pensar en entrar como fuera.

Pero su mente atormentada se había tranquilizado y se negaba a enzarzarse de nuevo.

Se durmió.

Galeran salió temprano para Westminster, pese al hecho de que Raoul no había regresado con nuevas noticias de Aline, y pese a que el mensajero enviado a Waltham para mantener a su padre informado tampoco había regresado.

Se sintió impulsado a hacerlo. Impulsado por su preocupación por Jehanne y Donata, impulsado por su ansia de regresar a casa otra vez con todo arreglado.

Impulsado, lo sabía, a salir demasiado temprano como si eso fuera a arreglar las cosas.

No obstante, tenía una intención. Confiaba en poder hablar con el paladín del rey, FitzRoger. Los viajes de Galeran le habían enseñado que los grandes hombres eran temperamentales y a menudo dejaban que sus flaquezas interfirieran con la justicia. Enrique había disfrutado de muchas relaciones, y había reconocido unos cuantos hijos ilegítimos. ¿Cómo condicionaría aquello su interpretación de los asuntos de Galeran? Una charla con FitzRoger podría aportarle alguna información útil.

Sin embargo, FitzRoger no se encontraba en Westminster, así que Galeran se quedó en la pequeña habitación, recorriéndola de un lado a otro a la espera de la hora de la audiencia.

Sin duda, Enrique, por sus gustos personales, no daría importancia al adulterio. Eso aminoraba el peligro que corría Jehanne. Galeran estaba decidido a salir de esto sin tener que castigarla.

Por otro lado, como había indicado Aline, Enrique había prometido restablecer la ley y el orden en Inglaterra. El adulterio y los hijos ilegítimos eran una ofensa a todos los hombres.

Mientras daba vueltas a la habitación igual que su mente daba vueltas a sus problemas, pensó que, fuera cual fuese la actitud del rey respecto a la ley, sin duda no apoyaría algo tan absurdo como separar a una criatura del pecho de su madre y entregársela a un hombre soltero para criarla.

No, por supuesto que no.

A menos que tuviera miedo de ofender a la Iglesia. Flambard era un obispo, un eminente representante de la Iglesia, aunque no fuera merecedor de ese honor.

Pero Galeran sabía, con amarga certeza, que Enrique Beauclerc no pondría de ningún modo en peligro el premio que tanto había ambicionado, su control de la Corona de Inglaterra.

Se volvió y continuó dando vueltas. ¿Ya se encontraban aquí Lowick y Flambard? ¿Estaban juntos, allí cerca, tramando planes? ¿Qué planes? Galeran no imaginaba con qué nuevo giro podrían salir, pero no menospreciaba la astucia de un hombre como Ranulph Flambard. Y las ambiciones de Flambard podrían repercutir en toda la familia de Galeran.

Se detuvo. De pronto se sorprendió por su terrible sensación de soledad.

Había crecido dentro de una familia muy unida, y desde su matrimonio, Jehanne enseguida se había convertido —como decía la Biblia— en su costilla, su abnegada compañera, parte de él mismo. Casi no recordaba ocasiones en que ella no estuviera a su lado, dispuesta a comentar, a discutir, a aconsejar, a objetar, a consolar...

Durante la cruzada, se sentía como si hubiera dejado una parte de él atrás, pero había encontrado a Raoul y una amistad tan profunda como inesperada.

Sin embargo, estaba ahora solo. La mayoría de su familia se había quedado en el norte, su padre intentaba pasar desapercibido en Waltham, y Raoul, quién sabe dónde.

Vagos pensamientos de Cristo en el huerto de Getsemaní le pasaron fugazmente por la cabeza, pero se rió y los desdeñó. No estaba abandonado ni traicionado, sólo había llegado demasiado pronto al palacio.

Oyó las campanas que daban la tercia y se santiguó, disponiéndose a pronunciar un rezo. De todos modos, empezaba a preocuparse por la ausencia de Raoul, y rezó también para que nada le hubiera sucedido a Aline. Era tan inocente como Donata en todo esto, y no debía sufrir.

Un momento después, Raoul entró a toda prisa, aturullado y despeinado, por sorprendente que pareciera. Sin embargo, no tuvieron tiempo de hablar, ya que entró tan sólo un momento antes que el paje que debía conducirles a la cámara real. Raoul no podía ser de gran ayuda aquí, puesto que no tenía un cargo oficial y no conocía las costumbres y formalidades inglesas, pero Galeran sintió una inmensa alegría al no estar solo.

El rey les esperaba en la misma cámara suntuosa en la que le habían sido presentados el día anterior. En esta ocasión, no obstante, Enrique estaba aposentado en su trono, con la corona en la cabeza. No había cortesanos ni visitantes, aunque estaban presentes varias personas. Galeran intentó estudiarlas a todas sin tener que apartar la atención del rey, quien estaba dándole la bienvenida.

Un monje en un atril, listo para tomar nota del acto.

Dos nobles y un obispo; un par de pajes listos para hacer mandados; dos guardias armados.

El rey había dejado de hablar, de modo que Galeran volvió a hacer una inclinación.

—Os doy las gracias otra vez, mi señor, por dedicar vuestra atención a este asunto insignificante.

—Ningún asunto es demasiado insignificante para mi atención, lord Galeran —dijo Enrique, sonriendo como un lobo—. ¿Tenéis noticias de vuestro padre?

Galeran confió en que su rostro se mantuviera tan inexpresivo como quería.

—No, señor. Estoy seguro de que me hubiera enterado si su estado hubiera empeorado, pero de todos modos estoy preocupado. En cuanto este asunto del bebé esté resuelto, tengo intención de partir a caballo para la abadía de Waltham.

Antes de que el rey pudiera hacer algún comentario, la puerta se abrió para dar entrada a Flambard, con todo el esplendor de su atuendo de obispo ribeteado en oro, con el báculo en la mano. Le seguía Lowick, el hermano Forthred y un asistente. El hermano Forthred miró a Galeran y sonrió un poco, como si oliera la venganza.

Galeran hizo caso omiso y estudió a Raymond de Lowick.

Era la primera vez que le veía desde su partida a Tierra Santa, desde que el hombre había compartido cama con Jehanne. Lowick seguía deslumbrante de guapo, puñetero, pero Galeran sabía que no se merecía aquel acceso de rabia en sus entrañas, una rabia que tiraba de sus labios hacia atrás para que mostrara sus dientes con un gruñido.

Apartó la mirada, esforzándose por tranquilizar su respiración. Éste era un lugar donde imperaba la ley y la razón, no la venganza. Pero una parte de él quería desenfundar su espada y rociar esta elegante cámara con la sangre de Raymond de Lowick.

Raoul cumplía una función aquí. Detendría aquella locura.

Aun así, Galeran deseó de pronto que todo acabara en un desafío en la corte. Lo quería. Lo necesitaba para desterrar aquel profundo dolor que la razón, la comprensión y el perdón no podían manejar.

Flambard y Lowick estaban haciendo sus reverencias ante el rey.

Enrique asintió a los dos hombres, luego pidió bancos adicionales para que los colocaran ante él.

—No se trata éste de un procedimiento formal, amigos míos. Sentaos con comodidad mientras intentamos solventarlo de manera que todo el mundo quede satisfecho.

Galeran y Raoul se sentaron en un banco, Lowick y Flambard en el otro, con los monjes de pie, detrás y en silencio. A Galeran le resultaba una tentación mirar a sus enemigos, pero en vez de ello se concentró en el rey.

—Primero —dijo Enrique—, os daremos a conocer a nuestros consejeros en esto. Su señoría, el obispo de Londres.

El hombre mayor y nervudo hizo un ademán con la cabeza.

—Henry Beaumont, conde de Warwick.

Warwick aún era joven, pero la autoridad y la fuerza sellaban cada línea de su rostro y cuerpo.

—Y Ralph Bassett, mi asesor legal.

Bassett tenía una aspecto sorprendentemente jovial, con un rostro limpio. Pero Galeran había oído hablar de él. Era un leal compañero de Enrique y un agudísimo estudiante de derecho.

—¿Alguien tiene objeciones a que estos hombres escuchen nuestra discusión —preguntó Enrique— y que me asesoren en la misma?

Nadie las tenía, aunque Galeran deseó saber más de los observadores. El obispo de Londres era según parecía un hombre respetable. El conde de Warwick, sin embargo, se encontraba junto a Enrique el día en que murió su hermano, por lo tanto podría haber intervenido en un asesinato.

Galeran dejó a un lado ese tipo de preocupaciones ya que el propio rey empezaba a exponer la situación:

—Según entendemos el caso, milords, mientras vos, señor Galeran, os encontrabais fuera de Inglaterra participando en la Cruzada de Dios, vuestra esposa dio a luz un hijo de Raymond de Lowick. ¿Alguien no acepta estos hechos?

Un silencio le respondió.

—Llegaron noticias a Inglaterra, gracias a Dios falsas, de vuestra muerte en Jerusalén, lord Galeran, que tal vez llevaron a lady Jehanne y a sir Raymond a creerse libres para tener relaciones íntimas...

Galeran casi protesta, pero vio que Raymond se movía y el obispo le frenaba. Muy bien. Él también esperaría a ver el plan que tenían.

—No obstante, a vuestro regreso —continuó Enrique— su pecado fue evidente para todo el mundo. Raymond de Lowick se confesó con el obispo de Durham, y deduzco que lady Jehanne se confesó con su sacerdote y con vos, su señor terrenal.

Estaba claro que ésta era una pregunta que exigía una respuesta.

—Sí, señor —contestó Galeran. Había confiado en que esta audiencia no entrara a discutir el pecado de Jehanne. Ahora sólo podía confiar en que no entraran directamente en la cuestión del castigo conveniente para una falta de adulterio.

Pero fueron a parar precisamente ahí.

—A sir Raymond —dijo el rey— el obispo le impuso una penitencia, la penitencia que se impugna aquí. ¿Qué penitencia se impuso a lady Jehanne?

Galeran intentó su viejo recurso.

—Señor, en cuanto me enteré del sabio dictamen del obispo, anuncié que mi esposa debería cumplir la misma penitencia de oración, donativos a la obra de Dios y custodia de la criatura.

Enrique hizo un gesto de asentimiento.

—Lo cual nos lleva a nuestro dilema. Por desgracia, como ya entendió el rey Salomón, un niño no puede dividirse entre dos partes separadas. —Galeran pensó que habían pasado por el punto peligroso, pero luego Enrique añadió:

—¿No creéis que era vuestra obligación, lord Galeran, imponer alguna penitencia adicional a vuestra esposa?

—No, señor. —¿Por qué se sintió como si confesara un pecado? Quizá por la reprobación que detectaba en estos hombres.

—No obstante, me han dicho que la enviasteis al suelo de un golpe en vuestro primer encuentro.

¿Y quién os ha dicho eso?

—Lo hice, señor. Un acto que lamento. La angustia de mi esposa y su arrepentimiento sincero son suficiente castigo.

Llegados a este punto, Flambard intervino con una risita insidiosa.

—Sois demasiado benévolo, demasiado benévolo. Una mujer encuentra demasiado fácil llorar y gemir. No beneficia al buen comportamiento permitir que empleen esa habilidad para evitar el castigo.

Galeran tuvo que esforzarse para no sonreír por la trampa que estaba a punto de tender.

—¿Pensáis que debería haberla golpeado, señor obispo? Pero, si mi esposa aceptó la penitencia impuesta a sir Raymond, ¿no tendría que recibir él también algún golpe? De hecho, podría decirse que debo pegarle...

Lowick se puso en pie de inmediato con la mano en la espada.

Fue Flambard quien espetó:

—¡Sentaos! —al tiempo que lanzaba una mirada fulminante a Galeran. Aun así había algo más que rabia frustrada en sus ojos. ¿Por qué había molestado tanto al obispo esta salida? ¿No quería acaso que el asunto acabara en violencia?

Enrique apoyó el mentón en la mano mientras observaba las reacciones con gran perspicacia.

—Dejaremos para después la cuestión del castigo que se merece la dama. Lo que hay que determinar ahora es el tema del bebé, y el derecho del obispo a decidir su ubicación. Me sorprende, lord Galeran, que estéis tan decidido a mantener a un usurpador.

Había unos cuantos comentarios vehementes que podía alegar Galeran, pero decidió ser práctico.

—Este bebé está tomando pecho, señor, y como todos sabemos, privar a un niño de la leche de su madre puede perjudicarle. No encuentro motivos para perjudicar a un ser inocente. Puesto que mi deseo es tener a mi esposa a mi lado, el bebé también tiene que quedarse. Y como Donata es una niña, no amenazará los intereses de nuestros futuros hijos.

—¿De modo que estáis dispuesto a criar a la niña con los mismo cuidados y afecto que daríais a vuestros propios vástagos, y preocuparos por su futuro bienestar?

—Así es, señor.

Enrique se volvió al otro banco.

—Sir Raymond, dudo mucho que podáis hacer lo mismo por vuestra hija.

—Pero no obstante es mi hija, señor —respondió Raymond con firmeza.

—Pero no contáis con medios eficaces para alimentar a una criatura. Y si os entregáramos a la niña una vez destetada, ¿cómo os ocuparíais de ella? No tenéis esposa. No tenéis un hogar.

—Encontraré una esposa, señor. Crearé un hogar.

El rey alzó las cejas.

—Eso no es fácil, puedo decir por propia experiencia. Confieso que tengo hijas nacidas fuera del matrimonio, pero me alegra poder dejarlas con sus madres para su cuidado. Decidme, sir Raymond, ¿por qué queréis cargar con una criatura?

Ante aquella pregunta directa, los labios de Lowick se cerraron con firmeza. Tras una pausa llena de frustración, dijo:

—Porque es mía. Tengo derecho.

Ella argumento era tan débil que daba risa. Lo que Lowick quería en realidad era a Jehanne, y a Galeran muerto para poder quedarse con Heywood, pero por supuesto no podía decirlo. Sin embargo, Galeran advirtió que Flambard no parecía preocupado por cómo iba la audiencia.

Eso le inquietaba.

El rey se recostó en su asiento y se dirigió a sus asesores.

—¿Milords? ¿Deseáis plantear más preguntas a alguna de las partes o tenéis alguna recomendación que hacerme?

Galeran intentó no mostrar su alivio por que el asunto llegara a fin con tal facilidad.

Pero hizo bien en no mostrarlo, ya que el obispo de Londres tenía algo que decir.

—Señor, debemos considerar los derechos de la Iglesia.

—Ah, sí —dijo el rey—. Hacéis bien en recordármelo, mi señor obispo.

Galeran tuvo claro que Enrique hubiera preferido que no se lo recordaran, pero era algo que el rey no podía pasar por alto. La Iglesia tenía derecho a juzgar algunas cuestiones, y no permitía que le arrebataran tal derecho.

Galeran notó que su corazón se aceleraba. Era lo que siempre había temido más: la implicación de la Iglesia como institución. Flambard era un hombre corrupto y poco popular. Pero no podía hacerse caso omiso de la propia Iglesia.

—Señor —dijo el obispo de Londres—, se trata de un caso interesante. El obispo de Durham estaba en su derecho de imponer una penitencia, y lord Galeran está en su derecho de imponer penitencia a su esposa. Si las dos entran en conflicto, ¿qué podemos hacer?

—Si vos no lo sabéis, mi señor obispo —dijo Enrique—, desde luego que yo tampoco.

El obispo no pareció inmutarse.

—Si no hay otra solución, sugiero una compensación. Si lord Galeran hiciera un donativo adicional a alguna institución religiosa, eso compensaría la parte correspondiente al bebé arrebatado a sir Raymond.

—La parte de la penitencia, queréis decir —indicó el rey—. Creo yo que sir Raymond debería pagar por verse aliviado de esa responsabilidad, pese a su noble deseo de criar a la niña.

—Sois perspicaz, señor —contestó el obispo con una sonrisa seca—. Por lo tanto, Sir Raymond debería cumplir alguna otra penitencia. Puesto que se dice de él que es un excelente guerrero, tal vez debiera ir a luchar contra el infiel, igual que lord Galeran.

Enrique casi sonríe también al volverse a Raymond.

—¿Qué decís al respecto, señor? Debéis saber que si este caso se llevara formalmente a los tribunales, tanto vos como la dama podríais sufrir castigos severos, incluido perder la vida.

Sacar a Lowick del país era tan limpio que incluso Galeran se preguntó si todo esto no habría estado preparado con anterioridad.

Lowick parecía sobre todo frustrado.

—Sería un honor luchar por Cristo, señor, pero creo que mi primer deber es proteger a mi hija y a su madre.

Flambard puso una mano tranquilizadora sobre el brazo de Lowick y empleó su báculo enjoyado y dorado para ponerse en pie. Con su mitra y atuendo, casi parecía una figura bíblica.

—Os ruego que me perdonéis, señor, pero hay un aspecto en esta situación que aún no se ha comentado.

Galeran compartió una rápida mirada con Raoul. No sabía que vendría ahora, pero era el asalto sorpresa que había estado esperando en todo momento.

—¿Sí, mi señor obispo? —preguntó el rey, quien también se mostró de pronto alerta.

Flambard sonrió con un gesto caritativo digno de un santo representado en un manuscrito.

—Habéis deducido, de forma muy razonable, señor, al igual que mi hermano obispo, que las relaciones entre Raymond de Lowick y Jehanne de Heywood eran ilegítimas. También fue esa mi opinión cuando impuse la penitencia, aunque me mostré compasivo dadas las circunstancias. No obstante, tras nuevas conversaciones con sir Raymond, he descubierto que él se creía autorizado a sus actos, no sólo por creer que lord Galeran había muerto, sino porque se creía esposo legítimo de lady Jehanne.

—¿Con qué posible justificación? —quiso saber Galeran, pero un miedo nauseabundo formó una espiral en su interior. ¿Podría Jehanne haber celebrado algún tipo de ceremonia matrimonial con Lowick? Le había sorprendido un poco que no hubiera habido ningún enlace, ya que le creía muerto; pero de haber sido así, sin duda se lo hubiera comunicado.

Flambard le dirigió una sonrisita triunfante.

—El compromiso matrimonial previo, milord.

—¡Mentís! —Galeran se puso en pie y casi le echa las manos al cuello antes de que los guardias y Raoul le apartaran.

—Sentaos, lord Galeran —dijo el rey con calma destacable—. Obtendremos la verdad hoy aquí, os lo aseguro. —Mientras Raoul empujaba a Galeran de nuevo hacia su asiento, Enrique se volvió al obispo—. ¿Tenéis prueba de lo que decís?

Flambard chasqueó los dedos y el hermano Forthred dio un paso adelante para dejar un documento en la mano de Lowick. Lowick se arrodilló a continuación ante el rey para entregárselo.

Galeran se quedó mirando el pergamino como si fuera una culebra en el desierto. Un compromiso matrimonial previo podría invalidar su matrimonio. ¿Podía ser cierto? De vez en cuando surgían compromisos de la infancia, olvidados o ignorados.

Aun así, primordialmente sentía pura rabia. ¿Intentarían destruir lo que él y Jehanne habían hecho juntos, este obispo y su títere? Primero les mataría a ambos.

Se obligó a mantener la calma. Necesitaba todo su ingenio en este momento, no una espada afilada. Pero llegaría el momento de eso.

Se quedó mirando a Flambard, quien disimulaba su contento con aire santurrón.

Miró la espalda de Raymond de Lowick, buscando la inquietud que revelara la mentira. La postura orgullosa del hombre no le reveló nada.

El rey desenrolló el pergamino y lo leyó deprisa. Luego se lo pasó a Ralph Bassett.

El conde de Warwick, el cual hasta entonces parecía bastante aburrido, se inclinó hacia delante.

—Con vuestro permiso, ¿señor...?

Enrique asintió y el conde se dirigió a Raymond, quien aún estaba de rodillas.

—Sir Raymond, si estabais prometido a lady Jehanne, ¿por qué no os opusisteis a su matrimonio ilícito con lord Galeran.

Lowick respondió con firmeza.

—No le vi sentido, milord. El padre de Jehanne había cambiado de opinión. Sabía que si él quería, bien podía encontrar la manera de negar el compromiso.

—¿Pero no lo hizo? —preguntó el conde.

—No, milord.

Galeran estudió la voz de Lowick. Pensaba que había detectado el tono monótono de la falsedad, pero era difícil distinguirlo, y lo que estaba contando era plausible. Galeran era joven por la época de su compromiso y matrimonio. Si se había producido algún engaño, era posible que él no fuera consciente.

No obstante, no podía creer que nadie fuera consciente del compromiso previo. Su padre, por ejemplo, sin duda estaría enterado. ¡Maldito lord William, ocultándose en Waltham cuando debería estar aquí!

—Cuando se redactó el compromiso matrimonial —estaba diciendo Lowick— Jehanne también era demasiado joven para casarse y aún vivían dos hermanos suyos. Luego, cuando los hermanos murieron, y ella quedó como heredera, su padre quiso otra boda para su hija.

—¿Por qué? —preguntó el conde—. ¿No os consideraba capaz de mantener sus propiedades?

Galeran vio que el cuello de Lowick se ponía colorado. Casi podría haber sentido lástima por aquel hombre si no estuviera mintiendo. Sin duda mentía y su vacilación a la hora de responder a esta pregunta le estaba delatando finalmente.

Tras dirigir una ojeada a Flambard, Galeran pensó que el obispo estaba contrariado con su esbirro.

Lowick aún no había contestado a la pregunta del conde, y el rey le ordenó con dureza que lo hiciera.

—Quería aliarse a una familia poderosa —dijo por fin Lowick—. Yo no tengo una familia así.

—Entonces, ¿por qué —preguntó el conde— os consideró un marido adecuado al principio?

—Yo era como un hijo para él, milord —La voz de Lowick se serenó—. El compromiso era una manera de meterme en la familia.

—¿Alguien al que luego no quiere cuando ella queda como su única hija? —El conde se recostó hacia atrás, con un gesto de asentimiento.

Era tan plausible que el propio Galeran se preguntó si la historia pudiera ser cierta. El viejo Fulk tenía debilidad por Lowick y bien podría haber decidido meterle en la familia mediante el matrimonio, tal vez con la intención de dar a la pareja una finca pequeña.

De todos modos, era increíble que mantuvieran el compromiso en privado. Siempre había testigos. Ése era el propósito de los testigos.

Ralph Bassett y el obispo de Londres habían estado analizando el documento de compromiso, y ahora Bassett daba su opinión.

—Parece ser un documento valido, señor, pero como siempre en estos asuntos, son los testigos quienes importan. Deberían comparecer para dar fe.

—Ay, señor —dijo Flambard—. He ordenado ir en su busca, pero ninguno de los testigos vive.

Todo el mundo alzó las cejas al oír eso. En ese tipo de documentos, cuantos más testigos mejor, justo para evitar esta posibilidad.

Galeran casi suspiró de alivio. El documento era una burda falsificación con testigos inexistentes escogidos por el mero hecho de estar muertos. Ahora había que demostrarlo.

—¿Quiénes eran estos testigos?

Ralph Bassett leyó los nombres. El primero era el viejo Fulk y sus hijos, por supuesto, todos muertos ¡cómo no! Luego estaba Gregory el mayordomo, que había muerto hacía poco.

—Conocía a ese hombre —dijo Galeran—. Ha muerto hace poco y fue testigo en mi propia boda. No habría puesto su nombre en un documento ilegal.

Flambard intervino con soltura.

—¿Incluso a costa de perder su posición, milord?

Era una discusión sin sentido, de modo que Galeran escuchó los otros nombres. Sólo había ocho.

—Señor —dijo permitiendo que se notara su asombro—. El documento de mi propio compromiso tiene más de treinta nombres en él. Lord Fulk era un hombre importante en el norte y podría haber reunido tantas o más personas como testigos en este documento.

—Una observación excelente —dijo Warwick.

La mirada de Flambard se entrecerró, pero su sonrisa no se borró.

—Tal vez, puesto que sir Raymond carecía de familia y relaciones, lord Fulk pensó que era una deferencia hacia él no abrumarle con tantas personalidades. Al fin y al cabo era un asunto insignificante relacionado con una simple hija.

—De todos modos —dijo Galeran— hay omisiones notables. ¿Por qué, por ejemplo, no estaba mi padre ni Hubert de Burstock en una ceremonia de este tipo?

El rey asintió con la cabeza.

—Una observación excelente. Qué lástima —añadió con intención— que lord William de Brome no se encuentre hoy aquí para hablarnos de esta cuestión.

Galeran se preguntó si el futuro de su familia iba a pender finalmente de la lealtad de su padre.

Lo único que cabía hacer era dar el paso que detestaba y por otro lado ansiaba.

Se levantó.

—Estoy dispuesto a someter esta cuestión a la prueba de la espada, señor. Desafío a Raymond de Lowick a que demuestre la legitimidad de su afirmación con su cuerpo.

Lowick se levantó de inmediato.

—¡Acepto!

Capítulo 20

*E*l rey, entre ambos, les miró con gesto contrariado.

—Sería a muerte, señores, con Dios de juez. —Si había existido algún final planeado para esta reunión, estaba claro que todos se habían alejado mucho del mismo, y esto a Enrique no le complacía. De todos modos, no podía obstaculizar ningún duelo en la corte. Todo el mundo tenía derecho a ello.

Pero en ese momento entró un paje, hizo una reverencia y murmuró algo al conde, el cual luego se inclinó hacia delante para decirle algo al rey.

El ceño de Enrique se relajó.

—Sentaos, señores, por el momento. No me agrada la idea de perder dos buenos guerreros sin necesidad de ello, y tal vez seamos capaces de arrojar un poco de luz sobre este problema. Ha llegado William de Brome.

Mientras Galeran se volvía a saludar a su padre, vio que el rostro de Flambard se contraía, y Lowick se encogía conmocionado. Era evidente que ninguno de los dos contaba con esto.

¿Qué habían esperado?

Muy posiblemente, que la muerte de Galeran fuera un hecho consumado antes de que su padre se enterara de todo.

Se abrió la puerta y lord William entró con suntuosos ropajes y joyas que podrían haber sido diseñadas como réplica a la magnificencia clerical de Flambard, y que eran por sí mismas una proclama.

Tres asistentes igual de imponentes venían tras él. Galeran estaba tan acostumbrado a las telas usadas y al cuero que usaba su padre en casa que casi se ríe ante tal aparatosa exhibición.

No obstante, cumplió con su objetivo. Dejó claro el rango de su padre.

Lord William fue directamente pero sin prisas a arrodillarse ante el rey, extendiendo sus manos unidas. Con un destello de satisfacción en la mirada, Enrique cubrió esas manos con la suya mientras le saludaba. Era una versión simplificada de un juramento de lealtad, pero de cualquier modo tenía su peso.

—Lord William —dijo Enrique—, estamos encantados de veros con tan buena salud.

—Sí, bien —dijo el padre de Galeran mientras se levantaba—, tal vez debiera haber pasado un día o dos más de reposo, señor, pero oí rumores de que Raymond de Lowick estaba en Waltham haciendo preguntas sobre mi estado y decidí que mejor me enteraba en persona de qué andaba buscando —dirigió una rápida mirada a Lowick y al obispo con un perverso brillo en los ojos—. Quizá se llevara la impresión de que me encontraba más enfermo de lo que estoy en realidad. Creo incluso posible que alguien le dijera que ya pronunciaba mis últimas oraciones.

—¿Tanto? No deberíamos poner en peligro vuestra salud y bienestar, milord. Por favor, tomad asiento. —Enrique ordenó que acercaran una silla, la única que iba a usarse aparte del trono donde él se sentaba. Tal vez fuera preocupación por un hombre posiblemente enfermo, pero el mensaje quedó claro.

En cuanto lord William se acomodó, el rey dijo:

—Habéis venido en el momento oportuno, milord, ya que vos deberíais poder ayudarnos con un asunto penoso. Sir Raymond de Lowick afirma que estaba legalmente prometido a lady Jehanne antes de su compromiso y boda con vuestro hijo, Galeran.

Por su expresión, a Lord William podían haberle dicho que el sol estaba hecho de queso.

—Sandeces, señor.

—Cuenta con un documento que parece a todas vistas fidedigno. Por desgracia, los testigos han fallecido todos ellos.

—Si sois tan amable, señor, ¿podrían leerme los nombres de esos testigos.

Al final de la breve lista, lord William soltó un resoplido.

—Alguien debe de haber rebuscado en Northumbria los nombres de los notables fallecidos en los últimos diez años, señor. Pero en el norte somos gente saludable y, que yo sepa, ese grupo de personas jamás se reunió en el mismo lugar. Desde luego, no en Heywood, pues yo me habría enterado. Aún más, un documento de este tipo debería incluir muchos nombres más para que tuviera algún sentido. Como el mío, sin ir más lejos.

—Tal vez la intención de lord Fulk fuera no airear el tema —sugirió Flambard a la desesperada—. Este documento, que yo he aceptado de buena fe, arroja dudas sobre el derecho de lord Galeran a mantener la hija, la esposa y el castillo, de modo que no es de extrañar que vos intentéis desacreditarlo, lord William. La única prueba verdadera es la espada.

Enrique miró con gesto pensativo a las partes.

—Milord obispo, no consigo entender por qué defendéis con tal pasión esta causa.

Galeran casi pudo ver el esfuerzo por controlarse de Flambard.

—Sólo deseo que prevalezca la justicia, señor, como es mi obligación.

—Entonces, en vez de implicar a lord Galeran, el cual no ha hecho nada malo, y que de hecho está bendecido por su misión en Tierra Santa, tal vez debamos pedir a Raymond de Lowick que demuestre la verdad de su afirmación mediante la prueba del hierro candente.

Lowick no era ningún cobarde, pero palideció sólo de pensar en demostrar la verdad agarrando el rojo hierro candente con su mano, viendo luego la terrible quemadura.

—Insisto en mi derecho a demostrar la verdad con la espada, señor —declaró.

—Vuestra majestad —dijo el obispo—, los pecados más graves los ha cometido lady Jehanne, tanto por ocultar el compromiso previo y contraer una unión ilegal posterior con lord Galeran, como por traicionar esos votos después, por no mencionar el asesinato de su hijo no deseado...

—¡Por Dios...! —Una vez más Raoul detuvo a Galeran antes de que pudiera hacer algún daño al obispo.

—Sentaos, lord Galeran —amonestó el rey—. No había oído ninguna mención previa a asesinato alguno en este caso.

—Porque no hubo ningún asesinato —gruñó Galeran mirando al obispo directamente a los ojos.

—Entonces, ¿cómo murió el niño? —Flambard se volvió con calma al rey—. Un niño sano, señor, de ocho meses, el cual se fue dormir una noche y nunca despertó. Y la misma noche de su entierro, el entierro de su único hijo, Jehanne de Heywood se metió en la cama de sir Raymond. Por propia voluntad. A mí me parece que quien debería ser sometida a la dura prueba del hierro debería ser lady Jehanne.

Galeran podía sentir cómo cambiaba el ánimo en la estancia. Hasta ahora, había conseguido mantener a Jehanne en segundo plano, pero ahora la estaban juzgando, y corría peligro. Hasta el momento era esa criatura traicionera, la adúltera, pero esto era mucho peor. Podría existir misericordia para una adúltera, y su esposo era por lo general el juez final. Pero no cabía indulgencia alguna para una mujer que había matado a su propio hijo.

—El niño que murió era mi hijo —dijo entonces, con toda la calma que pudo—. Si su muerte fuera sospechosa en algún sentido, ¿no creéis que yo ya hubiera actuado?

—Ah, ¿sabéis cómo murió el niño, milord? —preguntó Flambard con falso asombro.

—Sé que ella no mataría a Gallot. —Galeran se volvió al rey—. Mi esposa adora a los niños, señor, y quería con desespero tener un hijo. Por ese motivo tomé la cruz y partí a enrolarme en la Aventura de Dios. Y Dios nos recompensó con un hijo, que era lo más precioso, después de tanto como lo habíamos esperado. Puedo aportar numerosos testigos que jurarían que mi esposa era una madre entregada y que lloró la pérdida de su hijo con gran pesar.

—Yo puedo jurarlo —dijo lord William—. No es una mujer que llore y gimotee como la mayoría, pero cualquiera que la conozca sabe que sufrió un gran golpe.

El obispo de Londres habló entonces.

—La pregunta no es si lloró, sino ¿fornicó o no con este hombre el mismo día del entierro de su hijo?

El silencio le respondió hasta que el rey preguntó a Lowick.

—¿Bien, señor? Vos sois quien puede responder a esa pregunta.

Y Lowick dijo:

—Así fue, señor.

Lo dijo a su pesar, de todos modos, y Galeran pensó que tal vez él también quisiera mantener a Jehanne alejada de todo peligro. Era un pequeño punto a su favor.

—Tenía motivos, señor —dijo Galeran, aunque sabía que se estaba metiendo en terrenos traicioneros. Aunque consiguiera darle cierto sentido ahora, no quería mencionar la guerra particular de Jehanne con Dios—. Mi esposa me lo ha confesado todo, me ha contado todo lo que sucedió en aquel momento. Para decirlo en pocas palabras, se volvió loca. Pensó que yo había muerto, y luego le fue arrebatado su hijo, como si fuera obra de Dios, y perdió el juicio en medio de tanto dolor. Pecó con Lowick, pero lo hizo antes de recuperar la cordura. Y le desafío a él a jurar lo contrario.

—¿Sir Raymond? —preguntó el rey.

Lowick lanzó una mirada rápida a Flambard, pero luego dijo:

—Fue una sola vez, señor, y sí, creo que no estaba en su sano juicio en ese momento. Yo intenté resistirme, pero resulté demasiado débil.

Hubo cierta agitación, casi divertida, ante esta estampa. Galeran sintió que la tensión le abandonaba poco a poco. Casi siente caridad por Lowick. Había visto el peligro que corría Jehanne y había optado por mitigarlo.

De hecho, podría haberle abrazado con amor fraternal contra su pecho, de no ser por ese documento falsificado de compromiso matrimonial. Aunque sin duda aquello era obra del obispo Falmbard.

Flambard había intentado someter a Jehanne a una dura prueba.

Toda la ira de Galeran se concentró en el obispo.

Era el obispo de Londres quien hablaba entonces, evidentemente preocupado por la posibilidad de un asesinato.

—Aun así, ¿qué hay de la muerte de la criatura? Tal vez la mujer se volviera loca con la noticia de la muerte de su esposo y le quitara la vida a su hijo. Un caso triste, pero de ser así no debería permanecer sin castigo.

Fue lord William quien abordó el tema.

—Señor —dijo—, fue una muerte inusual, pero no del todo insólita. Por regla general la gente lo explica diciendo que la madre cubrió con su cuerpo al niño mientras dormían, ahogándole. La gente de campo habla de espíritus que se llevan a los niños por la noche. Mi hijo estaba fuera, de modo que yo tuve que hacer ciertas indagaciones. No había señales de daño físico, aparte de algún moratón en el lado en que el niño permaneció echado después de muerto. No había indicios de veneno. Es difícil matar sin dejar señal alguna. Y —añadió con intención— es demasiado fácil para la gente señalar con el dedo cuando hay alguna leve sospecha.

Galeran dejó de respirar. Su padre estaba haciendo referencia a la muerte de Guillermo Rufus. Era lo mismo que decir que si a Jehanne le culpaban de la muerte de Gallot, Brome podría unirse a quienes acusaban a Enrique de la muerte de su hermano.

Estaba amenazando con apoyar a Roberto de Normandía.

El rey entrecerró los ojos en medio de un silencio peligroso.

—Es más —continuó lord William con arrojo—, hablé con la enfermería de la abadía de Waltham sobre este tema, pues es de mi interés...

Galeran se acordó de tomar aliento. Aún se estaba recuperando de la conmoción cuando advirtió que FitzRoger había entrado silenciosamente y se situaba justo detrás del trono del rey como si esperara el momento de hablar.

—... el hermano Garth coincidió conmigo en que tales muertes suceden, sin que el motivo sea obvio. Por lo general, sucede con niños más pequeños que Gallot, pero todos los detalles de la muerte de Gallot coinciden con los casos conocidos por él. Lo creo de veras: debe considerarse obra de Dios el que su sabiduría decidiera llevarse a un dulce niño y acogerlo en su seno.

—Que así sea —dijo el rey de forma breve—. No parece que haya motivos para seguir considerando un misterio tan insoluble, y seguro que no es correcto arrojar piedras cuando no hay certeza de culpa. Si alguien ha pecado, Dios en su sabiduría actuará.

Enrique miró a lord William mientras hablaba, como si hablara de las sospechas que recaían sobre él mismo y la muerte de su hermano.

El rey continuó hablando con tono de eficiencia.

—Mi impresión es que existen graves dudas en torno a este documento de compromiso matrimonial. Lo bastante graves a mi parecer como para desestimarlo a menos que se aporte alguna evidencia que lo respalde. Puesto que todos los testigos formales están muertos, va a resultar difícil. —Sonrió, aunque la sonrisa no afectó a su mirada—. Estoy seguro de que vos, milord obispo de Durham, disteis validez al documento por confianza. Pero Raymond de Lowick sí debería saber si formaba parte de un engaño deliberado.

Al oír este rápido cambio de enfoque, Lowick se quedó pálido. Se levantó.

—Con el debido respeto, señor, mantengo la validez del documento, y reclamo el derecho a demostrarlo combatiendo.

Enrique parecía casi exasperado, y Galeran sospechó que era cierto que consideraba esos desafíos como una pérdida de buenos guerreros. Galeran compartía el punto de vista, y cualquier deseo que tuviera de matar a Lowick se le había pasado. El hombre había sido utilizado por Jehanne y embaucado por Flambard.

Y había alzado la voz para salvar a Jehanne de cualquier daño.

FitzRoger se adelantó en aquel momento para inclinarse hacia Enrique y murmurarle al oído. La expresión del rey cambió una vez más.

¿Y ahora qué?, se preguntó Galeran con un retortijón en sus tripas.

Quería dar un brinco, actuar, hacer cualquier cosa por acabar con esta búsqueda sigilosa de la verdad. Jehanne estaba probablemente a salvo del peor castigo, y el obispo de Londres había hecho la propuesta de dejar a Donata con Galeran y Jehanne.

Si pudiera mantenerse su matrimonio.

No obstante, ese matrimonio estaría sobre la balanza si el rey permitía un duelo con la espada. Si encontraba la muerte ante la hoja de Lowick, Dios se habría convertido en el sustituto de todos esos testigos muertos, y Jehanne sería esposa de Lowick.

Galeran observó al rey y a su paladín, preguntándose si estarían organizando los detalles de un desafío. Luego FitzRoger se enderezó y los ojos perceptivos de Enrique estudiaron a las personas que tenía delante.

—Lord Galeran —dijo—, ¿no estaríais conforme con el castigo de una esposa adúltera?

Conmocionado por este giro, Galeran tuvo que reordenar su mente antes de responder.

—Señor, una esposa lasciva, tal vez, pero no una trastornada temporalmente por el dolor.

—Pero, como dice el obispo de Durham, el arrepentimiento puede fingirse, igual que la locura, y a menudo es necesario dar un castigo ejemplar a los pecadores. ¿Y si ordenara que azotarais a vuestra esposa, para mostrar a todo el mundo que una infidelidad así no puede tolerarse?

Galeran se quedó mirando al rey, quien había tenido tantas amantes. Muchas casadas y muchas que le habían dado hijos ilegítimos. Que él supiera, ninguna había sido castigada por su pecado.

—Si ése fuera vuestro dictamen, señor —dijo despacio—, tendría que acatarlo.

Confió en que Enrique oyera el mensaje: con un dictamen así, perdería un súbdito leal. Confiaba en que FitzRoger le hubiera transmitido el mensaje velado del otro día.

Enrique no mostró ninguna reacción y se volvió a Lowick.

—Sir Raymond, por lo que habéis contado podríais reclamar el derecho a castigar a lady Jehanne por haberos seducido y por poner en peligro vuestra alma inmortal. ¿Reivindicaríais tal derecho?

Lowick se sonrojó.

—¡No, señor! No tengo ningún deseo de ver sufrir a lady Jehanne de ninguna manera. Cuando me marché de Heywood, le rogué que me acompañara en mi huida. Quería salvarla precisamente de un castigo así. Lo único que pretendía en todo momento era proteger tanto a lady Jehanne como a la niña.

Y esto, pensó Galeran con sorpresa, seguramente era cierto, aparte del hecho de que Lowick también quería Heywood con desesperación.

Enrique se volvió por último a Flambard.

—Milord obispo, ¿cuál es vuestro punto de vista en todo esto?

Los ojos del obispo pestañearon con incertidumbre durante un momento.

—Ya di mi fallo, mi señor, y lady Jehanne lo eludió de forma deliberada.

—¿De modo que pensáis que merece ser azotada por eludirlo?

De nuevo los ojos de Flambard recorrieron la habitación como si buscara una información que le faltaba. Galeran dirigió una rápida mirada a FitzRoger, preguntándose qué noticias habría traído para iniciar esta nueva línea de preguntas.

—¿Bien, milord obispo? —instó el rey.

—Sí, señor. Aparte del pecado de adulterio, la dama ha demostrado ser una mujer terca, dominada por el orgullo. Necesita una penitencia física que la ayude a ver el error de su actitud y así poder encontrar la salvación. Si se la pudiera convencer, claro, de someterse a ello.

Enrique sonrió.

—Pero ya se ha sometido al correctivo, y de forma voluntariosa. ¿No es cierto?

—¿Voluntariosa? —El tono alarmado de la pregunta quedó ahogado por la interrogación de Galeran:

—¿Qué correctivo?

Su padre sacó un brazo para bloquearle el paso, y Raoul le puso una mano en el hombro para retenerle en su sitio, aunque con dificultad.

—Lord FitzRoger tiene algo de que informarnos —explicó Enrique.

El paladín del rey dio un paso adelante.

—Por orden de su majestad, lady Jehanne, su prima, la niña y la niñera de la pequeña fueron trasladadas al convento de St. Hilda, aquí en Londres. Puesto que la dama y su hija eran el motivo de discusión, su majestad creyó que estarían más seguras allí bajo custodia. Se dieron órdenes de que todas quedaran recluidas con llave en sus cuartos hasta que concluyera la audiencia, por si acaso la dama tuviera alguna intención deshonesta, como huir con su amante antes de que se dictaminara algo. Hasta ahí las órdenes del rey.

Galeran miró de nuevo a toda la concurrencia, buscando ansiosamente qué había debajo de esto. Recordó que cuando visitó a Jehanne, la retenían aparte.

Lowick parecía perplejo.

Flambard estaba sudando.

—La madre superiora de St. Hilda es muy estricta —continuó FitzRoger— y una firme partidaria del castigo físico para limpiar el pecado. Cuando se enteró de toda la historia del mal comportamiento de lady Jehanne y le dijeron que la dama se había negado a aceptar la penitencia impuesta el obispo, no necesitó mucho apremio para sacar la vara.

—Dios Santo... —susurró Galeran, una vez más sentado en el banco gracias a su padre y a Raoul.

—Calma, muchacho —murmuró su padre—. Calma.

—¿Han azotado a la dama? —preguntó el rey.

—Desde su llegada al convento, ha recibido diez azotes con cada una de las cinco horas canónicas. Intervine antes de que pudiera llevarse a término el castigo de la tercia de hoy.

Esta vez Galeran no iba a dejar que le sujetaran. Se puso en pie de un salto.

—¿Quién ordenó esto?

—Vaya, el obispo Flambard, por supuesto.

Galeran cogió al obispo por la parte delantera de la túnica antes de que alguien pudiera detenerle.

—Entonces creo que el obispo debería ser quien encontrara mi espada.

—¡Deteneos, lord Galeran!

Enrique puso su mano sobre le puño de Galeran, quien aún agarraba la túnica de seda de Flambard. El rey se había levantado del trono.

—Creo que tengo prioridad en esto —dijo Enrique con calma, estrujando la mano de Galeran con fuerza considerable e imponiéndose sin problemas. Pero fue la fría amenaza en la voz del rey lo que hizo que Galeran soltara la túnica.

Una amenaza no dirigida a él, sino al obispo.

—Soy yo quien ostenta el poder —continuó Enrique con voz tranquila—, soy yo quien dictamina. ¿Con qué derecho, milord obispo, no respetáis mis órdenes?

La piel ahora desmejorada de Flambard estaba bañada en sudor. No era de sorprender. Se enfrentaba al hombre que había arrojado con sus propias manos a un opositor desde las almenas de Rouen.

—No es que no respetara vuestras órdenes, señor. Pero tenía derecho como príncipe de la Iglesia a imponer penitencia por el pecado cometido.

—¿Qué penitencia ordenaríais entonces por la falsificación de un documento de compromiso matrimonial?

Flambard entonces retrocedió hasta tropezar con el banco.

—¡Si es una falsificación, señor, yo no he tenido ninguna participación!

—¿Ah no? Creo que una investigación a fondo en el norte revelará la verdad. —El rey regresó de pronto a Lowick—. Bien, sir Raymond. ¡Decid la verdad! ¿Hubo un compromiso previo?

Raymond, igual de pálido, se dejó caer de rodillas bajo la explosión de ira del rey.

—¡No, señor! Sólo se había hablado de ello. Pero los hermanos de Jehanne murieron antes de que se realizara el acuerdo.

—¿Pero amabais a la dama y creíais que era vuestra por derecho? —Enrique ahora hablaba con más calma—. ¿Pensabais, tal vez, que estabais prometidos en espíritu...? —Era evidente que el rey estaba brindando una vía de escape a Lowick, si al hombre le quedaba suficiente seso como para aprovecharla.

Le quedaba.

Inclinó la cabeza.

—Sí, señor. Y cuando lady Jehanne me dio un hijo, sólo quise asegurarme de que estuvieran a salvo conmigo. Os ruego vuestra compasión, con toda humildad.

Enrique incluso levantó a Lowick con sus propias manos, sonriente aunque aún acalorado.

—¿Y fue el obispo Flambard quien ideó el plan de pretender que en realidad había tenido lugar ese compromiso?

—Sí, señor.

—¿Y fue él quién os proporcionó el documento?

—Sí, señor.

Una vez obtenido el testimonio que necesitaba, Enrique pasó de Lowick a Flambard.

—¿Cuál era el propósito del obispo?, es lo que me pregunto. ¿Podemos pensar que estaba conmovido por vuestro estado, al veros tan perdidamente enamorado, o inquieto por el peligro que corrían vuestra amada e hija, que se sintió obligado a poner en peligro su posición, su propia vida, por ayudaros?

Una vez más, la habitación se sumió en un silencio sepulcral, ya que habían llegado al quid de la cuestión, y Flambard tenía el terror grabado en su cara.

—¿Y bien, sir Raymond? —preguntó el rey casi con dulzura, sin apartar los ojos de Flambard—. Contadnos qué explicación dio el obispo para ayudaros a intentar obtener el control del castillo de Heywood.

Lowick miró a su alrededor, y Galeran se compadeció de corazón del hombre. Estaban hablando ahora de asuntos de traición, y lo sabía.

—Señor, al obispo le molestaba el poder de William de Brome y su familia. Pensaba que si tuviera un partidario en Heywood, podría ostentar más poder en el norte.

—¿Con un principado de la Iglesia que se extendía de costa a costa, le preocupaba un pequeño castillo?

—Sir William se oponía a él, señor.

—Pero, ¿mostró tal interés el obispo por vuestros asuntos desde el principio? ¿Cuándo acudisteis por primera vez a verle? ¿Después del regreso de lord Galeran a casa, cuál fue su actitud?

Lowick frunció el ceño al oír aquello.

—Escuchó mis peticiones de ayuda, señor, pero...

—Pero fue poco lo que hizo. ¿Cuándo cambió eso?

Lowick sudaba ahora, como el obispo, pero respondió con claridad.

—Después de las noticias de la muerte de vuestro hermano, señor.

—Ah —dijo el rey apartándose unos pasos—. Tras la desaparición de su mayor partidario, cuando se enfrentaba a mi auspicio. O a la falta del mismo. El control total de Northumbria sería un arma útil, ¿verdad? ¿Pero para utilizarse en pro de qué causa?

Flambard había recuperado cierto control, y estaba dispuesto a defender su vida.

—Tan sólo buscaba el orden adecuado en el norte, señor. Ése fue el motivo de que vuestro hermano me destinara allí.

—¿Ah sí? Pero, entonces... ¿por qué vuestro interés por el caso de sir Raymond creció tras la trágica muerte de mi hermano?

—Me tomé un tiempo para considerar su caso, señor, nada más. Como ya habéis visto hoy aquí, no es que sea sencillo.

—Y supongo que el documento falsificado no era más que un intento de simplificarlo. Igual que —añadió el rey— el intento de acabar con la vida de lord Galeran.

Flambard se humedeció los labios.

—¿Intento...?

—Lord FitzRoger ha detenido a uno de vuestros hombres esta misma mañana, milord obispo. Y ha resultado revelador en suma. La ballesta es un arma infernal. Hasta el Papa reconoce que sólo debería emplearse contra los infieles.

En medio de un silencio mortal, Enrique dio media vuelta y

volvió a ocupar su trono, con un aspecto de satisfacción que resultaba alarmante.

Lowick se volvió al obispo.

—¿Vos? ¿Vos estabais detrás del ataque?

—Ranulph Flambard —dijo Enrique haciendo caso omiso de Lowick—: encuentro que sois sospechoso de intento de asesinato, de falsificación y de sobrexceder vuestra autoridad clerical.

—Con el debido respeto, señor —manifestó Flambard, mientras su mirada saltaba de Enrique al obispo de Londres—, no tenéis jurisdicción sobre un príncipe de la Iglesia.

—¿Ah no? —Enrique se volvió un poco—. Milord obispo de Londres, tal vez deseéis que me ocupe de garantizar la custodia de este dudoso clérigo mientras se llevan a cabo las investigaciones de estos asuntos.

Flambard contaba con la antipatía de todo el mundo, y el obispo casi sonríe.

—La Iglesia estaría agradecida de vuestra ayuda, señor.

—Entonces le confino en la Torre hasta el momento en que se aclare la verdad. —Antes de que Flambard pudiera articular algún tipo de discrepancia, el rey continuó—. Y como me parece que el obispo de Durham es terco y le domina el orgullo, tal vez necesite alguna penitencia para poder ver el error de su comportamiento y encontrar así la salvación.

—Una dieta sencilla de pan y agua podría ser beneficiosa, señor —dijo el obispo de Londres.

—Desde luego —murmuró Enrique—. Y, no obstante, hace bien poco el propio obispo era defensor de la penitencia física para acabar con el pecado del orgullo...

—Ah. —Una luz casi de alegría brilló en los ojos del anciano obispo—. ¿Diez azotes con cada hora canónica, señor?

—Cuán sutil. Cuán juicioso. —Enrique lanzó una mirada a FitzRoger—. Ocupaos de ello, amigo mío.

—Será un placer, señor... —Y FitzRoger supervisó el traslado del clérigo, que no dejaba de protestar.

—¡Lamentaréis esto! —chilló Flambard mientras los guardias le llevaban a la fuerza hacia la puerta—. ¡Descubriréis que me necesitáis, igual que vuestro hermano!

Enrique se limitó a sonreír.

—No opongáis resistencia, Flambard, o duplicaré los azotes.

Durante el momento en que el obispo y sus criados salieron de la habitación, Galeran pensó en la posibilidad de que todo esto hubiera estado planeado, salvo unas pocas sorpresas de última hora. Tal vez Enrique fuera consciente de que Flambard podría serle útil, pero en sus circunstancias presentes, humilde y deshecho, y no como alguien con poder suficiente como para desafiar a la Corona. Tal vez Enrique había aprovechado la excusa para hundirle.

Enrique Beauclerc era un hombre interesante, pero Galeran confiaba en poder vivir lejos de su mirada escrutadora.

Cuando la puerta se cerró, interrumpiendo las amenazas y súplicas del obispo, el rey volvió su atención a quienes quedaban allí: Galeran, Raoul, lord William y Lowick. El asistente encargado del acta y el obispo de Londres ahora sólo eran observadores.

Señor —dijo Galeran—. Tengo que acudir junto a mi esposa...

—Será un momento, milord. Os aseguro que está a salvo y que descansa bajo las mejores atenciones. —Se volvió a Lowick—. Bien, sir Raymond...

Para sorpresa de Galeran, Raoul, no Lowick, dio un paso adelante y se clavó sobre una rodilla ante el rey.

—Si vuestra majestad me da permiso para hablar.

—¿Señor? No creía que tuvierais parte en todo esto.

Como era típico en él, Raoul sonrió a Enrique.

—Ojalá fuera así, pero lady Jehanne me pidió que hablara aquí en su nombre.

—Lady Jehanne, tenedlo en cuenta —y había un matiz de advertencia en sus palabras— ya no corre ningún peligro. La mayor parte de su conducta ha encontrado ya una explicación, y si merecía algún castigo, lo ha recibido.

—Pero está preocupada por Raymond de Lowick, señor.

Sus palabras provocaron un fulminante silencio de asombro, que se rompió con el sonido sibilante de Galeran al tomar aliento. En este momento... ¿en este momento iban a traicionarle?

—La dama no siente nada profundo por sir Raymond —dijo Raoul como si no fuera consciente de la consternación que había provocado—. Pero se hace responsable de sus problemas, señor, ya que fue su acción durante su breve momento de locura la que le llevó a él por el mal camino. Ruega misericordia en su nombre y solicita que su marido no tenga que cargar con el peso de darle muerte.

—Ah, ¿entonces sí se preocupa un poco por el marido? —preguntó Enrique mordaz.

—Al máximo, señor —respondió Raoul con calma—. Si lady Jehanne considera a sir Raymond en gran medida inocente, pensad en la injusticia que cree que ha sufrido su marido. Sólo desea lo mejor para él, intenta librarle de la necesidad de lastimar a otros, pues sabe cómo disgusta eso a su esposo.

—Incluido coger el látigo contra ella —comentó Enrique—. Una mujer interesante, aunque, *mirabile dictu*, siento cierta simpatía por Flambard. No corresponde a una mujer un comportamiento que afecte tanto a los asuntos de los hombres.

Al entender por fin lo que había sucedido, Galeran estaba repasando algunas perlitas que anhelaba decir a Jehanne. Pero primero tenía que solventar esto. Se puso de rodillas al lado de Raoul..

—Señor. Os pido perdón en nombre de mi esposa si os ha ofendido con sus acciones. En mi opinión, lo que la lleva a actuar de este modo es la profundidad de su arrepentimiento.

—Normalmente es una mujer dócil, que sabe comportarse, ¿verdad que sí?

Por el tono, Enrique tenía serias dudas, y Galeran decidió que era más prudente responder de hombre a hombre con un encogimiento de hombros.

Enrique se rió.

—Las mujeres pueden ser a veces una espina clavada, sobre todo las astutas. Pero cada uno de sus pinchazos merece la pena. Levantaos, amigos míos, habéis cumplido con vuestro deber. Y bien —preguntó Enrique a Galeran—, ¿respaldáis la petición de clemencia propuesta por vuestra esposa?

Galeran miró a Lowick, lamentando, aunque sólo fuera un poco, la batalla que no iba a tener lugar.

—Perdono a mi esposa, señor, y no creo que sir Raymond sea más culpable de adulterio que ella. No obstante, por los demás pecados, pediría que siguierais el consejo del obispo de Londres y le enviarais a luchar por Cristo. Tiene un gran talento para la guerra que debería ponerse al servicio de Dios.

Y con la gracia de Dios, pensó Galeran, no tendré que volver a verle más.

El rey se volvió a Lowick.

—¿Qué pensáis vos, sir Raymond?

Lowick, sin embargo, parecía más inquieto que aliviado.

—Aceptaría un dictamen tan misericordioso con gratitud, señor, siempre que lord Galeran dé su palabra de que no castigará más a lady Jehanne, o que no hará ningún daño a mi hija.

La forma en que se tensó la boca de Enrique reveló a Galeran que él rey estaba perdiendo la paciencia, de modo que intervino.

—Raymond, ¿iba yo a lastimar a una criatura inocente, o a Jehanne, a la que amo?

Lowick frunció el ceño como si buscara la verdad, y Galeran comprendió que el hombre era sincero. Él temía de veras por la seguridad de Jehanne y de Donata.

—No es fácil que algún hombre acepte a una esposa infiel, o a una hija que no es suya. Le pegasteis, me dijeron.

Galeran se había preguntado en varias ocasiones qué consecuencias tendría aquel golpe, por mucho que estuviera justificado. Ahora lo sabía. Tal vez había ocasionado todos estos problemas pues había alimentado los temores de Lowick.

—Ha sido la primera vez que he alzado la mano a mi mujer, Raymond, desde que éramos niños, y no volveré a hacerlo. Lo juro aquí, por mi esperanza de vida eterna.

El apuesto rostro de Lowick quedó marcado por sus pensamientos despiadados.

—¿Y Donata?

—Ya es como una hija para mí.

Tras un momento más de reflexión con el ceño fruncido, Lowick hizo un gesto de asentimiento.

—Entonces os pido sincero perdón por el daño que pude haceros, Galeran. —Se volvió y se arrodilló una vez más ante el rey—. Ahora veo, señor, que cometí malas acciones por mi amor ilegítimo, por mis sentimientos naturales hacia mi hija. Y —añadió con determinación— por mi codicia ambiciosa de tierras. Si aún mantenéis vuestra clemencia, lucharé de buen grado por Cristo.

—Que así sea —dijo Enrique con impaciencia, y le despidió con un ademán.

El rey se sentó entonces en el trono, se quitó la corona y la dejó sobre una mesa a su lado.

—Ese hombre es el tipo de idiota candoroso que arma un lío tremendo sin ninguna mala intención. ¿Estáis satisfecho ahora, lord Galeran?

—Del todo, señor, si mi esposa y su hija se encuentran bien y podemos regresar a casa.

Enrique alzó una ceja.

—Detecto algo en vuestra voz, milord. Después de todo, tal vez tengáis la tentación de golpear a vuestra esposa por este asunto. Ella no tendría otra opción que permitirlo.

—¿No la tendría, verdad, mi señor? —El rey tenía razón. El alivio empezó a hacer sitio a una aguda irritación—. El motivo de que Raoul de Jouray se haya visto implicado es que la prima de mi esposa escapó del convento para pedirle ayuda. Pero mi esposa no envió ningún mensaje para informar de su castigo, pues sabía que yo pondría fin al mismo. Puesto que yo no quiero pegar a mi esposa, tampoco quiero que nadie le pegue.

Enrique chasqueó los dedos, y un paje se apresuró a acercarse con una copa de vino.

—Lord FitzRoger me ha contado toda la historia. Como sin duda habéis adivinado, vuestra esposa aceptó el castigo para impedir que vos tuvierais que aplicarlo, algo que yo bien podría haber ordenado a pesar de vuestra fiera mirada. Hay que preservar el orden. De todos modos, permitiremos que se sepa que ella ya ha recibido conveniente castigo. No hay necesidad de explicar las circunstancias.

Galeran no pudo encontrar nada cortés para responder a esto.

—Por lo visto —continuó Enrique—, también ella aceptó el castigo al considerar que, ordenado por Flambard, éste se estaba excediendo en su autoridad. Una dama lista y decidida.

—Sí, señor.

—Que, estoy seguro, tendréis ganas de estrangular. Eso es cosa vuestra. —El rey se volvió de súbito a lord William—. Hoy he hecho un servicio a vuestra familia, espero que vos hagáis lo mismo con la mía.

Lord William sospechaba también que el rey se había hecho un servicio sobre todo a sí mismo, al encontrar por fin una manera de encerrar a Flambard con la bendición de la Iglesia, y tener a William de Brome unido a su causa. Pero el noble se inclinó:

—Tenéis mi palabra, mi señor.

Enrique sin duda pudo oír las reservas que encerraba esta frase, pero podía estar contento de contar con el apoyo de un hombre como el señor de Brome.

—Entonces vos y los vuestros siempre contaréis con mi favor. Y no hará falta que temáis otra vez por Flambard ni por ningún obispo de Durham. Mi intención es acabar con el poder de esa diócesis de una vez por todas.

Enrique dio un sorbo al vino y dirigió una mirada a Galeran. De pronto se rió mostrando su fuerte dentadura blanca.

—Sea para besarla o para ahogarla, os morís de ganas de ver a vuestra esposa, ¿verdad que sí? Podéis ir, milord. Este muchacho os llevará a su lado. Pero no la asesinéis aquí, por favor. Y servidme bien en el norte.

Capítulo 21

*¿E*staba ella aquí? Galeran había contado con el trayecto hasta el convento o hasta casa de Hugo para aclarar sus abigarrados sentimientos y prepararse para reunirse con Jehanne con actitud comprensiva. No obstante, sólo tuvo que seguir a un paje a través de tres habitaciones para encontrarla.

Pero estaba durmiendo.

Estaba tendida de forma poco elegante de costado, de espaldas a él. Le habían rajado la ropa y se la habían retirado, lo más probable para poder aplicar el bálsamo verdoso sobre su piel. Confiaba en que la crema la aliviara, pero poco servía para ocultar la hinchazón de la carne maltratada, atravesada por las señales rojas y negras de la vara.

El enfado se evaporó, persistió sólo la rabia contra quienes le habían hecho esto. Deseó poderle dar él mismo con la vara a Flambard.

Pero luego la irritación volvió a sacudirle, aunque combinada por el intenso orgullo que le producía el coraje de ella. La primera paliza no habría sido tan mala, ni siquiera la segunda. Pero Jehanne había continuado aceptando los azotes a sabiendas, sobre todo después de mandar escapar a Aline: una sola palabra podría haber puesto fin a aquello.

Y todo por él.

La pequeña habitación era sencilla, tal vez un lugar en el que algún sirviente real de cierta responsabilidad pudiera dormir un poco sin tener que salir de Westminster. Aparte de la estrecha cama con cortinas, el único mueble era una mesa con un cuenco y un aguamanil.

Galeran se apoyó contra el muro mientras repasaba sus sentimientos.

Jehanne debería haber confiado en él y en que él procuraría su regreso a casa con la niña, sanas y salvas.

Así era Jehanne, pensó. Tal y como siempre había sido. Si quería una esposa dócil que nunca se entrometiera en la gestión de sus asuntos, entonces la suerte no le había sonreído.

La suerte le había sonreído.

No podía imaginarse otra esposa. ¿Qué otra mujer era tan hermosa, tan inteligente, tan valiente, tan decidida, tan generosa...

El deseo se estaba apoderando de él, pero por lo visto tendrían que pasar unos cuantos días de castidad hasta que ella se curara. Qué suerte que tuviera práctica en esa disciplina.

Sin hacer ruido, para no despertarla, abrió otra puerta y encontró a Aline, Winifred y la niña. Se puso un dedo en los labios antes de que Aline soltara un grito de sorpresa.

Cuando hubo cerrado la puerta, ella preguntó:

—¿Todo bien?

—Sí. Jehanne está a salvo, la niña sigue con nosotros, y Flambard se encuentra en la Torre.

—¡Alabado sea Dios! ¿Pero qué hay de Lowick?

—¡Por las puertas del cielo! —explotó—. ¿Por qué todo el mundo está tan preocupado por el sino de ese hombre? ¡Lo que hace ser guapo!

—¿Guapo? —se mofó Aline—. Es tan guapo como el mejor toro de mi padre. Lo único es que en el fondo es un idiota candoroso. Necesita de alguien que le proteja.

Galeran estalló en carcajadas. Hacía tanto que no se reía de aquel modo que parecía que la mandíbula iba a desencajársele. Se desplomó sobre un banco, débil de la risa.

—Pobre Raymond. ¡Un toro! —Pero luego se controló—. ¿Y qué me dices de Raoul entonces? ¿También vas a defenderle?

Los colores se le subieron a las mejillas.

—No es ningún idiota. Puede defenderse él solito. Igual que tú.

—Pero Jehanne pensaba que ella me tenía que librar de un combate con Raymond.

Aline se puso en jarras.

—¿Vas a ponerte tonto por eso? Te quiere, y por eso quiere protegerte. ¿Qué opción tiene? ¿Qué opción tiene cualquiera en cuestiones de este tipo? Queremos proteger a quienes queremos. Es tan natural como respirar.

Galeran sonrió al ver su ferocidad.

—¿Ah sí? Me parece que nadie ha explicado a los hombres que es algo recíproco.

—Tal vez sea porque los hombres nunca escuchan.

—Es posible. De modo que, ¿quieres proteger a Raoul?

Ella se le quedó mirando, sorprendida.

—No sé.

—Tal vez —dijo él— no te estés escuchando a ti misma. —Galeran se acercó hasta la manta sobre la que dormía la niña en un rincón. Su pequeño cuerpo subía y bajaba con cada profunda respiración. ¿Crecería para ser como su madre y su tía, feroz como una loba protegiendo sus lobeznos?

¿O protegiendo a su macho?

—¿Cuánto hace que no le ha dado de mamar? —preguntó.

—Desde antes de que saliéramos del convento. Se despertará pronto.

Por lo tanto se animó a coger a Donata con sus dos manos y acercarla a su pecho. Su nariz le dijo que los paños volvían a estar húmedos, pero no le importó. La acomodó en la parte interior del brazo. Y palpó la suavidad de su piel, hizo un gesto cuando la aspereza de su dedo rozó aquella suavidad de pétalo.

—Como si fueras mi propia hija, pequeña —dijo en voz baja—. Lo he jurado.

Con un bostezo pegajoso, la criatura se despertó y abrió sus grandes ojos azules para mirarle fijamente. Pero su boca empezó de inmediato a moverse.

—Comida, comida y nada más que comida, ¿eh? —dijo con una risa—. Un gran sentido de las prioridades. Muy bien. Que tu tía Aline te cambie, y yo te llevaré al lado de tu madre.

Así tendré una excusa para despertarla.

La necesito despierta.

La necesito.

La niña no se quejó mientras la desvestían, la limpiaban y la cambiaban, pero continuaba con la mirada fija en dirección a Galeran como si supiera que él era del todo fundamental en su mundo.

¿Sabría alguna vez el tumulto que su existencia había creado?

Él haría todo lo posible para asegurarse de que nunca se enterara.

En cuanto Donata estuvo limpia, él se la llevó a Jehanne. Se sentó con delicadeza en el extremo de la cama con la niña en un brazo y sacudió uno de los pies cubiertos con medias de Jehanne.

—Despierta, dormilona.

Se movió con lentitud, casi de mala gana. Entonces el dolor y la realidad la asaltaron, y siseó. Afianzada en su forzada posición, le miró con fijeza, pestañeando.

—¿Galeran? ¿Dónde...? ¿Qué...? Oh, Donata.

—Sí, necesita que le des de comer. —Dejó la criatura y luego ayudó a Jehanne a moverse y sentarse en el extremo de la cama. Seguro que cualquier movimiento dolía, pero no dio muestras de dolor excepto una profunda exhalación cuando acabó.

Donata chilló, pues estaba claro que se sentía abandonada.

—Paciencia, pequeña. —Galeran le dio un dedo al que agarrarse mientras preguntaba—: ¿Cómo te las vas a apañar?

—Estará bien. Sólo pásamela.

Pero mientras cogía a la niña y la ponía con cuidado en el regazo de Jehanne, ella le miró con ansiedad, casi temerosa. Sabía que tenía muchas preguntas, pero el bebé no esperaba, ya estaba empezando a llorar con aflicción genuina, rozando con la boca la tela que cubría el pecho.

Jehanne le murmuró mientras se subía la túnica. En cuestión de momentos, el único sonido fue el chupeteo satisfecho de la niña. Miró a Galeran de la forma directa en que solía mirar ella.

—Entonces, ¿todo ha ido bien?

—¿Por qué supones eso?

—Tu mirada... relajada. ¿Contento?

No era justo bromear con ella. Se permitió entonces sonreír sin ambages.

—Todo está bien. Y sí, me siento relajado y casi estoy feliz.

Ella cerró los ojos por un momento.

—¡Gracias al cielo! Pero luego preguntó:

—¿Raymond?

Galeran estalló en carcajadas.

—¿El toro candoroso? Está como un roble y listo para cornear infieles.

—¿Toro? —interrogó ella, pero luego sonrió—. Lo habéis hecho bien. Le gustará.

—Parecía contento ahora que está convencido de que no voy a lanzarte contra la pared cuando esté de mal humor, ni voy a criar a Donata para meterla de criada en las cocinas.

Al oír eso, bajó la vista y cambió un poco la postura de la niña, aunque Galeran supuso que sobre todo lo hacía para tener tiempo y pensar. Cuando volvió a alzar la vista, preguntó.

—De modo que, ¿qué problema queda ahora por resolver?

—Ninguno.

—Sí, hay algo.

Ahora no parecía el momento. Había pensado que tal vez nunca hiciera falta hablar de ello, que podría ir a casa sin más, y fingir por fin que nada había sucedido.

Aparte de una hija que no era suya, y la lápida de un hijo que sí lo era.

Uno no podía dar marcha atrás. Uno sólo podía intentar que el día presente fuera bien.

Pero había un problema del que podía hablar.

—¿Crees que soy un idiota candoroso? ¿Al que hay que proteger?

Ella entendió de inmediato.

—Oh, Galeran, en estas cuestiones los hombres y las mujeres no son tan diferentes. ¿Podrías quedarte al margen y ver cómo me meto en la ciénaga sin intentar evitarlo?

—No. Pero siempre te he dejado andar por tu propio camino, he confiado en que tú misma sepas dónde pisar. También tú podrías hacer eso por mí.

—¡Pero di un paso en falso, y me metí en la ciénaga! Y lo que es peor, te arrastré a ti y también a Raymond conmigo. Me correspondía a mí sacarnos a todos de ahí.

—¡De esta manera, no!

Al oír la voz penetrante, Donata dio un respingo y soltó el pecho. La leche de Jehanne siguió saliendo y hubo un momento de caos mientras ella paraba el chorro con el vestido al tiempo que ponía de nuevo a la niña en su sitio.

Con voz más tranquila, Galeran dijo:

—Yo me estaba ocupando de todo. Podría haber detenido las palizas si me hubieras mandado un mensaje.

—Pero yo pequé, Galeran. Cometí adulterio, pero aún más grave, desafié a Dios. —Alzó la vista—. Era preciso que me castigaran.

—Lo que tú digas —respondió él con amargura—. Te mandaremos otra vez aquí para que te den más.

—No, gracias. —Jehanne no reaccionó al enfado de él. De hecho, estaba sonriendo, y Galeran, al mirarle a los ojos, se percató de algo sorprendente.

—Estás en paz contigo misma.

—Sí. No era la intención del obispo Flambard hacerme algún bien, pero la verdad es que lo logró. Ese tiempo confinada, el tiempo y la paz para rezar, me limpiaron, pese a mi dolor por Gallot y la amargura que aún siento por eso. Aprendí cosas de mí misma, y el castigo me ayudó en cierto sentido. Descubrí que no podía controlar la reacción débil de mi cuerpo al dolor, pero sí podía controlar mi mente. Me hizo más fuerte. Más limpia. Estoy en paz conmigo misma y con Dios y ya estoy lista para empezar otra vez sin heridas o sombras. ¿Podemos los dos?

—Me sentiría muy dichoso si así fuera. —Se acercó un poco más y se apoyó en ella, frustrado por no poder estrujarla contra él como deseaba. Porque ésta era una nueva Jehanne. No la muchacha resentida o la joven excitante; no la mujer desesperada por ser madre, ni la pecadora dolida.

Del crisol había salido lo mejor de ella, y una mujer a la que él quería aún más que antes.

No podía abrazarla pero, mientras ponía al bebé en el otro pecho aún lleno, le habló de sus propios padecimientos y del conocimiento de sí mismo. De Jerusalén. De la masacre y el río de sangre que bajaba por las calles. Y de su intento de salvar a los niños, aunque sabía que era suicida.

—Raoul me detuvo, pero yo me enfrenté a él, pese a saber que os estaba abandonando a ti y a Gallot. Era la decisión equivocada, pero incluso ahora sé que lo haría otra vez. Tuvo que dejarme sin conocimiento para salvarme, y pasé días perdido dentro de mi propia mente. Creo que en esos momentos aprendí más de mí mismo que en toda mi vida. Me dio tiempo para aceptar mi puesto en el mundo de Dios, y el propósito que Dios me ha adjudicado.

Galeran le sonrió.

—Sé que durante unos días Raoul temió que me hubiera vuelto loco de verdad, pero sólo me estaba acostumbrando a lo que había de nuevo en mí.

—Tenías dudas, Galeran. Siempre has sido un buen hombre, un hombre fuerte, pero ahora es algo más profundo. Yo tenía miedo porque no pensaba que tal bondad pudiera amarme a mí aún. Temía que tal fuerza se tornara contra mí. Ahora lo entiendo todo mejor. Cuanto más fuertes mejor, mejor podemos amarnos.

Ella estiró una mano y él introdujo sus dedos oscuros, encallecidos, entre los lisos y pálidos de ella. Encajaban a la pefección.

—Gracias a Dios —dijo.

Aline observó a Galeran mientras llevaba a Donata al lado de Jehanne y supo que todo había acabado por fin. La aventura había terminado.

Eso quería decir que también habían terminado otras cosas.

Como el asalto a su castillo.

Buscó por el laberinto de antesalas hasta que encontró a Raoul charlando con FitzRoger y otros hombres. La miraron con gesto de extrañeza —una mujer invadiendo los asuntos de los hombres— pero Raoul habló un instante con FitzRoger y se apartó para encontrarse con ella.

—¿Qué ha sucedido? —le preguntó Aline.

Él miró a su alrededor y la guió hasta detrás de una cortina. Ella esperaba encontrar una habitación, pero no había más, sólo espacio para una pequeña ventana que daba a una multitud de vendedores ambulantes, charlatanes y animadores. Estaba claro que el rey había iniciado otra jornada de recepciones para su pueblo.

—Supongo que no debería haberte interrumpido —dijo ella.

—¿Por qué no? Supongo que Galeran está demasiado absorto con Jehanne como para dar explicaciones largas y coherentes. —De modo que relató todo el asunto, y Aline lo asimiló. Pero por algún motivo una buena parte de su mente desobediente estaba más interesada en su altura, su anchura, su piel dorada y sus sonrisas tan especiales.

Tal vez era obvio, pues cuando concluyó Raoul su relato, dijo:

—Pero en realidad no querías oír todo eso.

Aline sacó al instante su cabeza de tanto anhelo ardoroso.

—¿Ah no?

—Confiaba en que no. —Dio un paso adelante. Ella retrocedió.

En un espacio tan diminuto, los dos pasos de Aline la dejaron contra la pared, sin más sitio donde meterse.

—Creo que estabas tan desesperada por verme como yo por verte a ti. —Estiró una mano para rodearle un lado del cuello—. Desesperado por tocarte. —Se inclinó hacia delante, apoyado con la otra mano en la pared—. Desesperado por besar...

Aline no lo admitía, pero tampoco se resistía.

Su beso era tan dulce como recordaba en sus sueños, pero no era sólo cuestión de labios pegados a labios. Aunque no se apretó contra a ella como había hecho en aquella ocasión en Waltham, era como si él irradiara su espíritu, o su esencia, y la rodeara, la atrapara, se fundiera con su propia necesidad, con tal fuerza que no pudo hacer otra cosa que rodearle con los brazos y devolverle el beso con igual entusiasmo.

Luego, con lentitud, con besos de separación más cortos, Raoul se apartó de sus brazos.

—Hasta hace poco —protestó Aline— nunca había besado a nadie. ¡Y ahora parece que no puedo pasar sin ello!

Él le alisó con dulzura las cejas.

—No te preocupes. Prometo abastecerte bien.

—Sólo podrás hacerlo si estoy contigo.

—Creo que eso será uno de los requisitos, sí.

—Pero no quieres vivir en Northumbria... —Deseó no tener que decir estas cosas, pero tenían un problema y no iba a desaparecer por muchos besos que se dieran, ni siquiera con los besos de Raoul de Jouray.

Dejó de tomarle el pelo y se puso serio.

—Aline, el destino de una mujer es vivir en casa de su esposo.

—¡Pero la tuya está muy lejos!

Él la estudió con seriedad, pero luego sonrió. Una sonrisa dulce, pero de cualquier modo se alegró de tener detrás el muro para apoyarse.

—Todo te ha sucedido de repente —dijo—. Hace menos de un mes que nos conocimos. Tal vez no estés siquiera convencida de no querer llevar una vida religiosa.

Eso encerraba una pregunta, y ella la contestó.

—No, no estoy segura del todo.

Pero era mentira. Ahora sabía que no podría amoldarse en paz a la vida religiosa de castidad y serenidad.

—Vuelve a casa con Galeran, y piensa en estas cosas. Yo volveré el próximo verano para oír tu decisión.

—¡El próximo año! ¿Me acostumbras a tus besos, granuja, y luego me dices que espere un año?

Él alzó las cejas lleno de asombro.

—¿Y qué otra cosa propones? —Pero un destello de humor en sus ojos sugería que la entendía demasiado bien. Como siempre. Tal vez era eso lo que más le irritaba de Raoul a Aline.

Ella se apartó de la pared y de él.

—Creo que sólo quieres una excusa para partir y olvidarte de mí. Te gusta viajar, no te interesa tener un hogar. Te vas a la cama con todas las mujeres dispuestas que se crucen en tu camino. Conoces todos los burdeles de todas las ciudades. Sin duda tienes esposas repartidas por todo el mundo...

Con la rapidez del guerrero, la cogió en sus brazos y le tapó la boca con la mano.

—No tienes que espantarme con tonterías, Aline. Dime sin más que me vaya.

Cuando él dejó su boca, ella gimió.

—¡No sé! —y estalló en lágrimas sobre su pecho.

No había asientos en este sencillo espacio, de modo que él se acomodó en el suelo con Aline en el regazo hasta que ella lloró todo lo que tenía que llorar.

—No sé qué me pasa —dijo tratando de contener los sollozos, profundamente mortificada, pero también disfrutando del hecho de encontrarse entre sus fuertes brazos.

Él la abrazó aún con más fuerza, un abrazo reconfortante, no lascivo.

—Debo estar loco por haberte forzado a darme una respuesta en tan poco tiempo, amor. Echemos la culpa al impetuoso apasionamiento.

Ella se aventuró a alzar la vista.

—¿Así te sientes? ¿Apasionado?

Él movió las caderas y de inmediato ella sintió con claridad aquella pasión.

—No es más que lascivia —balbució ella, con las mejillas coloradas—. ¿De veras quieres casarte conmigo, Raoul?

—Sí.

—¿Por qué? —Y entonces le miró fijamente, pues necesitaba una respuesta.

—Porque —respondió con llaneza— nunca he conocido a una mujer que me afecte tanto como tú. He sentido aprecio por muchas, lo admito, e incluso me he creído enamorado una o dos veces. Pero nunca antes me he sentido de esta manera. Es como si una parte de mí se perdiera si te dejo atrás.

Aline se quedó mirándole, buscando una manera de no dudar de sus palabras. Era una pesada carga, ser tan importante para otra persona. Por supuesto era importante para ella: si él zarpaba, temía sentirse sólo medio viva para el resto de sus días.

Raoul le pasó los nudillos por la mejilla.

—Puedo esperar, pequeña, hasta que sepas lo que sientes.

—Sé lo que siento —refunfuñó ella—. ¡Me siento desdichada! Y lujuriosa —admitió. Uno de los musculosos brazos de Raoul se estiró delante de Aline, y ella le pasó la mano para sentir su poder y calor—. De veras me siento lujuriosa. —Se movió con inquietud para acercarse un poco más a su cuerpo.

Él la cogió por las caderas para que se quedara quieta, pero esbozó una sonrisa.

—Es un comienzo prometedor.

—¡Ja! —Se obligó a dejar de jugar con su brazo y le miró a los ojos—. La mitad de mujeres que conoces te desean, Raoul de Jouray, y no te aman.

—¿Sólo la mitad?

Aline le dio en el pecho con los puños y consiguió incorporarse con dificultad. Él hizo lo mismo con tranquilidad y se alisó la ropa.

Eso le dio a ella un momento para estudiarle, lo cual no sirvió para aplacar sus anhelos. Tal vez iba a tener que despacharle, para no volver a verle más, nunca...

—Si hiciéramos el amor —sugirió, sus mejillas ruborizándose otra vez—, entonces sabré si era sólo lascivia o no.

Él alzó una ceja.

—Si hiciéramos el amor, mi exquisita uva, serías una adicta de por vida.

—¡Oh, serás... serás... gallito orgulloso! —Por encima de las risas de Raoul, exigió saber—: ¿Es eso suficiente, de todos modos, para el resto de nuestra vida? ¿Querer hacer el amor?

Él lo pensó con detenimiento.

—Si es hacer el amor, sí. Si es lascivia, no.

—¿Cómo lo podemos distinguir sin intentarlo? Tal vez no me guste lo más mínimo, sea amor o lascivia. A algunas mujeres no les gusta. Entonces sabría si tengo que estar en el convento...

Intentaba encontrar argumentos lógicos, pero la verdad era que le aterrorizaba el hecho de no conocer nunca el cuerpo de Raoul como ella quería. No verle nunca desnudo otra vez. No yacer con sus pieles en contacto...

Sabía que tenía que estar roja como un tomate.

—Te gustará —dijo con seguridad serena—. Mis años de práctica tienen que servir de algo. Pero por mucho que me supliques, Aline, no tengo intención de hacerte el amor hasta que contemos con la bendición de Dios.

Al oír la palabra suplicar contraatacó.

—¿De modo que vas a mantenerte célibe hasta que me decida?

Y eso, de manera impulsiva, había dado en el meollo del problema. Prefería perderle para siempre que compartirle con otras mujeres.

Y el muy granuja no prometió fidelidad al instante.

Lo pensó un rato.

Aline se dio media vuelta y abandonó la habitación.

Cuando Galeran salió del cuarto de Jehanne para organizar el regreso de su grupo a casa de Hugo, encontró que Raoul ya se estaba ocupando del asunto.

—Los establos del rey han proporcionado caballos adicionales. Tu padre tiene el suyo.

Galeran miró bien a su amigo pues detectó algo parecido a mal humor en él, pero ahora no era el momento de preguntarle por eso. Quería dejar a Jehanne a salvo en casa de Hugo antes de empezar a pensar en otras cosas. Hubiera preferido llevarla de regreso a Heywood, pero la gente no podía volar y ella no podía viajar, de modo que no había ninguna posibilidad.

Jehanne se puso la túnica de Aline sobre su ropa estropeada, y cuando salió y se montó sobre la jaca de la madre superiora con ayuda de un montadero, nadie hubiera pensado que padecía mucho. Pero Galeran podía distinguir el esfuerzo que hacía para mantener la dignidad.

Sonrió con intenso orgullo al ver el valor de su mujer.

Puesto que eran un grupo numeroso de jinetes, se abrieron paso con facilidad entre la multitud hasta salir a las calles, pero luego tuvieron que continuar con lentitud contra la marea humana para llegar a Corser Street.

Hugo y Mary estaban encantados de hacer de anfitriones del poderoso William de Brome, pero su casa ahora estaba aún más abarrotada que antes. Puesto que sus anfitriones también querían oír el relato de toda la aventura —así como los detalles del aspecto del rey, los ropajes y estancias, ¡por no mencionar los vinos que bebía!— para cuando Galeran tuvo ocasión de hablar en privado con Raoul ya era de noche.

—¿Sucede algo? —inquirió.

—¿Por qué lo preguntas?

—Raoul, no discutas conmigo. ¿Qué ha sucedido entre tú y Aline?

Raoul soltó una risa aguda y sin humor.

—Nada en absoluto. Lo cual de buen seguro es el problema.

Galeran se apoyó en un tonel que esperaba a ser metido en el almacén.

—Difícilmente puedes haber confiado en que Aline se convirtiera en candidata para un encuentro de placer.

Para su desconcierto, la rabia destelló en los ojos de Raoul.

—¿Ese concepto tienes de mí?

Galeran alzó la mano.

—Paz, amigo. Pero, ¿qué quieres? ¿Y cuál es el problema?

Parecía que Raoul tuviera problemas para encontrar las palabras, pero luego dijo:

—Quiero a Aline como esposa. El problema es que me ha vuelto a decir que no.

—¿De veras? —Era posible que él hubiera estado obsesionado con sus propios asuntos en las últimas semanas, pero creía que no se había equivocado con las chispas brillantes que danzaban entre Raoul y Aline—. Dejaste claro lo que estabas ofreciendo, ¿verdad?

—¡Ja! Del todo. Fue la propia dama la que propuso un revolcón sin la bendición sacramental. Quería probar la hoja antes de comprarla.

Supuso un gran esfuerzo para Galeran no soltar una risita.

—Entonces la has trastornado mucho. Hace unas semanas nunca hubiera sugerido algo así.

—La he desconcertado a posta, pensando que caería limpiamente en mis brazos tal como un fruto maduro cae de la rama. Pero no. Las mujeres de tu familia no hacen nada de modo normal.

—Uno acaba por acostumbrarse. Y tiene sus compensaciones.

Raoul, nervioso, no dejaba de andar de un lado a otro delante de la casa del vinatero, y los transeúntes tenían la precaución de apartarse de un guerrero tan alto y con aquel mal gesto.

—Estaría encantado de acostumbrarme, pero ¿cómo? Me ofrecí en matrimonio, y ella quería que viviera en Northumbria. Sabes que es imposible.

—Te morirías congelado.

Raoul le lanzó una mirada feroz.

—Para ser exactos, tengo propiedades y responsabilidades en otros lugares. Me ofrecí a concederle un año para que tomara una decisión, forzando mi nobleza y compostura al límite... ¡y ella propuso probar la mercancía!

—Tal vez sea la mejor idea.

—¿Probar la mercancía?

—Darle tiempo.

—No me atrevo —Raoul miró calle abajo, aunque Galeran sospechaba que no veía demasiado—. No me atrevo a regresar y encontrarme con que ha tomado los votos religiosos. O que se ha casado con otro ahora que he estimulado su apetito.

—Ella no haría eso.

—Las mujeres son endemoniadamente impredecibles. He tirado abajo sus murallas. No puedo dejarla ahora que es vulnerable.

Antes de que Galeran pudiera dar una explicación a eso, Raoul le miró a los ojos y dijo:

—No voy a perderla, Galeran. La secuestraré si es necesario.

—Tendré que detenerte.

—Intentaré asegurarme de que no tengas ocasión. —Pero su postura decía en silencio que si hiciera falta llegar a la sangre, tampoco se detendría.

Después de todo, ¿concluiría todo este enmarañado asunto a punta de espada? No si Galeran podía evitarlo. No había pasado por una guerra para perderlo todo en una escaramuza menor tras el desenlace.

—¿Por qué te ha rechazado?

—Alguna tontería sobre mi fidelidad, y sobre viajar al extranjero.

—No es ninguna tontería. Hasta la fecha no has seguido por el camino de la fidelidad. ¿Te gustaría a ti tener una esposa que perdiera el juicio con el primer acceso de deseo?

Raoul puso una mueca.

—A veces sí.

Galeran compartió la sonrisa con él.

—Desde luego. Pero no es un tema fácil que la gente deje su hogar para vivir en tierra extranjera. Una muchacha como Aline, que ni siquiera tenía planeado casarse, nunca ha previsto algo así. Se habría casado con un hombre de la finca contigua.

—De todos modos, no hay opción al respecto. He disfrutado de mis viajes, pero mi intención siempre ha sido establecerme en mi tierra, en Guyenne.

—Tal vez a Aline no le interese Guyenne.

—Alguien a quien no le guste Guyenne tendría que estar loco.

—Si a la gente sólo le gustaran los rincones más placenteros de la tierra de Dios, estaríamos en una situación lamentable. Amigo mío, creo que has conquistado el corazón de Aline, te lo has ganado, pero no sucederá lo mismo con su sentido común. Tendrás que convencer a su cabecita de que en esas tierras desconocidas estará a salvo y será feliz, lejos de su familia y amigos, sola en los momentos difíciles.

—No estará sola...

—Deberás convencerla de eso.

Raoul exclamó.

—¡Por la corona de Cristo, ojalá supiera mentir mejor!

—¿Qué?

De pronto compungido, Raoul dijo:

—Me ha pedido que le sea fiel hasta que tome una decisión.

—¿Dijiste que no? —A Galeran le costaba creerlo.

—No dije nada. ¡Intentaba ser honesto, Galeran! Lo estaba pensando en profundidad. No he sido célibe durante todo un año desde que estuve con una mujer por primera vez, y no tengo intención de hacer promesas que no pueda cumplir. Ella no esperó a escucharme.

—¿Podrías ahora hacer ese juramento?

Casi como si le doliera, Raoul dijo:

—Si ése es el precio, sí.

Galeran sacudió la cabeza y apartó el tonel.

—No es tan sencillo. Ella tiene que confiarte la vida. Casi al pie de la letra en este caso. Sugiero que te dediques en serio a convencerla pues, te lo aseguro, no va a marcharse de Inglaterra a no ser que lo haga de modo voluntario.

Jehanne, elevada sobre unos cojines que le permitían estar echada boca abajo sin comprimir sus sensibles senos, escuchaba a Aline relatar sus aventuras durante su huida sin que mencionara de hecho a Raoul de Jouray más que de pasada.

—¿Pasasteis la noche juntos en una cama? —preguntó Jehanne. Era pura deducción ya que Aline no había dicho tal cosa.

—¡Dormida! —soltó Aline.

—Estoy segura de que sí.

—No hizo nada... Bien, casi nada. Tiene una fuerza de voluntad impresionante.

Jehanne se esforzaba por mantener el rostro inexpresivo.

—Suenas casi decepcionada.

—Por supuesto que no. —Aline iba de un lado a otro con el rumor que provocaban sus faldas—. Es agradable saber que a veces puede guardar su arma enfundada.

—Ha dado muestras de ser muy competente a la hora de velar por tu seguridad y entrar en el convento. Y entiendo que habló en mi nombre ante el rey.

Aline se detuvo.

—Nunca he dicho que no sea competente.

—Cierto. Entonces, ¿qué es lo que te impide estar con él?

—¿Lo que me impide? —Aline preguntó con falsa perplejidad.

—Yo no soy quien para juzgar, pero el hombre te quiere y desea casarse contigo. Y no obstante aún no parecéis una pareja feliz.

—¿Te casarías en la otra punta del mundo? —cuestionó Aline.

—Seguiría a Galeran al final de la tierra, al cielo o al mismo infierno.

—Sí, bien... ¿Lo habrías hecho cuando hacía sólo un mes que le conocías?

Jehanne se rió.

—No, me has pillado. Pero éramos muy jóvenes. —Y también Aline era joven, pensó Jehanne. Era fácil olvidar que sólo tenía dieciocho años y que hasta hacía bien poco había llevado una vida protegida—. Tal vez sea más prudente esperar.

—¡Esperar! ¿Pero qué sentido tiene esperar? Si regresa dentro de un año, ¿le conoceré mejor?

—Tal vez conozcas mejor tu corazón. Han sido unos días intensos y él es una tentación. Pero a veces el interés más exaltado se deshace en cenizas con un poco de tiempo y distancia. En otro tiempo, ya sabes —añadió con una mueca—, pensaba que Raymond de Lowick sólo estaba un peldaño por debajo de Dios.

Aline se rió al oír eso.

—Pero no hay comparación entre Raymond y Raoul. —Cogió el frasco de bálsamo y lo miró como si nunca antes lo hubiera visto—. No obstante, lo más probable es que tengas razón, y ese interés de Raoul por mí pasará con un poco de tiempo y distancia. Supongo que le haré un favor si le mando.

—¡Aline, estaba hablando de ti! Raoul es mayor, y tiene muchísima más experiencia. Dudo que cambie con facilidad.

—Si me quisiera un poco...

—¿Querría un hombre como él casarse a menos que ame a alguien? Deduzco que te pidió en matrimonio.

—Oh, sí. —admitió Aline. Dejó el frasco y le contó toda la conversación con Raoul.

Jehanne refunfuñó al final.

—Pues, ¿sabes qué, prima?, cuando uno hombre así protesta tanto, es señal de algo.

Al día siguiente, Jehanne ya podía sentarse, e incluso moverse un poco sin sentir demasiado dolor. Sin embargo, mientras avanzaba por el estrecho pasillo hasta el vestíbulo situado en el extremo del edificio, se regodeó con una satisfacción poco caritativa al recordar supo que el obispo Flambard habría recibido todo un ciclo de azotes. Tal vez Galeran fuera capaz de encontrar la gracia para perdonar a aquel hombre, pero ella no. No eran las palizas lo que tenía contra él, sino el daño que había intentado hacer a su familia.

Cuando encontró a Galeran en el vestíbulo, se lo dijo.

—Sobrestimas mi compasión —dijo mientras la ayudaba a sentarse en un banco cerca de una ventana abierta—. Confío en que esté padeciendo y que le vaya peor en el futuro.

Sonrieron por ese fácil entendimiento sobreentendido en otro tiempo pero que ahora apreciaban de corazón.

—Acerca de Raoul... —dijo ella.

—... y Aline —concluyó él con una mueca humorística.

—¿Qué vamos a hacer?

—¿Te estás volviendo casamentera?

—¿Por qué no? El matrimonio es una institución maravillosa.

Una vez más, sus sonrisas danzaron al unísono, y hablaron en silencio de otras cosas diferentes por completo.

—Supongo que Raoul no llevó bien las cosas —comentó Galeran.

—¡Te quedas corto! Pero Aline demuestra sensatez al tener sus reservas, no importa las palabras melosas con las que él la tiente.

—Raoul tiene palabra —dijo Galeran con seriedad—. Ahí está el problema. No puede jurar algo que no pueda cumplir.

Ella se ahorró el comentario a eso.

—¿Hay entonces alguna esperanza para ellos?

—Tendremos que ver. Pero tengo una idea sobre la que te pediría un veredicto.

—¿Sí?

—No creo que a Hubert de Burstock le satisfaga demasiado que su única hija se case sin su permiso. Tendremos que llevarles a casa con nosotros para casarles.

—¡Oh, pobre Raoul! Otra vez al duro norte.

—Y ya se acerca el otoño. Mejor le conseguimos unas pieles.

Y se rieron juntos de las sencillas debilidades humanas.

Capítulo 22

Cuando llegó el primer regalo, Aline estaba sentada en la habitación que compartía con Jehanne, Winifred y la niña. Escondiéndose, en realidad. No quería ver a Raoul. No le gustaba la mirada divertida que tenía todo el mundo. Esta situación no tenía la más mínima gracia.

Un criado entró con una caja de madera tallada con delicadeza, justo del tamaño de la palma de la mano. Cuando abrió la tapa abombada, encontró un exquisito ramito de capullos. Por un momento pensó que era real, pero cuando tocó una hoja descubrió que era de metal coloreado de verde, y los capullos estaban tallados en marfil. Lo acompañaba una nota, con una caligrafía tan preciosa que Raoul debía de haber contratado a un escribano: *Tan hermosa como el capullo del almendro.*

Lo único similar que había visto en su vida era la rosa que pertenecía a Jehanne, la de los pétalos que no dejaban de soltarse. Esta pieza era mejor, de todos modos. ¿La habría encontrado o había estado encima de un artesano todo el día y la noche mientras la creaba según sus instrucciones?

Era una maravilla, pero lo triste era que no cambiaba nada. Aline sabía ahora la devoción que él tenía por ella, pero había visto parejas con idéntica devoción que acababan separándose. A veces el amor se muere por completo, y en esos momentos los amigos y la familia son el único consuelo y protección. También sabía que una novia lejos de todo lo que conoce se encuentra en una posición peligrosa.

Sin embargo, no pudo evitar ir a enseñar el bonito adorno a Jehanne. Encontró a su prima en el vestíbulo con Galeran, riéndose como hacían en otros tiempos. Por un momento sintió una amarga punzada de celos, pues si ella no podía tener a Raoul, no habría ningún otro con quien reírse de ese modo.

—Qué preciosidad. —Jehanne tocó un capullo con sumo cuidado, luego le sonrió a Galeran.

—Y tanto que sí —comentó Galeran—. Cuídalo bien, Aline. Tesoros como éste pueden romperse. —Aunque le habló a Aline, no dejó de mirar a su esposa en ningún momento.

—Y arreglarse —murmuró Jehanne.

Aline hizo caso omiso de su juego personal.

—No voy a dejarme convencer con regalos.

—Por supuesto que no —dijo Jehanne, y se volvió hacia ella—. Pero podrías considerar lo que revelan del hombre que los envía.

—¿Que no es tacaño?

—Sin duda algo nada malo en un esposo.

Aline de pronto se quedó pensativa, dejó el regalo en un lugar seguro y luego se fue en busca de lord William. Al menos podía intentar resolver las cuestiones prácticas. Lo encontró en la bodega comentando aspectos del almacenaje de vino con Hugo, y al final pudo conseguir acapararle un rato para mantener un discusión profunda y detallada sobre bienes dotales. Tras eso, pasó a tratar sobre las maneras de proteger a una mujer en una tierra extranjera.

Lord William se rascó la barbilla hirsuta, con un centelleo en los ojos.

—He estado pensando en estos mismos aspectos, querida mía. De hecho, Raoul me recordó que Hugo es pariente suyo. Que hay muchos vínculos entre Guyenne e Inglaterra. Las cartas viajan entre Burdeos y Londres con regularidad. Y hemos comentado la posibilidad de establecer un enlace comercial con Stockton.

—¿Os lo ha recordado recientemente?

—Justo esta mañana.

Aline regresó a su refugio en el dormitorio para sacar el capullo de almendra de marfil y reflexionar. ¿Había planteado Raoul el tema de los vínculos y las cartas a posta? Si había cartas, no se sentiría tan incomunicada de su hogar, si había comercio regular con un puerto próximo a su hogar, sería incluso mejor.

Todavía más importante, como había señalado Jehanne, había que pensar en todo lo que esto decía de la persona en cuestión. Tal vez no estuviera intentando sólo persuadirla con bonitos regalos, sino que intentaba calmar sus temores razonables.

Con cierta esperanza encendida en ella, Aline se aventuró a ayudar a Mary en la cocina, donde supervisaba un estofado de conejo para la comida del mediodía. Aline consiguió llevar la conversación a Francia y a Guyenne. Enseguida quedó claro que el propio Hugo viajaba a Burdeos una vez al año, y que tenía intereses en tres barcos que visitaban ese puerto con regularidad.

De pronto Guyenne no estaba tan lejos ni era un lugar tan desconocido.

No obstante, cuando todo el mundo se reunió para la comida del mediodía, no se atrevió a mirar a Raoul, menos aún sonreírle. Se sospechaba a sí misma casi conquistada, pero aún quedaban algunas dudas, y no estaría bien ni sería justo dar a entender otra cosa.

Y de cualquier modo, admitió para sí, quería ver qué hacía él a continuación.

Lo que Raoul hizo fue marcharse.

Al día siguiente, Raoul de Jouray se había ido, sin palabra alguna sobre su paradero.

Aline sintió la necesidad urgente de salir a la calle en su busca, pero eso no tenía sentido. Se había llevado sus caballos y a sus dos hombres. Tal vez había decidido que no podía casarse con una mujer que no estaba dispuesta a confiar en él de forma ciega, y había zarpado hacia Francia.

Aun así había dejado la mayoría de sus ropas. Seguro que regresaría.

Con labios temblorosos, Aline se dijo que si se había marchado, habría demostrado a las claras que ella tenía razón. No la deseaba de verdad y era incapaz de ser constante. La idea no la consoló en absoluto, pero ahora ya se negaba a ocultarse.

Si regresaba, no la encontraría suspirando por él.

Jehanne observó a Aline que daba puntadas con violenta precisión al ribete de un vestido, y le comentó a Galeran:

—¿A dónde se ha ido?

Galeran tenía a Donata tumbada en su regazo, agarrada a sus dos dedos.

—No lo sé.

—¿Va a regresar?

—No lo ha dicho.

—Si no regresa, alguien debería ir a buscarle y matarle.

Galeran esbozó una sonrisa.

—Entonces tendrás que ir tú, cielo. Yo me voy a casa, a por un poco de tranquilidad.

Dos días después, Aline, quien aún se empeñaba en actuar con normalidad, se dirigía por el patio al ahumadero para escoger un poco de pescado ahumado para Mary, cuando alguien la atrapó y la arrastró hasta la penumbra del granero.

Sujeta con fuerza de espaldas contra un cuerpo duro como una roca, supo de quién se trataba por instinto antes de que la lógica se lo comunicara. Y por instinto su cuerpo se excitó.

Pero si el miserable pensaba que aterrorizarla de ese modo iba a convencerla...

Unos objetos extraños, bulbosos, aparecieron ante sus ojos.

Un segundo después, enfocando mejor, se percato de que eran uvas, sujetas por la mano de él. En realidad nunca había visto un racimo de uvas, pero Hugo tenía algunas talladas en la repisa de la chimenea, y le había hablado con satisfacción de ellas.

—No son de Guyenne, ay —le susurró al oído—. Pero hay viñedos en algunas partes de este ignorante país.

—Parecen grosellas espinosas.

Él soltó una risita.

—Y sabrán como ellas, me temo. Necesitan unas pocas semanas más para estar en su punto, y aun así no sabrán en absoluto como las uvas de Guyenne —de algún modo, sin soltarla, se acurrucó contra ella para besarle la comisura de los labios— ya que las uvas de Guyenne son henchidas, dulces y jugosas, igual que tú.

Aunque sabía que no debía hacerlo, volvió la cabeza un poco para que sus labios le quedaran más accesibles a él. Estaba haciendo un esfuerzo para no gritar de alivio.

No se había ido.

No había renunciado al asedio sin darle a ella ocasión de rendirse. Durante días había sabido que quería rendirse, pero si él planeaba cortejarla un poco más, desde luego que no iba a oponerse.

—Gracias por la flor —murmuró, moviendo la boca contra la de él.

—¿Es esto entonces resultado del amor? ¿O sólo gratitud?

Pensó protestar al oír la palabra *amor*, pero luego lo dejó. Era cierto.

—Estoy intentando ver más allá del presente.

Se volvió un poco más, de tal manera que sus labios casi quedaron del todo disponibles para él.

Él completó la alineación y la besó deprisa, pero con la boca abierta.

—¿Y qué es lo que ves, mi Jimena?

El empleo de ese nombre provocó una palpitación en su corazón.

—Un hombre que parece quererme muchísimo. No estoy segura de por qué.

Él alzó las cejas.

—¿Dudáis ser digna de tanto amor?

—No.

—¿Entonces por qué lo cuestionáis?

Porque me preocupa que lo que me atrae a ti, sea lo que sea, pueda desvanecerse, y entonces, ¿dónde estaré?

Abandonada, en los viñedos de Guyenne.

Tras un momento, encontró el valor para confesar sus temores.

Él se inclinó un poco hacia atrás para estudiarla.

—¡Aline, Aline! ¿Por qué piensas una cosa así? ¿Cómo podrá desvanecerse alguna vez tu naturaleza, tu espíritu, tú misma? Por encima de todo, eso es lo que yo más quiero.

No se le ocurría qué decir, porque no le creía del todo. Oh, creía que decía la verdad que él pensaba, pero ¿era la verdad de su corazón?

Raoul la soltó, le puso el racimo de uvas en las manos y abrió una bolsita que llevaba en el cinturón para sacar un frasquito.

—Agua —dijo—. No hay ninguna sierra en Inglaterra que retenga las nieves del invierno, pero he encontrado un lugar donde el agua surge pura y fresca de las colinas calcáreas. —Sacó el tapón y saboreó un poco—. Se parece mucho. Pruébala, Aline. Es tan pura como mi amor por ti.

Dejó que le llevara el frasco a los labios y que lo inclinara para que un poco de agua pura cayera sobre su lengua.

—Es buena —dijo lamiendo un resto de los labios, percatándose de que había recorrido el sur de Inglaterra en busca de estos objetos para ella. Como El Cid emprendiendo campañas para conquistar a su Jimena.

—Y —dijo él mirándole a los ojos— si quieres un año para pensar en esto, te seré fiel durante ese año. Aunque es probable que ello me destroce para toda la vida.

Ella se mordió los labios, contuvo una risita que sabía era su bandera de rendición.

—Por consiguiente —preguntó él, y algo en sus ojos le dijo a Aline que no le engañaba—, ¿qué más queréis, mi bella dama? ¿La piel de un oso blanco? ¿Cristales de azúcar de Oriente? ¿Rubíes de Asia...?

Aline bajó la vista y arrancó una uva verde del racimo, llevándosela a los labios para saborearla. Luego la escupió.

—¡Es peor que las grosellas!

—Aline...

—Pero no está madura, ya lo has dicho. Con el tiempo estará dulce. Yo no estaba madura, Raoul. Ni siquiera unos días atrás. Aún estaba verde y amarga. Creo que día a día voy madurando y endulzándome.

—Aline —dijo él con un tono por completo diferente, mientras estiraba sus brazos hacia ella.

Pero ella levantó una mano.

—Has preguntado qué quería yo.

—¿Sí? —De pronto se puso receloso. Y se inquietó. Esa preocupación dio ganas de llorar a Aline, ya que Raoul de Jouray nunca se preocupaba. Pero serían lágrimas de felicidad.

—Quiero que una parte de los ingresos de mis bienes dotales aquí en Inglaterra se destinen, sólo para mi uso, a un tal Ingelram, un comerciante de vino en Burdeos.

Él alzó las cejas, pero luego asintió.

—De acuerdo. ¿Alguna cosa más?

—Dos doncellas de Brome o de Heywood entre mis mujeres, si quieren venir conmigo.

—Por supuesto. Debes escoger a tus mujeres a tu gusto. ¿Alguna cosa más?

—Bien —continuó—, si insistes en encontrar cristales de azúcar de Oriente...

La atrajo hasta sus brazos, con un intenso destello de júbilo en los ojos.

—Ya eres bastante dulce. —Tras un silencio apabullante dijo casi con vacilación—: ¿Eso era un sí?

Las lágrimas casi le saltan a los ojos mientras hacía un gesto afirmativo.

Él la empujó un poco para poder mirarla, y la alegría en su rostro volvió a provocar ganas de llorar en Aline.

—Una rendición negociada de forma excelente, pequeño castillo. —Le secó las lágrimas de las mejillas—. Por la corona de Cristo, qué bien te adaptarás a mi familia. ¿Te he dicho que me recuerdas mucho a mi madre?

Su beso fue completo esta vez, y con el conocimiento de que iban a casarse, que pronto yacería pegada a la piel de este hombre, la pasión borbotó en Aline como agua entre una roca partida del río.

Pero cuando el beso concluyó, tuvo que darle la noticia de que Galeran insistía en que fueran a su casa a obtener el consentimiento de Hubert.

—¿Todavía más tiempo en el norte? —gruñó, pero estaba sonriendo como si nunca fuera a dejar de hacerlo, y la estrechó con fuerza como si nunca fuera a dejarla marchar—. Voy a perecer.

—Tal vez debiera conseguirte una piel de oso blanco. —Le pasó la mano por el pecho, deseando poder tocar su piel.

—O abrazarme toda la noche..., no, —añadió— eso sería fatal.

—¿Fatal? —Subió sus dedos hasta el cuello, donde al fin había piel que tocar—. La gente no se muere por un poco de autocontrol, ¿sabes?

Él le cogió la mano y besó las puntas de sus dedos.

—Bruja. Algunos de nosotros sabemos lo que echamos de menos.

—Algunos tenemos más práctica en el dominio de nosotros mismos, quieres decir —replicó, soltando su mano con una mueca. Antes de que él pudiera abundar en la cuestión, le sacó del granero, ansiosa por encontrar a Galeran y Jehanne y compartir las noticias.

Él también tenía ganas, pero murmuró.

—¿Lanzando desafíos otra vez desde las murallas, mi cadete novata?

Prevenida por esas palabras, a Aline no le sorprendió del todo que Raoul apareciera en su habitación aquella noche.

Compartía cama con Jehanne, mientras que Winifred dormía sobre un catre en el suelo junto a la cuna de la niña. Raoul la despertó con mano delicada y voz baja, y ahora le hacía indicaciones para que fuera con él. Impulsada por la curiosidad y una excitación desbordante, apoyó su mano en la de Raoul para que la ayudara a levantarse.

Pero allí de pie en camisón, dijo moviendo los labios.

—¿Qué crees que estás haciendo?

—Aceptando tu desafío. —Indicó la puerta con un ademán.

Aline sabía que no debía ir, pero, como siempre, no sabía resistirse a un desafío. Dirigió una rápida mirada hacia Jehanne, conocida por su sueño ligero, y le pareció ver una sonrisa.

¡Al cuerno las carabinas y los guardianes!

La excitación iba en aumento, casi le dejaba sin aliento, pero de momento estaba intrigada por los aspectos prácticos. ¿Cómo iba a encontrar él un rincón privado en esta casa abarrotada?

Este piso superior incluía el vestíbulo y tres habitaciones comunicadas entre sí a partir del mismo. El dormitorio de las mujeres que había compartido con Jehanne se encontraba en el extremo más alejado. La puerta daba al dormitorio de los hombres, lleno de los ronquidos de lord William, donde Raoul y Galeran tenían catres tendidos en el suelo. A continuación se entraba en el dormitorio principal, donde Hugo, Mary, y dos hijas dormían en una gran cama con cortinas, además de los sirvientes personales esparcidos por el suelo.

Mientras cruzaba con cuidado la habitación, Aline oyó llover. Él no podía llevarla al exterior.

El vestíbulo estaría abarrotado de criados.

Todo un reto, incluso para un guerrero experimentado.

La llevó hasta el rincón que quedaba entre el vestíbulo y el dormitorio, donde descendían las escaleras hasta el piso inferior. Pero el piso inferior, bien lo sabía, lo usaba el personal de la vinatería y los hombres de armas.

Las escaleras eran de madera, y el rellano era un tramo recto. Raoul se detuvo allí bajo una estrecha ventana y se agachó para sentarse en el suelo, cogiéndola con él y acurrucándola contra su costado.

—Muy inteligente —susurró, pues sabía que iba a sufrir una terrible derrota a manos de un maestro. Apenas podía esperar.

—Un reconocimiento elemental. —La besó con delicadeza en la mejilla, casi como podía haber hecho su padre, o como ella podría acariciar la nariz de Donata.

Y no obstante, los sentimientos eran muy diferentes, y la excitación acabó por transformarse en un estremecimiento.

Él le frotó los brazos con suavidad, como si se estremeciera de frío, y le habló con voz tan suave que Aline tuvo la sensación de captar las palabras por su aliento más que por el sonido en su oído.

Le habló de su llegada a Heywood y de la primera vez que la vio, de cómo sus sentimientos se transformaron de curiosidad a interés, de admiración a obsesión, de obsesión a amor. Era un ataque devastador, fundió cualquier resistencia que perdurara hasta convertirla en una ternura anhelante por su amado.

Y en todo momento las manos de Raoul la veneraron sin hacer nada que fuera considerado impropio.

¿La había sacado de la cama para hablar y abrazarse?

¿Y cómo unos abrazos podían ser tan perturbadores?

Aline, inquieta, cambió de postura para quedarse más cerca, y poder tocarle el pecho con la mano izquierda, acariciarle como él la acariciaba, aprender a través del contacto en la penumbra. Un pecho tan poderoso, cubierto sólo por la ligera túnica de lino, unos hombros tan amplios, con capas tan generosas de músculo, un vientre tan duro... Sospechó que podría botar sobre su vientre y él apenas se daría cuenta.

Él también cambió de postura y puso su pierna sobre las de ella. De modo que Aline pudo explorar el músculo duro, bien formado, del muslo a través de la tela. No obstante, al llegar al dobladillo, encontró la carne desnuda, áspera por el vello. En su imaginación, podía ver el vello dorado sobre piel dorada. Ella vaciló sólo un momento antes de deslizar la mano por debajo de la ropa, de pronto se notó la boca seca y oyó sus latidos con nitidez, cada uno de ellos, aunque no se atrevía a explorar más arriba.

—Hacía tiempo que quería sentir tu mano sobre mí de ese modo, Aline —murmuró mientras se desplazaba un poco para que su mano encontrara el extremo del camisón de ella, y su muslo desnudo. Aline sintió las callosidades mientras él movía la mano hacia arriba para cogerle el trasero.

Aline tomó aliento y tragó saliva.

—Pensaba que ni siquiera las torturas de los mortales podrían llevarte a deshonrarme.

La mano martirizadora de él no se movió.

—Vamos a casarnos. No hay deshonra en esto. Pero, de cualquier modo, no voy a hacerte el amor esta noche.

—Oh. —Confió en no sonar decepcionada—. ¿Qué vamos a hacer, entonces? —Él había desplazado la mano por la espalda hasta la cintura y empezó a dar vueltas allí. Ella casi se pone a ronronear.

—Sólo poner a prueba tus defensas, mi cadete novato, y enseñarte un poco de lo que te estás perdiendo. —Con el cálido aliento contra su cuello, él susurró—: Tus defensas no son en absoluto adecuadas, ¿lo sabes? Observa el ejército ahora, concentrado en torno a ti, con los estandartes al viento, las hojas reluciendo bajo el sol. Escucha los tambores de tu derrota.

Él debía de referirse a su pulso atronador.

—No estoy segura de esto.

—¿Temes rendirte a tu legítimo señor?

—Temo que me descubran aquí así contigo.

Él soltó una risita.

—No es probable que nadie nos descubra a menos que grites.

—¿Por qué iba a hacer eso?

—¿Recuerdas la casa de la dama Helswith?

Ella miró su rostro en sombras.

—¿Vas a hacerme daño, entonces...?

—Haré todo lo posible para no hacerte daño nunca, Aline. Pero es posible gritar de placer.

Antes de que ella pudiera expresar su escepticismo, él le tapó la boca con un beso poderoso de conquista que a ella le recordó mucho a Waltham. Sólo por curiosidad, ella palpó la funda del puñal, pero estaba vacío.

Él se rió, pero no dejó de besarla hasta hacerle perder el sentido.

Una parte de Aline —la casi monja de buena familia y buena educación— la instaba a forcejear y chillar para demostrarle que era una buena mujer. La parte sensata le decía que podría forcejear y chillar al llegar al punto que en realidad quería que llegara.

Y chillar para dar la alarma, también. No se creía capaz de echarse a gritar de placer si eso significaba ser atrapada así por otra gente.

Se dispuso a aprender esta actividad de besar, con bocas abiertas y lenguas enlazadas. Cuando él encontró su pecho con la mano, incrementó el placer de su boca caliente y ella le besó incluso con más entusiasmo, metiéndole los dedos entre el pelo para retenerle cerca.

Raoul se desenredó y la movió un poco. Entonces fue cuando ella se dio cuenta de que se había subido poco a poco sobre él como un niño trepa a una roca. Si intentaba parecer una conquista reacia, estaba fracasando de modo manifiesto.

Él le tomó un pecho y lo acercó a su boca para poder jugar con ella a través de la fina tela de lino. Los dedos de Aline pasaron de acariciar su pelo a agarrarlo.

—¿Y ahora qué estás haciendo? —preguntó Alien, pero sin alzar la voz.

Él levantó la cabeza lo suficiente como para preguntar:

—¿No te gusta? —Puesto que seguía dando placer con la mano al otro pecho, Aline sólo consiguió proferir un sonido inarticulado.

Él pareció interpretarlo de forma correcta y regresó a su labor.

Las sensaciones eran del todo extraordinarias. Más bien como una fiebre alta, en el sentido más agradable. De todos modos, pensó Aline con suficiencia, no sentía siquiera la tentación de chillar.

Entonces él le bajó un poco el camisón por el hombro, de tal modo que su boca encontró la carne desnuda, al tiempo que la otra mano alcanzaba ese lugar entre sus muslos que estaba aún más sensible que sus pechos. Aline entonces casi sí que suelta un chillido de asombro, pero consiguió controlarlo.

No era que le sorprendiera estar sensible ahí. Había oído hablar del placer que se encontraba frotando entre las piernas. Aun así, lo había intentado, y no le había parecido tan excitante como para pecar por ello. Estaba claro, pensó, agarrándose a la manga de él, que había estado haciendo algo mal.

Para tratarse del asalto a un castillo, la mano acariciadora era de lo más lenta y delicada... Excepto adentro, donde algo empezó a arder de calor.

—Me minas —murmuró casi inaudible.

Él levantó la cabeza.

—Sí, te mimo.

—No. Quiero decir, que me minas. Socavas mis murallas.

Él se rió en voz baja.

—Llevo semanas debilitando tus defensas, pequeño castillo. Horadando bajo las murallas. Dejando ahí la yesca preparada. Esta noche prenderé fuego a la yesca para que el calor resquebraje tu baluarte, y estarás indefensa ante mí.

—Creo que ya lo estoy...

—¿Me detengo entonces? —Por la risa en su voz, Aline se percató de que ya sabía la respuesta.

—No, pero...

—Shh —dijo él mientras sus labios revoloteaban sobre ella—. Recuerda sólo que debes estar muy callada. No queremos que tu amo y señor acuda en tu rescate justo ahora, ¿verdad que no?

Entonces, mientras volvía a dar placer a sus pechos, Raoul empleó el muslo para separarle un poco más las piernas y la acarició con más firmeza, de tal manera que ella tuvo que agarrarse por temor a caerse. Lo cual era ridículo pues ya se encontraban sobre una superficie sólida.

Entonces, al culminar una caricia, él succionó con fuerza un pecho y deslizó el dedo en el interior de ella de tal forma que una sacudida se propagó enlazando los dos puntos.

—¡Ah! —Aline consiguió tragar saliva, pero poco más.

—Si quieres puedes morderme —le susurró mientras volvía a dar vueltas.

De modo que Aline se llenó la boca con la tela y el músculo de su hombro, preguntándose si tal vez, al fin y al cabo, debía chillar pidiendo ayuda a su señor.

La gran mano de Raoul invocó el fuego que iba a destruirla y, como un ejército de asedio, el muslo entre sus dos piernas no iba a permitirle eludirlo. Aline casi sentía que luchaba por su vida mientras se ponía rígida, agarrándole con fuerza con sus manos, apretando los dientes con fuerza.

Pero no luchaba por escaparse, pese a que él la estaba destruyendo. Los sonidos inarticulados que ella ahogaba contra el hombro de Raoul no eran gritos de ayuda.

Luego prendió la yesca, la madera ardió brillante y sus murallas se estremecieron, se resquebrajaron y se desmoronaron.

A través de ellas vio la luz.

No. Luz era un término poco preciso.

A través de las murallas derribadas, vio el paraíso. Un avistamiento momentáneo de la infinita maravilla del paraíso.

Su mano. Su mano lenta y delicada la mantuvo suspendida ahí hasta que pensó que iba a desmayarse, pero entonces, en parte aliviada, en parte lamentándolo, sintió que el prodigio se desvanecía poco a poco, sintió que volvía a descender flotando hasta el rellano de madera como un penacho de plumas en un día de mucha calma.

Él se movió para cogerla en sus brazos y alisar su camisón mientras continuaba acariciándola con suavidad de un modo que le daba ganas de no separarse nunca de él.

—Creo que no he gritado —dijo al fin.

—¿Estás del todo segura?

—Nadie ha aparecido alarmado.

—Cierto. De todos modos yo no estoy seguro de que las cicatrices que me has dejado no sean para toda la vida. —Pero Aline pudo oír una sonrisa en su voz.

Ella tocó un trozo húmedo en su túnica donde había puesto la boca. Debajo sintió las hendiduras que habían dejado sus dientes.

—Oh, cielos...

—Un guerrero espera un poco de dolor en una conquista tan concluyente de un castillo. ¿Eres ahora mi vasalla?

Ella, en vez de responder a eso, dijo:

—Tal vez con el tiempo pueda aprender a socavar tus murallas.

Él se rió en voz baja y apoyó su cabeza en la de Aline.

—Ya soy escombros, amor, pero esperó con ilusión tus intentos de continuar con la destrucción.

Ella le acarició y eso le pareció muy dulce, poder ser capaz de darle cariño como él lo había hecho con ella.

—Ahora entiendo por qué eras tan reacio a prometer un año de celibato sin ese placer. —Había una pregunta en ello, y se sonrojó al oírla. Estaba suplicando más.

Raoul la miró.

—No voy a privarte de ello. Una vez estemos casados.

—¡Una...! —Casi había hablado a un volumen normal y volvió al murmullo—. ¿Quieres decir que no...? ¿Hasta que estemos casados?

—Dominio de uno mismo, ¿recuerdas? —bromeó.

—¡Oh, serás...! Pero esto es bueno para el alma.

—Entonces nuestras almas van a estar muy saludables. —La cogió en sus brazos y ella se acurrucó allí, dando gracias por haber encontrado a este hombre en el enorme mundo. Era aterrador pensar en que podían no haberse conocido nunca, y aterrador separarse de él, incluso durante las pocas horas que quedaban de noche.

Tal vez él sentía lo mismo pues al final fue ella quien se apartó, se levantó y les guió a ambos de regreso a su dormitorio.

—Buenas noches —susurró deseando decir mucho más, pero aún incómoda con las palabras.

Él, por supuesto, no se agobió tanto:

—Duerme bien, querida. Y cuando sueñes, sueña conmigo.

Durante los días siguientes, Aline decidió que un hombre firme y decidido podía ser muy cargante. Irritante incluso. Por más que ella bromeara con Raoul, él no le daba más que un besito fraternal, y lo normal era que la evitara directamente. Aline pasó los siguientes días acalorada por la frustración, aunque podía atribuirse también al hecho de que el sur de Inglaterra se achicharraba bajo los efectos de una ola de calor.

Para distraerse, se enfrascó en el trabajo. Cuando no estaba preparando el viaje de regreso a casa, andaba dando la lata a Hugo y a sus amigos para que le explicaran todo lo que sabían de Guyenne: su gente, su agricultura y comercio.

Del temor a la aventura, había pasado a no poder esperar a casarse y zarpar con su esposo hacia una nueva tierra. No obstante, casarse era la parte importante. ¿Por qué tenían que ir al norte a contraer matrimonio?

Por lo tanto, cuando su padre entró a caballo en el patio de Hugo, ella se arrojó en sus brazos llena de deleite extasiado.

—¡Eh, eh! —dijo lord Hubert mirándola con fijeza—. ¿Qué sucede, nena?

Aline de pronto se quedó sin habla, y fue Galeran quien dijo.

—Se vuelve loca por casarse con Raoul de Jouray.

Aline se puso roja como un tomate y gimió.

—¡Galeran!

Pero Galeran se limitó a esbozar una sonrisa.

—Es la verdad. Lo más probable es que vosotros dos seáis los responsables de esta ola de calor. Será un alivio para el sur de Inglaterra que os calméis un poco.

Lord Hubert se rascó la cabeza mientras le conducían dentro de la casa.

—Pensaba que querías formar parte de la Iglesia, nena.

—He cambiado de idea, padre. Él tiene tierra —se apresuró a decir, para pasar a la parte importante.

—¿Ah sí? Bien, eso ya es algo.

Pronto quedó claro que lord Hubert había decidido también que debía venir a Londres para rendir homenaje a Enrique. Escuchó con atención las aventuras de su hija —un relato un poco acortado— y luego se llevó a Raoul a un lado para charlar largo y tendido.

Aline de pronto sintió temor. Nunca había considerado la posibilidad de que su padre se negara a la boda, pero de repente no estaba segura. Era evidente que él tenía todos los reparos que ella había sentido en un principio, y que no le afectaban lo más mínimo las sonrisas encantadoras y los hombros amplios.

Raoul salió de la habitación y se limitó a alzar las cejas.

—Quiere hablar contigo, Aline.

—¿Qué dice?

—Entra y habla con él.

La enfurecía que Raoul estuviera tan poco comunicativo, incluso por su expresión. Aline entró frotándose las húmedas palmas de las manos en las faldas.

—¿Sí, padre?

Lord Hubert se limitó a mirar a su hija.

—¿Le quieres?

—Oh, sí.

—¿Confías en él?

—Sí.

Él se encogió de hombros.

—Yo también, aunque tal vez sea un buen embaucador. De todos modos, jovencita, siempre has tenido la cabeza bien sentada sobre los hombros, de modo que si estas segura, yo no me interpondré en tu camino.

Aline corrió a los brazos de su padre.

—¡Gracias! Es un hombre de honor, y le quiero.

Su padre le dio una palmadita en el hombro.

—Y tú eres como tu madre, Dios la tenga en paz. Sensata y afectuosa al mismo tiempo. Él quiere casarse contigo ya, aquí, nena, pero le haré esperar a ir al norte si tú lo quieres así.

Aline se sonrojó.

—Oh, no.

Lord Hubert soltó una risita.

—Sí. Tengo la impresión de que al menos en la cama te va a tratar muy bien. Podemos hacer que redacten el contrato hoy mismo, puesto que deduzco que ya lo tendrás casi todo pensado, y mañana mismo podréis estar casados si así lo queréis.

—¿Mañana?

—¡No me digas que vas a cambiar ahora de opinión!

Aline se puso de pie de un salto.

—¡No! Oh, no. Pero, ¿y qué me pongo? Salió corriendo para ir en busca de Jehanne.

Vistió su mejor túnica roja y un cinturón con un rubí incrustado. Raoul se lo había dado aquella mañana, junto con una posibilidad de escapar.

—No hace tanto que nos conocemos, cariño, y no hace tanto que tenías dudas. Si quieres puedo esperar.

Ella bajó la vista mirando el precioso regalo.

—No quiero. Sé lo que he decidido. Si tú tienes dudas...

Él le levantó la barbilla.

—En absoluto. —Y Aline vio en sus ojos la misma devoción y necesidad apasionada que ardía en su interior.

—Entonces dejémonos de tonterías, por favor.

Se fueron hasta la cercana Iglesia de St. Stephen para pronunciar sus votos ante la puerta, acompañados por tantos amigos y relaciones como fue posible, testigos futuros de sus palabras. No obstante, la sorpresa fue considerable cuando una trompeta resonó despejando el camino para que pasara el rey, con la corona en la cabeza, rodeado de nobles y guardias.

Ahora con una importante multitud en torno a ellos, Enrique declaró:

—Me ha llegado el rumor de este acontecimiento y he pensado que era mejor que lo viera con mis propios ojos. No queremos matrimonios inciertos en la familia, ¿verdad que no, sir William?

Hugo y Mary parecían a punto de desmayarse de excitación, y la muchedumbre parecía un enjambre de abejas zumbantes, pero Aline sólo pensó en que la presencia del rey ralentizaría las cosas.

La ceremonia, no obstante, prosiguió sin contratiempos, y enseguida estaban de regreso en Corser Street formando una procesión mucho más espléndida.

—¿Regresa también el rey? —le susurró a Raoul.

—Eso parece. —Le dedicó una sonrisa traviesa—. Aún nos quedan muchas horas antes de que podamos estar solos, cielo. Recuerda, el autocontrol es bueno para el alma.

—¡Mi alma está tan sana que reluce!

—Ah, ¿a eso se debe la luz en tus ojos?

Y se rió mirando a sus brillantes ojos, decidiendo que no importaba que el rey estuviera ahí. Estaba casada con Raoul. Podía esperar.

Dando muestras de sensatez, Enrique no se quedó en casa de Hugo más de lo necesario para brindar con la pareja, hablar con la mayoría de gente importante y hacer un importante pedido de vino. Luego se marchó con su séquito, dejando que la familia y amigos se relajaran y lo celebraran. No obstante, Hugo continuó aturdido y planeando rebautizar la entrada a su patio como Puerta del Rey.

De todos modos, si querían guardar las formas, Aline y Raoul aún no podían escaparse para quedarse a solas. Aline intentaba hablar de forma coherente mientras sorbía vino y mordisqueaba pasteles, pero lo único que quería era comerse a su marido. No obstante, él no parecía en absoluto impaciente. Incluso encontró un instrumento y amenizó a la concurrencia. Cantó también la canción sobre los capullos de almendro sonriendo a los ojos de su mujercita.

La mayoría de damas se secaban los ojos cuando acabó.

En cuanto las campanas llamaron a vísperas, Aline por fin pudo ir corriendo a la habitación del extremo que podía ocupar sólo ellos aquella noche. La siguieron las mujeres riéndose para ayudarla a prepararse. Sus bromas eran tan sugerentes como las de los hombres, y Aline estaba roja del bochorno cuando al final estuvo lista, vestida tan sólo con su cabello.

Raoul entró entonces, vestido sólo con una capa, que arrojó al instante.

Con toda certeza el pelo corto a él no le servía para taparse, pero, por otro lado, ¿quién querría ocultar un físico tan magnífico?

Sonrió a Aline sin cohibirse lo más mínimo, aunque ya empezaba a tener una erección y tanto los hombres como las mujeres hacían chistes escandalosos y comentarios de admiración a su alrededor. Por segunda vez en su vida ella observaba sus partes íntimas, consciente de que cada vez estaba más colorada, pero le daba del todo igual.

—Fuera —dijo él a sus acompañantes, y protegió a Aline entre sus brazos.

Ella era algo consciente de las risas y de la puerta que se cerraba, luego sólo del silencio.

Silencio, y Raoul, y su creciente deseo.

—¿Nerviosa? —preguntó él.

Aline miró sus ojos ensombrecidos.

—En absoluto. Te advertí que me estimulaban de forma poco natural los cuerpos desnudos de los hombres.

Él se rió.

—No encuentro por qué va a ser poco natural, cielo. Pero creo que me alegro de que estés dispuesta a rendirte a un señor capaz de satisfacer tus necesidades.

—Te haré cumplir esa promesa. —Las manos ya se perdían sobre su cuerpo con avidez.

—Y de pronto estoy aterrorizado... —Y tal vez fuera cierto. Aline advirtió con deleite que las manos de Raoul temblaban mientras rodeaban con suavidad su cuello para levantarle el pelo y dejarlo luego caer otra vez en torno a ella—. Me recuerdas a una uva jugosa.

—¿Y henchida?

—Adoro lo henchido y lo dulce, y lo jugoso. Tócame más, cielo. Ansío que me toques.

Ella se pegó aún más, piel ardiente contra piel ardiente, curvas suaves contra duro músculo, explorando su pecho, sus costados, su espalda, con manos y labios anhelantes.

Mientras las manos y labios de Raoul se perdían a su vez por ella, acariciando, apretando, explorando y elevando su deseo a niveles aún más excitantes.

Apretaba su erección contra ella, Raoul estaba sin duda desesperado, de modo que ella se apartó un poco para tocarle.

—¿No es hora de que el guerrero conquistador entre en la ciudadela capturada?

Pese a la necesidad evidente, Raoul le movió la mano con cuidado.

—Impaciente por rendirte, ¿verdad que sí? Y tanto. Hay un procedimiento adecuado para estas cosas, ya sabes. —La balanceó entre sus brazos—. Para empezar, debo tener cautela. ¿Cómo puedo estar seguro de que te has rendido de verdad? ¿Que no planeas una emboscada?

—¿Emboscada? ¡Estoy desarmada del todo!

Él se rió al oír eso y le dio media vuelta.

—Tu arsenal es asombroso, cariño. Tu pelo, tus ojos, tus mejillas, tus labios, tus pechos... Ah, —dijo mirando con cariño a sus pechos— desde luego, esto podía poner de rodillas al hombre más fuerte. —Y bajó la cabeza para lamer cada uno de los pezones, uno tras otro, obligándola a agarrarse a él.

—A mí me parece —dijo con voz entrecortada— que es mi punto más débil. ¡Se rinden al instante!

—Tu punta más débil, sí. —Y con una mueca traviesa se aplicó una vez más, dejando cada pezón tieso, y arrastrando a Aline en un remolino febril y abismal.

Entonces la tumbó en la cama. Cuando ella abrió sus ojos aturdidos, él estaba a su lado.

—Pero no, no son tu punto más débil —dijo mientras deslizaba las manos bajo sus muslos.

—Oh.

—Oh, y tanto que sí. Creo que te acordarás de eso, ¿verdad, cielo?

Ella recordó, desde luego, igual que todo su cuerpo. Empezó a responder casi de inmediato y separó los muslos sin hacerse de rogar.

—Entra en mí. Ahora. Te quiero dentro de mí.

—Enseguida, amor, enseguida. Todo a su tiempo. Tengo que asegurarme primero de que tus defensas están desarmadas por completo... —Él le besó los labios, el cuello, los hombros, lamió los lóbulos de sus orejas y ambos pechos hasta que Aline apenas pudo distinguir de dónde venía el placer que desarmaba su cuerpo.

En medio del caos inminente, Aline tuvo un momento de claridad: algún día muy próximo aprendería más de estas cuestiones y conseguiría desintegrarle a él igual que él hacía ahora con tal facilidad. Sí, estaba planeando una emboscada, pero no creía que a Raoul le importara demasiado.

Por el momento, era una dulzura rendirse sin temor, entregarse a las manos de un indudable maestro. Mientras se acercaba el momento, mientras él lo provocaba, Raoul trabajaba con delicada mano. Luego sus labios sellaron los de ella para acallar sus gritos. Aún con las bocas unidas, se colocó encima.

—Ahora —dijo contra sus labios—, ahora estás lista, mi pequeño castillo.

Él empezó a entrar.

La primera sensación para Aline fue un alivio exquisito en su carne anhelante, pero luego sintió un dolor y no pudo evitar ponerse rígida.

—Clávame las uñas, amor. Házmelo sentir a mí también.

Luego él selló sus labios de nuevo y atravesó su himen con una embestida. Aline gritó en su boca y clavó sus uñas con toda su fuerza. Era una reacción en parte natural, pero también tenía presentes las palabras de Raoul. Era justo que los hombres compartieran también el dolor.

Tras un momento, él apartó los labios y sonrió.

—Ya está pasado lo peor ¿eh? —Se movió un poco dentro de ella—. ¿Duele esto?

Ella se maravilló de su control, ya que podía ver el mismo tenso deseo en él mientras los dos se entretenían unidos dentro de ella

—No es nada. Continúa. Por favor. Continúa.

—Eres una perla entre las mujeres —susurró, y empezó a relajar su autocontrol, a moverse con más fuerza, casi con violencia, entrando y saliendo.

Sí, dolía, y en otros sitios que no eran su membrana rota, pero era maravilloso, también, tanto por lo que sentía su cuerpo ardiente como por lo que veía de Raoul. Se agarró a sus hombros y levantó las piernas para enlazarlas alrededor de él en un acto de total y rigurosa posesión.

Él hizo una mueca mientras se desintegraba, repitiendo con voz ahogada su nombre. Ella temblaba, adoraba todo momento de la rendición de su esposo a sus poderes.

Raoul se desplomó sobre su costado, estrechándola en sus brazos, acurrucado contra el cuello de Aline mientras ella apreciaba su pecho sudoroso con la mano.

—Creo que por fin estoy conquistada —murmuró—. ¿No es maravilloso?

—Es porque después de todo me has tendido una emboscada. Soy tu prisionero para siempre.

—Por supuesto. —Ella pasó una mano con aire de suficiencia sobre aquel cuerpo prodigioso—. ¿No es así como se supone que debe ser?

Él se tumbó de espaldas, colocando a Aline encima para que sus pechos quedaran al alcance de su lengua fluctuante.

—Eso espero. Soy un esclavo de buen conformar. Y bien, ¿cuáles son vuestras órdenes? ¿Qué deseáis que haga, oh, señora mía?

Capítulo 23

Galeran se aproximaba esta vez a Heywood a un ritmo más pausado, aunque su mente de nuevo estaba llena de escenas sexuales. Esta noche, en su cama nueva, él y Jehanne podrían hacer el amor como no habían hecho desde su regreso, pero con Jehanne a su lado no había motivos para correr.

Se habían demorado en Londres para despedir a Aline y a Raoul que zarparon con rumbo a su nuevo hogar. Era evidente que nada apagaba la felicidad de la pareja, y confiaban en que durara para toda su vida.

Cuando Jehanne se curó, iniciaron el lento viaje de regreso al norte, deteniéndose en varios lugares para visitar a parientes y consolidar alianzas.

Durante el trayecto de vuelta dispusieron de alojamientos que resultaban apropiados para hacer el amor, pero él y Jehanne habían acordado esperar. Era como esperar a una boda, un nuevo comienzo. Empezarían de nuevo en Heywood, donde él siempre la había visualizado a ella.

Y ahora ahí estaba Heywood, elevándose ante él como durante sus sueños en Tierra Santa. Su hogar. El hogar de todo lo que valoraba en este mundo.

Lord William y sus hombres se habían desviado hacia Brome, y el grupo de Hubert se separó en la aldea de Hey. Galeran cabalgó hasta Heywood con Jehanne a su lado, y ningún ejército estaba acampado ante sus muros. Esta vez, al aproximarse, las grandes puertas se abrieron para dar la bienvenida al señor, y su gente vitoreó y sonrió.

Jehanne cabalgaba a su lado y llevaba intencionadamente a Donata en brazos. No hacía falta anunciar lo que había sucedido en Londres, ya que la historia se difundiría por sí sola. Todo el mundo sabría que Jehanne había sufrido por su pecado, y que había sido perdonada.

Galeran prefería de todos modos que no hubiera ocurrido, pero sabía que todo sería más fácil así.

Todo volvía a estar en su sitio.

¿O no?

Algo en su corazón lo negaba.

Desmontó y, con Jehanne a su lado, entró en la torre del homenaje. Una vez allí, Jehanne llevó a Donata a las mujeres para que se ocuparan de ella. Los perros salieron a su encuentro y Galeran los saludó, luego cogió cerveza para limpiarse el polvo del viaje.

No podía limpiar un persistente deje amargo.

Jehanne regresó a su lado, una vez más como señora eficiente y desenvuelta en sus dominios, la esposa que tanto había añorado durante aquellos años estériles. Galeran miró por el gran salón, pensando que, tal vez, en cierto sentido las aventuras les habían ido bien y todo era más precioso después de casi haberlo perdido.

Y aun así...

Mientras Jehanne hablaba con una sirvienta sobre algún problema menor, se fue hasta la alcoba para echar un vistazo a la gran cama nueva. Por esto era por lo que había luchado, ¿cierto? Su hogar apacible, su querida esposa, su cama de matrimonio. Sin prestar atención, cogió un adorno, la rosa de marfil.

El pétalo se cayó.

Entonces sintió el golpe como si le dieran con un hacha.

Su hijo.

Su hijo estaba muerto.

Un intenso dolor le hizo mirarse la mano. Había más pétalos blancos rotos, ahora salpicados de sangre. Su sangre. Jerusalén.

Pero el vacío que le envolvía no era Jerusalén. Era el niño perdido. Su hijo no era nada. No tenía recuerdos... ninguna imagen mental de una sonrisa, ningún sonido de su parloteo. Ningún olor. Ninguna sensación...

Para él, Gallot no existía.

No era de extrañar que hubiera cortado el paso a cualquiera que intentara hablar del niño. No era de extrañar que quisiera matar a Lowick. No era tanto por el adulterio. Era por esto. Por conocer al hijo que él no conocía.

Oyó que Jehanne le llamaba, pero se escabulló, fue a arrodillarse en el cementerio junto a la pequeña lápida.

Pero no había nada excepto un nombre, nada en su corazón aparte del vacío que crecía por momentos, amenazando con tragarse toda la dicha ganada a pulso.

El rumor de una tela y un rastro de perfume le advirtió de la presencia de Jehanne, pero no la quería aquí en este momento. Ella tenía lo que le faltaba a él.

Ella tenía en la mente un niño que recordar.

Jehanne, hundiéndose de rodillas a su lado, le tendió un rollo de pergamino. Lo cogió por cortesía, aunque no tenía idea de qué podía tratarse y tampoco tenía interés. Para cogerlo tuvo que dejar la rosa rota. Oyó el jadeo de Jehanne al ver los pétalos rotos, manchados de sangre, pero en este momento no podía importarle que ella se entristeciera.

Dejó los fragmentos sobre la grava al lado del arbusto que daba rosas de verdad. Jehanne tenía rosas de verdad. Tenía recuerdos. Él sólo tenía marfil fragmentado.

Puesto que sería cruel rechazar lo que ella le ofrecía, ocultó su amargura, desató la cinta y desenrolló las hojas. Unas cuantas hojas con una larga cuerda llena de nudos en el medio.

No pudo evitar pensar que Jehanne había despilfarrado pergamino, pero entonces leyó las primeras palabras.

El día de San Esteban, en el bienaventurado año de Nuestro Señor, 1099, nació en el castillo de Heywood en Northumbria, Gallot, hijo de Galeran y Jehanne, su esposa, señor y señora de esta heredad...

Miró a Jehanne y vio que sus ojos ansiosos brillaban a causa de las lágrimas.

—Encargué esto al escribano. Sabía que te estabas perdiendo tanto, y lo quería para ti, aunque nunca sospeché...

Con fuertes latidos, continuó leyendo.

En el día de su nacimiento su altura llegaba al primer nudo de la cuerda. Todas las mujeres han dicho que es largo y que será un hombre alto. Respiraba bien y deprisa y los intestinos funcionaban desde el primer día, y aunque la substancia no era agradable, las mujeres sabias han dicho que es buena.

Galeran la miró entonces con una pregunta en los ojos:

—Al hermano Cyril no le parecía bien que yo quisiera anotar cosas así. Pero al principio son muy extraños los excrementos, como algo del fondo de un estanque, pero pegajoso.

Galeran contó las hojas. Cinco.

—¿Está todo aquí?

—Todo lo que se me ocurría contar. Tanto lo malo como lo bueno. Como las tres noches que nos mantuvo en vela cuando echaba los dientes. Como aquella vez en que no paraba de darle al tambor... —Sus ojos aún le estudiaban con ansiedad—. No te lo entregué antes porque no estaba segura...

—No. Tenías razón. No estaba preparado. Pero ahora... —No tenía palabras para expresar lo que sentía en el corazón—. Ahora... Te doy las gracias... —De repente no podía hablar, y la cogió en sus brazos—. Gracias. Oh, Dios, gracias.

Ella le abrazó con fuerza al tiempo que le acariciaba.

—En cierto modo —susurró—, yo tampoco le lloré como correspondía. Todo se descontroló con tal rapidez.... si quieres, tal vez podamos leerlo juntos. Y llorar juntos.

Él hizo un gesto afirmativo contra su hombros, con el pergamino apretado en su mano, y rezó para que su hijo —ahora seguro que era un ángel en el cielo— intercediera por ellos. Sin duda se merecían felicidad, y el regalo de ser beneficiosos para el mundo. Y tal vez, si de verdad Dios era bueno, un día podría disfrutar de otro hijo, suyo, para gozar en paz y armonía.

Más tarde, aquella noche, después de las lágrimas y las risas, con una imagen de su hijo llenándole el corazón, Galeran hizo el amor con su esposa. No como había soñado durante su viaje de regreso de Jerusalén, con un estallido curativo de necesidad liberada. No como habían hecho desde su vuelta, intentando volver a unir los jirones de su amor lo mejor que podían. Lo hicieron maravillados el uno del otro, maravillados de que algo que ya había sido tan bueno pudiera convertirse, tras pasar por tan dura prueba, en un tesoro aún más valioso y profundo.

Epílogo

Aline salió de la casa fortificada que era su hogar para ir en busca de Raoul, quien se encontraba en algún lugar de los campos verificando la vendimia. Llevaba al pequeño Hubert apoyado en su cadera, aunque, con poco más de un año, ya se retorcía para que le bajara al suelo.

—Espera un poco, cielo. Quiero encontrar a tu padre y contarle las noticias.

Se apresuró por un sendero bordeado por unos arbustos en flor. La cantidad y riqueza de frutas y flores aquí aún la asombraba. Había ocasiones en que sentía añoranza de su tierra más inhóspita, pero no tantas: aunque se pusiera nostálgica, nunca querría estar en un lugar que no estuviera cerca de Raoul. Sólo confiaba en que continuaran los tiempos de paz para que él nunca tuviera que alejarse de ella.

Un pensamiento estúpido para la esposa de un guerrero, con el que no quería inquietarle a él excepto para regañarle cuando se hería durante la instrucción.

Como había sucedido hacía unos días.

Aline, a posta, le había vendado el brazo con tal fuerza que él apenas podía moverlo. Raoul había refunfuñado, pero anoche encontró en ello una excusa para permanecer tumbado debajo de Aline mientras ella hacía todo lo que se le antojaba con él.

Al pensar en eso soltó una risita, y Hubert se rió también.

—¡Papá! —dijo Hubert señalando.

El niño había heredado la vista aguda de su padre, pues era cierto que allí estaba Raoul montado sobre su caballo, supervisando a los labriegos que recogían en cestos las uvas colmadas y jugosas.

Algunos de los caprichos de la noche anterior tenían que ver con uvas colmadas y jugosas. Ella disfrutaba de la vendimia...

Aline apartó su mente de pensamientos así; si no, iba a querer seducir a su marido en los mismos campos. Otra vez. Ya había hecho eso en más de una ocasión, y lo habría hecho también hoy si no fuera por el niño.

Raoul oyó a su hijo y saludó. En cuestión de momentos se acercó al medio galope hasta ellos.

—¿Algún problema?

—¡Todo lo contrario! —Aline sacudió la carta—. Jehanne dio a luz un niño hace tres semanas y los dos están muy bien.

Él se bajó del caballo y cogió a su hijo en brazos.

—Eso sí son buenas noticias. Léeme la carta.

Queridísima prima:

Te mando las mejores y más felices noticias, el día de San Gil recibimos la bendición de un hijo sano. El parto fue bien y nació al amanecer. Le hemos llamado Henry, pues el rey tuvo algo que ver con nuestra felicidad, y algún día nos puede ser útil contar con su apoyo. No se parece demasiado a Gallot, ya que es moreno y tiene ojos oscuros, por el momento.

Donata adora a su hermano pequeño, y le llama Henny. Por supuesto, todo el rato quiere cogerlo en brazos, pero aún es demasiado pequeña para hacerlo sin que la vigilemos. Es espabilada y traviesa, todo el mundo dice que es igual que yo de pequeña. Tendré que enseñarle a pensar antes de actuar.

Aquí todo está tranquilo, alabado sea Dios, desde el fracaso de la invasión del duque Roberto, y el rey Enrique ha hecho imponer la ley con firmeza por todo el territorio. Esta primavera su reina dio a luz a su primer hijo, a Dios gracias,

de modo que Inglaterra puede confiar en un futuro de paz y
prosperidad.

Espero que pronto podáis viajar a Stockton con uno de
los barcos de la familia de Raoul y visitarnos aquí en el
inhóspito norte, pues me muero de ganas de volver a verte, y
conocer a tu hijo.

Tu prima que te quiere.
Jehanne de Heywood

Hubert estaba cada vez más inquieto, de modo que Raoul le dejó
en el suelo para que explorara el territorio.

—De veras parece que Dios sonríe por fin a su gente. Había
momentos en que, ya sabes, dudé de que Galeran y Jehanne pudieran encontrar el camino.

—Pero ellos tenían confianza. —Aline dio un paso para rodear
la cintura de su marido—. Con confianza, todo es posible. ¿Te he
dicho que confío en ti?

Él la besó.

—Cada día, y de todas las maneras. Igual que yo confío en ti. —
Un brillo travieso apareció en sus ojos, que previno a Aline y la
excitó—. De hecho, confío tanto en ti como para dejar que me ates.

—¡Atarte! —Ella se le quedó mirando, cada vez más excitada
ante la idea—. Mmm... ¿es eso una insinuación?

—Tal vez. O tal vez sea un aviso, puesto que tú también confías
en mí. ¿Por qué no regresas a la casa y planeas tu estrategia mientras yo me siento y observo las dulces uvas, colmadas y jugosas?

Aline contempló a Raoul mientras se alejaba y se sintió aún más
tentada de violarle en los viñedos. Luego cogió en brazos a su hijo
y se apresuró en regresar a casa, haciendo planes y esperando con
suma ilusión la noche venidera.

Nota de la autora

*P*rimero: ¿qué es cierto y qué no?

Los hechos históricos de esta novela son todo lo precisos que me ha sido posible. No obstante, no pude encontrar ninguna información sobre lo que sucedió en Londres en los días iniciales del reinado de Enrique, ¡de modo que me lo inventé!

De todos modos, Ranulph Flambard sí era una persona real y, en la medida en que he podido, le he retratado de forma realista. Salió a la luz mientras se encontraba al servicio de Guillermo el Conquistador, y el momento culminante de su carrera fue bajo las órdenes del hijo de Guillermo, Guillermo II (Rufus). Las informaciones de la época son confusas; algunos textos le atribuyen encanto e inteligencia, y otros le representan como un malvado despiadado. Sin duda era extremadamente astuto, y lo más probable es que necesitara de cierto encanto para mantenerse en el lado adecuado de los monarcas. Parece claro que carecía por completo de escrúpulos y que tenía una ambición sin límites.

Bajo el reinado de Guillermo Rufus, fue Flambard quien en la práctica acabó llevando el país, lo que le granjeó una impopularidad extrema. Parece ser que sí se perpetró un intento de asesinato contra él. Fue capturado y luego trasladado a alta mar, y es difícil imaginar cómo evitó la muerte, pero por lo que cuentan consiguió convencer a un barco lleno de piratas y enemigos armados para que le dejaran salir de ahí, de modo que ¡tal vez sea cierto que contaba con una buena dosis de encanto y astucia!

No consta en qué momento Flambard se hizo sacerdote, pero en 1099 Rufus le hizo obispo de Durham. Aunque Canterbury, York y Londres eran los obispados de mayor importancia religiosa, Durham poseía más tierras: de hecho, la mayor parte del norte de Inglaterra. Flambard por lo tanto pasó a ser un barón poderoso. Y cómo debió de enfurecerle que su benefactor real fuera asesinado tal fácilmente sólo un año más tarde...

Enrique Beauclerc, quien como digo en el libro anhelaba la Corona de Inglaterra casi desde el día de su nacimiento, se apresuró a desvincularse de la creación más impopular de su hermano. Encerró a Flambard en la Torre. Aunque los escritos de la época recogen el júbilo que propició este acto, nadie manifiesta el motivo del encarcelamiento, de modo que en mi relato he dado una excusa a Enrique, quien sin duda la necesitó. La historia de todos modos no sugiere en ningún momento que el obispo fuera golpeado o herido.

A finales de 1100 o principios de 1101, Flambard por lo visto emborrachó a sus guardias durante un banquete y se escapó de la Torre descolgándose por una cuerda que le habían hecho llegar de forma clandestina en un tonel de vino. (¡A veces es difícil no admirar el estilo de Ranulph!) Huyó a Normandía junto al hermano de Enrique, el duque Roberto, facilitándole éste enseguida gran poder. Ranulph organizó la intentona de Roberto de invadir Inglaterra y tomar la Corona.

No obstante, fue un intento fallido. Tras eso, Ranulph intentó recuperar el apoyo de Enrique y enseguida consiguió su perdón. En cuestión de unos años, volvía a encontrarse en Inglaterra, ocupando de nuevo su obispado de Durham donde sin duda encontró maneras de sacar dinero para el rey. Aun así, Enrique, cumpliendo la promesa recogida en este libro, había menoscabado el gran poder de la diócesis de Durham, que ya no constituía el mismo premio que en otros tiempos. Además, el propio Enrique era un administrador astuto y competente, con su equipo escogido de expertos legales y financieros, de modo que Ranulph Flambard nunca recuperó el mismo poder que ostentó bajo el reinado de Guillermo Rufus. Flambard murió en 1128.

Un comentario acerca de la cuestión del alfabetismo, puesto que se trata de un tema sobre el que he recibido numerosas cartas. Es una cuestión muy discutida, pero yo apoyo a quienes opinan que muchos nobles de la Edad Media ya sabían leer a su manera, y las mujeres más que los hombres. Se consideraba una aptitud adecuada para las mujeres, pero un rasgo de potencial debilidad en los guerreros.

Sin embargo, escribir es una destreza física que requiere mucha práctica para hacerla bien. Si añadimos a eso las dificultades técnicas de escribir en pergamino o vitela con frágiles plumas y tintas caseras, es razonable creer que la gente empleara a escribanos, igual que los ejecutivos emplean a mecanógrafas.

Y ahora, pasemos al tiempo.

Antes de los relojes —y los relojes tal y como los conocemos llegaron cientos de años más tarde— la mayoría de gente no reconocía el tiempo en horas y minutos. Se guiaban por el sol y las campanas de las iglesias, y la mayoría de iglesias y casas religiosas seguían al sol mediante relojes de sol.

Los primeros de tales relojes no tenían en cuenta el cambio de estación en la posición y el ángulo del sol. No era por estupidez, era porque el tiempo sólo era necesario para reflejar la realidad de las vidas de la gente, y la vida cambiaba en armonía con las estaciones.

De modo que, de hecho, el tiempo era flexible.

En teoría, el día se dividía en ocho porciones iguales marcadas por oraciones específicas. Los maitines correspondían a la medianoche, los laudes a las tres de la madrugada. En invierno, cuando las noches eran largas, los periodos de tiempo —según los relojes de sol— significaban que la prima (que en latín significaba la primera, al despuntar el día) sería hacia las ocho de la mañana, y las vísperas (que significaba tarde) más o menos a las cuatro de la tarde.

Pero en verano, cuando las noches eran cortas y los días largos, la prima sería hacia las cuatro de la mañana y las vísperas hacia las nueve de la noche. (Y a propósito, en las casas religiosas los maitines y los laudes se rezaban normalmente al mismo tiempo, de modo que la gente al menos tuviera cuatro horas de sueño ininterrumpido.)

Esta divisiones del tiempo, marcadas por rezos y campanas, proporcionaban el ritmo a la vida medieval. Se llaman horas canónicas, y son las siguientes, con su equivalente aproximado moderno:

prima	seis de la mañana
tercia	nueve de la mañana
sexta	mediodía
nona	tres de la tarde
completas	nueve de la noche
maitines	medianoche
laudes	tres de la mañana

Como veis, las horas del día se contaban del uno (la prima) al nueve (nona) y las vísperas señalaban el final de la mayoría de jornadas de trabajo. En realidad es más lógico que nuestro sistema, en el que el día empieza cuando casi todo el mundo esta profundamente dormido.

¿Le habéis detectado? Los que hayáis leído otros de mis libros habréis reconocido a FitzRoger, el paladín del rey. Es el héroe de un libro anterior, *La flor del oeste*, aunque ese libro de hecho tiene lugar más tarde en el tiempo. Los normandos en Inglaterra, apenas cuarenta años después de la conquista, eran una comunidad pequeña y muy unida.

Me gusta tener noticias de mis lectores, de vez en cuando envío algún boletín de noticias o correos electrónicos. Por favor, contactadme en: Jo Beverley, c/o Alice Orr Agency, 305 Madison Ave. # 1166, New York, NY 10165. Se agradecerá vuestra contribución al coste de la respuesta con un sobre franqueado. O bien podéis contactarme a través de Internet, en ab439@freenet.carleton.ca o como Jo.B en Genie.

www.titania.org

Visite nuestro sitio web y descubra cómo ganar
premios leyendo fabulosas historias.

Además, sin salir de su casa, podrá conocer
las últimas novedades de
Susan King, Jo Beverley o Mary Jo Putney,
entre otras excelentes escritoras.

Escoja, sin compromiso y con tranquilidad,
la historia que más le seduzca
leyendo el primer capítulo de cualquier libro
de Titania.

Vote por su libro preferido y envíe su opinión
para informar a otros lectores.

Y mucho más...

8